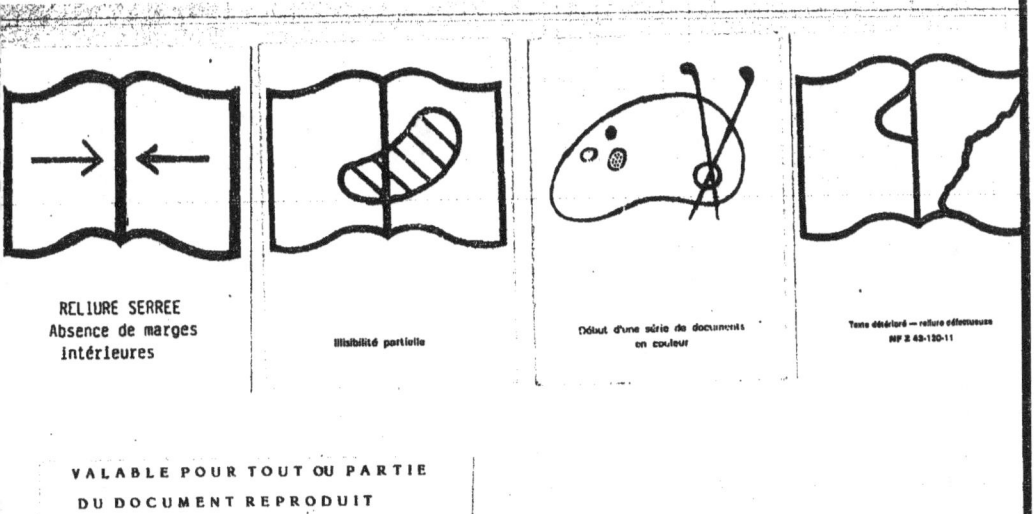

RELIURE SERREE
Absence de marges
intérieures

Illisibilité partielle

Début d'une série de documents
en couleur

Texte détérioré — reliure défectueuse
NF Z 43-120-11

VALABLE POUR TOUT OU PARTIE
DU DOCUMENT REPRODUIT

NICOLAS GOGOL

Les
Ames mortes

ROMAN TRADUIT DU RUSSE

PAR ERNEST CHARRIÈRE

TOME SECOND

PARIS

LIBRAIRIE HACHETTE ET Cie

79, BOULEVARD SAINT-GERMAIN, 79

Librairie HACHETTE et Cⁱᵉ, boulevard Saint-Germain, 79, à Paris.

ROMANS, MÉMOIRES

ET

ŒUVRES DIVERSES

FORMAT IN-16, A 1 FR. LE VOLUME BROCHÉ

About (Ed.) : Alsace. 1 vol.
— Les mariages de Paris. 1 vol.
— Les mariages de province. 1 vol.
— Germaine. 1 vol.
— Maître Pierre. 1 vol.
— La vieille roche. 3 vol. :
    Le mari imprévu. 1 vol.
    Les vacances de la comtesse. 1 vol.
    Le marquis de Lanrose. 1 vol.
— L'infâme. 1 vol.
— Le Fellah. 1 vol.
— Tolla. 1 vol.
— Le turco. 1 vol.
— Trente et quarante. — Sans dot. — Les parents de Bernard. 1 vol.
— Le Roi des Montagnes. 1 vol.
— Madelon. 2 vol.
— Théâtre impossible. 1 vol.

Barine (Arvède) : Princesses et grandes dames. 1 vol.
— Poètes et névrosés. 1 vol.
— Bourgeois et gens de peu. 1 vol.
— Portraits de femmes. 1 vol.

Bernardin de Saint-Pierre : Paul et Virginie. 1 vol.

Berthet (E.) : Les houilleurs de Polignies. 1 vol.

Bourgogne : Mémoires du Sergent Bourgogne par MM. Cottin et Hénault. 1 vol.

Cherbuliez (V.), de l'Académie française :
— Prosper Randoce. 1 vol.
— Paule Méré. 1 vol.
— Le roman d'une honnête femme. 1 vol.
— Meta Holdenis. 1 vol.
— Miss Rovel. 1 vol.
— L'aventure de Ladislas Bolski. 1 vol.
— La revanche de Joseph Noirel. 1 vol.
— Noirs et Rouges. 1 vol.
— La ferme du Choquard. 1 vol.
— Olivier Maugant. 1 vol.
— La bête. 1 vol.
— La vocation du comte Ghislain. 1 vol.
— Après fortune faite. 1 vol.
— Une gageure. 1 vol.

Cherbuliez (V.) (suite) : Le fiancé de Mⁱˡᵉ Saint-Maur. 1 vol.
— L'idée de Jean Têterol. 1 vol.
— Amours fragiles. 1 vol.
— Le secret du Précepteur. 1 vol.
— Jacquine Vanesse. 1 vol.
— Le Comte Kostia. 1 vol.
— Samuel Brohl et Cⁱᵉ. 1 vol.
— Profils étrangers. 1 vol.

Du Camp (M.), de l'Académie française : Souvenirs littéraires. 2 vol.

Duruy (G.) : L'Unisson. 1 vol.
— Victoire d'âme. 1 vol.

Enault (L.) : Alba. 1 vol.
— Christine. 1 vol.
— Nadèje. 1 vol.
— Le baptême du sang. 2 vol.
— L'amour et la guerre. 2 vol.

Filon : Contes du Centenaire. 1 vol.
— Amours anglais. 1 vol.
— Violette Mérian. 1 vol.
— Vacances d'artiste. 1 vol.

Gérard (Jules) : Le tueur de lions. 1 vol.

Kovalewsky (Sophie). Souvenirs d'enfance. 1 vol.

Lamartine : Mémoires inédits. 1 vol.

Larchey (L.) : Les cahiers du capitaine Coignet. 1 vol.

Las Cases (Comte de) : Souvenirs de l'empereur Napoléon Iᵉʳ. 1 vol.

Marco de Saint-Hilaire (E.) : Anecdotes du temps de Napoléon Iᵉʳ. 1 vol.

Poradowska (M.) : Demoiselle Micia. 1 vol.

Reybaud (Mᵐᵉ Ch.) : Le Moine de Chaalis. 1 vol.

Saintine : Picciola. 1 vol.

Saint-Simon : Scènes et portraits. 2 vol.

Tolstoï : Souvenirs. 1 vol.

Topffer (R.) : Nouvelles genevoises. 1 vol.
— Rosa et Gertrude. 1 vol.
— Le presbytère. 1 vol.
— Réflexions et menus propos d'un peintre genevois. 1 vol.

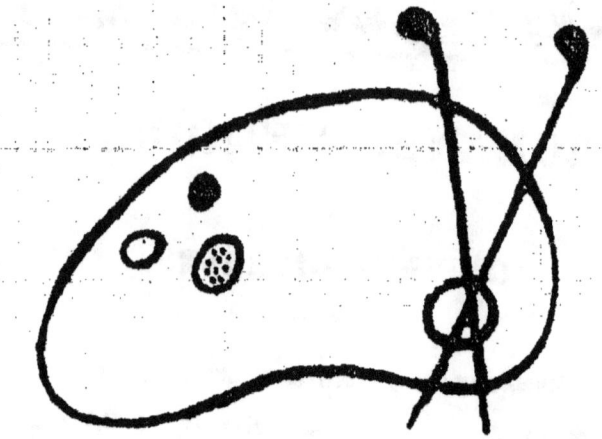

**Fin d'une série de documents
en couleur**

LES
AMES MORTES

COULOMMIERS

Imprimerie PAUL BRODARD.

NICOLAS GOGOL

LES
AMES MORTES

ROMAN TRADUIT DU RUSSE

PAR ERNEST CHARRIÈRE

TOME SECOND

PARIS
LIBRAIRIE HACHETTE ET Cie
79, BOULEVARD SAINT-GERMAIN, 79

1912

LES
AMES MORTES

CHANT XI

DÉPART POUR DE NOUVELLES EXPÉDITIONS

Épreuves et surprises inséparables de tout départ précipité. — Départ de Tchitchikof. — Rencontre d'un convoi funèbre au détour d'une rue. — Notre héros y voit un présage favorable. — Grandes méditations au bercement de la britchka. — Images diverses du pays. — Réflexions personnelles qui donnent au poète l'occasion d'exposer tout le passé de son héros presque endormi : Naissance. — Première enfance. — Premiers traits de caractère. — Éducation à l'école; éducation à la maison. — Admission au service de la couronne. — Comment, dans la plus humble position, il se concilie la bienveillance d'un supérieur peu enclin à ce sentiment. — Par quels moyens les justiciables et administrés doivent prévenir les temps d'arrêt si fréquents dans les affaires. — Autrefois et aujourd'hui. — Tchitchikof monte un joli petit ménage de célibataire. — Ses délicatesses. — Il passe au service des douanes; il s'y distingue, comme simple douanier, par son zèle et sa probité. — Plus tard, promu en grade, il se d'stingue autrement, mais toujours avec zèle; aussi devient-il riche, et les juifs de la frontière, qu'il avait appauvris, ne se plaignent plus que par habitude. — Fâcheuse querelle avec un camarade de service. — Scandale. — Confiscation de tout ce qu'il possédait, sauf le peu qu'il avait mis à l'ombre. — Tchitchikof intendant d'un beau domaine hypothéqué et ruiné à fond. — Idée lumineuse qu'il doit à un employé bel esprit d'un bureau d'enregistrement. — Il quitte sa place d'intendant et se décide à aller acheter des âmes mortes de préférence dans les lieux où l'épidémie a exercé le plus de ravages. — Discussion de l'auteur avec lui-même sur son sujet, ses personnages et le genre de ses tableaux. — Tchitchikof, qui s'était endormi dans sa britchka, se réveille, et aussitôt il gronde Séliphane de ne pas lancer son troïge à toute vitesse. — Tout Russe aime la vitesse, et la Russie elle-même tout entière se précipite volontiers à fond de train dans l'espace, chaque fois qu'elle se réveille et se sent en bon équipage de course.

Tout devait être prêt dès l'aube, et à six heures du matin Tchitchikof devait avoir franchi la barrière. Mais rien ne se fit comme il l'avait supposé et ordonné. D'abord lui-même il s'éveilla plus tard qu'il ne l'avait résolu, et ce fut pour lui une première contrariété. A peine levé, il envoya savoir si la britchka était attelée et si tout était prêt. On lui rapporta que la voiture n'était point attelée et qu'il ne fallait pas se presser de descendre les bagages. Ce fut une deuxième contrariété; et pour la troisième, il eut le désagrément de se sentir fort irrité, fort disposé à administrer une vigoureuse correction à l'ami Séliphane; il n'attendait, pour y procéder, que les mauvaises raisons qu'allait sans doute lui donner le délinquant pour sa justification. Celui-ci se montra bientôt de profil à la porte, et le maître eut le plaisir d'entendre mot pour mot tout ce qu'on entend chaque fois qu'on est très pressé de partir.

« Pâvel Ivanovitch, il faut ferrer les chevaux.

— Butor! stupide animal! pourquoi ne me l'as-tu pas dit? Est-ce que le temps t'a manqué?

— Oh! non, mais.... c'est que.... une jante, puis la virole et les lanières d'attache d'une roue doivent être réparées ou remplacées; les chemins sont effondrés et vous serez bien cahoté.... et d'ailleurs l'avant de la britchka est en si mauvais état, que nous n'aurons pas fait deux relais....

— Ah! vaurien! s'écria Tchitchikof, en gesticulant tout près de Séliphane avec tant de vivacité, que celui-ci rangea de côté avec précaution sa figure, dans la crainte d'un éclat terrible prêt à s'abattre sur sa tête; veux-tu donc me tuer, hein? m'égorger, hein? gredin, marsouin, vil pourceau, hein? Attendre pour parler, juste le dernier moment, quand je ne devrais avoir qu'à monter et partir.... Tu ne savais pas, hein? Qu'as-tu fait de ces trois semaines et plus que nous sommes ici sans bouger? Mais j'en suis sûr, tu savais que tout cela était à faire, scélérat! tu le savais! tu le savais! n'est-ce pas, dis, tu le savais?

« — Je le savais, répondit Séliphane la tête basse.

« — Eh bien! pourquoi n'as-tu pas parlé plus tôt? »
Séliphane ne répondit rien et resta immobile; il se disait à
lui-même : « Voyez un peu comme tout cela a mal tourné;
c'est pourtant vrai que je savais et que je n'ai rien dit. »

« A présent, imbécile, que fais-tu là? amène-moi ici un
charron, un forgeron; qu'il regarde, et que dans deux heures
tout soit en bon état! Tu m'entends? Dans deux heures;
et si ce n'est pas fait dans deux heures, je te plie en deux et
je fais un seul nœud de tes bras et de tes jambes! Marche! »

Notre héros ne badinait que tout juste assez pour tromper
sa colère. Séliphane fit un mouvement pour aller exécuter
l'ordre du maître, mais il s'arrêta et dit :

« Pardon, Pàvel Ivanovitch; mais il faut que je vous dise
encore.... qu'il faudrait bien.... vendre notre tigré, parce
que, voyez-vous, c'est une canaille, un bon à rien, Pàvel
Ivanovitch; une bête comme ça ne peut donner que de l'embarras en route.

— A la bonne heure! Je vais aller au marché, n'est-ce
pas, chercher un acheteur?

— Je vous jure, Pàvel Ivanovitch, qu'il n'a pour lui que
son apparence; mais c'est un rosé, un méchant drôle, et avec
une canaille pareille, nous....

— Quand il me plaira de m'en défaire, je m'en déferai,
brigand; à présent trêve de paroles inutiles, et prends-y
garde : si dans deux heures le charron n'a pas fait tout ce
qu'il y a à faire, je te promets une raclée à te disloquer la
carcasse. File au plus vite, et pas un mot de plus! »

Tchitchikof était tout hors de lui; il décrocha du mur et
jeta sur le plancher un sabre qu'il tenait toujours couché
derrière lui dans ses excursions, pour s'en servir au besoin
comme porte-respect. Il fut ensuite plus d'un quart d'heure
avec les forgerons, avant de céder à leurs exigences; ces
coquins, lorsqu'on est pressé, ne manquent jamais de demander six ou huit fois le vrai prix de leur travail; bien
entendu il eut beau se gendarmer, leur parler le meilleur
russe, les appeler fripons, voleurs, brigands, dévaliseurs,
juifs et renégats, et les menacer même du jugement dernier,

ils soutinrent imperturbablement leur caractère, à tel point que non seulement ils ne voulurent rien rabattre du prix demandé, mais qu'ils mirent sans vergogne près de six heures à un travail qui en exigeait tout au plus deux.

Notre héros eut donc tout loisir de savourer une à une ces interminables minutes d'attente si familières aux voyageurs qui sont là sur les dents, avec leurs malles prêtes, dans une chambre toute tapissée de bouts de corde, de déchirures de papier, de foin, de flocons de ouate et autres résidus. Ennuyé de n'être ni en place ni en chemin, il siffle, il chantonne, il regarde de sa fenêtre passer et s'arrêter des gens qui, tout en causant de leurs affaires, lèvent vers lui un regard curieux, chuchotent et s'éloignent, circonstance dont le malheureux voyageur oisif par nécessité se fait pour diversion un nouveau sujet d'humeur. Tout ce qu'il aperçoit, l'échoppe d'en face, une tête de vieille femme à une lucarne, un chien qui lape on ne sait quoi, le dégoûte et l'irrite, il s'éloigne de la fenêtre, se tient debout au milieu de la chambre, rêve, souffle d'impatience, puis il frappe du pied et se rapproche de nouveau de la fenêtre pour en fermer la moitié; là il se donne la satisfaction de traquer et d'écraser une mouche, dont le bourdonnement l'agaçait et le poussait à l'exaspération.

Mais, comme tout a une fin, le moment attendu arriva; l'avant de la britchka se trouva raffermi; les roues avaient de nouveaux cercles de fer, et les attaches des brancards étaient consolidées dans les parties affaiblies. Les chevaux ferrés à neuf revinrent de l'abreuvoir, et les coquins de forgerons sortirent de la cour, en comptant leur salaire et en souhaitant un bon et heureux voyage à Tchitchikof, qu'ils venaient de rançonner. Dans la britchka que Séliphane achevait d'atteler, Pétrouchka déposa deux kalatches encore tout chauds [1]. Séliphane engouffra lestement tout son bagage dans la caisse de son siège, et notre héros fit sa sortie,

---

1. *Kalatche*, espèce de pain levé et peu cuit, jaunet, en fleur de froment, d'une forme particulière. On en fait partout en Russie, mais nulle part d'aussi bons qu'à Moscou.

escorté très poliment par le garçon en surtout de cotonnade
grise, qui, la casquette à la main, souriant et saluant sans
cesse, tranchait sur un groupe assez nombreux de cochers,
d'enfants, de cuisiniers et de vieilles femmes accourus pour
assister au spectacle que leur promettait le départ d'un
monsieur.

Le monsieur, objet de cette attention générale, assisté du
garçon d'auberge, monta en voiture, et cette britchka qui a
séjourné si longtemps dans la ville de N..., au grand ennui
peut-être de nos lecteurs, sortit au pas de la grande porte de
l'hôtellerie.

« Ah! enfin, Dieu merci! » pensa Tchitchikof, tandis que
Séliphane se donnait l'innocent plaisir de faire claquer son
fouet. Pétrouchka, après s'être un moment tenu comme en
équilibre sur le marchepied de l'avant, se décida à grimper
et occupa sur le siège le tiers d'espace qui était sa partie
congrue. Notre héros, assez pittoresquement posé sur un
tapis de Géorgie, s'inclina pour s'y adosser sur un coussin
de maroquin vert, et la voiture se mit à rouler en sautant
et bondissant sur un pavé qui semblait avoir été inventé tout
exprès pour éprouver la solidité de tout véhicule roulant.

Ce fut avec une certaine émotion vague que Tchitchikof
regardait les maisons, les murailles, les palissades, les rues
qui, elles aussi, dansaient, sautaient et fuyaient en sens in-
verse, et que peut-être il apercevait pour la dernière fois. Au
moment de doubler l'angle d'une rue, la britchka dut s'arrêter; il défilait dans celle où il fallait entrer un convoi funèbre
qui s'étendait à perte de vue. Tchitchikof se pencha en avant
et ordonna à Pétrouchka de questionner quelqu'un; il apprit
que c'étaient les funérailles du procureur. Frappé de cette
nouvelle, il abaissa la capote, boutonna les rideaux de cuir
et se rencogna dans sa voiture. Pendant qu'ils stationnaient
ainsi malgré eux, Séliphane et Pétrouchka, ayant pieusement mis chapeau bas, regardaient passer le convoi et s'amu-
saient à compter combien il y avait de personnes à pied et
combien en voiture. Leur maître, s'étant de nouveau mis
sur son séant pour leur recommander de ne reconnaître et
de ne saluer aucun des laquais et cochers de leur connais-

sauce, se mit aussi à regarder aux œils de vitre logés dans le cuir des rideaux.

Immédiatement derrière le corbillard cheminait pédestrement et chapeau bas tout un peuple d'employés. Il pensa que beaucoup d'entre eux reconnaissaient sans doute, l'un sa britchka, l'autre ses domestiques; mais tous étaient si pensifs qu'ils s'abstenaient par extraordinaire de ce caquetage habituel aux gens désœuvrés qui charment, en causant, l'ennui que leur impose l'obligation de suivre officiellement un convoi funèbre. Toutes leurs idées étaient réfléchies sur eux-mêmes. « Quel homme trouverons-nous, pensaient-ils, dans ce nouveau général qui va nous arriver? Comment se prendra-t-il aux affaires? Quel accueil nous fera-t-il? » A la suite des employés à pied venaient des voitures pleines de dames en bonnets de deuil. Au mouvement de leurs lèvres et à leurs gestes, il était facile de voir qu'elles tenaient conversation, et même une conversation des plus animées. Elles aussi, peut-être, parlaient du nouveau général, supposant qu'il donnerait certainement quelques bals en vue desquels il convenait de songer aux festons, aux blondes, aux broderies, aux coupes nouvelles. A la queue des voitures défilèrent une douzaine de drochkis vides de leurs propriétaires; puis, le passage se trouvant libre, notre héros sentit de nouveau le rude bercement de sa britchka.

Aussitôt il replia ses rideaux, reprit sa position, soupira et se dit à lui-même par manière d'amusement : « Ce brave procureur, procuror, procuror, il a vécu, certes, il a vécu, et puis voilà qu'il est mort! Bon, ils vont bien vite faire dire par les gazettes qu'il est mort victime de l'excès de son zèle, à l'inconsolable douleur de ses subordonnés et de l'humanité entière. Citoyen honorable, sage père de famille, modèle des époux, et vingt autres belles choses. Ils sont très capables d'ajouter qu'il fut accompagné à sa dernière demeure par les pleurs déchirants des veuves et des orphelins.... Si l'on prenait le soin de soulever ce voile de convention et de regarder, tout ce qu'on verrait, c'est que le défunt avait les sourcils, l'un surtout, d'une épaisseur peu commune. » Làdessus il se félicita mentalement d'avoir rencontré un mort

et d'avoir croisé le cortège funèbre non en tête, mais en
queue et sans surprise, circonstance qu'on assure être un
bon présage pour les voyageurs.

La britchka atteignit des rues plus désertes et les longues
enfilades de palissades délabrées qui annoncent en Russie
l'extrémité d'une ville; tout à coup le pavé cessa, la barrière
fut franchie, la poussière s'éleva épaisse d'abord, un peu
moins après. Notre héros était en route, il traversait un
espace tout plat et nu. Ce qu'on voit en ces occasions, c'est
qu'on ne voit plus rien; ensuite on prend sans y penser
l'habitude de regarder les poteaux qui indiquent les kilomètres
parcourus et à parcourir d'un relais au suivant, et la mine des
inspecteurs de station, et les puits de village, et les convois de
charrettes qui constituent notre roulage national, et les villages, masses grisâtres ornées çà et là de samavars [1], de bonnes
femmes et de barbons. En voilà un qui se détache du groupe
et accourt de l'auberge vous offrir son avoine; voici des piétons en marche; ils sont chaussés d'écorce de bouleau ou
de tilleul, et cependant il en est tel qui, avec cette sorte de
chaussure, fera des trajets de six à huit cents kilomètres.

Puis passent sous vos yeux les petites villes bâties à coups
de hache en rondins rarement recouverts de planches, avec
leurs petites boutiques dignes du nom d'échoppes, entourées
à la devanture de tonneaux de farine, de pois, de fèves, de
noisettes et de laptis ou souliers d'écorce, et de kalatches ou
pains jaunets et pansus avec une anse; une barrière bigarrée
de blanc et de noir, avec cordon rouge entre deux, est à
l'entrée, une autre semblable à la sortie; puis ce sont des
ponts recarrelés comme les bottes du pauvre, et des espaces
sans fin à droite et à gauche; de temps en temps passe un
grand vieux carrosse de propriétaire noble, ou bien un soldat
à cheval traînant un caisson de mitraille portant en suscrip-

---

1. Bouilloires souvent décrites, à foyer central, avec cheminée au-
dessus et robinet vers le pied, objet utile et premier ornement de toute
chaumière après les saintes images du coin d'honneur. Mais la prière et
l'eau bouillante sont les deux éléments essentiels de la vie champêtre
en Russie : l'une, pour ramener les aspirations de l'esprit; l'autre, la
transpiration matérielle du corps.

tion : 51ᵉ *batterie d'artillerie*; viennent ensuite des pièces de terre vert de pré, jaune d'or, noir d'ébène et fraîchement sillonnées en guérets en plein désert; là-bas c'est la chanson qu'on entend dans un lointain incroyable, et des volées de cloches; plus loin, bien plus loin encore, apparaissent des tourbillons de moucherons, des nuées de sauterelles, des trombes de corbeaux, des faîtes de sapins, des océans de brouillard, faisant ombre sur vingt points d'un horizon qui semble n'avoir pas d'autres bornes.....

Russie! Russie! des lieux étrangers où je suis, de cette grande distance traversée par plusieurs hautes chaînes de montagnes [1], je te vois, je te vois distinctement, ô mon pays! Ta nature est pauvre; là rien pour réjouir ni pour effrayer les regards : point de ces hardies merveilles couronnées par les témérités de l'art; point de ces villes signalées par de hauts palais à mille fenêtres, qui ont pour base des masses de rocs géants; point de ces arbres dont chacun fait tableau, de ces vastes et amples draperies de lierre enserrant les maisons dans leurs plis, grandissant dans le bruit et l'éternelle pluie diamantée qui sort des bénignes vapeurs des torrents et des cascatelles! Chez toi, on n'a pas à renverser la tête en arrière pour regarder là-haut dans les airs de monstrueuses roches appendues, ici en bizarres corniches, là en immenses voûtes formant des salles de génies ou de Titans éclairées de loin en loin sous les nuages, par des ouvertures où joue le lézard à travers les pampres, les capillaires, les lierres, les mousses enchevêtrées à cet orifice aérien. Point de ces perspectives infinies de cimes éclatantes de lumières diverses sous des ciels d'or, d'argent, d'azur et de pourpre, d'une incomparable transparence! Non, Russie, en toi, il est vrai, rien de si splendide, de si pittoresque; en toi tout est plat et découvert, les villes sont plates, sans relief, et ne se détachent sur l'uniformité du désert que comme des points, des marques, de poudreuses oasis; rien en toi, sous cet aspect monotone, ne charme, ne séduit, n'amuse au moins le regard.

---

1. Gogol voyageait en Suisse et en Italie à l'époque où il écrivait ce onzième chant de son poème.

Quelle est donc cette force mystérieuse, cet attrait inexplicable, mais irrésistible, qui m'attire vers toi? D'où vient, ô Russie, que toujours et partout mon oreille croit saisir la mélodie plaintive, traînante, angoisseuse et peu variée de la chanson que tu fais entendre de l'une à l'autre de tes mers et tout le long de tes fleuves géants? Cette chanson, que rappelle-t-elle donc à mon cœur, qu'à son souvenir je presse des deux mains ma poitrine pour ne pas éclater en sanglots? Qu'est-ce que ces sons, ces accents qui, en venant caresser mon âme, produisent dans mon sein de si douloureuses étreintes? Parle, ô Russie! que veux-tu de moi, dis? Quel lien sacré, indéfinissable, mais réel et sensible, y a-t-il entre nous deux? Pourquoi me regardes-tu ainsi, et pourquoi tout ce que tu contiens attache-t-il sur moi ce long regard fixe? Que pourrais-tu attendre d'un être si chétif?... Et jusqu'à cette heure, moi, plein d'anxiété, je me tiens là debout, immobile. Mais déjà se forme un gros nuage sombre et menaçant, tandis que ma pensée s'arrête muette devant les espaces infinis, et sans abri pour y chercher un refuge. Eh bien, cette étendue infinie elle-même, que fait-elle augurer? Puisque tu es sans limites, ne serais-tu pas la mère patrie, mère et nourrice de la pensée infinie? Tu dois être le pays des géants si universellement rêvés à toutes les époques, toi qui es la seule contrée où les géants aient du champ pour leurs pieds, de l'air pour leurs poitrines. Et l'idée dominante de l'étendue incommensurable m'absorbe irrésistiblement, se réfléchissant dans le fond de mon âme avec une force redoutable, et mes pensées s'illuminent d'une puissance miraculeuse. Oh! quel lointain éblouissant, plein de mirages et de merveilles inconnues au monde entier!... Russie....

« Arrête, arrête, imbécile!... » cria Tchitchikof à Séliphane, et, dans le même temps, un feltiègre à moustaches démesurées, haut placé sur le coussin de cuir d'un chariot de poste, tiré par un troïge lancé au grand galop, croisa la britchka, vomit contre les voyageurs un effroyable torrent d'injures et de menaces, et, après cet orage improvisé, disparut comme une vision, ne laissant d'autre trace de son passage tempétueux qu'un long tourbillon d'épaisse et vaine poussière. Petit et fugitif incident de route, rien de plus.

Mais que de choses étranges, attractives, entraînantes et vraiment merveilleuses dans ce seul mot russe, *doróga* (la route, le voyage)! Que de puissance dans le mot, et que de charme dans la chose!... Jour clair, feuillage d'automne, vent froid; serré dans les plis de notre manteau de voyage, et le chapeau enfoncé sur les yeux, nous nous casons bien commodément, bien étroitement dans un angle de la voiture; le frisson, qui tout à l'heure parcourait nos membres, a bientôt fait place à une douce chaleur; les chevaux dévorent l'espace; nous nous sentons envahis par une somnolence voluptueuse; nos yeux se ferment, le sommeil nous rend d'abord sourds, non seulement à la neige inconsistante qui tombe, mais au trot des chevaux et au bruit des roues, et à celui même de notre respiration accompagnée de la dilatation naturelle du corps commune à nous et à notre voisin, d'où il résulte que nous nous réveillons simultanément l'un l'autre.

Nous ouvrons les yeux, nous regardons au dehors : cinq relais ont été franchis, la scène est éclairée différemment; sous la douce clarté de la lune, c'est une ville quelconque, des églises en bois, dominées par des coupoles, des minarets et des flèches noircis par le temps, des maisons de rondins noirâtres, çà et là quelques maisons en pierre qui tranchent par leur teinte blanche. Les lueurs de la lune se détachent sur les murs et sur les pavés, et tout le long des rues, comme si on eût étendu ici de larges pièces de toile, là des draps de lit, des nappes, des serviettes et des mouchoirs pour qu'ils sèchent au grand air. et l'ombre se dessine en zones noires dans tous les intervalles; les toits brillent comme de grandes plaques de métal poli, quoique de simple bois la plupart. Pas une âme aux fenêtres, ni au dehors : tout est livré au sommeil, tout, sauf peut-être quelque pauvre diable, quelque petit bourgeois de la ville qui calfate de son mieux ses bottes crevassées, ou le boulanger pressé d'allumer son four. Oh! la nuit, la nuit! combien on doit bénir ces voiles que le ciel lui prête, et ce bon air frais qui souffle alors en murmurant son indolente chanson! Nous nous rendormons, nous nous

sentons sans résistance retomber dans cet oubli de nous-
mêmes et des autres, et une seconde fois nous réveillons le
pauvre voisin, fort dépité de nous sentir peser sans conscience
de tout notre poids sur son flanc. Adieu le sommeil cette
fois! nous sourions; nous voyons s'étendre devant nous des
prés, des steppes, l'immensité; encore un poteau, un autre
est dépassé, un troisième. La scène du matin se prépare;
l'aube tire sur l'horizon sa raie blanche, qui, un instant
après, est un ruban d'or pâle, puis elle envahit un dixième
de l'horizon. L'air en ce moment est plus saisissant, le vent
plus intense. Enveloppons-nous bien de notre manteau, il
fait froid, on grelotte, on secoue ainsi l'engourdissement du
dernier somme. Au moindre cahot du véhicule, nous voilà
bien décidément réveillés.

Cependant le soleil s'est élevé majestueux au-dessus de
l'horizon en dissipant sous lui les dernières teintes de l'aurore, emportant les dernières ombres de la nuit. Nous nous
sentons légers, notre ouïe distingue un murmure de voix;
la télègue dévale de la colline tout au bas de laquelle miroite
éblouissante la surface d'un réservoir et de quelques limpides
étangs. Des villages, des chaumières et des cabanes isolées,
animent tout le versant jusqu'aux rives des eaux; à part, sur
un joli plateau, reluit la croix dorée de l'église locale; non
loin de là se sont formés quelques groupes de paysans, d'autres de paysannes babillardes; et nous nous sentons un appétit
impatient et avide de satisfaction. Voici le relais, vivat! Oh!
que tu es doux, que tu es salubre et parfois salutaire, voyage,
voyage lointain! Que de fois, pour notre compte, nous avons
eu recours à toi comme à une planche de salut! et chaque
fois tu m'as porté au rivage, tu m'as sauvé la vie. C'est, qui
le niera? sur les routes, dans les chemins, en voyage que
naissent les fécondes pensées, les rêveries poétiques, les
impressions et les expressions grandioses!...

Notre ami Tchitchikof, se trouvant déjà en rase campagne,
comme nous l'avons dit, éprouva lui aussi, en ce moment,
un commencement de bien-être qui n'avait rien de trop prosaïque, quoiqu'il fût encore tout imprégné de cette prose de
la ville de N.... Il regarda d'abord en arrière pour bien

s'assurer qu'il en était sorti ; quand il fut bien certain que la
ville était totalement hors de vue, et qu'on n'apercevait même
plus les cabanes, les forges de maréchaux ferrants et les
moulins environnants, ainsi que les minarets blancs des
églises bâties en pierre, il ne fit plus attention qu'à la route
qu'il suivait, et sa distraction fut telle que cette ville de N..,
qui avait été son cauchemar de la veille et qui l'oppressait
encore le matin, devint pour lui un souvenir vague et confus,
comme s'il ne l'eût en effet connue que pour l'avoir traversée
au temps de son enfance.

Le route elle-même cessa bientôt d'occuper Tchitchikof ;
ses paupières alourdies peu à peu s'abaissèrent, et sa tête
s'étant mollement abattue sur l'oreiller, il ferma tout à fait
les yeux.

Nous avouons être très satisfaits de ce sommeil que goûte
notre héros, mollement bercé sur d'excellents coussins, dans
le fond de sa britchka. Ce temps de repos nous offre une
occasion naturelle de parler à loisir à nos lecteurs de la
personne même et de quelques détails de la vie de Tchitchikof. Jusqu'ici force nous a été de parler plus que nous
n'aurions voulu de Nozdref, du maître de police, et de bals,
et de dames, et de caquetages, et de ces milliers de détails
qui paraissent assez misérables dans un livre, à plus forte
raison dans un poëme, mais qui ont dans le monde une
importance positive. Mettons tout cela de côté, du moins
pour un temps, et abordons sans plus d'amusement un récit
épisodique indispensable.

Il est au moins douteux que jusqu'ici la personne de notre
héros ait été vue d'un bon œil par la généralité des lecteurs.
Qu'il déplaise aux dames, ceci va de soi : les dames exigent
qu'un héros soit parfait ; et, si l'auteur laisse voir dans celui
qu'il leur présente la moindre faiblesse d'âme, le moindre
défaut corporel, c'en est fait de lui. Le poëte aura beau analyser à fond son âme et en buriner l'image de manière à le
faire voir comme dans la glace la plus pure, il n'y sera attaché
aucun prix. L'âge et l'embonpoint de Tchitchikof ne peuvent
certes que lui nuire. Un homme d'un *certain âge*, fi ! et de
l'embonpoint par-dessus le marché, c'est ce que le beau sexe

ne nous passera jamais, et quelques-unes s'emporteront jusqu'à dire : « Mais il est dégoûtant, son héros! » Hélas! nous savons tout cela, mais le poëte a ses raisons pour repousser jusqu'à l'idée d'admettre comme le héros de son œuvre un jeune et beau gentilhomme ou un prince qui se montre plein de grandeur, d'honneur et de vertu.

Peut-être, dans nos récits tels que nous les avons conçus, le lecteur sentira-t-il vibrer quelques cordes vierges, jusqu'à ce jour inconnues, inaperçues; peut-être y verra-t-on se dessiner la richesse infinie de l'esprit national; peut-être y verra-t-on passer quelque homme doué de qualités presque divines, quelque ravissante jeune personne bien russe, et telle qu'il ne s'en trouverait pas une sur tout le reste du globe, ornée d'une âme angélique toute d'élan, de bonté, de dévouement et de sublime charité; peut-être, près de ces personnages, tous les gens vertueux des autres sociétés humaines feront-ils l'effet d'être morts, comme un livre est chose morte, comparé à la parole vivante. Un jour viendra que les Russes se lèveront, de grands mouvements se manifesteront.... et l'on verra combien profondément il était tombé dans la nature slave de cette semence de vertu qui n'a fait pour ainsi dire que glisser à la surface de la nature de vingt autres races. Mais à quoi bon parler de ce qui est le secret de l'avenir? Il convient peu à un auteur qui, depuis longtemps homme fait, a été mûri par une vie intérieure austère, par la salutaire sobriété de la solitude, de s'emporter, de s'oublier comme un jeune homme. Toute chose vient à son tour, en son temps, en son lieu.

Ainsi donc je n'ai ni voulu ni dû confectionner un héros homme de grande vertu, et voici en partie ma raison. Il est temps d'accorder le repos et les honneurs du prytanée à l'homme vertueux; le mot lui-même d'homme vertueux décidément sonne creux dans toutes les bouches; la médiocrité a fait de l'homme vertueux un dada qu'elle enfourche péniblement dans toutes les littératures, et s'efforce en vain de faire avancer d'un pas en s'aidant du fouet, de l'éperon et de la voix; ils sont parvenus à tuer sur place l'homme vertueux auquel, à défaut de chair, de peau et d'une dernière ombre de vertu, il reste à peine aujourd'hui le triste squelette de sa charpente osseuse. C'est pure hypocrisie que d'évoquer de nos jours l'homme vertueux, passé à l'état de fossile, et de fétiche d'un autre âge; je ne sache pas qu'un homme de bon sens ait aujourd'hui un respect sincère pour des êtres de raison; bref, ayant jugé opportun d'enharnacher le caractère d'un individu retors, qui est très vivant et même très fringant, je ne me fais aucun scrupule littéraire de le seller, brider, monter et atteler, de manière à montrer l'intrigant sous toutes ses allures.

L'extraction de notre héros est tout à fait obscure; ses parents étaient nobles; nobles d'ancienne date ou de fraîche date, Dieu sait. Il n'avait dans la figure aucun de leurs traits. Une parente, une façon de naine difforme, un vanneau, comme on les appelle, se trouvant présente dans la famille le jour de sa naissance, s'écria en le regardant avec attention : « Bah! il ne répond pas du tout à l'idée que j'avais! » Elle aurait désiré que l'enfant eût les traits de la mère, ce qui aurait été heureux en effet; il ne ressemblait, comme dit le proverbe, ni au père, ni à la mère, mais au premier beau cavalier qui avait galopé par là. La vie ne jeta d'abord sur lui qu'un regard oblique et peu accueillant, un regard trouble et froid comme la vitre saisie par les gelées. Il n'eut dans toute son enfance aucun camarade; il habita une toute petite chambrette qui n'avait qu'un jour de souffrance, fermé été comme hiver. Son père, homme sec et malingre, affublé d'un long surtout de merlut [1], les pieds chaussés de chaussons de tricot et les jambes nues, geignait, murmurait sans cesse en allant et venant par la chambre, et crachait dans un vieux sablier de bois, tandis que lui, dès l'âge de six ans,

---

1. *Merlut* ou *merluche*, mot qui n'appartient guère encore, comme touloupe, samovar, verste, archine, etc., etc., qu'au français de la Grande-Russie, désigne des peaux d'agneau mort-né, de tout jeune mouton ou même parfois de bouc, préparées par un procédé particulier, et dont on fait de chaudes et durables doublures de robes de chambre chez les riches; en vieillissant et devenant fort laides, elles passent aux laquais, qui les cèdent aux employés pauvres et peu difficiles sur l'élégance du costume dans leur intérieur.

stationnait des heures entières, assis sur un méchant tabouret,
la plume en main, les lèvres et les doigts souillés d'encre,
et sous les yeux un exemple de calligraphie qui disait : « Ne
mens pas; écoute les vieillards, et porte la vertu dans ton
cœur. » Quand le petit malheureux, fatigué de son silence
et de son immobilité, et de l'uniformité de son *devoir*, et
de l'éternel traînement de chaussons et du périodique cra-
chotement de monsieur son père, s'avisait d'enjoliver à l'excès
une majuscule ou de développer un peu trop par le haut ou
par le bas un *t*, un *p*, un *z*, ou un *d* : « Ah ! tu polissonnes
encore ! » disait le père, et de longs doigts difformes, armés
d'ongles cornifiés, lui tiraillaient les oreilles jusqu'à ce qu'il
eût poussé un cri de douleur.... Ainsi se passa sa première
enfance, et l'on conçoit qu'il n'en conserva dans sa mémoire
que des images bien confuses.

Un jour, par un beau premier soleil de printemps, le père
monta et fit monter son fils dans une télègue attelée de l'un
de ces petits chevaux mouchetés très vulgaires que nos
maquignons, à raison de ce mouchetage de leur robe, rangent
au nombre des pègues ou *pies*. Sur une sorte de caisse
placée à gauche de l'avant, prit place à son tour un petit
bossu qui était le chef de la seule et unique famille de serfs
appartenant au père de Tchitchikof, et à qui incombaient
tous les soins du ménage. La pègue et le bossu étaient plus
sobres que le chameau, plus fermes que le mulet; ils roulè-
rent trente-six heures durant avant de prendre, sur le banc
hospitalier d'une chaumière, une collation froide de pâté aux
choux et de mouton rôti, après quoi le père et le fils se pro-
menèrent une heure sur le bord d'un gué qu'ils venaient de
traverser, pendant que le quadrupède et le bossu se repais-
saient l'un d'une mesure d'avoine, l'autre de quelques reliefs
du repas des maîtres; puis on se remit en route, et nos gens
arrivèrent enfin le troisième jour sans encombre à leur destination. C'était ce que nous appelons une ville; l'enfant resta
bouche béante à la vue de ce luxe de maisons et de rues qui
lui était encore inconnu. Le chariot n'eut pas roulé dix
minutes dans la rue principale qu'il entra dans une ruelle
longue, tortueuse, inégale, pleine de flaques profondes où la

pègue pataugeait et s'embourbait, et où elle serait, pensons-
nous, demeurée avec tout l'équipage, si le serviteur et le
maître lui-même, au moyen des rênes, du fouet et de la
voix, ne l'eussent tenue dans un salutaire état de surexci-
tation.

Après bien des efforts communs, les voyageurs parvinrent
à sortir d'une dernière flaque noirâtre et à pénétrer, en esca-
ladant une pente, dans une petite cour ornée de deux pom-
miers en fleurs. Ils se trouvaient devant une vieille maisonnette en rondins qui masquait un jardinet planté de légumes
communs ; celui-ci, ombragé par des sureaux et des sorbiers,
était terminé par une baraque des plus délabrées, à toiture
en planchettes pourries ; le jour ne lui venait que par une
ouverture d'un pied carré où s'enchâssait une vitre d'un
verre grossier, que les filigranes irisés du temps avaient
fini par rendre mat à sa manière. Là habitait une de leurs
parentes, malingre, petite, vieille, toute ridée jusqu'aux
salières du cou, qui pourtant, toute chétive qu'elle était,
allait encore, tous les matins, à travers la boue de la ruelle,
faire son tour de marché, puis revenait sécher ses bas sur la
bouilloire à thé, qu'elle allumait en rentrant de sa course. La
pauvre femme caressa l'enfant et se réjouit de l'incarnat de
ses joues fraîches, pleines et veloutées. Ce fut d'elle qu'il
apprit qu'à partir de ce moment il habiterait sous le même
toit et que, dès le lendemain, il commencerait à fréquenter
l'école de la ville.

Le père de Tchitchikof ne passa qu'une nuit chez sa
parente, où il n'y avait décidément pas de place pour trois ;
aussi, le lendemain, huit heures n'étaient pas sonnées qu'il
s'était remis en route. Au moment de la séparation, ses yeux
paternels ne versèrent point de larmes, mais il donna à son
fils unique une vingtaine de sous pour ses dépenses indispensables et quelques friandises, et, ce qui est plus
grave, il lui fit les plus sages recommandations dont il fût
capable :

« Prends garde, Pavloucha, étudie bien, ne sois ni polisson
ni têtu ; tâche, avant tout, de plaire à tes maîtres et aux supérieurs de l'école. Si tu plais à monsieur le principal, quand

même, faute de capacité, tu ne ferais de progrès dans aucune
des sciences du programme, tu seras favorisé et avancé mieux
que personne. Ne te lie avec aucun écolier; ils ne t'apprendront jamais rien de bon. Et si tu ne peux faire autrement
que de t'attacher à deux ou trois camarades, lie-toi avec les
plus riches; ceux-là du moins peut-être un jour te garderont
bon souvenir, tu feras usage plus tard de leur nom, ils ne le
trouveront pas mauvais, et, s'ils ne te font pas de bien, ils
auront conscience de te nuire. Ne régale personne et fais-toi
régaler; garde chaque sou et chaque centime comme la prunelle de tes yeux, l'argent est tout dans ce monde : un camarade, un bon ami te trompera, te trahira impudemment; un
camarade ne vaut pas une kopeïka que tu retrouveras en
tout temps prête à te rendre service; on fait tout, on rend
tout faisable et facile par la kopeïka [1]. »

Le petit bossu appuyé contre le brancard du chariot mit
la ponctuation à cette harangue par des mouvements approbatifs du menton; le père, content de lui-même, se sépara de
son fils; il monta en télègue, le petit bossu se hissa sur sa
planche, la télègue tirée par le cheval pie dévala de la cour,
remua toutes les fanges de la ruelle, gagna la grande rue et
disparut. C'était la dernière fois que le fils voyait son père;
mais les instructions, les dernières paroles paternelles que
l'enfant venait d'entendre, germèrent et poussèrent de profondes racines dans l'âme de Tchitchikof.

Pavloucha, dès le lendemain, fréquenta les classes de
l'école. Jusqu'aux vacances on eut là tout le temps de le
connaître; il ne montra pas plus d'aptitude pour une science
que pour une autre, mais il se distingua par un air de grande
attention et par sa propreté, et de plus, il montra une vive
intelligence de toutes les choses pratiques. Par exemple, il
sut parfaitement s'arranger avec ses camarades de manière à
se faire assez souvent régaler sans s'attirer le moindre reproche; et non seulement il ne rendait jamais friandises pour
friandises, ou morceau pour morceau, mais, cachant sa

---

1. C'est-à-dire par l'argent : une kopeïka, dont on fait improprement
un *kopeck* en français, est le *centime* (la centième partie du rouble).

pitance pour deux ou trois heures, il parvenait à leur vendre
justement ce qu'ils lui avaient donné. L'enfant est gourmand
et friand; lui, il avait la force de refuser à son estomac toute
satisfaction en ce genre. Des vingt sous que son père lui
avait donnés, il sut n'en pas dépenser un seul, et avant la
fin de l'année il avait doublé sa somme; non sans déployer,
pour arriver à ce résultat, une habileté peu commune à cet
âge. Pendant son loisir des fêtes de Noël, il modela en cire,
au moyen des bouts de cierges de sa tante, un bouvreuil
qu'il coloria, je ne sais comment, et qui fut vendu et bien
vendu, à la porte de l'école, le jour même de la rentrée.

Avec ces petits talents, l'école était pour lui une place de
commerce; comme le marché était à peu près sur son chemin,
il y allait acheter quelque petite victuaille, puis, son panier
sous le banc, il se mettait, aux heures de récréation, entre
deux enfants de parents riches, et, dès qu'il remarquait que
ses voisins et ses vis-à-vis avaient le regard un peu trouble
et la lèvre sèche, symptômes des appels de l'estomac, il sou-
levait machinalement tantôt d'un côté, tantôt de l'autre, le
couvercle de son panier, leur laissant apercevoir une miche,
un pain d'épice, un gâteau. « Donne, donne, cède-moi ta
miche, cède-moi ton gâteau! » lui chuchotaient-ils à l'oreille
tour à tour; et ils ajoutaient : « En veux-tu deux sous? en
veux-tu trois sous! » Il se faisait prier, puis il prenait
l'argent. Il mettait une grande diversité dans son industrie;
il employa deux mois entiers à faire l'éducation d'une jolie
souris blanche qu'il tenait prisonnière dans une petite cage
de bois d'osier; il parvint à lui apprendre à marcher sur ses
pattes de derrière, à se coucher, à faire la morte et à se
relever gaillardement, le tout à de petits signaux qui ne manquaient jamais leur effet sur l'animal. Les enfants gâtés la lui
demandèrent à l'envi, et il s'en défit très avantageusement.
Quand il eut cinq roubles dans une bourse et autant dans
une autre, il les cousit solidement, les enveloppa de feuilles
mortes et les enterra au pied d'un sorbier, puis il se mit à la
besogne pour en former une troisième.

Dans ces rapports avec toutes les autorités de l'école on
peut bien dire qu'il montra une sagacité et un talent encore

plus raffinés. D'abord nul écolier n'était aussi parfaitement tranquille sur son banc : car le professeur le plus influent ne pouvait souffrir les petits garçons fins, mobiles, éveillés, et se montrait en toute occasion et sans occasion le panégyriste juré de l'immobilité et de l'air sérieux, qu'il ornait des noms de tranquillité, d'application et de bonne conduite. Il lui semblait toujours que l'écolier qui remuait, et dont le regard animé laissait briller l'étincelle d'une idée, se mourait d'envie de se moquer de lui; là-dessus il entrait dans une grande colère, sans que l'assistance, sauf notre héros, y pût rien comprendre, et l'accusé se voyait impitoyablement chassé ou puni. « Je te secouerai, moi, ton petit orgueil, tes airs malins et ta désobéissance? lui criait-il; va, frère, je te connais mieux que tu ne te connais toi-même. A genoux, à genoux, au coin tout de suite, je te prendrai par ta gourmandise; tu es au pain et à l'eau pour la semaine! » Et le pauvre enfant, avec toute sa parfaite innocence, en était à se frotter les genoux pour se désengourdir, et il lui fallait après cela jeûner plusieurs jours de suite, si c'était un interne. « Capacités, esprit, talent, tout cela ici, c'est marchandise de pacotille; la seule chose que je prise dans un enfant, c'est la conduite! Je maintiens, moi, qu'il faut donner la meilleure attestation pour toutes les sciences à l'enfant qui, même sans savoir ni A ni B, se conduit bien et reste tranquille à sa place; tenez-vous pour dit que celui en qui je remarque un esprit railleur n'aura de moi que des zéros, eût-il reçu du ciel plus d'esprit que Solon ou que Socrate; souvenez-vous de cela! » Il avait en exécration notre bon fabuliste Krylof, pour avoir dit, à propos des *musicants* ou chanteurs serfs d'un propriétaire :

Bois si le cœur t'en dit, mais fais bien ton métier.

Il se plaisait à raconter que, dans l'école primaire où lui-même il avait commencé son éducation, la tranquillité était si grande, le silence si complet, qu'on aurait entendu dans les classes le vol d'une mouche; il ajoutait que pas un élève, dans tout le cours de l'année, ne bâillait, ne se mouchait, ni ne crachait, et que, jusqu'au coup de cloche, il eût été impossible à un aveugle passant sous les fenêtres ouvertes d'affirmer qu'il y eût quelqu'un dans la classe.

Tchitchikof, qui avait, dès les premiers jours, mesuré l'esprit de ce Pythagoras moderne, n'aurait pas fait un mouvement de la prunelle, du sourcil, du coin de la lèvre, ni du petit doigt, et on l'eût pincé, piqué ou chatouillé par derrière, que son visage n'en eût rien laissé paraître. Lorsque la cloche sonnait, il s'élançait sans affectation de son banc et devançait tout concurrent pour présenter au professeur son bonnet et sa canne; puis il tâchait de se trouver à deux ou trois reprises sur son passage, et autant de fois il lui faisait un modeste salut. Cet habile manège eut un plein succès; tout le temps qu'il fut à l'école, il passa pour un élève très distingué, et, à sa sortie, il reçut l'attestat le plus flatteur pour ses progrès dans *toutes les sciences*, et, de plus, un livre sur la reliure duquel était inscrit en lettres d'or : « A Pâvel Tchitchikof, pour son application exemplaire et une conduite sage qui font espérer en lui un excellent sujet. » Ses études ainsi terminées, il n'était plus ni un enfant, ni un adolescent, mais un assez agréable jeune homme dont le menton correct, lisse, mais plus que velouté, appelait déjà le travail du rasoir. Il aurait volontiers employé une dizaine de jours à se montrer un peu dans la ville, au grand orgueil de sa tante; mais le lendemain même de son triomphe, il apprit que son père venait de rendre à Dieu son âme, et il partit.

L'orphelin trouva pour héritage, au manoir paternel, quatre camisoles usées au point de ne supporter aucune réparation, deux vieilles douillettes de merlut, et une somme insignifiante de numéraire. Il faut croire que le défunt, si fort pour recommander la théorie d'amasser constamment sou sur sou en vue de l'avenir, était, quant à lui, très faible dans la pratique. Tchitchikof, après avoir mis une pierre sur la fosse de son père, vendit sans désemparer la maisonnette, la terre, meubles, camisoles et douillettes en sus, pour la somme ronde de mille roubles comptant, et se transporta, avec la famille de serfs qui lui appartenait, à la ville, où il avait résolu de se fixer, d'entrer au service civil,

et enfin de se faire une petite position convenable. Avant de
partir de cette même ville, il avait dit à sa pauvre tante dé-
solée : « Je reviendrai bientôt, bientôt; » elle n'en crut rien
et se laissa mourir la veille de son retour, pour n'avoir pas
eu un peu plus de foi en son neveu et quarante-huit heures
de patience. Il courut retirer de son ancienne cachette onze
bourses de cinq roubles chacune qu'il y avait déposées; quant
aux deux cents qu'il trouva dans le fond d'un tiroir d'armoire dont, faute de clef, il fallut forcer la serrure, il en
employa la moitié aux funérailles de la défunte; puis il prit
un logement fort modeste, vers le centre de la grande rue.

Il y eut, la semaine suivante, un petit événement dont il
fut contrarié : on renvoya de l'école, soit à cause de son
ineptie, soit pour quelque autre cause, le précepteur affolé
de tranquillité et de bonne conduite. Ce qu'il y a de plus
fâcheux, c'est que, de désespoir, le précepteur se mit à boire
et n'eut bientôt ni de quoi boire ni de quoi manger. Malade,
sans pain, sans linge, sans aucunes ressources, il se réfugia
dans une espèce de galetas sans poêle, sans vitres aux fenêtres. Ses anciens élèves, les espiègles, les mutins, les mauvais, ceux qu'il avait réellement persécutés sans la moindre
ombre de raison, ayant su dans quelle déplorable position se
trouvait ce malheureux, se cotisèrent spontanément; quelques-uns, s'imposant même pour lui des privations sensibles, formèrent une somme assez ronde. Pâvel Tchitchikof
seul, alléguant son peu de fortune et les énormes dépenses
qu'il venait de faire en funérailles, grâce encore à un emprunt bien onéreux pour lui, offrit pour sa part de cotisation
une microscopique pièce de cinq sous fruste, qu'on lui jeta
à la figure en le traitant de ladre. Le pauvre instituteur, en
apprenant cette conduite généreuse de ses anciens élèves, se
cacha la figure d'émotion et de honte; il sanglota et versa des
larmes plus abondantes qu'il ne leur en avait fait verser par
ses procédés aveugles d'autrefois. « Et c'est presque à l'heure
de la mort qu'il plaît à Dieu de m'ouvrir enfin les yeux sur
mon injustice envers ces bons jeunes gens que je tyrannisais! »
s'écria-t-il. Puis, ayant appris, on ne sait par quelle voie, la
triste conduite de Tchitchikof, il soupira avec amertume et

dit : « Lui qui avait l'air si doux, si bon, qui était toujours si serviable! Oh! quels changements dans l'homme! ou plutôt, comme celui-ci s'est joué de ma déplorable faiblesse! »

Qu'on ne se hâte pourtant pas de croire que le naturel de notre héros ait été dur et incapable de tout généreux mouvement, de tout sentiment de pitié : nullement; en cette conjoncture, par exemple, il était même tout porté de cœur à secourir son vieux précepteur, mais il lui déplaisait d'être ainsi pris à l'improviste; il eût mieux aimé donner lui-même et peu, très peu à la fois; il n'avait pas en ce moment de menue monnaie, la grosse s'additionnait en somme ronde, c'était sa pelote; le matin encore il avait formé le ferme propos de n'y point faire brèche. En un mot, l'instruction de son père : « Mets sou sur sou, amasse et garde », avait été semée sur un excellent terrain. On aurait tort de trancher en disant : « Il était épris de son cher argent, il l'aimait, l'adorait pour lui-même. » Eh non, il n'était, à proprement parler, ni lésineur, ni avare; il ne se laissait dominer par aucune passion abjecte, mais avant tout il avait l'esprit et le cœur remplis d'agréables visions d'une vie pleine de douceurs et de plaisirs, au sein d'une certaine abondance; il entrevoyait dans un gracieux lointain des équipages à lui, une maison bien fournie, une bonne table : voilà ce qui se jouait perpétuellement dans son imagination. C'est uniquement afin de pouvoir se flatter de jouir de tout cela dans la suite qu'il amassait les centimes, se refusant tout dans le présent, à lui et aux autres. Quand il voyait s'élever devant lui un riche se carrant sur d'élégants drojkis attelés de coureurs superbement enharnachés, il restait là, lui, comme fiché en terre, et ensuite, relevant la paupière comme après un long sommeil, il disait : « Eh bien, celui-là était garçon de comptoir, et il avait les cheveux taillés en rond sur la nuque! » Tout ce qui sentait la grande aisance et la richesse produisait sur lui une impression dont il ne s'expliquait pas à lui-même toute la puissance. Echappé de l'école depuis hier, il était impatient de tout repos, tant il avait hâte et presse de prendre du service et d'avancer sa grande affaire.

Malgré son bel attestat, il eut bien de la peine à se faire

admettre au nombre des employés du tribunal de l'endroit.
Il n'est pas, dans la ville de Russie la plus obscure, de si
minime emploi à obtenir pour lequel il ne faille de la protection. On lui donna une place vraiment misérable, une
place de trente à quarante roubles par an; il n'en résolut pas
moins d'être tout feu, tout flamme pour son service, de s'y
dévoué, de s'y distinguer, de s'y faire apercevoir. En effet,
il montra une patience, une résignation, une abnégation
inouïe. Du matin au soir, sans que son corps, ni son esprit
parussent y user leurs forces, il tournait, retournait, étudiait
les dossiers, faisait des extraits, prenait des notes, puis, plus
souvent qu'à son tour, au lieu de rentrer chez lui, il prenait
son sommeil dans le greffe même, sur une table; il lui arrivait même de dîner avec les invalides attachés au service de
garde et de balayage du tribunal, et avec tout cela il était
d'une propreté minutieuse dans ses habits et ses habitudes,
et joignait même à ces élégances la grâce du sourire calme
et une certaine noblesse de geste et de maintien.

Disons en passant de ses collègues, que les autres employés du greffe se distinguaient par des habitudes et des
qualités diamétralement opposées. Il se trouvait là des
figures qui faisaient l'effet d'un pain de seigle que le four en
mauvais état n'est pas parvenu à cuire : l'un avait une joue
prodigieusement enflée; un autre le menton tout de travers;
un autre, une vessie crevée en guise de lèvres, et tous, des
nez impossibles... remarquable assortiment de laideurs
diverses! Tous, pour parler, émettaient de ces sons de voix
durs, grondeurs, colères, comme s'ils se fussent préparés à
battre quelqu'un ou à lui faire le plus mauvais parti. C'est
que tous sacrifiaient à Bacchus, triste et trop réel témoignage que, dans la nature slave, il reste encore à étouffer
beaucoup de vieux restes d'aspirations païennes. Ils arrivaient bien des fois imbus visiblement d'un esprit trop évaporé pour ne pas laisser planer dans la salle d'audience et
dans les bureaux une atmosphère peu conforme aux exigences de l'hygiène. Tchitchikof, à la longue, devait imman-
quablement être remarqué parmi de tels employés, lui dont
le corps était sain, le teint rosé et transparent, la voix cons-

tamment fraîche et pleine de douceur. Et pourtant il était presque impossible qu'il fît son chemin; il était sous les ordres d'un greffier routinier, dur, insensible comme une vieille image en pierre de l'impassibilité absolue. Ce personnage était en tout temps le même, en tout temps sourd, froid, glacial, jamais on ne l'avait vu sourire même à demi; jamais, à une question sur sa santé, il n'avait eu la bonne grâce de répondre : *Bien,* encore moins la politesse d'ajouter : *Et vous?* Nul ne l'avait vu, même un instant, différent de ce qu'il était; qu'on le rencontrât dans la rue ou chez lui, au greffe ou dans la salle des audiences, n'importe; nul ne lui avait vu montrer le moindre intérêt à personne; il pouvait se griser, s'enivrer, mais rire ou sourire, jamais; un brigand même, dans l'état d'ivresse, s'abandonne à une joie sauvage; lui ne cédait à aucune joie, à aucune émotion quelconque. On ne pouvait découvrir en lui rien de bon, rien de mauvais, et cette absence de toute passion avait quelque chose d'effrayant. C'était une figure de marbre brut, mais sans la moindre irrégularité caractéristique qui lui permît de ressembler à quelqu'un ou à quelque chose; tous les traits de son visage reflétaient son naturel rigide; toutes les parties de son galbe avaient une concordance native : seulement, aux nombreuses marques plus ou moins profondes de petite vérole qui l'accentuaient, ce visage était de ceux sur lesquels le diable, dit-on, est venu s'amuser à broyer ses pois. Quant à vouloir amadouer et apprivoiser un être pareil, il semblait qu'il n'y eût pas sur la terre un homme capable de s'en aviser. Tchitchikof l'entreprit.

D'abord notre héros essaya les petits moyens, ceux qui ne frappent pas la galerie : il examina attentivement les plumes dont son chef faisait usage, et il lui en taillait un certain nombre selon sa coupe favorite, puis il les plaçait à portée de sa main; il époussetait le drap de son bureau du sable et du tabac qui s'y étaient répandus, il mettait des essuie-plumes frais sur son écritoire, il allait prendre son chapeau, un bien affreux chapeau, et le plaçait près de lui une minute avant la fin de la séance; il lui donnait un petit coup de brosse s'il s'était blanchi contre les murs : mais tous ses soins étaient prodigués en pure perte; celui qui en profitait ne daignait pas s'en apercevoir.

A la fin, il s'enquit, à propos de l'homme, de la composition de sa famille et de son genre de vie intérieure et intime; il sut que sa seule affection était pour sa fille, personne mûre, procréée à son image et ressemblance, et le visage non moins outrageusement grêlé que celui du père. C'est devant ce point faible qu'il résolut de dresser ses batteries. Chaque dimanche et chaque fête, habillé avec goût et recherche, col empesé, cravate bien mise, il allait d'abord, comme par hasard, se poster juste sur le passage de la demoiselle lorsqu'elle se rendait à son église; ce hasard se renouvelait à la sortie de la messe; on en fut frappé, on joua de la prunelle, des paroles furent échangées, et la partie admirablement liée. Le terrible greffier s'humanisa jusqu'à dire bonjour à son subordonné, et le soir, se penchant à son oreille, il l'invita à venir prendre chez lui une tasse de thé en famille. Nul, dans le greffe, ne s'était encore aperçu de rien que déjà Tchitchikof était devenu commensal, ami intime et factotum dans cette maison où l'on ne pouvait plus se passer de lui un seul jour et où il avait sa chambre; c'est lui qui achetait le sucre, les pâtes, la farine et le gibier; ses manières avec la demoiselle étaient celles d'un prétendu; il appelait le père du nom de papa, et parfois, dans ses enfantillages affectés, il lui baisait la main. Dans la ville et au palais ce fut bientôt la nouvelle du jour; tous se mirent en tête que le mariage aurait certainement lieu avant le grand carême [1].

Le farouche greffier, très sobre de présentations, avait par cela même une grande influence qu'il exerça en faveur de son jeune ami, et Tchitchikof, peu de temps après une instante recommandation de ses talents et de son zèle, obtint d'emblée une place de greffier qui était venue à vaquer fort à propos. Le but, l'unique but de la liaison que nous venons de décrire, devint alors évident pour tous les yeux. Le lendemain matin du jour où il prêta le serment d'usage, ayant fait venir son domestique serf de très bonne heure, il fit en-

---

1. En Russie, aucun mariage n'est célébré pendant le carême.

lever, sans le moindre bruit, de chez son ami, le coffre
d'effets de tout genre qu'il y avait apporté, et le jour suivant,
il était installé dans un nouveau logement. Dès lors devenu
greffier lui-même, il n'appela plus l'autre papa, et, bien entendu, il ne lui baisa plus la main, et quant à la noce, il en
fut moins question que jamais : car, après tout, le mot mariage, en aucune occasion, n'était sorti de la bouche de Tchitchikof. Pourtant, chaque fois qu'il rencontrait son bonhomme
de collègue, il lui serrait chaleureusement la main et ne
manquait pas de l'inviter à venir chez lui le soir sans façon
prendre le thé, de sorte que le vieux greffier, avec toute sa
roideur et son impassibilité proverbiales, ne manquait pas
non plus, de son côté, de branler la tête significativement et
de marmotter entre ses dents des monosyllabes qui revenaient à peu près à ceci :

« Ah! fils du diable, comme tu m'as joué! »

Tchitchikof venait de franchir le pas le plus difficile; de
ce moment tous les obstacles s'aplanirent devant lui; il devint au palais un homme d'une véritable importance. Il avait
ce qu'on désire le plus de trouver chez tous ceux dont on a
besoin : accès facile, paroles douces, manières bienséantes
dans les relations, rondeur et activité en affaires. Avec ces
procédés et son énergique résolution de mettre le temps *à
profit*, il ne pouvait manquer de faire de sa place ce qu'on
appelle une excellente vache à lait, et il ne faillit pas à son
programme. C'était l'époque où commençait l'ère des pour-
suites *les plus sévères* contre la concussion et la vénalité. Il
ne s'en effraya nullement, et tout au contraire il sut les faire
tourner à son profit, fournissant ainsi une preuve de plus
de la puissance d'imagination russe, qui ne s'éveille et ne
se déploie que dans les temps d'oppression. Voici à peu
près sa manœuvre habituelle. Quand un plaideur venait
tourner autour de son bureau en fouillant à la poche du
cœur pour en tirer des lettres de recommandation signés
P. Khovansky [1] :

---

1. C'est-à-dire des assignats de la Banque. Feu le prince Khovanski
signa de sa main tout le papier-monnaie de l'empire pendant près d'un
demi-siècle; aussi la célébrité dont jouissait ce nom dans le pays éga-

« Non, non, disait-il posément, en souriant et en retenant la main généreuse; avez-vous pu penser que je.... Non, monsieur, je connais mon devoir; si je puis vous obliger, je le ferai e! gratuitement; ne vous mettez pas en peine, tout sera prêt demain; veuillez écrire ici votre adresse, vous n'aurez pas même à vous déranger; il vous sera fait communication chez vous de ce qui vous intéresse. »

Le plaideur enchanté retournait chez lui et se disait avec enthousiasme :

« Eh bien, à la fin, voici un homme comme il nous en faudrait bien quelques milliers; mais c'est tout bonnement une perle fine que cet homme-là! »

Mais il attend un jour, un second, puis un troisième jour; le matin du quatrième, ne voyant encore rien venir, il retourne au greffe, il s'informe.... on n'avait pas même secoué la poussière de son dossier. Il accoste avec précaution la perle fine.

« Pardonnez-moi, je vous en prie, dit Tchitchikof en prenant gracieusement les deux mains de son homme; nous sommes littéralement débordés par les affaires, mais pour demain ce sera fait, comme je vous ai dit; oui, demain, demain, car j'ai vraiment conscience. »

Et toutes ces bonnes paroles étaient accompagnées d'un ton affectueux et de poses charmantes. Mais ni le lendemain, ni le surlendemain, ni les jours suivants, rien n'était apporté du greffe. Le plaideur, après avoir passé loin des siens une quinzaine ou tout un mois à la ville, réfléchissait, s'informait plus adroitement, et apprenait que c'étaient les simples commis qu'il fallait intéresser.

« Bon, qu'à cela ne tienne; je vais donner un rouble à chacun de ces trois-là.

— Non, ne donnez qu'à un seul, mais un assignat blanc [1].

— Comment, un assignat blanc à un petit commis? vous plaisantez !

----

lait celle du nom de Garat, qui a figuré si longtemps sur nos billets de banque.

1. De vingt-cinq roubles.

— Ne vous fâchez pas, ce sera justement comme vous dites ; sur votre billet blanc il y aura bien un rouble ou deux pour les petits commis, le reste ira à leur supérieur. »

Après une explication pareille, le plaideur se frappait le front et fulminait, dans son for intérieur, contre les nouveaux us des antres de la chicane, où l'on est rançonné en douceur, détroussé avec bienséance et ruiné noblement par des raffinés. Auparavant, du moins, on savait tout de suite ce qu'on avait à faire : on présentait à l'employé entre les mains de qui l'affaire pouvait s'arrêter, un rouge, un simple assignat de dix, et la machine se mouvait. Il faut un blanc à présent, et l'on perd des semaines à deviner à qui le remettre. Le diable soit de leurs manières délicates, de leurs belles paroles et de leurs raffinements! Le plaideur a toujours raison de se plaindre, je ne dis pas non ; mais voyons, n'y a-t-il pas quelque chose de gagné? Vous voyez bien que les chefs sont aujourd'hui les gens les plus purs et les plus nobles du monde, les commis seulement et les menus scribes sont peut-être beaucoup plus avides que ne l'étaient jadis leurs chefs de l'ancien modèle.

Un champ plus vaste et d'un meilleur rapport s'ouvrit bientôt pour Tchitchikof. On avait formé une commission pour la construction d'un édifice considérable, d'un grand bâtiment de la couronne : il se faufila dans cette commission et en devint bientôt un des membres les plus actifs. Cette commission se mit à l'œuvre sans retard et nomma un comité dont on le pria de faire partie, et qu'il domina en ayant l'air de se soumettre à tous, vu qu'il était de tous le moins âgé. La commission se remua sur place six bonnes années sans que la bâtisse pût s'élever d'un demi-pied au-dessus des fondations, soit que le climat fît obstacle, soit que les matériaux de la localité, ne valant rien pour de grands bâtiments, nécessitassent, non sans bien des frais et des embarras, l'essai de matériaux d'une autre provenance. Et, comme on avait payé de confiance les trois quarts des matériaux mis au rebut, chaque membre de la commission dut bien prendre sur lui de désencombrer le terrain, sauf à se faire bâtir, s'il leur plaisait, chacun pour soi, une jolie maison, d'après le système de façade adopté par la ville; et il faut rendre à ces messieurs de la commission la justice de dire que tous se prêtèrent à la chose de fort bonne grâce. Heureusement pour eux le terrain où ils bâtirent, quoique varié, se trouva être de bien meilleure qualité que l'emplacement destiné au grand bâtiment public.

Seul de tous les membres de la commission, Tchitchikof parut ne rien bâtir; il n'avait pas de famille, et il ignorait complétement, tant il avait d'affaires, où et comment le bossu et les siens, qui formaient sa seule propriété sous le soleil, parvenaient à se nourrir et à se blottir pour la nuit. Cependant un observateur aurait certainement remarqué qu'il se départait peu à peu des règles de continence absolue et générale qu'il s'était religieusement imposées d'abord; en effet, il mit un terme à ce trop long carême dont on s'étonnait; il prouva qu'après avoir fait des épreuves sur sa volonté et sur ses sens, précisément dans l'âge où l'on peut si rarement répondre de soi, il n'était pas pour cela devenu indifférent à toute jouissance. Outre le nécessaire on vit paraître chez lui le superflu · il se donna un assez bon cuisinier; il fit apporter de Moscou une douzaine de fines chemises de toile de Hollande et un drap moelleux et *pleine main*, comme on n'en avait pas encore vu dans toute la province. Ce fut l'époque où il adopta pour ses habits de ville les couleurs cannelle et roux à pluie d'or ou à reflet jaune brillant, auxquelles il demeura fidèle toute sa vie; il se donna deux jolis chevaux qu'il se plut à mener lui-même, en vue surtout d'achever l'éducation de celui que le petit bossu lui attelait en bricole, pensant avec raison que le cou du cheval de volée doit avoir toute la souplesse d'un cou de cygne; il prit l'habitude de l'eau de Cologne, des éponges fines et du savon superfin pour sa toilette de chaque jour; il en était même un peu prodigue, et les cosmétiques lui coûtaient bon; mais, quoiqu'il eût passé pour lésineur, il ne regardait pas à la dépense, surtout quand il s'agissait d'entretenir le velouté de ses joues, la souplesse et la fraîcheur de sa peau.

Nous n'avons pas parlé jusqu'ici du chef de ce tribunal près duquel notre héros avait si glorieusement su se créer une bonne position; c'est que ce prétendu magistrat n'était guère qu'un couvre-pied rembourré de duvet d'oies grasses. Ce couvre-pied usé laissait déjà voltiger la plume de tous côtés, que c'en était incommode pour ceux qui étaient au-dessous. Tout à coup il fut jeté de côté, et on envoya comme magistrat, comme fonctionnaire sérieux, un *militaire*, un ci-devant guerrier, et de plus, hélas! un ennemi déclaré de la vénalité, de la concussion et de tout ce qui ressemble de près ou de loin à de l'injustice. Dès le lendemain de son arrivée il terrifia son monde; il exigea des comptes, se montra extrê-mement minutieux; il vit des erreurs, il trouva du déficit dans les caisses; sept ou huit maisons bourgeoises toutes neuves et gracieusement exposées, le plus joli ornement de la ville, le choquèrent et rendirent son esprit vraiment inqui-sitorial. Ce fut bientôt un hourvari, un désarroi presque général; vingt employés furent impitoyablement renvoyés du service; les jolies maisons, leurs amours, furent séques-trées par le fisc et passèrent soit à des établissements de charité, soit à des écoles de cantonistes enfants de troupe. C'était tout cela le duvet de l'ancien lit de plumes; l'homme du jour souffla là-dessus comme un soufflet de forge, et Tchit-chikof souffrit plus que personne de toutes ces algarades. Son air doux, délicat et distrait n'y fit rien, et de prime abord le vieux brave le prit d'instinct dans une belle aversion.

Cet ex-guerrier sabrait à merveille; mais dans sa nouvelle carrière il ne pouvait pas sabrer bien longtemps de la sorte; assez versé dans les stratagèmes, il ne connaissait absolument rien aux ruses de paix de l'administration de la justice, de sorte qu'au bout d'un mois ou deux, au moyen d'un air d'innocence, de soumission, de complaisance, de conformité d'opinion ou de sentiment, quelques employés parvinrent à se faire supporter d'abord et bien venir ensuite, et le sabreur se trouva, sans rien y comprendre, positivement à la discrétion d'une poignée de coquins qu'il trouva commode de prendre pour gens probes et justes. Il eut pendant trois jours des visites à qui il raconta son grand exploit, et on l'entendit se féliciter d'avoir su discerner à travers tout ce monde plu-sieurs hommes sûrs et capables. Les employés qui n'avaient point souffert de la rafale pénétrèrent à fond son esprit et son caractère; il n'en est pas un qui ne s'affichât à ses yeux en toute occasion favorable, comme grand pourchasseur d'iniquités. Les favorisés, dans toutes les affaires, poursuivaient l'injustice avec la même ardeur que les pêcheurs du Volga poursuivent l'esturgeon pour sa graisse, ses œufs et ses cartilages; ils firent si bonne pêche de mauvaise chicane et de coquineries, que chacun d'eux eut en fort peu de temps un bon petit capital de plusieurs milliers de roubles mignons.

Alors quelques-uns des congédiés, étant tout à fait rentrés apparemment dans les voies de la vérité et de la justice, furent réintégrés au service : mais Tchitchikof ne pouvait y parvenir d'aucune manière; il eut beau faire jouer les grands ressorts, et ne pas épargner les bonnes lettres Khovansky avec monsieur le premier secrétaire, qui avait, sans qu'il y parût trop, la haute direction du nez de Son Excellence, rien n'y fit. L'honorable général était ainsi fait que, bien qu'on le menât sur la généralité, à son insu, par le bout du nez, quand il avait en tête une idée à part, une idée tenace, elle y était clouée et rivée; et celle-là, rien ne pouvait la lui arracher du cerveau. Tout ce que put obtenir pour notre héros l'habile et complaisant secrétaire, ce fut le retrait de la mention déshonorante qui entachait ses états de service, et à cet égard même il n'amena à ses fins le général qu'en faisant appel à sa pitié, en lui peignant sous les couleurs les plus vives la situation désespérée de la famille du pauvre Tchitchikof, qui était orphelin, célibataire et très peu à plaindre.

« Allons, patience! j'ai jeté l'hameçon, il s'est accroché à des racines et le crin s'est rompu; adieu la pêche pour aujourd'hui, et je replie ma ligne; quand je pleurerais, en serais-je mieux loti; c'est à recommencer, voilà tout! » Là-dessus, il adopta diverses résolutions héroïques et dignes de lui, entre autres de reprendre du commencement sa carrière avec tout l'excessif labeur et toutes les privations qu'il s'était si sagement et si fortement imposés à vingt ans, afin de remonter du bas même de l'échelle sans avoir entamé la masse assez ronde d'économies formées avec tant de soins et tant d'amour.

Tchitchikof dut passer dans une autre ville; là, comme il était entièrement inconnu, il trouva les premiers mois bien durs; puis il changea presque coup sur coup deux ou trois fois de place, parce que celles qu'il acceptait pour ne pas rester oisif comportaient de la malpropreté et de la bassesse. Tchitchikof, l'homme le plus enclin à l'élégance, obligé de stationner de longues heures au milieu de gens crottés et sans linge, restait seul propre, sans doute au fond de l'âme bien plus que sur lui, mais il avait la passion des tables de bois verni, du fauteuil couvert de maroquin et des essuie-plumes. Jamais, certes, il ne se serait permis, dans l'abandon de la causerie, un mot malséant; combien ne devait-il donc pas gémir de voir les autres, dans leurs discours méprisables, s'abstenir de toute décence et, ce qui est encore une grave dissonance, de toute cette considération qu'on doit sans doute au titre et au rang! Nous sommes bien sûrs, nous, que le lecteur apprendra avec plaisir que Pàvel Ivanovitch changeait de linge tous les deux jours et même tous les jours pendant les grandes chaleurs, en juillet. La moindre mauvaise odeur le blessait très sensiblement, à ce point que quand le petit bossu venait lui tirer ses habits ou ses bottes, il tenait sous ses narines une fleur ou un flacon d'essence, quoique cet homme ne sentît pas le rance comme plus tard Pétrouchka; il avait des nerfs de jeune demoiselle, et conséquemment il avait cruellement à souffrir dans un cercle d'hommes qui exhalaient les alcools, l'ail et le tabac, et n'avaient point le sentiment de ce qui est bien ou malséant dans le langage et les manières. De frais qu'il avait été et gras dans une juste proportion, il devint en peu de mois très maigre et d'un pâle tirant sur le vert; alors, s'il se regardait au miroir, ce n'était plus que pour se raser, et chaque fois il se disait : « Mon Dieu, que je suis devenu laid! » Après quoi il retournait sa glace pour ne plus se voir; mais il supporta toutes ces mortifications avec un courage indomptable, une résignation invincible, dont il fut à bon droit récompensé par l'accueil favorable qu'on fit à sa demande de passer dans le service des douanes.

Le service des douanes était depuis un certain temps l'objet de ses visées et de ses aspirations. Il avait eu occasion de voir quelques douaniers tous abondamment fournis d'élégants colifichets et bimbelots venus de l'étranger; il avait admiré ces figurines de porcelaine, ces fins mouchoirs de batiste qu'ils envoyaient à leurs commères, à leurs tantes et à leurs sœurs. Vingt fois il s'était dit en soupirant : « Voilà, voilà un service ! il faut viser là; près de la frontière, on trouve des gens plus polis, plus civilisés, et il y est facile, je crois, de s'approvisionner de chemises en toile de Hollande ! » Ajoutons qu'il rêvait en outre beaucoup d'un certain savon français qui donnait, disait l'étiquette, sous toute garantie, une grande blancheur à la peau, et aux joues une fraîcheur merveilleuse. Ce savon, il en avait oublié le nom, mais il s'en présentait certainement de temps en temps à la frontière. A l'époque où il avait commencé à rêver ainsi service de douane, il était retenu par les divers profits courants de la commission des bâtiments de la couronne, et alors la douane en perspective lointaine était pour lui comme la grue planant sous les nuages; la commission n'était qu'une mésange, un simple moineau, mais un moineau qu'il tenait dans la main. Depuis qu'il ne tenait plus le moineau, il s'était repris à l'idée de la grue, et il fit tant et tant qu'à la fin on l'admit au service de la douane.

Tchitchikof se rendit promptement au poste de la frontière qui lui avait été indiqué, et dès les premiers jours il déploya dans ses fonctions une animation extraordinaire. Il semblait que la nature l'eût créé douanier, tant il montrait d'habileté et pour ainsi dire de flair; il ne lui fallut pas un mois pour être au courant de tout et pour se faire la main aux objets; sans peser, sans mesurer, il savait au seul vu collectif de la facture et de l'article à peine mis à découvert par un coin, combien il y avait d'aunes dans la pièce, de bouteilles dans la caisse, de bobines dans le carton; il lui suffisait de pousser du genou une balle pour dire à l'instant combien elle pesait de livres. Quant à la visite proprement dite, c'est là surtout qu'il brillait; aussi ses camarades disaient-ils, le louant sincèrement à leur manière, que c'était un chien, un vrai chien. Quiconque était de la partie ne pouvait, en effet, qu'admirer la patience avec laquelle il tâtait chaque bouton et le moindre repli de la doublure des habits, et cela toujours avec un imperturbable sang-froid et une politesse désespérante.

Dans l'accomplissement de ces fonctions, quand les visités furieux se contenaient à peine et se mouraient d'envie de souffleter ce doucereux monsieur, lui, sans changer de visage, sans rien diminuer de son exquise mansuétude : « Vous plairait-il, monsieur, de rester un moment, un seul moment en repos, là.... et de vous lever, je vous en prie? bien! » Ou il disait : « Veuillez, de grâce, madame, passer dans cette pièce, vous trouverez la femme de l'un de nos employés, laquelle s'expliquera avec vous, c'est une formalité de deux ou trois minutes. » Ou bien encore : « Vous me permettrez, monsieur, d'ouvrir un peu ici la doublure de votre manteau; je ne gâterai point le drap. » Et, tout en parlant ainsi, il tirait de cette doublure des châles, des blondes, des mouchoirs, et cela avec le même sang-froid qu'il eût tiré un essuie-main de sa commode. Un des inspecteurs émerveillé dit tout haut à un des chefs d'administration en tournée que ce nouvel employé était un diable, et non pas un homme; qu'il visitait, un petit maillet à la main, les roues, les timons, les patins, qu'il tordait les oreilles des chevaux, qu'il leur fourrait.... je ne sais comment vous dire cela; il faut vraiment être archidouanier pour aller chercher là de la contrebande. Le pauvre voyageur, après avoir franchi la frontière sur ce point, avait besoin de plusieurs minutes pour se remettre; il essuyait la sueur qui perlait sur son visage et dans sa poitrine, et conjurait sa colère au moyen du saint signe de la croix. C'est que vraiment sa situation était analogue à celle de l'écolier qui sort du cabinet particulier où le directeur, l'ayant fait venir comme pour lui adresser quelque conseil, lui aurait tout à coup vertement administré le fouet, sans manifester le moindre signe de colère.

Les mouvements du douanier Tchitchikof étaient si prompts et si imprévus, de jour, de nuit, sur toute une ligne de plus de soixante kilomètres, qu'avec lui toute contrebande dans cette région était devenue matériellement

impossible; fléau de cette branche d'industrie, il mit sur les
dents un nombre considérable des juifs de Pologne. Son
incorruptibilité était plus qu'inattaquable; elle semblait sur-
naturelle. Il s'abstint même de former pour lui un petit
capital du prix de certains objets de valeur minime, qui sont
de si peu de considération pour le trésor qu'ils ne vaudraient
pas le papier et le temps qu'on emploierait à les inscrire.
Un service signalé par tant de désintéressement associé à
tant de zèle ne pouvait qu'exciter l'admiration générale et
devait enfin parvenir à la connaissance du ministère des
finances. On lui accorda double promotion de rang civil
et d'emploi. N'étant pas homme à s'arrêter en si beau
chemin, il saisit presque aussitôt l'administration d'un projet
plein de réticences, mais où il promettait, si on lui confiait,
à lui, les moyens nécessaires pour le mettre à exécution,
de prendre à de certains pièges infaillibles tous les contrebandiers. On mit sans retard sous son commandement
absolu une troupe de soldats, et il fut investi du droit de
perquisition le plus illimité. C'était justement où il en voulait venir.

Il s'était formé précisément à cette époque une puissante
association de contrebandiers qui avaient si habilement, si
secrètement réglé les choses, et sur une si grande échelle,
qu'ils pouvaient bien, sans illusion excessive, se promettre
des millions de bénéfice annuel. Il avait depuis longtemps
connaissance de leur entreprise, et même, des agents
secrets de la société étant venus pour le pressentir, il avait
répondu laconiquement à ces gens : « Trop tôt. » Ayant
désormais tout ce qu'il fallait entièrement à sa dévotion, il
fit savoir à la compagnie qu'il était prêt à les entendre; il
leur fit tenir un rouleau d'écorce où il était écrit au charbon
en grossiers caractères : « A présent, bon. » L'affaire était
pour lui excellente et sûre; et il devait gagner en un an ce
qu'il n'aurait pas eu en vingt années de chipotage ordinaire,
selon son rang et sa place. Avant de s'être fait déférer une
mission spéciale sur un projet tout à lui, il n'avait voulu
entrer avec eux dans aucune relation suivie, parce qu'il
n'était encore qu'un simple *pion*, et qu'en cette qualité il

n'aurait reçu d'eux que peu de chose; mais officier, quelle différence! il posait carrément ses conditions. Pour faciliter le libre jeu des rouages de la machine, il embaucha un employé, dont il était devenu, pour l'ordinaire du service, le confrère et camarade; celui-ci avait plus de soixante ans, mais, malgré ses cheveux gris et son air grave, il fut sans force devant l'idée d'une fortune rapide.

Dès que l'on se fut bien entendu sur les conditions, les opérations de la société commencèrent, et le début ne laissa rien à désirer. Le lecteur a probablement entendu conter une bonne histoire de troupeaux de moutons qui passaient la frontière avec une toison de surplus très artistement sanglée sur de minces couches de dentelles de Flandre qui valaient des millions. Cet exploit de contrebande arriva précisément quand Tchitchikof, préposé de la douane, avait la mission particulière de prendre et de livrer tous les contrebandiers. S'il n'eût été lui-même en part dans cette grosse affaire, aucun juif au monde n'aurait mené à bonne fin les opérations. Après trois ou quatre entrées en Russie de petits troupeaux de moutons de la même valeur, les deux préposés se trouvèrent à la tête d'un capital, chacun, de quatre cent mille roubles; on dit même que Tchitchikof avait non quatre cents, mais bien cinq cents et quelques milliers de roubles, car il était partout, et avait la main à une foule de choses dont son confrère moins favorisé, moins actif et sans mission particulière, ne s'apercevait même pas; et Dieu sait à quels énormes chiffres eussent monté ces sommes, si quelque malin diable ne fût venu se jeter en travers de toutes ces prospérités, et brouiller le cerveau des deux amis, qui, pour parler plus simplement, se fâchèrent entre eux, se querellèrent jusqu'à la plus folle exaspération sur des choses tout à fait misérables.

Le luxe, dans le monde, est-il une chose utile et bonne, ou inutile et funeste? telle est la question sur laquelle ils discutèrent avec feu; cette discussion dégénéra en fâcheuse dispute, et malheureusement Tchitchikof, qui peut-être avait bu pour conserver l'éclat de sa voix, s'oublia jusqu'à appeler son camarade *fils de prêtre;* fils de prêtre, eh bien

oui, il l'était en effet et ne le savait que trop bien, mais on
ne veut pas être appelé fils de prêtre, et il fut exaspéré par
cette dénomination ; aussi lui répondit-il fort bien : « Tu
mens ; je suis conseiller d'État, et non pas un fils de prêtre,
c'est toi qui es un.... un fils de prêtre.... » Et, une minute
après, il répéta avec l'intention de le piquer au plus vif :
« Oui, voilà ce que c'est, tu es un fils de prêtre, et rien que
cela, entends-tu ! » Le conseiller d'État aurait bien pu,
après avoir ainsi renvoyé à Tchitchikof et pour ainsi dire
cloué sur lui une qualification si outrageante, se tenir pour
pleinement satisfait : mais non ; tandis que notre héros, toujours préoccupé du devoir, allait inspecter le poste et donner
plusieurs ordres utiles, son lâche confrère eut l'infamie de
rédiger contre lui et d'expédier à l'autorité supérieure un
rapport secret.

Cette démarche insensée ne provenait pas de cette seule
algarade ; ils avaient déjà été aux prises au sujet d'une com-
mère fraîche et ferme comme un navet de Kief, selon l'expression des pions de douane et du sergent de la troupe,
qui racontaient à la veillée que deux mauvais drôles avaient
reçu de l'argent pour donner, en un certain endroit, une
bonne rincée à notre héros, et ils ajoutaient tout bas avec
malice que c'étaient deux imbéciles dont la gaillarde faisait
des gorges chaudes avec un certain capitaine Chamcha. Mais
ce sont là des propos de subalternes, qui sentent leur bivouac
et dont le lecteur fera lui-même bonne justice. Le mal, c'est
que les mystérieuses relations de la douane et de la contrebande devinrent publiques et firent scandale dans l'administration. Le conseiller d'État tomba, et cela à un âge où on
ne se relève pas ; mais dans sa chute il entraîna notre héros.
Celui-ci, bon logicien toujours, allégua pour sa défense que,
pour prendre *tous* les contrebandiers, comme il s'y était
engagé, il avait eu besoin de les allécher, de les attirer tous
du côté de son fort ; mais il y avait eu, comme nous avons
dit, trop de scandale dans la contrée pour qu'on l'admît à
justification ; il fut mis en jugement ; tout ce qu'il possédait
fut confisqué, ainsi que l'avoir du conseiller d'État, condamné
sommairement à l'exil. Tchitchikof tint tête à cet effroyable

ouragan, mais il n'en fut pas moins dépouillé de toute une
fortune.

Cependant, quelle que fût la finesse de flair du contrôleur
qui verbalisa et mit les scellés dans l'appartement et les
communs, notre héros n'en parvint pas moins à dérober à
l'inquisition de ce furet peu traitable une petite partie de
son trésor; puis, pendant qu'on délibérait pour savoir ce
qu'on déciderait du sort d'un homme à qui personne ne niait
des moyens, il mit en œuvre tous les ressorts d'un esprit
très fécond, très expert, très versé dans la connaissance de
l'homme; ici il s'aida des charmes de ses manières, là il fit
du pathétique, ailleurs il brûla quelques bonnes pastilles
d'encens, ce qui ne gâte jamais rien quand on manœuvre
bien l'encensoir; ailleurs il se servit de la clef d'or; bref,
il sut amener ses premiers juges à ménager l'honneur d'un
camarade; l'esprit de corps joua son jeu et, en résultat, il
échappa à la justice criminelle qui avait frappé comme la
foudre son vieux compagnon, le faux frère, le dénonciateur.

En somme, il perdit tout son gros capital, il perdit un
beau mobilier et des centaines d'élégants brimborions; il se
trouva pour tout cela tant d'amateurs! Mais il sut conserver
une somme ronde de dix mille roubles qu'il avait, d'instinct,
mise à l'ombre pour le jour noir, sans parler d'une bourse
de cuir contenant de la menue monnaie d'or de tous les
pays, encore pour un millier de roubles, puis deux dou-
zaines de chemises de belle toile d'Amsterdam, une des
petites briskas légères et commodes dans lesquelles voyagent
les célibataires, et deux serfs, successeurs du petit bossu
défunt, l'un son laquais Pétrouchka, l'autre son cocher
Séliphane. Les employés de la douane, touchés d'un bon et
louable sentiment devant ce grand désarroi d'une jolie fortune perdue pour un mot hasardé, glissèrent dans la poche
de la briska cinq ou six morceaux du savon étranger qu'il
employait pour entretenir la fraîcheur de ses joues. Voilà
exactement tout ce qui resta de chevance à notre héros, dont
quelques individus gardèrent un assez bon souvenir comme
d'un homme qui, sans une infâme délation dont il fut tenu
trop de compte, aurait peut-être à jamais détruit la contre-

bande. Cette opinion de quelques-uns donna la clef de sa
constante assertion, que dans le service public il avait pâti
pour la vérité et pour la justice.

Il était naturel de conclure qu'après un si violent orage,
instruit par l'expérience du malheur, Pâvel Ivanovitch allait
sans doute, au moyen de ses chers et suprêmes dix ou
douze mille roubles, se retirer dans quelque petite ville de
district, bien loin de tout bruit et de toute intrigue, et qu'enveloppé d'une modeste robe de chambre d'indienne, le
dimanche, accoudé sur sa fenêtre ouverte à l'air pur et au
soleil, il prendrait plaisir à calmer avec de bonnes paroles
les querelles des paysans échauffés par le vin; qu'il irait
lui-même choisir dans sa cour la volaille destinée au potage,
et qu'il passerait enfin de la sorte, sans éclat, mais non pas
tout à fait sans utilité, comme exemple, les quinze, les
trente, les quarante années peut-être qu'il avait encore à
vivre sur la terre. Mais il n'en fut pas ainsi, et l'on sera
forcé de rendre justice à l'invincible puissance de son caractère.

Il suffisait à l'humeur d'un homme tel que Tchitchikof de
n'avoir pas été condamné au criminel et mis à mort, pour
que la passion dominante qui, on le sait, le possédait depuis
sa tendre enfance, surgît en lui indomptée et vivace. Sans
doute, agité par un sujet immense de regrets et de douleur,
il murmurait contre le monde entier, il s'irritait de l'injustice du sort, accusait la malice et les lâchetés des hommes;
et pourtant il ne pouvait se résoudre à renoncer au besoin
de faire de nouvelles expériences. On a déjà vu, on verra
surtout dans la suite, qu'il sut déployer une constance près
de laquelle pâlit la constance de l'Allemand. Mais ce peuple
ne doit une telle qualité qu'au cours lent et paresseux de son
sang : le sang de Tchitchikof, tout au contraire de celui des
Allemands, coulait avec force, courait à flots, et il fallait une
énergie de raison peu commune pour contenir une ardeur
qui aurait voulu jaillir, déborder et se donner libre carrière
au dehors.

Sans cesse protestant contre sa mésaventure, il raisonnait,
et ses raisonnements avaient un grand air de justesse et

d'équité. « Pourquoi suis-je là, moi? Pourquoi le malheur a-t-il ainsi fondu sur ma tête? Qui est-ce qui baye aux corneilles dans sa place au temps où nous vivons? Tous notoirement s'en font litière. Je n'ai pas fait un seul malheureux, je n'ai pas offensé la veuve, je n'ai dépouillé aucun orphelin; j'ai tiré à moi, quoi? du superflu; j'ai pris tout ce que tout autre aurait pris, et j'ai profité de ce qui eût fait le profit d'une autre. Pourquoi Pierre réussit-il, et non moi, Paul? Pourquoi Pierre a-t-il, sans reproche, quatre bons manteaux de rechange, et pourquoi resterais-je nu? Que dois-je faire à présent, et à quoi me jugera-t-on encore propre? De quels yeux regarderai-je désormais tout bon père de famille? Que puis-je moi-même répondre à ma conscience, qui me reprochera mon temps perdu! Que diront dans la suite mes enfants? Ils diront.... c'est clair.... ils diront : « Notre père était un animal qui n'a pas su nous laisser un peu de fortune! »

On sait que Tchitchikof s'occupait beaucoup de sa future descendance. Les enfants, nos enfants : il est si touchant de voir un homme s'inquiéter pour ses enfants! Peut-être, sans ces questions qu'on se fait pour ses enfants, n'entreprendrions-nous rien avec âme et constance. Il est si naturel de se dire : « Que penseront de moi mes enfants? » Notre futur chef de race est comme un matou prudent qui regarde du coin de l'œil si le maître est assez loin, accroche à la hâte ce qui se trouve à sa portée, soit chandelle de suif, soit tranche de lard, soit jeune poulet, soit canari, et va enrichir, en lieu sûr, le magasin qui sera le garde-manger des siens et de lui-même.

Oui, si notre héros gémissait et se plaignait en lui-même, son esprit était loin d'admettre l'idée de rester à l'avenir dans l'inaction; il n'attendait, pour reconstruire, que l'occasion d'avoir un plan. Il se refit hérisson; il reprit sans balancer son ancienne vie de privations, il réduisit dans ses habitudes tout ce qu'il ne put rejeter entièrement; il ne garda tout au plus de son élégance chérie que quelques soins de propreté, et encore se tenait-il prêt à se replonger dans les fanges de l'existence la plus humiliante. En attendant mieux, il fut réduit à se faire domestique; il accepta une place d'intendant factotum, condition qui, en Russie, n'a pas encore acquis le modeste droit de bourgeoisie; on y est encore ballotté de tous les côtés, très peu estimé même des moindres suppôts de chicane, malvenu de ceux que l'on sert, assujetti à faire le pied de grue dans l'antichambre, exposé à l'impertinence et aux rebuffades des.... Mais, dans le besoin, l'homme se soumet à tout.

Entre plusieurs missions spéciales qui lui furent données, il dut aller engager, dans une des succursales du Lombard [1], quelques centaines de paysans.

Il régnait le plus déplorable désarroi dans le patrimoine du maître, où de fréquentes épizooties, des intendants fripons, la disette, enfin des maladies qui s'étaient abattues sur les meilleurs travailleurs, avaient fait périr un nombre considérable de ces pauvres gens. Le mal ne pouvait se réparer de longtemps, à cause de l'insouciance coupable du noble propriétaire; celui-ci continuait de sacrifier ce qu'il avait encore de numéraire pour vivre à Moscou, toujours habillé à la dernière mode, sans avoir souvent à la maison de quoi dîner. Il dut à la fin se résoudre à engager ce qui lui restait de son bien. Emprunter au Lombard, c'est emprunter au trésor impérial, ou, comme on dit, à la couronne. Or, en ce temps-là, une hypothèque donnée sur son domaine à la couronne était un pas qu'on ne se décidait pas à faire si lestement qu'aujourd'hui.

Tchitchikof, en sa qualité d'homme d'affaires du gentilhomme, ayant fait, auprès des employés, les dispositions convenables (on sait que la plus simple requête ne peut être présentée sans quelques préliminaires, tels que, par exemple, de verser au moins autant de bouteilles de madère qu'il y a de gosiers dans la section où l'affaire doit passer), fut amené de lui-même à venir déclarer, entre autres circonstances, que la moitié des paysans du domaine étant morts par suite de telle ou telle cause, il craignait qu'il n'en résultât quel-

1. Le Lombard est un des plus considérables établissements de crédit en Russie. Voir la note du t. I, p. 15.

ques chicanes ultérieures sur la différence que cette perte pouvait faire dans la valeur actuelle du bien offert en garantie.

« Ces morts sont inscrits sur les listes du dernier recensement, n'est-ce pas? dit le secrétaire. — Oui, sans doute, répondit Tchitchikof. — De quoi donc alors vous alarmez-vous? repartit le secrétaire. Eh! l'un meurt, l'autre naît, et le compte se retrouve. »

Cette dernière explication du secrétaire fut comme un vif trait de lumière pour l'esprit de notre héros, qui conçut aussitôt la pensée la plus féconde, à son avis, qui soit jamais tombée dans une tête humaine. « Bah! se dit-il, en voilà de la chance! Tous ces jours-ci je rêvais, je cherchais quelque chose comme une idée qui voulait entrer et qui n'entrait pas; vrai, j'étais comme Iakim, qui cherche ses mitaines depuis des heures, tandis qu'elles lui battent les flancs, pendues à sa ceinture! C'est résolu, j'achète tous les morts avant qu'on songe même au nouveau recensement; j'en achète, dis-je, supposons, mille; ces morts, aux yeux de la loi, ce sont mille paysans; je me présente au Lombard qui me prête, au vu de mes contrats d'acquisition, deux cents roubles par âme, certes pas moins; et me voilà d'emblée à la tête d'un capital de deux cent mille roubles. Allons, dépêchons-nous, le moment est favorable; il y a eu récemment une épidémie, et il est mort. grâce à Dieu, assez de monde! Les propriétaires ont fait d'énormes pertes aux cartes, ils ont fait la vie, ils sont épuisés, éreintés, criblés de dettes. Tous vont à Pétersbourg prendre du service, comme ils disent; leurs biens sont laissés à l'abandon, de sorte que d'année en année les impôts sont plus difficiles à payer; chacun me cédera avec plaisir tous ses morts, ne fût-ce que pour l'avantage de ne plus avoir à payer la capitation pour eux. Dieu sait si quelques-uns ne me donneront pas, outre cela, quelque chose. Je ne me fais pas illusion; je sais bien que c'est difficile et que je ne mènerai peut-être pas à bonne fin tous les préliminaires du grand coup de filet sans que quelque maille s'accroche par-ci par-là…. Mais pourquoi l'esprit aurait-il été donné à l'homme? Ce qu'il y a d'excellent en ma faveur, c'est que mon but, fût-il soupçonné par quelque fine mouche, leur paraîtra à eux-mêmes invraisemblable; les autres, si on leur en parle, crieront tout de suite à l'absurde, et en définitive, personne ne croira à mon projet.

« Il est vrai que, d'après la loi, on ne peut ni acheter ni hypothéquer les hommes qu'avec la terre où ils sont inscrits; mais que me fait cela, à moi? J'achète l'homme pour créer la terre, pour coloniser, pour peupler le désert; c'est ce que j'ai grand soin de déclarer en achetant des *âmes*. Cela constitue une exception, qui est loi aussi. Il y a maintenant, dans les gouvernements de Tauris et de Cherson, de la terre à la pleine disposition des amateurs de colonisation et de défrichement, et justement moi je suis amateur fou de ces utiles créations; il n'y a rien là qu'on ne doive louer et même encourager. Oui, messieurs, c'est mon secret; mais si vous tenez absolument à le savoir, un mot vous suffit : le ciel et les solitudes de Cherson ou de Tauris me plaisent beaucoup; on y peut, si on a de la tête, aller peupler des vallées.... Suffit, on croit comprendre l'affaire, on me laisse tranquille, on me regarde même avec considération. Mais les magistrats quelquefois.... Bien, je vous attendais : là un magistrat curieux ou tracassier veut savoir si les paysans sont réels. Réels? comment ne seraient-ils pas réels? on paye pour eux la capitation : mais il suffit d'une simple affirmation sans phrases, et voulez-vous encore la signature du capitaine de police du lieu de l'achat? C'est facile, allez. Le magistrat convaincu baissera pavillon, et moi, tout affectueusement et sans nulle rancune, je le consulterai encore sur le nom à donner à l'ensemble de mes plantations; sera-ce slabode Tchitchikof ou bien colonie Pavlovski, de mon nom de baptême.... Heim? Non, plutôt colonie Tchitchikof.... qu'en dites-vous? »

Et c'est par cette suite de raisonnements qu'il conçut son bizarre projet d'expédition dans nos provinces, et que d'heure en heure il s'y affermit davantage, en formant toutes sortes de conjectures. Je ne sais trop si les lecteurs en sauront autant de gré que l'auteur de ces récits au bon Tchitchikof; c'est, j'en conviens, assez peu supposable : car il est bien certain que, si cette grande conception n'avait pas germé

dans l'esprit de Pâvel Ivanovitch, ce poème n'existerait pas,
et, à notre avis, ce serait bien dommage.

Pâvel Ivanovitch se signa pieusement, à la russe, et procéda aux voies d'exécution de son plan. Il feignit d'être
occupé de la recherche et du choix d'un lieu où il désirait
fixer son domicile; et alléguant divers prétextes, il voulut
examiner les vraies campagnes, les plaines et les vallons
situés à l'écart des routes fréquentées, et, de préférence,
les localités qui avaient le plus souffert de la disette, des
épizooties et des épidémies, bref, où l'on pût acheter au
moindre risque et au meilleur compte possible la sorte de
gens dont il avait besoin. Il ne s'adressa pas à l'aventure au
premier propriétaire venu; il lui fallait des personnes qu'il
y eût plaisir et convenance à fréquenter, de ces personnes
avec qui on pût en douceur traiter utilement son genre d'affaires. De son côté, il tâchait d'abord de faire connaissance
avec son homme, de le disposer en sa faveur, de manière à
pouvoir, autant que possible, acheter son monde, en faisant
avec le vendeur un commerce d'amitié plutôt qu'une affaire
d'intérêt. Et notez que si, en thèse générale, l'honneur....

Ah! cher lecteur, qu'avons-nous fait, vous en me prêtant
une si complaisante attention, moi surtout en vous racontant
si haut l'histoire de mon héros, tandis qu'il dormait d'un si
heureux somme dans sa britchka! Voilà que je l'ai réveillé
en répétant à chaque minute et si indiscrètement son nom.
Vous savez combien il a un caractère délicat et susceptible.
Comme il promène ses regards encore à demi voilés par le
sommeil! S'il allait être fâché! sans doute pour vous, lecteur, peu importe que Tchitchikof soit fâché ou non; mais
l'auteur, le poète, c'est bien différent : il doit avoir bien garde
de se brouiller avec son héros, surtout lorsqu'il reste encore
bien du chemin à faire avec lui, et c'est justement ici le cas.

« Hé, toi! à quoi penses-tu? que fais-tu? dit Tchitchikof
à Séliphane.

— Qu'est-ce qu'il y a, maître? répondit Séliphane d'une
voix lente et nasillarde.

— Comment, quoi? vois donc, brute, comme tu mènes!
Plus vite, plus vite! »

Il est de fait que, depuis plus d'une bonne heure, Séliphane menait les yeux fermés, secouant les rênes, de temps
en temps, par pur instinct, sur les flancs des chevaux qui
dormaient aussi, mais en mettant un pied devant l'autre;
Pétrouchka, qui depuis longtemps, à son insu, n'avait plus
de casquette, dormait côte à côte avec Séliphane; celui-ci
était penché en avant, Pétrouchka était tout renversé en
arrière; son corps et sa tête se balançaient avec une souplesse
parfois si risquée que sa nuque heurta aux genoux le bon
Tchitchikof, qui, sans colère, lui donna sur le nez une bonne
chiquenaude. Séliphane reprit tout à fait son gouvernement,
il appliqua plusieurs coups de fouet sensibles sur le dos du
tigré, que cette circonstance détermina à prendre son meilleur trot, et il n'y eut plus qu'à promener l'instrument sur
les autres. Ce ne fut plus le trot, ce fut alors un galop rapide
et harmonieux. Tchitchikof sourit et se plongea délicieuse-
ment entre ses coussins de maroquin. Séliphane criait :
« Ehk! ehk! ehk!! » en faisant de petits bonds sur son siège,
et le troïge, tantôt gravissait, tantôt redescendait une des
montées dont la route se composait en cet endroit; l'équipage
en ce moment suivait l'inclinaison d'une longue, très longue
descente; Tchitchikof était triomphant; il adorait la vitesse.
Au fait, quel Russe n'aime pas la vitesse en voyage? lui qui
se plaît à tourbillonner, à franchir d'un bond l'espace, à toucher
sans délai le bout et le fond des choses, lui qui, pour un
désir même extravagant, est prompt à envoyer tout au diable,
le moyen qu'il n'aime pas la vitesse, la vitesse qui, pour lui,
a quelque chose de magique, d'enchanté, de fascinateur et
de triomphant!

La vitesse en voyage, c'est comme une force secrète, une
puissance occulte qui vous a pris et vous transporte sur ses
ailes; vous traversez les airs, vous fuyez, tout fuit avec vous;
les poteaux indicateurs fuient, les convois de marchandises
fuient, d'un et d'autre côté; des forêts aux sombres rangées
de pins et de sapins fuient, volent en rendant un bruit de
haches destructives ou de croassements voraces; la route tout
entière fuit, se perd dans un lointain où l'on ne distingue
plus rien, rien qui ait une forme accusée, si ce n'est peut-

être un pan du ciel, et la lune sans cesse déchiquetée par l'interposition du nuage mobile. Ô troïka, troïka, oiseau-troïka! il ne faut pas demander qui t'a inventée; tu ne peux avoir été conçue, tu ne pouvais naître et paraître qu'au sein d'un peuple vif et agile, sur un territoire géant qui s'étend sur la moitié du globe, et où, en route, nul sous peine de vertige ne s'amuse à compter les poteaux.

Dans ta configuration, tu n'as pas une bien belle apparence. Ô télègue, britchka rustique, kibitque, équipage de route, d'hiver ou d'été, tu n'es pas un objet d'art fait pour arrêter les regards : du bois sec, une hache, une doloire, un bras agile, et te voilà sur pied; il n'y a pas un paysan d'Iaroslaf qui ne soit propre à cette construction. La troïka est attelée; et l'homme? quel homme? l'homme pour conduire? Eh tenez, c'est, si vous voulez, ce même paysan. « Bon! qu'il chausse donc ses bottes fortes! » Plaisantez-vous? il n'est pas postillon allemand, il n'a pas de bottes fortes et se passe même de toute chaussure. Il a ce qu'il faut, des mitaines aux mains et de la barbe au menton! Voyez-le, Dieu sait sur quoi il se tient en équilibre; il a entonné sa chanson, il est parti, c'est le tourbillon, les jantes des roues sont confondues et semblent une surface plane du centre à la circonférence; la route frémit à l'approche de l'impétueux attelage, le piéton se range, en jetant une malédiction qui n'est qu'un cri d'épouvante, puis il regarde bouche béante, mais la trombe a passé, elle fuit, fuit, fuit.... mais là-bas, tout là-bas, un nuage de poussière s'élève en spirale, puis fond, se partage et se dissout en vaste draperie qui s'abaisse obliquement sur les bas côtés du chemin. Tout a disparu.

N'es-tu pas ainsi faite, ô Russie, ô mon bien-aimé pays? ne te sens-tu pas emportée vers l'inconnu comme l'impétueuse troïka, que rien ne saurait atteindre? sous toi la route fume, les ponts gémissent, tonnent; tout est dépassé, distancé, débordé. L'observateur s'arrête, frappé de cette divine merveille. N'est-ce pas l'éclair? N'est-ce pas la foudre lancée du ciel? Que signifie ce mouvement, sujet d'universelle terreur? Quelle force mystérieuse, inappréciable, recèlent donc ces coursiers inconnus au monde? Ah, cour-

siers, coursiers russes; quels coursiers, en effet, êtes-vous!
vos crinières sont-elles l'asile favori du tourbillon? Y a-t-il
donc une oreille attentive qui frémisse à chacune de vos
fibres?... Mais ils ont entendu d'en haut un chant connu;
les trois poitrails de bronze se sont tendus, douze pieds nerveux sont partis à la fois d'un même élan, sans presque
toucher la terre de leur rapide sabot; trois coursiers se sont
à nos yeux métamorphosés en trois légères parallèles qui
fuient confondues en un trait à travers l'atmosphère émue.
Elle fuit, la troïka, elle vole toute fulgurante de l'esprit de
Dieu.... O Russie, Russie! où cours-tu? dis, réponds-moi!..
Elle ne répond pas. La clochette tinte d'un son surnaturel;
l'air scindé, brisé, gronde, tournoie, s'échappe en amples
courants; tout ce qui est sur la terre est traversé au vol....
et l'on voit se retirer de biais, se ranger à l'écart et te livrer
passage, peuples, royaumes et empires.

CHANT XII

TÉNTÉTNIKOF OU CHAGRINS D'AMOUR

Tchitchikof entre dans un pays admirable; il avance vers le point où se découvre un très gros village dominé par la coupole dorée de l'église et par les toits à belvédère et les attiques de l'habitation seigneuriale. — Portrait du propriétaire d'après les divers témoignages de ses voisins. — C'est un être humain, qui fume afin de bouder sans remords. — Son entourage immédiat. — Son nom : André Téntétnikof. — Exposé, à propos de M. André, de toutes les idées de l'auteur sur le meilleur système d'éducation, puis son opinion sur le service public, et sur les salons de la grandesse russe, et sur ce que doit avoir en vue un gentilhomme qui, dégoûté du monde, se retire dans son domaine. — Scènes de l'installation d'un seigneur dans ses te es. M. André amoureux. — La vie est comme suspendue dans tout le domaine par suite de l'état où le jette une brouillerie avec le père de son amie. — Tchitchikof veut reconnaître la noble hospitalité qu'il reçoit de l'excellent M. André en allant, presque malgré son hôte, faire diplomatiquement quelques visites au général Bétrichef et, partant, à la belle Julienne, sa fille. — M. Téntétnikof met une voiture à la disposition de notre héros pour qu'il suive sa fantaisie, à la condition que ce qu'il dira et fera n'ait point l'air d'une soumission à un homme qui, du seul droit de sa graine d'épinard, se permet, à ses heures, de *tutoyer* sans façon les voisins et gens de connaissance.

Pourquoi donc représenter toujours la pauvreté, et les misères, et les imperfections de notre vie, et les hommes du fond de nos provinces, les habitants des recoins obscurs de notre pays?

Que faire pourtant, si telle est la vocation de l'auteur; si lui-même, bien convaincu et souffrant de sa propre infirmité, n'a plus le pouvoir de penser qu'aux infirmités d'autrui, de peindre autre chose que les imperfections et les misères de notre vie, et si, laissant aux grandes villes leurs grâces et leurs vertus, il ne sait représenter que les gens des cantons éloignés de l'empire? Pas moyen de s'en défendre! Et voici que de nouveau nous allons retomber dans les solitudes et les recoins de nos provinces.

Mais aussi quelles solitudes et quels recoins! Ce qui s'offre à nous en ce moment, c'est une interminable chaîne de monticules comparables aux remparts gigantesques de quelque immense forteresse à bastions percés de meurtrières allant sinueusement projeter leur ombre coupée en zigzags sur un espace de plusieurs centaines de kilomètres. Ces monts s'élèvent magnifiquement à travers des plaines sans limites, tantôt perpendiculaires à pic comme des murailles de calcaire argileux, bigarrées, rayées, fouillées par des jets vifs d'eau pure, par des fissures, des cavées; tantôt arrondis en mamelons gazonneux, couverts, comme d'une toison d'agneau, par le jet vif et serré de la racine des arbres abattus; tantôt enfin fuyant en sombres fourrés échappés comme par miracle aux dévastations de la hache. La rivière, ici fidèle à ses rives, se creuse ailleurs des coudes et des circuits, là fait un écart, scinde les prairies, et, après avoir gagné, par cent petits courants capricieux, un espace libre, s'épanche en vaste miroir pour y réfléchir à la fois et le vif éclat du soleil et l'ombre épaisse d'un bois de bouleaux, d'aunes, de frênes et d'érables; plus loin, elle s'échappe triomphalement à travers les ponts, les moulins et les digues, qui semblent eux-mêmes en course avec elle ou lancés à sa poursuite, mais forcés par leur impuissance de s'arrêter à chaque brusque détour que fait la coquette.

Il est un point où le rapide versant s'enfonce fort avant dans les bois et disparaît sous cette ample et luxuriante chevelure, et c'est là comme un lieu de rendez-vous des forces végétales du Nord et du Sud. Le chêne, le sapin, le poirier sauvage, l'érable, le merisier, le hêtre, le tremble, le sorbier, le lierre et le houblon enchevêtrés, tantôt se soutiennent l'un l'autre et s'excitent à grimper, suivis de l'impuissant liseron, tantôt s'étreignent et se crochettent l'un l'autre, forcés alors de se jeter ensemble horizontalement de manière à couvrir toute cette partie de la montagne d'un filet d'une étendue et d'une complication capables de rappeler, même à des sau-

vages, le fouillis des forêts vierges. Mais tout au haut de cette
mer de verdure, à travers les clairs que forment, sur ce fond,
les cimes mi-parties de jaune, de rose et d'azur céleste,
percent les toits rouges d'une habitation seigneuriale, les
frontons à dentelles des chaumières voisines, le faîte domi-
nant de la maison du maître ornée d'un balcon et d'une
grande fenêtre cintrée ; et, plus haut que toute cette masse
énorme de bois et de toitures, une vieille église élève ses cinq
coupoles d'or reluisant, et au-dessus des cinq coupoles, cinq
croix grecques taillées à jour y sont affermies par de belles
chaînes dorées, de telle manière que, de loin, on croyait voir
briller dans l'air, sans aucun support apparent, des jets vifs
d'or de ducat resplendissant en lueurs miraculeuses. Et tout
cet ensemble renversé (coupoles, toitures et croix) allait se
refléter en bas, au loin, dans les anses de la rivière. Là, les
pins aux douces senteurs résineuses, les uns debout sur le
bord, les autres aux trois quarts plongés dans l'eau, incli-
nent vers elle leurs branches, y trempent leur feuillage
emmêlé de *bodiague* [1] ambiante qui flotte à la surface
comme pour les unir aux nénufars ; et, dans cette attitude
méditative, ils semblent tout occupés à contempler cette
réfraction oscillante des cimes du vieux temple.

Vu d'en bas, tout cela était fort beau ; mais la vue dont on
jouissait du perron, du balcon et des fenêtres de l'habitation
seigneuriale, l'emportait et de beaucoup. Pas un des amis
du propriétaire de ce panorama ne pouvait demeurer de
sang-froid à ce spectacle.... chacun en le voyant respirait à
pleine poitrine et s'écriait : « Mon Dieu, le beau tableau ! »
C'est qu'en effet on avait de ce point élevé des espaces
immenses, sans bornes : derrière des prairies émaillées de
bocages et semées de moulins à eau, verdoyaient au loin
plusieurs zones de forêts ; à travers l'atmosphère qui commençait à devenir plus gazée, jaunissaient les sables ; puis
venaient des bois encore, mais bleuissants, comme une mer
ou comme un brouillard détrempant les lointains ; puis de
nouveau des sables, mais bien plus pâles que les premiers,

1. Éponge de rivière.

et pourtant d'un ton encore jaunâtre ou paillet. Tout à l'extrémité de l'horizon se dressaient, comme une palissade inégale
et tortueuse, de jolies montagnes qui brillaient d'une écla-
tante blancheur, même en temps de pluie et d'ouragan,
comme si elles avaient le privilège d'être invariablement
baignées de lumière. A la faveur de cette blancheur éblouissante, on apercevait, au pied de leurs versants, des taches
confuses et qui semblaient se moutonner en fumée; c'étaient
des villages, mais la distance aurait été beaucoup trop grande
pour que l'œil humain, même aidé d'une longue-vue, pût
les reconnaître distinctement pour des groupes d'habitations,
si l'on n'eût vu, en certains moments du jour, une ou deux
étincelles jaillir et demeurer fixes sous les rayons du soleil
sur un point de la coupole dorée d'une église, annonçant que
là se trouve en effet le centre d'une agrégation d'hommes.

Tout cela était enveloppé d'un calme absolu que n'inter-
rompaient pas même les accents des chantres de l'air, accents
confondus avec les souffles de la brise, avec le murmure de
la caverne, avec le léger clapotement des eaux et le frôlement
des feuillages, accents perdus dans l'harmonie générale de
ce magnifique ensemble. Bref, en se tenant sur le balcon de
l'habitation domaniale, on ne pouvait, même après deux ou
trois heures de contemplation, articuler d'autres paroles que
celles-ci : « Mon Dieu, que c'est grand, que c'est beau,
l'œuvre de tes mains! »

Quel pouvait être le possesseur, le propriétaire et seigneur
de ce village culminant, où, comme à une forteresse inexpu-
gnable, on ne pouvait arriver d'en bas, et qu'il fallait nécessairement prendre du côté opposé. Là des chênes éparpillés
accueillaient gracieusement le visiteur, en étendant leurs
branches comme pour lui donner l'accolade de bienvenue, et
le conduisaient jusque sous la saillie du toit de cette même
maison, dont nous avons vu le faîte par derrière. La maison
se dressait maintenant de toute la hauteur de sa façade,
ayant, d'un côté, une longue ligne de chaumières à pignon,
balcon et volets dentelés; de l'autre, l'église grimpante qui
brillait de ses dorures ciselées offertes, tout là-haut, en hommage de la créature au Créateur. A quel privilégié entre ses

semblables appartenait ce paradis, petit éden du district de Frémalakchaneki.

A André Ivanovitch Téntétnikof, jeune gentilhomme de trente-trois ans, célibataire. Mais encore, quel est-il, qui est-il, qu'est-il?... ses habitudes, ses manières, son caractère, quel homme est-ce enfin? Là, là, là.... mes chères lectrices! Il n'y a, je crois, rien de mieux à faire que de questionner ses voisins. D'abord son voisin Brandérof, qui a appartenu à la famille aujourd'hui éteinte des anciens beaux et gaillards *officiers en retraite* : celui-ci appliquait à André Ivanovitch cette expression un peu dure : « C'est un franc animal. »

Un brave général, dont le bien et la maison sont situés à dix verstes de ceux d'André Ivanovitch, disait : « André Ivanovitch n'est pas un sot, tant s'en faut, mais il s'est fourré beaucoup de chimères dans la tête. Je pourrais lui être utile.... car, enfin, j'ai d'assez grandes relations dans Pétersbourg et même en haut lieu.... » Le général n'achevait jamais cette phrase. Le chef de police du district, interrogé, donnait à sa réponse ce tour particulier : « André Ivanovitch est gentilhomme, bon! mais son sang civil n'est rien qui vaille, et voilà que demain j'irai lui porter une cédule qui ne lui fera pas plaisir. » Le paysan interrogé sur son maître garde le silence.... Il y a peut-être lieu de conclure de tout cela que l'opinion lui est plutôt contraire que favorable dans le district.

A parler sans partialité, André Ivanovitch n'est pas un vilain homme, c'est tout bonnement *un enfumeur du ciel*[1]. Eh, mon Dieu, il y a beaucoup de gens qui ne font autre chose pendant de longues années que d'enfumer la voûte céleste.... et pourquoi Téntétnikof ne pousserait-il pas aussi à loisir là-haut un peu de fumée?

Au reste, pour preuve de ma bonne volonté en cette occasion, voici le détail d'un jour de sa vie, et comme, chez lui, tous les jours se suivent et se ressemblent, mon lecteur

1. Comme on dirait un gobe-mouche, un désœuvré, un oisif, qui bat l'eau pour faire des ronds, qui fume pour faire quelque chose et ne fait autre emploi de ses dix doigts que de soutenir le tuyau de sa pipe de l'air du monde le plus préoccupé.

pourra de lui-même se faire une idée du caractère de
l'homme et juger jusqu'à quel point sa vie répondait aux
beautés dont il était entouré.

Le matin, il se réveillait fort tard, et, sans quitter son lit,
il se tenait longtemps sur son séant en se frottant les yeux;
et comme ses yeux malheureusement étaient petits, il les
frottait une demi-heure durant sans parvenir à les rendre
grands. Pendant tout ce temps, il y avait debout contre la
porte de sa chambre son domestique, Mikhaïlo, armé d'une
aiguière posée dans un grand bassin de cuivre et surmontée
d'un ample essuie-main. Une heure s'écoulait ainsi; le
maître bâillait, s'étirait, rêvait; le pauvre Mikhaïlo, fatigué
de sa position, déposait sa charge, allait faire un tour à la
cuisine, puis revenait voir si le maître, toujours assis sur le
lit, avait réussi à s'éveiller tout à fait. A la fin André Ivanovitch se lavait à grande eau et à grand bruit, passait sa robe
de chambre et se rendait à pas comptés au petit salon pour
prendre le thé, le café, le cacao et même une jatte de lait
chaud, le tout lentement et cuillerée à cuillerée, avec un
grand dégât de pain émietté par terre parmi les cendres de
sa pipe; il consacrait à cela deux heures d'arrache-pied, puis
il se munissait d'une tasse de thé versé pour être pris froid,
et se transportait, cette tasse à la main, à une fenêtre donnant
sur la cour. Sous cette fenêtre, à cette heure-là, se passait
chaque jour la scène suivante : d'abord c'était Grigori qui
beuglait, Grigori le buffletier, s'adressant à Perfilievna la
femme de charge; il lui criait :

« Ah! vieille damnée, infernale sorcière, est-ce qu'une
coquine de ta sorte ne devrait pas au moins se taire?

— Çà, ne veux-tu pas finir, tiens, cela, toi? glapissait la
vieille en montrant le poing et en grimaçant (car elle était
fort aigre en tout, quoiqu'elle aimât beaucoup le raisin sec,
les conserves et toutes les douceurs confiées à sa garde).

— Est-ce qu'on ne sait pas ta connivence avec l'intendant?
L'intendant est..... est un pillard, justement de ta trempe. Et
tu t'imagines que monsieur ne vous connaît pas l'un et l'autre :
et il est ici, il sait tout, il entend tout, j'en suis bien aise.

— Où est le barine?

— Eh, à sa fenêtre, il voit et entend tout, je te dis. »

Et, en effet, le bârine était là qui regardait; mais qu'au-rait-il pu entendre? Un petit garçon, qui venait d'être fessé par sa mère, criait comme un beau diable; un chien de basse-cour hurlait affreusement pour avoir été échaudé par un scélérat de marmiton qui se pâmait de rire sur le seuil de la cuisine, à voir l'animal se rouler convulsivement dans l'herbe. Bref, tout, dans cette avant-cour, était vie, mouve-ment, action et animation, et il y avait pour le bârine de quoi entendre et voir, ne fût-ce que comme contraste avec lui-même. Mais ce n'est que dans les cas où le vacarme devenait insupportable, au point de troubler ce doux état de ne rien faire et de n'y penser pas qui lui était habituel, qu'il se sentait réveillé de sa langueur végétative et de son en-gourdissement moral, et que, d'autorité, il rappelait alors ses gens à plus de réserve.

Deux heures avant le dîner, il passait dans son cabinet pour s'occuper sérieusement d'un ouvrage qui devait em-brasser la Russie considérée sous tous ses rapports, civil, politique, religieux, philosophique, trancher les problèmes embarrassants, les questions que le temps lui a posées, et définir clairement un grand avenir : bref, tout.... tout, et cela sous les amples formes qu'affecte le publiciste de notre temps. Mais jusqu'à cette heure la colossale entreprise est encore à l'état de simple idée; il est vrai qu'en de rares mo-ments, à de longs intervalles, la plume a crié et il a paru sur le papier des embryons de projet : mais tout cela est glissé, enfoui sous le papier buvard, et le futur grand publiciste s'arme d'un livre quelconque, qui ne sort plus de ses mains jusqu'au dîner. Ce livre s'ouvre, se ferme, se prend et se quitte cent fois pendant le ragoût, pendant le rôti, pendant la pâtisserie, de sorte que certains plats se refroidissent, d'autres sont remportés intacts. Ensuite vient la pipe, puis le café, puis le bârine fait une partie d'échecs avec et contre lui-même. Ce qu'il faisait entre la partie d'échecs et le souper, c'est ce qu'il est beaucoup plus difficile de dire; cependant je ne crois pas faire de tort au bârine en insinuant l'hypothèse qu'il ne faisait rien du tout.

C'est ainsi que passait son temps dans la solitude un homme de trente-deux ans, que l'on peut se représenter assis des trois ou quatre heures durant, tout le jour, avec des intermittences déambulatoires de dix à douze minutes, toujours en robe de chambre et sans cravate. Il ne faisait point de promenade, d'exercice au dehors ni à pied ni à cheval, n'ouvrait pas même sa fenêtre pour aérer l'appartement, et l'admirable paysage que ne pouvait contempler de sang-froid aucun des rares hôtes qu'il recevait, n'existait réellement pas pour le maître de ces champs et de ces villages. A tous ces traits, le lecteur peut voir qu'André Ivanovitch Téntétnikof appartenait à la famille de ces hommes de Russie qui échappent à toute traduction quelconque, qui étaient jadis nommés, selon la nuance, *ouvalni*, *légéboki* ou *baïbaki* (fainéants, casaniers, solitaires, etc.), et que je ne sais plus comment désigner aujourd'hui, faute d'un sobriquet plus moderne.

Ces caractères-là naissent-ils spontanément ou se forment-ils par agrégation successive d'empreintes et de traits résultant des circonstances? Au lieu de chercher à répondre en trois mots comme ce serait mon droit, je vais libéralement raconter l'histoire de son éducation. Tout, à l'époque de son enfance et de son adolescence, semblait conspirer à faire de lui quelque chose de bon. Petit garçon de douze ans, intelligent, spirituel, un peu rêveur, un peu chétif, il eut le bonheur de tomber dans une école publique dirigée en ce temps-là par un homme trop peu ordinaire : ce directeur était l'idole de la jeunesse; Alexandre Pétrovitch, c'était son nom, avait un sens particulier pour distinguer dans l'enfant même la nature de l'homme. Et comme il connaissait le cœur et le caractère proprement russes ! Comme il savait par cœur et à fond chacun des élèves de son établissement! Comme il s'entendait à les stimuler! Il n'y avait pas d'espiègle, qui, après une étourderie, ne vînt lui-même lui faire un aveu complet de sa faute. Il y a plus, le pénitent se retirait après cela, non pas l'oreille basse, mais portant la tête haute, parce qu'il avait le ferme propos de réparer ses torts. C'est qu'il y avait jusque dans les remontrances d'Alexandre Pétrovitch quelque

chose d'encourageant, un je ne sais quoi qui disait : « Que
ta chute te serve à t'élever plus haut. »

En véritable philosophe qu'il était, il définissait l'amour-
propre une force qui donne l'impulsion aux facultés de
l'homme ; aussi avait-il un soin particulier à manier les
cordes puissantes de ce merveilleux engin. Il aimait à dire :
« Je demande qu'on ait de l'esprit, et c'est tout ce que je veux ;
celui qui aspire à développer son esprit n'a pas le temps de
folâtrer. La folie de l'enfance se guérira d'elle-même. » Et
en effet, sous sa direction, l'espièglerie passait réellement
pour bêtise. L'élève qui ne cherchait pas à montrer de l'esprit, c'est-à-dire à devenir *bon*, était bientôt en butte aux
plaisanteries et aux dédains de ses camarades. Les ânes, les
grands imbéciles étaient affublés des sobriquets les plus inju-
rieux, et cela de la bouche des plus petits écoliers, sur qui,
pour rien au monde, ils n'auraient osé porter la main. « Ah !
c'est par trop fort ! lui disaient quelques personnes étonnées
de ce système ; vos petits hommes d'esprit deviendront tous
de grands insolents ! — Non, c'est ma mesure à moi ; j'ai
pour principe de ne pas garder longtemps les incapacités ;
pour les lâches et les faibles, c'est bien assez d'un cours ;
pour les garçons d'esprit qui ne boudent point, j'en ai un
autre. »

Le moindre mouvement de leur intelligence lui était connu.
Il avait l'air de ne rien regarder, de ne rien voir ; mais
comme s'il eût été rendu invisible, et qu'il eût, par un don
particulier, tout vu, tout entendu, avec le pouvoir de distinguer nettement, du centre de son atmosphère d'impassibilité,
les facultés et les penchants de ses pupilles, il laissait un
peu faire aux espiègles, trouvant avantage, pour s'éclairer, à
voir dans leurs boutades un premier développement significatif des qualités de leur âme, et il disait aux gens graves
qui le questionnaient de bonne foi sur ce procédé de relâ-
chement apparent, que des effluves moraux des enfants lui
étaient aussi indispensables que les éruptions à la peau le
sont au médecin impatient de savoir, par ces symptômes, la
qualité véritable des humeurs et des affections de toute l'économie animale de ses malades

Alexandre Pétrovitch était adoré de ses élèves. Il y en avait qui avaient bien moins d'attachement pour leurs propres parents; j'irai plus loin, et j'affirme que dans plusieurs, qui étaient parvenus à l'âge des entraînements insensés, leur passion la plus effervescente le cédait en puissance à l'amour qu'ils avaient pour lui. Jusqu'à son jour suprême, jusqu'à son dernier soupir, l'élève reconnaissant, quand venait le jour anniversaire de la naissance de son cher maître, faisait au moins, d'un bras appesanti par la fièvre, le geste de boire au salut du sage ami qui était depuis longtemps dans la tombe, puis il fermait les yeux et lui faisait le pieux hommage de ses larmes.

Il y avait beaucoup de notions scientifiques en faveur dans notre monde russe, qu'il jugeait superflues et même nuisibles au développement désirable de chacun de ses disciples, beaucoup de cette vaine et sotte gymnastique de l'esprit introduite chez nous par messieurs les Français, comme des récréations du bel air [1]; il y substitua divers métiers qui s'exerçaient sous des hangars, dans tous les coins et recoins du préau et des jardins.

Il gardait fort peu de temps les enfants mal doués; le cours d'études de ces tristes sujets-là était à dessein très borné. En revanche, les adolescents bien doués avaient devant eux la perspective d'un cours presque double de celui qu'on se proposait partout ailleurs, et ils l'abordaient avec orgueil. Il y avait, en outre, une classe supérieure réservée aux seuls écoliers d'élite, classe qui n'avait aucune espèce d'analogie avec le système arriéré des autres établissements. Ici il demandait à de jeunes hommes fortement disciplinés et à sa main ce que d'autres demandent, exigent follement de pauvres enfants qui n'ont pas eu le temps encore de se

---

1. Probablement les charades en action, les bouts-rimés, la danse, l'escrime, la main chaude, pigeon vole, avec tout l'attirail des gages et des pénitences, tous les petits jeux, et peut-être même les petites représentations théâtrales. Voilà un bien grand abatis dans les importations des nobles Français de l'émigration, précepteurs et modèles pourtant alors de presque tous les Russes les plus marquants d'aujourd'hui. Gogol inclinait à l'utilitarisme.

sentir vivre : cette raison supérieure d'après laquelle ils savent s'abstenir de rire et de railler, entendent parfaitement raillerie chez les autres, laissent libre un étourdi, un sot, ne se fâchent point, ne s'emportent ni ne se vengent jamais, et demeurent enfin constamment dans un calme de cœur et d'esprit dignement imperturbable, ce qui est, à coup sûr, la santé même du jugement. Tout ce qui est propre à faire du disciple un homme de conscience, de courage et de principes, était mis en œuvre, et le maître en faisait lui-même, sur ses jeunes amis, les plus fréquentes et les plus ingénieuses épreuves. Oh! que cet homme était profondément versé dans la science de la vie!

Il venait chez lui un bien petit nombre de maîtres du dehors; il enseignait presque tout lui-même. Il s'abstenait de tous les grands mots si chers aux pédants, de toutes les subtilités quintessenciées si familières aux cerveaux creux nourris d'abstraction, et on ne voyait découler de ses lèvres que ce qui est l'âme même de la science, de sorte que l'enfant même en pouvait percevoir nettement le but, l'utilité. De toutes les sciences, il ne s'attachait qu'à celles qui produisent l'utile citoyen, le digne enfant de la patrie. Beaucoup de séances étaient consacrées à expliquer aux jeunes gens ce qui attend le jeune homme à son entrée dans le monde et dans le cours de sa vie; et il dévoilait à l'adolescent tout l'horizon de l'homme fait, avec des couleurs et sous des traits si vifs, si naturels, que l'écolier assis sur les bancs se voyait déjà voué au service de son pays et vivait de sa vie future. Tous les chagrins, toutes les tentations, tous les scandales qui se dressent séduisants devant lui, il les rapportait, les présentait dans toute leur nudité, sans rien gazer de leurs traits, et pour qu'ils n'apprissent pas de lui comment la laideur se déguise. C'est qu'aussi tout lui était si bien connu, qu'on eût dit qu'il avait lui-même passé par toutes les conditions et dans tous les emplois.

Est-ce parce que l'ambition naturelle était déjà vivement excitée, et que dans le regard de ce maître sympathique, on croyait lire le mot : « En avant! » mot éminemment russe, qui trouve tant d'échos chez le Russe, et produit des merveilles sur sa nature intime? est-ce par quelque autre cause encore qui nous échappe? ce qu'il y a de certain, c'est que, dans cette institution, l'enfant, à peine arrivé à l'adolescence, avait soif et faim de difficultés, de travaux, d'activité, et l'élève sortant aspirait aux emplois où il y a le plus de grands obstacles à vaincre, où l'âme doit forcément déployer le plus d'énergie. Peu étaient admis au cours supérieur; mais ceux qui avaient passé par là étaient des hommes forts, des hommes qui, dans le service public, faisaient, au bout de quelques mois, l'effet de gens cuirassés de bronze contre tout ce qui veut arriver au cœur pour l'amollir et le corrompre. Ils se maintenaient fermes et purs dans les places les plus exposées, tandis que beaucoup d'hommes infiniment plus déliés qu'eux, se sentant défaillir devant les plus minimes désagréments personnels, abandonnaient la position, ou bien se laissant dominer et succombant à l'indolence, se sentaient dans les mains des concussionnaires et des fripons. Les anciens disciples d'Alexandre Pétrovitch tenaient bon ; ils avaient une idée exacte de la vie et des vices de l'homme, et comme, grâce à leur trésor de sagesse, ils ressemblaient à des incarnations de l'austère et courageuse probité, ils ne tardaient pas beaucoup à exercer un ascendant inévitable, irrésistible, même sur les plus corrompus.

La personnalité de cet excellent maître fit une impression des plus profondes sur André Ivanovitch Téntétnikof, lorsque ce dernier était encore bien jeune.

Le cœur impétueux de l'ambitieux enfant battit longtemps avec force sous la pensée qu'il arriverait au cours supérieur; Téntétnikof, à l'âge de seize ans, y était parvenu, et lui-même avait peine à y croire, et il en était très fier.... Mais ce fut justement l'époque où il arriva un malheur.

L'instituteur sans pareil, dont un mot d'encouragement jetait dans son cœur un doux frémissement, tomba malade, et bientôt après, mourut prématurément. Quel coup terrible ce fut pour notre jeune homme! quelle effroyable perte il faisait dans ce maître chéri !

Un mois s'était à peine écoulé après cet événement, que tout se trouva changé dans l'école : à la place d'Alexandre

Pétrovitch parut un certain Fédor Ivanovitch, homme très zélé, mais sans portée, qui se mit à demander, comme ils font tous, à exiger des enfants ce qu'on ne peut raisonnablement attendre que des adultes. Dans les jeux et les ébats de ses élèves, il voulut voir je ne sais quoi de désordonné et de licencieux. Il édicta des châtiments qui atteignaient les moindres espiègleries, ce qui donna lieu tout d'abord à des contraventions secrètes. Tout fut comme tiré au cordeau pendant le jour, et alors nul trace de désordre; mais la nuit venait, et l'on égayait la nuit d'autant; le régime n'y avait pas gagné, mais certainement perdu.

Quant à l'enseignement des sciences, l'innovation fut aussi étrange : on appela des personnes du dehors; de nouveaux maîtres accoururent avec de nouvelles lignes, de nouveaux angles, de nouveaux points de vue; les jeunes auditeurs durent accoutumer leurs mémoires et leurs oreilles à des nuées de nouveaux termes et de mots inconnus. Chacun de ces messieurs développa sa faconde, sa logique, son système à part, sans se soucier des raisonnements ni du système de son confrère; chacun se montra avide de nouveautés, porté aux découvertes, impatient de toute objection, fébrilement jaloux de ses inspirations personnelles. L'unité avait disparu; la vie de la science des écoles avait fait place à des passions d'individualités plus ou moins érudites, plus ou moins sûres d'elles-mêmes, mais toutes également absolues. Quand la jeunesse ne sait plus à qui entendre, elle retire sa confiance à tous les orateurs, et l'enseignement a beau s'agiter, il sent le mort, il ne donne plus la vie. Au bout de deux ans du nouveau régime on ne pouvait plus reconnaître l'institution. Téntétnikof était d'humeur douce et honnête; il dut bien prendre quelque part aux orgies nocturnes de ses camarades, assister à des profanations, entendre des paroles sacrilèges; mais son âme, jusque dans le sommeil, se rappelait sa céleste origine; il ne se laissa nullement séduire à ces fausses et coupables joies, et il ferma les yeux pour laisser passer ces courants vertigineux et fantastiques. Il y avait en lui une ambition déjà fort éveillée, mais il n'avait ni activité ni carrière. Il eût mieux valu pour lui qu'il n'eût pas eu de hautes

visées.... Le mal était fait. Il écoutait MM. les professeurs qui
s'agitaient, s'échauffaient à froid dans leur chaire, et il se
rappelait le défunt qui, sans jamais élever la voix, savait
donner clarté et gravité à sa moindre phrase en restant toujours maître de sa parole.

Que de cours et quels cours ne suivit-il pas sous ses nouveaux maîtres! médecine, chimie, philosophie, histoire universelle.... et dans quelles énormes proportions! Le professeur de chacun de ces objets parvenait à peine au bout de
trois ans à sortir de son introduction. Il dut prendre une
connaissance détaillée de l'origine et des développements du
régime de la commune et du droit communal de Dieu sait
quelles villes allemandes; mais tout cela restait dans sa tête
à l'état de matériaux ébauchés. Grâce à son esprit naturel, il
comprit que tout cet enseignement était indigeste, et il n'entrevoyait pas comment il aurait dû être réglé. Tout le ramenait à regretter Alexandre Pétrovitch; il avait tant de chagrin
de sa perte, qu'il eût donné les deux tiers de sa fortune pour
qu'il lui fût rendu. Mais la jeunesse est heureuse en ce qu'elle
a de l'avenir : à mesure que le temps s'écoulait vers l'époque
de sa sortie des bancs, il sentait son cœur bondir d'espérance,
et il disait : « Ce n'est pas encore la vie, c'est un temps d'initiation; la vraie vie est dans le service public : c'est là qu'il
faut tendre. »

Et, sans accorder un souvenir aux beaux sites qui frap-
paient si vivement tout voyageur, sans même être allé prendre congé des mânes de ses parents, il se rendit, selon
l'usage de tous les ambitieux, à Pétersbourg. où, comme on
sait, vient se jeter, de tous les coins de l'empire, notre pétu-
lante jeunesse, pour servir, servir à outrance, ou tout bonnement pour embrasser la superficie de notre fausse, froide, fade
et incolore civilisation de salon. Les aspirations ambitieuses
d'André Ivanovitch furent, très peu de temps après son
arrivée, servies à souhait par son oncle le conseiller d'État
actuel, Onoufri Ivanovitch; il fut, grâce à cette protection
très active, très inquiète, attaché à je ne sais quel département d'affaires.

Où ne trouve-t-on pas de jouissances à cet âge! Notre jeune

employé est à Pétersbourg, il est content, malgré sa physionomie un peu effarouchée. Il y a dans l'air un froid craquant de quelque trente degrés Réaumur. Le terrible enfant du Nord, le chasse-neige tourbillonne en furie, dérobant aux yeux les trottoirs sous une houle inégale et bizarre, aveuglant à plaisir le passant, poudrant en lourds bourrelets les collets de fourrures, les moustaches des hommes, les naseaux des bêtes; mais, à travers le glacial et redoutable feu croisé que se font en l'air les frimas, il est quelque part, à un quatrième ou cinquième étage, une petite fenêtre qui projette une joyeuse lumière, et dans la chambrette qu'elle révèle, au jour de deux modestes stéarines, au bouillonnement de la bouilloire à thé, bat un cœur chaud qui s'entretient solitairement avec une âme pure; là se lit une belle page d'un poëme russe plein d'inspiration (tel que Dieu daigne parfois en gratifier sa Russie), et qui embrase, qui élève l'imagination d'un chaste jeune homme comme il n'arrive pas, comme il ne peut arriver dans d'autres pays situés sous un ciel plus splendide.

Bientôt Téntétnikof fut accoutumé à son service, bientôt même le service public cessa d'être, comme il l'avait supposé d'abord, la première affaire, le premier but de son existence, et il fut relégué par lui au second plan. Il contribua, par la répartition des heures de bureau, à lui faire mieux apprécier les minutes de liberté et les jours de loisir. Son oncle, le conseiller d'État actuel, s'était mis en tête d'exploiter tant soit peu son cher neveu, mais le neveu n'avait pas tardé à deviner l'Excellence, à pénétrer les vues de son vénérable oncle.

Parmi les amis d'André Ivanovitch, qui en comptait un assez bon nombre, il s'en trouva deux qui étaient ce qu'on appelle des mécontents. Ils avaient de ces caractères étrangement moroses, qui ne peuvent supporter sans agitation non seulement l'injustice, mais même rien de ce qui, à leurs yeux seuls, semble être une injustice ou un passe-droit. Honnêtes en fait de principes, mais infidèles eux-mêmes à ces principes dans leurs actes, exigeant une grande tolérance pour leurs personnes, et en même temps remplis d'intolérance pour autrui, ils eurent sur lui une grande influence, et par

la chaleur de leur langage coloré et par une sorte de noble
indignation contre la société. Après avoir agacé ses nerfs,
remué sa bile et jeté en lui des germes d'irritation, ils lui
firent prendre l'habitude de remarquer une foule de manigances dont jusqu'alors il ne s'était pas aperçu.

L'un de ces deux amis, Fédor Fédorovitch Lénitsyne, chef
de l'une des sections qui avaient leurs bureaux répartis dans
une suite de salons, commença à lui déplaire; il lui trouva
des défauts sans nombre; il lui sembla que Lénitsyne était
tout sucre devant les supérieurs, et tout vinaigre dès qu'un
inférieur avait à l'approcher; qu'à l'exemple de tous les faux
grands remplis de petitesse, il prenait en grippe ceux qui,
aux fêtes solennelles, ne se présentaient pas à sa porte pour
le féliciter; il tenait acte des noms qui manquaient sur la
feuille déposée ces jours-là dans le vestibule sous l'œil du
suisse, et où les subalternes étaient engagés à s'inscrire; et
André Ivanovitch en vint à éprouver, rien qu'à le voir passer
ou à entendre sa voix, un frémissement nerveux; et on ne
sait quel mauvais génie le poussait à désobliger, à braver une
bonne fois son supérieur. Il en guettait l'occasion; elle s'offrit,
il la saisit avec ardeur et empressement; il parla à Fédor Fédorovitch en des termes d'une si dure digestion pour l'oreille,
que l'autorité prescrivit au délinquant ou de faire des excuses devant les bureaux à son supérieur, ou de demander
sa démission. L'oncle Excellence, tout effrayé, accourut à
son logement pour tâcher d'amener son neveu à résipiscence :

« Au nom de Dieu! André Ivanovitch, lui dit-il, songes-
tu bien à ce que tu fais? Quitter d'une manière si fâcheuse
une carrière assez bien commencée, et cela pourquoi? pour
un chef dont le ton et les airs ne sont pas de ton goût! Eh!
mon cher ami, si l'on avait la folie de regarder à ces choses-
là, on ne resterait jamais un an au service nulle part. Allons,
un peu de bon sens et moins d'orgueil, je te prie; j'espère
bien que tu vas aller chez lui lui exprimer ta soumission.

— Ce n'est pas là l'affaire, mon oncle, dit André Ivanovitch; rien ne me serait plus facile que d'aller lui faire mes
excuses, même en présence des bureaux. J'ai complètement
tort; il est mon supérieur, et je ne devais pas lui parler

comme je l'ai fait. Mais voici de quoi il s'agit : j'ai un autre devoir qui me réclame; j'ai charge d'âmes, de trois cents âmes; mon bien est détestablement administré, mon régisseur est un imbécile. L'État perd bien peu, si, au lieu de moi, un autre occupe ma chaise dans ces bureaux où l'on me tiendrait encore longtemps à faire de la grosse et de la minute; mais l'État fera une perte réelle si trois cents individus sont hors d'état de payer leur capitation. Ne pensez-vous pas avec moi qu'un seigneur de propriétés rurales qui n'est pas tout à fait un simple hobereau de campagne, est un membre utile de la société de son pays, et qu'il rend service à l'État. Oui, je vous le demande, si je me retire chez moi, résolu à prendre soin de conserver et de faire prospérer les centaines de familles chrétiennes qui sont sous mon obéissance, et que je puisse présenter à l'État, qu'il vous semble que je déserte, trois cents sujets pères de famille, aisés, sobres, laborieux et façonnés à la soumission, en quoi mon service sera-t-il moins utile, moins louable que celui de.... d'un chef de section, d'un Lénitsyne, par exemple? »

L'Excellence resta la bouche très grande ouverte d'ébahissement; il avait été loin de s'attendre à un tel flux de paroles. Après un moment de réflexion, il dit : « Fort bien, mais.... tu n'iras pourtant pas te confiner dans les bois? Tu ne prétends pas, j'espère, te faire à ton usage une petite société de moujiks? Ici on a la chance de rencontrer dans les rues un général, un prince; on passe du moins près de quelqu'un, n'est-ce pas? mais là.... Et songe donc.... l'éclairage au gaz, le commerce de l'Europe, l'industrie.... Là-bas, tu ne trouverais en ton chemin que.... un rustre.... une paysanne.... Quelle idée de se condamner soi-même à l'ignorance.... à l'obscurité.... au néant!... qui va de gaieté de cœur étrangler sa vie?... Voyons, tu n'y penses pas, hein? » Ainsi s'exprima le bon oncle. Notons qu'il n'avait, lui, toute sa vie, longé d'autre rue de Pétersbourg que celle qui le conduisait plus directement à sa chancellerie; que, dans cette rue, il n'y avait ni palais, ni grands hôtels, ni monuments publics; qu'il n'avait jamais regardé les passants, fussent-ils généraux ou princes; qu'il n'avait jamais eu même l'idée de se permettre le moindre de ces petits *extras* contraires à la tempérance et qu'on reproche aux gens de la capitale; et que jamais, au grand jamais, il n'avait hasardé son pied dans le vestibule d'aucun théâtre. Tout ce qu'il disait là à son neveu, c'était uniquement dans l'intention de surexciter l'amour-propre du jeune homme et de le prendre par l'imagination. Malgré cette éloquence, il n'eut aucun succès, et Téntètnikof tint bon. Sa terre, dès ce moment, s'offrit à son esprit sous l'aspect d'un charmant asile tout rempli de bonnes pensées et de douces rêveries, et en même temps comme l'unique *théâtre de la plus utile activité*. Il avait avancé cela tout à l'heure un peu à l'aventure, mais il l'avait *bien dit*, et ce que nous avons réussi à *bien dire* devient assez souvent chez nous une idée fixe.

C'en était fait, un nouvel horizon s'ouvrait devant lui : dès le soir même, il eut les ouvrages d'agronomie les plus modernes, et, quinze jours plus tard, il était déjà dans les environs des lieux où il avait passé son enfance; il était à peu de distance, dis-je, de ces beaux sites que ne peut voir indifféremment aucun de ceux à qui il est donné de pouvoir les contempler un peu à loisir. En lui commencèrent aussitôt à renaître des impressions qui semblaient devoir être effacées depuis longtemps. Il y avait une foule de localités qu'il avait en effet tout à fait oubliées, et il regarda, avec toute la curiosité d'un nouveau venu, des points de vue d'une beauté merveilleuse. Et voilà que tout à coup, on ne sait pourquoi, son cœur se mit à battre, quand, la route se creusant en ravin dans le fourré d'une partie de la forêt, fort enchevêtrée et composée d'arbres gigantesques aux formes tourmentées, il regarda en haut et en bas, au-dessus et au-dessous de lui, des chênes séculaires que pourraient à peine embrasser trois hommes, qu'il vit une clairière bordée de mélèzes, d'ormes et de platanes, que dominaient les cimes de beaux peupliers. Il demanda quel était le propriétaire de ce bois, et on lui répondit en le nommant lui-même.

Sorti des fourrés, il vit la route s'engager dans les prairies, égayées çà et là par de jolis bocages de frênes, de

jeunes et de vieux ifs, en vue d'une longue suite de hauteurs dont l'approche faisait de minute en minute changer
les aspects, d'autant plus que le chemin sinueux déviait
tantôt à droite, tantôt à gauche; et quand il demandait à
quelque paysan à qui étaient ces prairies et tous ces monticules, on lui répondait toujours : « A Téntëtnikof.... »
La route s'élevait ensuite sur des versants et coupait des
plateaux; André Ivanovitch longeait d'un côté des seigles,
des froments et des orges, de l'autre, l'ensemble, réduit en
miniature, des lieux qu'il venait de parcourir. Bientôt s'obs-
curcissant peu à peu, sa route entra et se plongea sous
l'ombre d'arbres vigoureux, échevelés, également espacés,
à la lisière d'immenses tapis verts, étendus jusqu'à des
hameaux; leurs chaumières filaient comme des ombres, aux
regards distraits par l'apparition des toits rouges de l'habitation domaniale, au-dessus desquels se mirent à resplendir
cinq ou six coupoles dorées. Soudain le cœur du jeune
homme s'inonda de chaleur et battit à tout rompre dans sa
poitrine : c'est que, sans qu'il lui fût nécessaire de demander
où il était, ses sensations et ses pensées, se pressant en foule,
éclatèrent enfin sous la forme de ces mots qu'il vociféra sans
en avoir même la conscience : « Eh bien, n'ai-je pas été jusqu'à
ce jour un grand fou? le sort m'avait fait libre dispensateur
d'un véritable Éden, et je suis allé m'acoquiner parmi de
misérables gratte-papier, et cela après avoir beaucoup appris,
après avoir fait très ample provision de lumières, de raison
et de sagesse, après m'être bien pourvu de tout ce qu'il faut
pour jeter en abondance les semences du bien parmi mes semblables, pour améliorer tout un grand domaine, pour remplir
les nombreux devoirs d'un bon maître, digne de figurer
comme juge, comme instituteur et conservateur de l'ordre et
du bien-être.... et j'ai pu confier de si graves fonctions à un
rustre, à un demi-sauvage, sous le nom de régisseur! » Et
André Ivanovitch Téntëtnikof termina en se prodiguant de
nouveau la qualification de triple imbécile.

Cependant un autre spectacle l'attendait dans le village.
Les paysans et les paysannes, instruits de l'arrivée de leur
seigneur, s'étaient assemblés dans sa cour. Les soroques, les

kitchques, les pavoïniks, les zapounes [1], les barbes de toutes
les formes, de soc, de bêche, de coin ; de toutes les couleurs :
rousses, blondes, cendrées et blanches comme des fils d'argent, étaient accourus en foule. Les hommes, prenant leur
creux, hurlaient : « Kormiletz [2], nous te voyons à la fin ! » Les
femmes criaient avec la cantilène qui leur est particulière :
« Ah ! toi, notre petit cœur, notre or, notre cher trésor ! »
Ceux et celles qui se tenaient plus loin se bousculaient pour
le plaisir de se bousculer.

Une vieille femme, ridée comme une poire séchée au
four, se glissa ainsi qu'une anguille entre les jambes de la
multitude, surgit comme sortant de terre tout près d'André
Ivanovitch, battit d'une main dans l'autre à la hauteur de
son oreille gauche, et s'écria : « Oh ! que tu es chétif ! est-
ce que l'allemandaille t'a ficelé là-bas à te faire tomber le
ventre ? — Va-t'en, sempiternelle, hé, va-t'en, crièrent aussitôt avec une touchante unanimité les barbes en bêche, en
coin et en soc. Voyez un peu l'effronterie de cette vieille
écorce vermoulue ! » Une voix lâcha là-dessus un bon mot
dont le paysan russe seul au monde est capable de ne pas
rire. Le jeune seigneur ne put y tenir et il rit en vérité de
grand cœur, ce qui n'empêchait pas qu'il ne fût très ému au
fond de l'âme. « Que d'amour ! et pourquoi, et pour qui ?
pour un homme qui ne les a jamais vus et ne s'est jamais
occupé d'eux, » pensa-t-il ; et il prit en lui-même l'engagement de partager leurs travaux et leurs peines, de tout faire
pour leur venir en aide, pour les rendre ce qu'ils doivent
être. C'est le soin que mérite, de la part d'un bon et honnête seigneur, l'excellente nature que recèlent ces cœurs
simples ; il doit les affectionner, afin que leur amour envers
lui ne soit pas prodigué sans réciprocité, et que lui-même
soit en effet leur père et leur kormiletz.

Téntétnikof prit réellement au sérieux ses devoirs de
propriétaire et de seigneur. Il eut dès le premier jour cent

1. Divers ornements de tête des femmes russes.
2. *Kormiletz*, celui de qui on reçoit la nourriture, à qui on doit sa
subsistance.

preuves que son régisseur n'était qu'un niais, un misérable
très exact à tenir le compte des poules et de leurs œufs, et
celui des pièces de toile et des écheveaux de fil apportés par
les femmes, mais parfaitement ignorant sur tout ce qui tenait
aux moissons et aux semailles; ajoutons qu'il avait une idée
fixe : il soupçonnait les paysans de conspirer sa mort. Il congédia ce triste bailli et mit à sa place un homme actif et
déluré. Pouvant se reposer sur lui du soin des choses secon-
daires, il se réserva les choses essentielles; il diminua le
nombre des jours de corvée, pour que le paysan pût s'occuper beaucoup plus qu'auparavant de lui-même, et aspirer à
une certaine aisance. Il se fit mettre au courant de tout ce
qui les intéressait; il se mit de sa personne à fréquenter le
champ, le bois et la prairie; il visita les granges, les hangars,
les étables, les moulins; il alla au port voir aborder et déri-
ver, charger et décharger les barques et les grands bateaux
à fond plat; il présida à la formation des radeaux de bois à
bâtir. « Oh! celui-là, disaient les paysans, il a bon pied et
bon œil! » Et ceux même qui avaient pris des habitudes
d'extrême paresse se grattèrent la nuque et durent bien
retrouver des jambes, des bras et des forces.

Mais il y avait trop d'agitation dans cette activité pour
qu'elle pût être de durée. Le paysan n'est jamais si obtus
qu'il en a l'air; les serfs d'André Ivanovitch eurent bien vite
deviné que ce zèle était tant soit peu factice et fébrile; ils
se dirent qu'il voulait embrasser trop de choses à la fois sans
paraître soupçonner comment il fallait s'y prendre pour en
mener au moins quelques-unes à bonne fin; ils notèrent qu'il
ne parlait pas la langue qui va droit à l'intelligence du tra-
vailleur, celle dont chaque mot entre dans l'esprit comme la
hache dans le bois blanc et y creuse sa mortaise. Il en résulta,
non pas précisément que le seigneur et le serf ne se comprirent plus, mais que, tout en se rapprochant pour qu'il y
eût harmonie, ils entonnèrent constamment chaque air en
deux modes différents.

Téntétnikof dut bien s'apercevoir que, sur les terres qu'il
s'était réservées comme étant de qualité supérieure, il n'y
avait jamais un rendement relatif comparable à celui des

terres médiocres assignées aux paysans. On y faisait les semailles plus tôt, l'herbe pointait plus tard, et il semblait que les travaux avaient été faits avec zèle. Lui-même y avait assisté bien souvent, et avait fait distribuer devant lui aux travailleurs un setier d'eau-de-vie en reconnaissance de tant d'ardeur montrée à la besogne. Depuis longtemps déjà, sur le terrain des paysans, le seigle épiait, l'avoine s'égrenait et le millet se nouait, et dans ses vastes champs, à peine le blé faisait tige, à peine la base de l'épi était nouée. Bref, le seigneur s'aperçut que ses vassaux le trompaient, malgré toutes les immunités qu'il leur avait accordées. Il essaya des représentations et des reproches; on lui répondit : « Comment oserions-nous, maître, négliger les terres de notre bon seigneur? Votre Grâce a été elle-même présente quand nous avons labouré, quand nous avons semé, à telle enseigne qu'elle nous a témoigné son contentement et nous a gratifiés chacun d'un setier d'eau-de-vie. » Qu'y avait-il à répondre à des faits? « Mais à quoi attribuer de si pauvres récoltes? demandait le seigneur. — Dieu sait; peut-être le charançon, peut-être des vers ont piqué la racine en dessous; puis, tu vois, maître, quel endroit, et il n'y a pas eu de pluies du tout. »

Mais le seigneur désappointé voyait bien que, chez le paysan, le ver n'avait pas piqué en dessous, et les pluies qui étaient tombées par averses, capricieuses, il est vrai, avaient singulièrement favorisé le paysan, sans daigner accorder au moins un petit rafraîchissement aux emblavures seigneuriales.

Il lui était plus difficile encore de s'entendre avec les femmes qu'avec les hommes; elles ne cessaient de solliciter des exemptions de corvée, alléguant des infirmités et une faiblesse de santé capable d'apitoyer les cœurs les plus endurcis. Et, chose lamentable! le seigneur abolit toutes les redevances en toile, en pommes, en champignons, en noix et noisettes, et diminua de moitié les autres travaux jadis non moins rigoureusement exigés. Il pensait que les femmes sous son obéissance, plus heureuses que partout ailleurs, allaient mettre leur loisir à profit pour leur ménage; que les maris et les enfants seraient mieux couverts, mieux nourris; que

l'usage des petits potagers allait se répandre de clos en clos....
Il ne fut rien de tout cela : l'oisiveté, les caquets, les querelles et les batteries entre les personnes du beau sexe en vinrent à ce point, que les maris, après des mois entiers de chagrins, de vaines paroles et de vaines colères, accoururent chez lui, et dirent à l'envi l'un de l'autre : « Bârine, délivre-moi de ma femme; elle est devenue pour moi pire qu'un diable d'enfer; et il n'y a plus moyen de vivre avec elle. » Il voulut, prenant Dieu à témoin de sa bonne intention, recourir aux mesures coercitives, mais le moyen, s'il vous plaît, d'agir de la sorte? Chaque délinquante devint une si piteuse femme, elle poussait des cris si déchirants, elle était si débile, elle s'était entortillée d'une si énorme quantité d'horribles guenilles souillées et fétides! « Dieu sait ce que c'est que cette femme.... Va-t'en, et que je ne te revoie pas.... C'est bon! c'est bon! va-t'en, adieu.... » s'écriait le pauvre Téntétnikof, qui ensuite, suivant des yeux cette infortunée malade, la voyait, à peine sortie de la porte cochère, attaquer de haute lutte une de ses voisines au sujet d'une pomme ou d'une rave, et lui asséner dans les côtes de si vigoureuses bourrades, qu'aucun moujik en pleine santé n'aurait pu faire plus énergiquement le coup de poing sur un gars de sa taille et de sa force.

Il voulut essayer de fonder dans son village une école, pour faire du moins de la nouvelle génération de tout autres hommes; mais cet établissement fut tout d'abord l'occasion de tant de propos et de cris, qu'il inclina la tête et se reprocha d'en avoir eu l'idée en donnant trop à son imagination.

Dans les enquêtes, dans les affaires judiciaires et les arbitrages, de même, hélas! il trouva nulles et de nul usage les théories juridiques sur la voie desquelles l'avaient mis ses professeurs de philosophie. Une science lui manquait sous les pieds, puis une autre, puis une troisième : au diable donc toutes les sciences spéculatives! Il avait reconnu que dans l'application il y avait quelque chose de bien autrement utile que toutes les subtilités de jurisprudence et que tous les ouvrages de philosophie, et que c'était la connaissance de l'homme. Il vit qu'il lui manquait quelque chose.... Mais quoi? C'est ce qu'il ne pouvait démêler; et il lui était arrivé ce qui arrive si fréquemment : ni le paysan n'avait compris son seigneur, ni le seigneur son paysan; le malentendu alla croissant chaque jour et devint définitif entre le maître du domaine et ses cultivateurs, si bien qu'à la fin le zèle du propriétaire agriculteur se sentit glacé.

D'abord il se mit à venir visiter les travaux, sans intention de rien regarder, et il lui importait peu que les faux fissent en mesure et régulièrement leur office; que les tas se formassent pour la nuit, fussent éparpillés sous un beau soleil le matin, séchés, et enfin élevés en grandes et belles meules. Les travaux champêtres avaient-ils lieu à proximité, ses regards se portaient bien plus loin; était-ce loin de lui que se trouvaient les travailleurs, ses yeux cherchaient des objets plus rapprochés, ou même regardaient de côté, vers quelque coude de la rivière; sur le bord cheminait un martin à pieds rouges : il observait comment cet oiseau, ayant attrapé dans l'eau un poisson qu'il tenait en travers dans son bec, délibérait sur la question de savoir s'il le mangerait en bloc ou en détail, et cependant il regardait attentivement, au loin sur la rive, un autre martin-pêcheur qui, n'ayant rien pris encore, tenait, fixé sous son œil rond, son frère, déjà crânement pourvu d'une proie frétillante; ou bien, laissant se mesurer entre eux les deux martins, il fermait tout à fait les yeux, et rejetait sa tête en arrière vers les plaines de l'air pendant que son odorat se délectait des senteurs de la fenaison, et que son ouïe se pâmait à recueillir les harmonies qu'exhale le peuple volatile lorsque, du creux des guérets, de l'asile des feuillages, et on ne sait de quelles parties du ciel, il s'unit, par la voix, en un chœur de concertants à milliards de myriades, sans qu'il échappe à aucun un seul son discordant.

La caille craquette dans les seigles; le râle gémit dans les hautes herbes; les linottes et les picaverets gazouillent en se croisant dans l'air; les trilles de l'alouette montent, par des degrés insensibles, jusqu'à des hauteurs éthérées, et en sons de clairons retentit la basse des grues assemblant sous les nuages leurs phalanges triangulaires; et toute la campagne

environnante se remplit et s'anime de ces mille cris, de ces
gazouillements, de ces chants, de ce concert géant des oiseaux.
O Dieu créateur! que ton monde est beau à la campagne,
jusque dans les lieux les plus écartés, entre les petits villages perdus là-bas, loin de toutes les grandes routes, loin de
toutes les villes! Mais ce spectacle même et ces grands concerts ennuient notre rêveur et commencent à l'excéder. Bientôt il cessa d'aller aux champs, il prit ses quartiers dans ses
chambres; il refusa de recevoir même le régisseur, lorsqu'il
venait lui présenter ses rapports et ses comptes.

On avait vu assez souvent paraître chez lui un ex-lieute-
nant de hussards, fumeur juré, qui devait avoir le corps
tout imprégné de fumée de tabac, comme ces prétendues
écumes de mer dont on fait des pipes, ou bien un ex-étu-
diant, candidat manqué de l'université de Moscou, se portant,
au fond de la province, pour un représentant des opinions
radicales, et qui puisait la haute sagesse et l'autorité de ses
doctrines dans les gazettes et dans certaines brochures que lui
seul savait se procurer. Mais le commerce des deux hommes
ne tarda pas non plus à le fatiguer; leurs discours commencèrent à lui paraître superficiels, et il se choqua de leurs
manières ouvertes *à l'européenne*, de leurs incroyables fami-
liarités. Il résolut de rompre ces liens et de s'abstenir de
toute connaissance intime quelconque, pour ne manquer à
personne. Il rompit même d'une manière assez peu admissible pour qu'il n'y eût pas à s'y méprendre. Un jour que
celui qui se montrait le plus agréable de tous dans ces entretiens superficiels sur toutes choses (entretiens hors de mode
à peu près aujourd'hui), le colonel Brandorof, et avec lui
notre éclaireur du nouveau système d'opinions, Barbare
Nicolaéwitch Vichnépokrovof, venaient le voir et lui faire
entendre de merveilleuses nouvelles, comme toujours, en politique, en philosophie, en littérature, en morale, et même
sur l'état tout actuel des finances en Angleterre, il leur fit
dire qu'il était sorti, et en même temps il eut l'imprudence
de s'approcher de sa fenêtre. Le regard du maître de maison
rencontra celui du colonel, l'un des deux visiteurs refusés :
il va sans dire que Brandorof et son compagnon furent très

irrités; on croit savoir que, dans la colère, l'un lâcha le mot d'*animal*, et que l'autre s'oublia jusqu'à dire assez distinctement : *le c.....*!

Quoi qu'il en soit, c'est par là que finirent tous les rapports de Téntétnikof et de ses voisins. Il se trouva tout heureux de ne plus voir s'ouvrir sa porte cochère, et c'est alors qu'il rêva le projet d'une première esquisse, et médita l'invention d'un futur grand ouvrage sur la Russie. Le lecteur sait déjà comment il s'y prenait pour arriver à projeter les premières bases de cet immense travail. On ne peut pas dire pourtant qu'il n'y ait pas eu des moments dans lesquels il sortait réellement de cet état de somnolence presque léthargique. Quand la poste lui apportait les gazettes et les journaux, et qu'il lui tombait sous les yeux le nom connu d'un ancien camarade parvenu à s'élever dans la carrière du service public, ou à payer quelque beau tribut aux sciences ou à la haute littérature, une mystérieuse anxiété venait lui remuer le cœur, et une silencieuse et sourde plainte sur son oisiveté se faisait jour sur ses lèvres par un profond soupir involontaire : alors sa vie de campagnard oisif lui causait douleur et honte, et c'était avec une vivacité extraordinaire que lui revenait en mémoire le temps de l'école, qu'il se représentait comme vivant, debout, calme devant lui, le bon Alexandre Pétrovitch.... et ses yeux aussitôt fondaient en larmes.

Que signifiaient ces pleurs?

Était-ce son âme lui révélant par cette voix l'affligeant secret de sa maladie, lui rappelant que l'homme intérieur, l'homme fort qui avait commencé à s'élever en lui, s'était noué et n'avait pu parvenir à maturité? que, faute d'avoir subi des revers et des échecs dès la première jeunesse, il n'avait pu arriver à ce bonheur si désirable de grandir et de se fortifier dans les luttes qu'exige la nature? qu'échauffé comme le métal dans la fournaise, le riche trésor des plus nobles sentiments de sa jeunesse n'avait pas reçu son degré suffisant d'incandescence? que son incomparable instituteur, son mentor, son Socrate, avait fatalement, trop tôt pour lui, quitté ce bas monde? qu'il n'y avait plus sur la terre aucun homme qui pût relever et retremper, ni ses forces ébranlées par de longs et funestes balancements, ni sa faculté de vouloir désormais privée de toute initiative, personne pour jeter à son âme, comme cri de réveil, ce mot électrique : *En avant!* dont le Russe est avide, et dont il a besoin à tous les degrés de l'échelle sociale, qu'il soit soldat, paysan, commis, matelot, prêtre, commerçant, homme d'État ou industriel, serf ou seigneur, bourgeois ou prince?

Une circonstance sembla devoir le réveiller de sa torpeur et produire un notable changement dans son caractère. Il se passa en lui quelque chose d'assez semblable à de l'amour. Mais cette affaire-là, comme les autres, n'aboutit à rien. Dans son voisinage, à dix kilomètres de son village, habitait un général en retraite qui, nous l'avons vu plus haut, parlait de lui d'une manière médiocrement flatteuse. Le général vivait comme vivent tous les généraux retraités, quand ils ont des terres; il faisait de l'agronomie un peu à la hussarde, et il aimait à voir ses voisins venir lui présenter leurs hommages, mais il ne rendait pas les visites. Il parlait du haut de la tête, recevait les livres nouveaux et les lisait, et avait une fille telle qu'on n'en avait pas encore vu, mais comme il arrive à l'homme d'en entrevoir dans la confusion d'un rêve qui ensuite revient mille fois à l'esprit sans que la vision en soit moins confuse.

Julienne, en russe Oulinnka, avait reçu près de son père une éducation un peu étrange, confiée à la direction d'une gouvernante anglaise qui ne savait pas un mot de russe. Julienne avait perdu sa mère lorsqu'elle était encore en bas âge. Le père n'avait pas eu le temps de s'occuper de sa fille, et au reste, aimant cette enfant jusqu'à l'adoration, il n'aurait guère su que la gâter. C'était un petit être vif comme la vie même : il eût été bien impossible de dire quel ciel ou quelle contrée avait mis sur elle son empreinte; elle avait un galbe et un profil tels qu'on n'eût trouvé nulle part au monde rien d'analogue, si ce n'est peut-être sur quelques camées antiques. S'étant développée en pleine liberté, elle était devenue, on le conçoit, un petit être assez fantasque. A voir combien une soudaine explosion de vivacité ou même de colère assemblait tout à coup de plis sur son beau front, et avec quel feu elle bataillait de haute lutte avec son père, on pouvait, sans trop de témérité, la prendre pour une ravissante créature toute pétrie de caprices.

Mais l'équité nous oblige de dire que sa colère ne faisait ainsi explosion qu'au récit de quelque injustice ou de quelque ignoble trait commis au détriment d'une personne quelconque. Jamais elle n'élevait la moindre dispute là où il s'agissait d'elle; trop fière pour chercher à se justifier en paroles, et trouvant plus digne de réparer ses fautes si elle en avait commis. Sa colère même tombait tout à coup, si elle voyait ou savait dans le malheur la personne contre laquelle s'était soulevée son indignation. A la première demande d'un secours, elle jetait au malheureux tout ce qu'elle avait, avant d'avoir réfléchi qu'il est mal de lancer à quelqu'un en pleine poitrine une bourse contenant du métal, par exemple : de même, sans réserve ni délibération, elle aurait déchiré sur elle ses robes et son linge, pour appliquer des appareils aux membres souffrants d'un blessé. Il y avait en elle quelque chose d'impétueux. Quand elle parlait, il semblait que toute son âme suivît sa pensée : l'expression de ses traits, l'accentuation de sa parole, son geste, et jusqu'aux plis de sa robe, tout prenait la même direction, et il semblait qu'elle-même s'envolait à la suite de ses paroles. Elle était étrangère à toute arrière-pensée; il n'y avait personne au monde devant qui elle eût craint de laisser voir sa pensée, et aucune force n'eût pu l'obliger à se taire lorsqu'elle voulait parler.

Sa démarche, originale à la fois et charmante, était une allure si ferme et si dégagée, qu'il n'est personne qui ne se fût rangé pour lui laisser le passage libre. Devant elle, le malhonnête se troublait, le gesticulateur demeurait immobile, le parleur cherchait ses mots et restait court, tandis que l'honnête homme timide et ombrageux s'étonnait de l'aisance confiante avec laquelle il pouvait à tous coups s'exprimer en sa présence. Il lui semblait, dès les premiers instants de la conversation, l'avoir connue en un lieu, en un temps quelconque; c'était comme si ces mêmes traits de jeune fille avaient déjà passé sous son regard, comme si cela avait eu

lieu dans les temps aux souvenirs confus de l'enfance, dans
la maison d'un parent, d'une parente aimée, en s'amusant,
un soir, au milieu des jeux folâtres d'une foule d'enfants,
bien longtemps, bien longtemps avant que l'âge de raison
fût venu, escorté de ses instruments de torture, de ses ini-
tiations à la science et à la haute sagesse du monde.

C'est ce qui arriva à Téntétnikof; il lui sembla en effet, le
jour où il se trouva pour la première fois devant Julienne,
qu'il la connaissait de temps immémorial. Un sentiment nouveau, indéfinissable, pénétra rapidement dans son être et
envahit toute son âme; sa vie chargée d'ennui s'allégea
comme par enchantement; la robe de chambre cessa d'être
son inséparable; il passa moins de temps à pétrir ses oreillers; Mikhaïlo ne resta plus des heures debout à sa porte,
armé de l'aiguière et du bassin. Les fenêtres s'ouvrirent pour
aérer quelques chambres, et souvent le maître du pittoresque
domaine fit de longues et rêveuses promenades dans son
jardin, qui lui avait été si longtemps comme étranger, et on
le vit s'arrêter des heures entières à contempler les splendides lointains qu'offraient les bois, la vallée, les prairies et
les montagnes.

Le général recevait Téntétnikof civilement et avec une
franche cordialité; mais il ne pouvait s'établir entre ces deux
hommes un commerce bien intime. Leurs entretiens tour-
naient fatalement en disputes, et les disputes en aigreurs et
en sourds ressentiments; le général n'aimait pas la contradic-
tion et faisait plus de cas de la soumission que de la sincérité;
et, de son côté, Téntétnikof supportait fort impatiemment
les airs de supériorité. Il va sans dire que, par égard pour
la fille, ce dernier pardonnait beaucoup de choses au père, et
les deux voisins auraient pu longtemps encore ne point
rompre, sans l'arrivée, chez le général, de deux parentes,
l'une la comtesse Bortchiref, l'autre la princesse Utchékine,
ex-demoiselle d'honneur de l'ancienne cour, qui, toutes deux,
conservaient encore quelques relations avec Pétersbourg, ce
qui leur valait de la part de l'honorable général un accueil
qui n'était pas sans adulation.

Dès le moment même de l'arrivée de ces dames, Téntét-

nikof crut remarquer dans le général quelque froideur; en
effet, Bétrichef ne faisait plus attention à lui, ou bien il lui
parlait sommairement et comme à un comparse de comédie;
au bout d'une heure, il lui adressait d'un air distrait des :
« Écoute, mon cher », des : « Eh bien, l'ami, à quoi pen-
sons-nous?... » et une fois enfin il lui lâcha en plein visage
le mot *toi*. Ce n'était plus soutenable. Téntétnikof se leva,
boutonna lentement son habit, serra les dents, et prit sur lui
de dire au général avec calme, et du ton de la plus excessive
politesse, bien que des taches d'animation parussent sur son
visage et qu'il eût le cœur gros d'orages : « Je vous remercie,
général, de cette bonne disposition que vous montrez à mon
égard; en me tutoyant vous me provoquez naturellement à
vous tutoyer, et c'est d'un mot m'appeler sur le terrain de
la plus grande intimité; mais il est entre nous deux une
différence d'âge qui me semble s'opposer invinciblement à
une si touchante familiarité. » Le général se troubla, puis se
recueillit, essaya de composer une réponse sortable, et finit
par dire, non sans un léger bégayement, qu'il avait employé
le mot *toi*, comme cela, sans conséquence; qu'on voyait
assez généralement un vieillard tutoyer par mégarde un jeune
homme. Empressons-nous de dire que M. Bétrichef eut la
délicatesse de ne pas faire la moindre allusion à ses graines
d'épinards.

On conçoit que de ce moment les deux voisins eurent cessé
de se connaître, et un lacs d'amour fut rompu par le fait
de cette maussade brouillerie. La lumière qui s'était faite
autour de Téntétnikof s'éteignit, et les ténèbres qui succé-
dèrent en furent d'autant plus épaisses. Tout tourna au train
de vie que le lecteur se rappelle peut-être avoir vu décrit au
commencement de ce chapitre, bref à dormir, s'éveiller,
s'étirer, se laver et ne rien faire.

La malpropreté et le désordre s'établirent peu à peu dans
la maison; le balai de crin resta des jours entiers tout au
beau milieu de la chambre avec les balayures; des culottes
firent de longues stations au salon, et sur l'élégante table
placée devant le canapé reposaient des sous-pieds et des
bretelles émérites confusément réfléchies par un grand miroir

poudreux et sans emploi. La vie de Téntêtnikof devint tellement engourdie et insignifiante, que ses domestiques cessèrent de lui témoigner le moindre respect, et, si par hasard
il descendait dans la cour, il n'est pas jusqu'aux poules, qui
venaient lui picoter les talons. Quand, sans penser, il prenait
la plume, il traçait pendant des heures entières des palissades
de parc, des maisonnettes, des chaumières, des chariots, un
attelage de trois chevaux, ou bien il écrivait : *Milostivoyi
Ghossoudar!* (Monsieur!) sans oublier le point d'interjection,
qui fait en russe une exclamation de la plus calme des apos-
trophes; et une fois l'esprit saisi de ce mot, il l'écrivait en
bâtarde, en coulée, en anglaise, en grosse et en minute. Mais
le plus souvent il oubliait tout; son crayon, sa plume et son
encre, sans qu'il en eût conscience, traçaient le contour
d'une petite tête à traits fins, au regard vif et pénétrant, aux
cheveux blond cendré relevés en tresses élégantes; et le
dessinateur voyait tout à coup avec stupéfaction l'image de
celle dont aucun peintre de portrait n'aurait pu mieux saisir
la ressemblance; et il redevenait encore plus triste, plus
silencieux, plus sombre, plus persuadé que le bonheur ici-
bas n'est qu'une décevante et sotte chimère.

Tel était l'état de l'âme d'André Ivanovitch Téntêtnikof.

Un jour, au moment où, comme il en avait pris l'habitude, il allait à sa fenêtre, tenant sa pipe dans une main, une
tasse de thé dans l'autre, et qu'à son grand étonnement il
n'entendait ni Grégori ni la Parfilievna, il remarqua dans sa
cour des allées et des venues au lieu de groupes ordinaires.
Un marmiton et la laveuse de planchers couraient ouvrir la
porte cochère. Aussitôt parurent des chevaux disposés comme
ceux qu'on voit prêts à s'envoler de dessus les arcs de
triomphe; un museau à droite, un museau à gauche, un
museau au milieu. Au-dessus s'élevaient sur le siège le
cocher, et un laquais vêtu d'un ample surtout assujetti à la
ceinture par un mouchoir de poche. Derrière eux était assis
un monsieur en tonton et en manteau à manches flottantes
et à grand collet, le cou entortillé d'une écharpe bariolée.
Quand l'équipage fut venu s'arrêter devant le perron, il se
trouva que ce n'était qu'une petite britchka sur ressorts. Le

monsieur, qui était de fort bonne mine, s'élança sous l'avancée
avec l'agilité et la désinvolture de la plupart des militaires
russes.

En entrant dans la chambre, le visiteur salua avec cette
même aisance charmante, en observant de tenir la tête un
peu penchée de côté. Il exposa en termes succincts, mais clairs
et corrects, qu'il voyageait depuis longtemps en Russie autant
par suite de son désir de s'instruire que du besoin d'arranger
ses affaires; que l'empire abonde en objets remarquables,
sans parler d'un grand nombre d'industries, de la grande
variété de ciels et de terroirs; qu'ici il avait été frappé de
l'exquise beauté des sites; qu'il n'aurait pas osé l'impor-
tuner de sa visite peut-être désagréable, si, par suite des
pluies de la saison et de l'effondrement des routes, il ne fût
arrivé à son équipage un accident qui exigeait le secours du
forgeron et du charron; mais qu'obligé de rester oisif jusqu'à
ce que sa britchka fût réparée, il n'avait pas eu la force de
résister plus longtemps à son désir de venir au moins lui
faire ses salutations en personne.

En achevant cette phrase pâteuse et filandreuse pour toute
autre bouche, phrase stéréotypée dans sa tête. je suppose. et
rendue facile et coulante à sa langue par un long et fréquent
usage, notre homme, avec une grâce indéfinissable, avança
un pied chaussé d'une bottine laquée, boutonnée de boutons
de nacre, et, malgré sa corpulence, il se retira d'un bond de
deux pas en arrière, avec l'élasticité du caoutchouc. André
Ivanovitch, tranquillisé, eut l'idée que ce devait être quelque
savant industriel ou un simple amateur en quête de certaines
plantes, de certaines terres, de certains minéraux; et aussitôt, abondant en ce sens, il s'empressa de lui promettre
toutes les facilités possibles, nommément le concours de ses
charrons, de ses forgerons, et d'un nombre suffisant de bras;
il le pria de se considérer dans la maison comme chez lui;
puis il l'établit dans un grand et beau fauteuil à la Voltaire,
et se disposa à recueillir de sa bouche une foule de notions
d'histoire naturelle des plus intéressantes.

Le naturaliste supposé ne parla toutefois à son hôte que
des phénomènes du monde intérieur et des jeux du sort; il

'compara sa propre vie à la marche d'un vaisseau désemparé, que les vents perfides ont cent fois repoussé de tous les havres où l a ait l'espoir de réparer ses avaries et de goûter un repos indispensable; il fit comprendre qu'il avait dû sans cesse quitter un genre de service pour un autre, scindant ainsi malgré lui, fatalement, toute sa carrière; que maintes fois sa vie même avait été mise en danger par des ennemis, sans qu'il eût jamais rien fait qui lui dût rien attirer de semblable : à quoi il ajoutait une foule de particularités auxquelles son auditeur pût s'apercevoir qu'il avait devant lui un homme éminemment pratique. En terminant, l'intéressant inconnu se moucha dans un mouchoir frais de belle batiste blanche à bordure imprimée en fleur de rouille; cette opération fut extraordinairement bruyante, et André Ivanovitch n'avait de sa vie entendu rien de comparable. Il arrive que dans un orchestre il se trouve une trompette si jalouse de sa partie, si pressée de mordre ferme à sa note, qu'elle y met de l'indiscrétion, et l'auditeur surpris fait une étrange figure, doutant en quelque sorte si la chose s'est passée dans la masse des concertants qui poursuivent leur œuvre devant lui, ou si c'est quelque accident alarmant du creux de ses oreilles. Tel à peu près fut le son strident qui retentit dans les salons si somnolents de ce palais du sommeil, et, aussitôt après cette fanfare, il se répandit dans l'air une douce odeur d'eau de Cologne, partant invisible du mouchoir de batiste gracieusement agité et lestement remis en poche.

Le lecteur a sûrement dès longtemps reconnu dans ce personnage notre bonne vieille et honorable connaissance, Pâvel Ivanovitch Tchitchikof. Il avait un peu vieilli depuis que nous l'avons perdu de vue; il paraît qu'il n'avait point passé tout ce temps sans alertes et sans orages; il semble que son habit-frac, à le regarder de bien près le long des coutures, montrait quelque peu la trame; la britchka, le cocher, le domestique, les chevaux et le harnais d'iceux, étaient comme usés, râpés, fatigués; il était possible que les finances même du maître de ces biens ne fussent pas exemptes de quelque déficit; mais l'expression de la figure, la politesse, les manières, le ton, étaient restés les mêmes. Je dirai plus, la personne de Tchitchikof était devenue plus agréable; il se tenait mieux, écoutait mieux, balançait plus finement la tête et manœuvrait mieux les agacements du pied droit en s'installant dans un fauteuil. Un fait non moins remarquable, c'est qu'il était devenu passé maître dans le doux parler, que rien n'était comparable à la modération, à la mesure, à la prudence de sa conversation; c'était la quintessence du tact, la plus fine fleur de la retenue. Quant à sa toilette, il portait un linge blanc comme neige, et, même en voyage, il n'aurait pas souffert la moindre trace de poussière sur son habit; bref il semblait toujours être venu prendre part à un dîner de fête; ses joues et son menton, toujours rasés de frais, étaient si lisses et si nets, qu'il aurait fallu être aveugle pour ne pas en admirer le lustre délicat.

Tout dans la maison subit en une demi-heure une galante métamorphose. Les appartements qui jusqu'alors étaient demeurés sombres, et les volets hermétiquement fermés, tout à coup s'éclairèrent et semblèrent éclore sous l'influence de la lumière régénératrice. Il y eut là bien des allées et des venues; le plumeau, le torchon et le balai de crin jouèrent leur jeu, et les objets reprirent une certaine fraîcheur relative. La chambre indiquée pour la circonstance comme chambre à coucher vit arriver les effets et ustensiles indispensables à la toilette de nuit; les chambres désignées pour cabinet et.... Mais il faut que j'explique d'abord que l'une de celles-ci avait deux fenêtres et qu'il s'y trouvait trois tables, nommément une table-bureau près du divan; une deuxième était une table à jouer, colloquée entre les fenêtres, sous une grande glace; la troisième était une table carrée placée dans un coin entre deux portes, l'une menant à la chambre à coucher improvisée, l'autre donnant entrée dans une grande salle inhabitée, qui servait en ce temps-là d'antichambre ou à l'avenant, et en tout cas était garnie d'un mobilier des plus invalides. Sur cette troisième table, la table du coin, furent déposés les effets d'habillement tirés de la valise, et c'est le moment ou jamais de les énumérer : un pantalon du même drap et de la même date que le frac que nous avons vu sur son propriétaire, un pantalon neuf, un

pantalon feuille morte, deux gilets de velours, deux autres
en satin, un surtout et deux habits.

Tous ces vêtements se superposèrent pyramidalement et
furent recouverts d'un foulard; dans un autre angle entre la
porte et la fenêtre furent mises en rang d'oignon les bottes,
dont quelques-unes n'étaient pas précisément ce qu'on appelle
des bottes neuves, puis des bottines de cuir verni, et enfin
des bottes du matin. Toute cette chaussure se voila aussi
pudiquement d'un foulard qui la dissimula parfaitement; sur
la table à écrire, furent alors rangés avec un ordre remarquable, un nécessaire de voyage, un grand portefeuille à
buvard, un flacon d'eau de Cologne, quatre bâtons de cire à
cacheter, une brosse à dents, le calendrier de l'année et deux
romans, tomes *deux* l'un et l'autre. Les gilets de piqué et
les pantalons d'été furent joints au linge blanc et mis dans
une commode qu'on venait d'apporter dans la chambre à
coucher; et, quant au linge qui devait passer par le blanchis-
sage, il fut mis en boule dans une espèce de petite nappe de
toile commune, et fourré sous le lit en compagnie de la malle
de cuir ou valise qu'on venait de soulager de son lest. Un
sabre que Tchitchikof prenait toujours avec lui dans ses
tournées, pour inspirer quelque effroi aux aventuriers des
grands chemins, fut suspendu à un clou non loin du lit, dans
la chambre à coucher. Ces dispositions eurent lieu avec tant
de précaution, qu'elles ne dérangèrent rien à la propreté et
au bon ordre extraordinaires que les gens de la maison
venaient de rétablir en moins d'une heure de temps. Dès
que tout fut prêt, on ne vit plus nulle part ni un lambeau
de papier, ni un brin de paille ou de foin, ni apparence de
poussière. L'air même qu'on respirait dans ces chambres si
longtemps fermées se trouva bientôt comme purifié et en-
nobli : il se répandit une agréable senteur d'homme frais et
sain, qui ne se fait pas faute de linge blanc, qui va au bain,
et qui tous les dimanches se frotte le corps des pieds à la
tête, avec une éponge imbibée de vinaigre coupé d'eau-de-vie.
Dans la salle qui faisait antichambre, le bon Pétrouchka,
son domestique, essaya bien de s'établir jusqu'à nouvel
ordre; mais cet ordre ne se fit pas attendre, et Pétrouchk

fut tout de suite installé dans un compartiment de la cuisine : le drôle n'y perdit pas.

Les premiers jours, Téntétnikof ne fut pas sans avoir de l'ombrage ; il craignait pour son indépendance : l'étranger pouvait prendre sur lui quelque ascendant, lui imposer quelques changements dans son genre de vie, intervertir sur plusieurs points l'ordre qu'il avait si heureusement établi. Vaines appréhensions ! Paul Ivanovitch fit preuve d'une admirable disposition à s'accommoder de tout. Il loua la sage lenteur de son hôte, disant qu'elle était le gage assuré de cent ans de vie ; il trouva la plus habile définition des effets de la vie sédentaire et retirée, affirmant que la solitude est la meilleure nourrice des grandes pensées de l'homme. Après avoir visité la bibliothèque et jeté un coup d'œil sur les titres des livres, il loua les livres en général, comme préservant du mal de l'oisiveté par un grand éveil des facultés morales. Il employait, au reste, moins de paroles que nous ne venons de le faire, mais il accentuait fortement le peu qu'il en prononçait ; et, de plus, il ne parlait qu'à propos, et ne manquait jamais de se retirer à propos. Il se gardait bien d'adresser la moindre question à Téntétnikof aux heures où celui-ci était d'humeur taciturne. C'était avec plaisir qu'il faisait sa partie d'échecs, avec plaisir qu'en face de lui il gardait le silence.

Dans les moments où l'un entr'ouvrait ses lèvres allongées, lançait au plancher la fumée de sa pipe en spirales ascendantes et en capricieux anneaux, l'autre, qui ne fumait pas, se créait toutefois une occupation analogue : par exemple, il tirait de sa poche sa tabatière d'argent de Toula, et, l'assujettissant délicatement entre le pouce et le grand doigt de sa main gauche, il la faisait tourner rapidement de l'index de sa main droite, imitation lointaine du mouvement diurne de la terre sur son axe ; ou bien il tambourinait de deux doigts sur le couvercle, en sifflotant un air qui n'en était pas un ; bref, il ne gênait en rien son hôte, il faisait de la sympathie. « Je vois pour la première fois un homme avec qui l'on peut vivre, pensait Téntétnikof ; en général, c'est un art fort rare en Russie. Il y a parmi nous assez d'hommes spiri-

tuels, instruits et honnêtes ; mais pour des personnes douées
d'une parfaite égalité d'humeur, et avec qui on vivrait un
siècle sans se quereller, je ne sache pas qu'il y en ait beaucoup à rencontrer dans notre pays. Voici le premier exemplaire qu'il m'ait été donné de voir. »

C'est ainsi que Téntétnikof pensait et parlait de son hôte.
Tchitchikof, de son côté, était enchanté de se voir installé
pour quelque temps chez un homme si doux et si facile à
vivre. La vie de bohème lui pesait ; et même, pour certaine
indisposition physique dont il se croyait menacé, il lui était
utile de se reposer, ne fût-ce qu'un mois, dans ce beau village, en face de la verdure des champs, au commencement
du printemps. Il lui eût été difficile de trouver un endroit
plus propice, plus favorable au repos. Le printemps, longtemps retenu par les frimas, parut tout à coup dans toute sa
beauté, et la vie éclata de toutes parts. Sur la fraîche éme-
raude de la verdure naissante, jaunissait la dent de lion, et,
encore teinte en rose pensée, l'anémone penchait sa tête
délicate ; des essaims de petits moucherons s'élevaient au-
dessus des marais, et l'araignée aquatique s'arrangeait à leur
faire bonne chasse. Sur les lacs et sur les rivières débordées
venoient s'abattre les canards et tous les autres oiseaux
pêcheurs qu'ils devancent de peu dès avant le dégel, et que
leurs phalanges annoncent au campagnard attentif. La terre
vient de secouer son lourd sommeil ; les bois ont entendu et
les rochers répété son cri de réveil. Quel éclat sur cette verdure ! quelle fraîcheur dans l'air ! quel ramage d'oiseaux
dans les jardins ! Joie, jubilation, paradis de toutes choses !
Le village a résonné, chanté comme à des noces : ce n'est
partout qu'excursions et promenades.

Tchitchikof faisait beaucoup d'exercice à pied : tantôt il
se dirigeait lentement vers le plateau supérieur des hauteurs ; de là il contemplait les vastes plaines où les pluies et
les inondations avaient laissé des centaines de petits lacs,
entre lesquels se dessinaient en noir des îles, et en vert, des
forêts et des bocages. Tantôt il pénétrait dans des ravins
boisés, où commençaient à se couvrir d'un épais feuillage les
arbres chargés de nids d'oiseaux, et de corbeaux qui, s'éle-

vant parfois en grand nombre et se croisant dans l'air, obscur-
cissaient le ciel. Tchitchikof, suivant à loisir les méandres
des parties séchées, se rendait au port, d'où partaient, les
unes en aval, les autres en amont du fleuve, des barques
portant des pois, des fèves, des froments, des seigles Il allait
voir les premiers travaux du moulin où les eaux printanières,
affluant avec un bruit et une impétuosité de bon augure,
donnent à la roue motrice la plus énergique impulsion; il
allait observer les premiers travaux de la campagne, et voyait
comme la terre labourée se dessinait en zones noires entre
des lignes verdoyantes, et comme l'agile semeur, en tapotant
un crible suspendu devant lui contre sa poitrine, faisait,
poignée à poignée, tomber avec égalité des semences dans les
sillons, sans laisser s'égarer le moindre grain à droite ou à
gauche du guéret.

Tchitchikof était partout. Il parlait et raisonnait avec le
régisseur, avec le meunier et avec le simple paysan; il s'ins-
truisait du si, du quand, du pourquoi, du mais et du comment des moindres et des plus importants détails de l'économie; il savait quels produits et quels rendements on
pouvait attendre de chaque situation et de chaque qualité de
terrain, et à combien se montait le produit général de la
vente des récoltes du domaine et celui de la mouture d'automne, et quel grain on portait au moulin en ce temps. Il
prenait bonne note des noms et des sobriquets de chaque
paysan et de leurs liens de parenté, et où chacun avait acheté
sa vache, et de quoi il nourrissait le cochon. Il s'intéressait
à tout, à ce point qu'il sut même le chiffre exact de la mor-
talité, et il fit la remarque qu'il était mort peu de paysans
depuis le dernier recensement. Il en était d'autant plus surpris qu'en homme d'esprit qu'il était, il avait cru, disait-il,
reconnaître que la science de M. Téntétnikof en économie
rurale était purement spéculative, et que, faute de pratique,
il n'obtenait que de tristes résultats. Ces résultats, sans cesse
visibles dans le paysan, étaient les négligences, le noncha-
loir, le vol, l'ivrognerie et ce qui s'ensuit. Et dans son for
intérieur, il se disait : « Quel animal, au fond, que ce Téntétnikof! laisser tout à l'abandon sur un domaine qui, bien

régi, donnerait cinquante bons mille roubles de revenu net ! »
Et, bien assuré qu'on ne pouvait l'entendre, il se donnait le
plaisir d'ajouter de vive voix, de l'air d'un homme qui suf-
foque d'indignation : « Oui, une brute, une vraie brute ! »
Bien des fois, dans ces excursions, il lui était venu l'idée de
se mettre à la pratique, c'est-à-dire, plus tard, après avoir
mené à bonne fin sa grande affaire, et lorsqu'il aurait en
mains de quoi se constituer à son tour seigneur et maître
d'une bonne et belle terre comme celle-là.

Là-dessus il se représenta aussitôt qu'il s'offrait à lui pour
être sa compagne, son aide et sa ménagère, une jolie petite
femme fraîche et toute ronde, prête à sortir pour lui de la
classe marchande, une personne bien élevée du reste et
sachant même assez bien la musique.... sans doute la musique n'est pas une chose essentielle, mais enfin c'est reçu,
et on ne voit pas pourquoi on irait contre l'opinion. Il passa
naturellement de là à rêver une progéniture destinée à éter-
niser le nom Tchitchikof, d'abord un garçon, un gaillard vif
comme le salpêtre, puis une sœur jolie comme les amours....
et s'il vient, mettons deux garçons, deux et même trois
petites demoiselles, où serait le mal ? au contraire, on saura
dans le monde qu'il y a eu un Tchitchikof, qui a bien réellement vécu, et n'a point passé vainement sur la terre comme
une ombre ou un songe ; et, chef de famille, il n'aura pas à
rougir devant la patrie.... honte à l'égoïste qui ne laisse rien
et personne après lui ! Il lui sembla ensuite qu'il ne serait
pas mal après cela d'être d'un rang de quelques crans plus
haut : celui de conseiller d'État par exemple ; *conseiller
d'État*, cela fait très bien sur une carte....

Eh ! mon Dieu, vient-il donc peu d'idées à un homme qui
fait à loisir de longues promenades dans les campagnes ? Qui,
en pareil cas, ne se laisse pas emporter loin au delà d'un
présent étroit et fastidieux ? L'imagination rit, menace,
gronde, remue, dissipe des nuages, ouvre des horizons, et
elle va toujours, même quand la raison s'élève contre elle ;
elle la traite de folle et déclare péremptoirement que rien de
tout cela ne saurait avoir lieu. La raison en pareil cas radote
assurément.... et la fantaisie est si amusante !

Le séjour de la campagne, qu'étudiait avec tant de soin et de plaisir Tchitchikof, était aussi du goût de ses domestiques. Comme lui, ils y avaient pris leurs habitudes, et Pétrouchka était au mieux avec le sommelier Grégori. Ces deux hommes, dans le principe, marchaient le jarret tendu et en soufflant dans leurs joues à faire redouter un éclat. Pétrouchka jetait de la poudre aux yeux à Grégori en disant et prouvant qu'il était allé à Iaroslav, à Kostroma, à Nijni-Novgorod et même à Moscou; Grégori, de son côté, jetait à la tête de Pétrouchka Pétersbourg, que ce dernier ne connaissait pas. Il était insupportable de voir quel avantage excessif Pétrouchka prétendait tirer de la distance respective des lieux où il était allé; mais Grégori parla ex professo d'un lieu dont le nom, qu'il articula syllabe par syllabe, ne se trouve réellement sur aucune carte connue; il plaça ce lieu à un peu plus de trente mille verstes, sur quoi l'autre resta, les yeux ronds, la bouche béante, et baissa piteusement l'oreille, à ce point que sa figure souleva le gros rire de la haute, de la basse et de l'arrière-cour de la maison. L'affaire toutefois se termina par une liaison des plus intimes entre les parties. A l'extrémité du village était un cabaret tenu par l'oncle Piméne, oncle commun de tous les paysans; c'était une bonne grosse tête chauve à qui l'on appliquait encore le nom d'Akoulka, dérivé euphémique de son nom de baptême. C'est là qu'on pouvait juger, à toutes les *heures* du jour, de l'affection mutuelle que se portaient les deux nouveaux amis; là ils étaient tout à fait eux-mêmes, tout à leur nature, et maître Piméne ne tarda pas à les considérer comme les deux piliers de son établissement.

Quant à Séliphane, ses goûts l'emportaient vers des séductions d'un autre genre. Dans le village, tous les soirs, à peine le soleil approchait de l'horizon, les chants commençaient, les rondes se formaient, puis la chaîne, la chaîne sans fin avec ses cent évolutions variées, ses figures appropriées aux paroles du chant, et les refrains entonnés en chœur général. De bonnes grosses filles aussi lestes que grandes et fortes (on en trouve déjà fort peu de ce genre dans les grands villages) réussissaient facilement à lui faire faire le corbeau pen-

dant des heures entières. Il serait difficile de dire lesquelles
de ces filles-là étaient les plus belles; toutes avaient le cou
et la gorge d'une blancheur mate incomparable, un incarnat
de rose, une allure de paon déployant ses grâces, et les cheveux en tresses descendant mollement de la nuque à la ceinture.

Séliphane en tenait une par sa blanche main à sa droite,
une autre à sa gauche, et cheminait posément avec elles dans
la chaîne, ou bien s'étant isolé et rangé dans la ligne des
gars, il s'avançait haut et superbe droit à elles, et alors elles
aussi, l'air confiant et même altier, elles se mettaient en
mouvement vers lui, en entonnant, de leur voix aussi fraîche
que puissante de sonorité, ces mots de la chanson : « Seigneurs boyards, montrez l'amant... ! » Lui, il désignait le
soleil couchant déjà à moitié plongé sous l'horizon et les
ténèbres promptes à remplir le vide que laisse en s'évanouis-
sant la lumière, et l'écho qui renvoyait plaintivement de très
loin les dernières paroles du chant. Séliphane ne savait, à
cette heure-là, ce qui se passait dans son esprit; mais veil-
lant ou dormant, et à l'aurore comme le soir à la nuit close,
toujours il lui semblait tenir de belles mains blanches, et
toujours la danseuse passait et repassait avec son sourire
dans les évolutions de la ronde.

Les chevaux de Tchitchikof n'étaient pas moins satisfaits
que Pétrouchka et que Séliphane des loisirs qui leur étaient
faits et des avantages de la résidence; et le timonnier et le
bricolier à pelage gris pommelé, surnommé l'assesseur, et
Zoubar lui-même, Zoubar que Séliphane avait un jour apos-
trophé du nom de *cheval hypocrite* et de *lâche*, tous trois
trouvaient la terre de Ténétnikof un séjour assez agréable,
l'avoine excellente et la distribution des écuries extrêmement
commode; les râteliers étaient séparés par de bonnes cloisons, mais par des cloisons à claire-voie et telles que chaque
cheval pouvait voir les autres; et, s'il venait à l'un d'eux,
fût-ce au plus éloigné, la fantaisie de hennir. on pouvait
l'apercevoir et lui répondre aussitôt. Bref, chacun, en vérité,
s'était installé comme dans un gras et moelleux chez-soi.

Quant à ce qui est de l'affaire pour la perpétration de

laquelle Paul Ivanovitch parcourait la Russie, l'immense Russie, en quête d'âmes mortes, c'est un objet sur lequel il était devenu excessivement délicat, et même s'il lui arrivait d'avoir à traiter avec un imbécile achevé, il procédait sans précipitation, de crainte de fâcheux mécomptes. Téntétnikof est un imbécile, mais un imbécile qui rumine, qui lit des lèvres, qui se croit philosophe, qui tâche réellement de s'expliquer le *d'où vient*, le *comment*, le *pourquoi*, le *par quoi* et le *après* de toutes choses. Tchitchikof pensa qu'avec un pareil homme il ne fallait pas aborder les choses de front, mais avancer lentement de biais.

Ayant accoutumé tous les domestiques à l'entendre faire une foule de questions comme si c'était en lui une manie d'homme simple, naïf et oisif, il sut d'eux que leur maître naguère allait assez souvent chez son voisin le général.... que ce dernier avait une fille, une belle demoiselle.... que celle-ci revenait à leur maître et que celui-ci revenait à la jolie demoiselle; qu'ensuite il y avait eu Dieu sait quelle noise entre les deux seigneurs et qu'on s'était séparé.

Tchitchikof avait lui-même remarqué qu'André Ivanovitch, soit qu'il eût en main le crayon ou la plume, toujours dessinait des têtes de femme, et ces têtes étaient toutes la même tête, toutes se ressemblaient entre elles d'air, de traits et de sourire. Un jour, après le dîner, tout en faisant tourner du doigt sa tabatière comme une sphère sur son axe, il lui dit :
« André Ivanovitch, vous avez tout, hors une chose....

— Hors quoi ? dit le philosophe en tordant de ses lèvres une longue fumée de tabac qui s'échappa en une série d'anneaux mobiles.

— Une compagne de votre solitude, » dit Tchitchikof; et, comme André Ivanovitch n'ajouta pas un mot, l'entretien n'alla pas plus loin.

Tchitchikof ne se tint pas pour battu; il revint à la charge dès le lendemain avant le souper; là, après avoir parlé de choses propres à lui faire un peu desserrer les dents, il arriva à l'objet qui l'occupait et se borna à dire : « Vrai, André Ivanovitch, vous ne seriez que sage de vous marier. » Pas une syllabe de réponse.... on eût dit que le moindre propos sur ce sujet lui était désagréable à un titre quelconque. Tchitchikof n'était pas homme à se rebuter pour si peu ; le surlendemain, après souper, il prit son temps et dit comme en conclusion : « Eh ! certes, plus je tourne et retourne dans ma tête les choses de votre situation ici, plus je suis convaincu qu'il vous faut vous marier ; sinon, voyez-vous, gare l'hypocondrie ! » Était-ce seulement l'effet des paroles de Tchitchikof, était-ce que la disposition d'esprit fût, ce jour-là, chez lui, tournée aux épanchements ? il soupira et dit, après avoir poussé au plafond tout le trésor de fumée de tabac qu'il avait aspiré avec ardeur dans les dix minutes précédentes : « En amours comme en toutes choses, il faut être né heureux, Pâvel Ivanovitch ! » Et aussitôt il raconta à Tchitchikof toute l'histoire de sa liaison avec le général, et ce qui s'était passé ensuite, avec les détails de la rupture.

Quand Tchitchikof eut bien tout entendu jusqu'au dernier mot, et qu'il se fut ainsi assuré que tout le mal provenait du seul petit mot *toi*, il fut tout ahuri ; il mit une bonne minute à regarder Téntëtnikof de tous ses yeux, ne sachant s'il devait de ce moment le considérer comme fou tout à fait ou seulement comme braque et maniaque.

« André Ivanovitch.... de grâce.... dites-moi un peu, reprit-il enfin en égrenant une à une ses paroles et en lui saisissant les deux mains, où est donc l'insulte, et qu'y a-t-il, selon vous, d'offensant dans le mot *toi*?

— Le mot *toi* n'est pas, en effet, par lui-même, un terme insultant, dit Téntëtnikof ; mais dans le sens de ce mot, dans le son de voix avec lequel il a été dit, il y a offense..... *Toi*, dit comme il l'a dit, signifie : « Souviens-toi que tu n'es rien ; je te reçois parce que nous n'avons personne d'un rang plus relevé dans le voisinage ; quand donc il nous arrive ici quelque princesse, prends vite ta vraie place, tiens-toi près de la porte, assis ou debout, selon la personne qui passe. Voilà le sens du mot *toi*. » En donnant cette explication, le bon et modeste André Ivanovitch avait l'œil étincelant, et sa voix avait l'émotion fébrile que donne inévitablement le sentiment d'une offense.

— Et quand bien même il y aurait attaché ce sens, qu'est-ce que ça fait ?

— Ce que cela fait ! ! ! Comment, dit Téntétnikof en regardant Tchitchikof avec une grande fixité, vous voudriez que je reparusse dans sa maison après un tel procédé ?...

— Eh ! quel procédé ? ce n'est pas là ce qu'on est convenu d'appeler un procédé.

— Vous dites que ce n'est pas un procédé ? dit Téntétnikof, très surpris de cette objection.

— Ce n'est pas un procédé, André Ivanovitch ; c'est tout bonnement une habitude commune à presque tous nos généraux, et non pas un procédé ; il y en a qui disent *toi* à tout venant. Et d'ailleurs, pourquoi ne pas passer cette petite fantaisie à un bon vieux serviteur de la patrie ?

— Ce serait, j'en conviens, bien différent s'il était vieux en effet, et qu'il fût pauvre, sans orgueil, sans hauteur, sans ces grosses épaulettes qui leur font tourner la tête ; je lui pardonnerais alors de me tutoyer, et cela ne diminuerait en rien mon amitié, et bien au contraire.

— Oh, l'imbécile ! il permettrait les *tu* et les *toi* à un mendiant, mais pas à un général !... C'est bien, reprit tout haut Tchitchikof, mettons qu'il vous ait offensé, vous l'avez à l'instant fort gentiment payé de la même monnaie ; vous êtes restés à deux de jeu.... la main sur la conscience, il n'y a pas du tout là motif à se séparer pour toujours ; on ne se quitte pas pour des bêtises.... pardon, pardon ! mais de grâce, à quoi est-ce que cela ressemble ? Si l'on a une fois un but, il faut y arriver, fût-ce en montant à la brèche.... mais il y a là un homme qui a craché ! L'homme a de tout temps craché et de tout temps crachera ; c'est dans sa nature ; faites deux fois le tour du monde, et vous ne me trouverez pas un homme, pas une femme qui n'ait craché. »

Téntétnikof était fort empêché par un pareil langage ; il regardait d'un œil effaré l'air convaincu des traits de Paul Ivanovitch, et il pensait : « C'est pourtant un bien drôle de corps que ce M. Tchitchikof !... »

Et celui-ci, de son côté, en même temps pensait : « Ce Tentétnikof, en vérité, est un évaporé et un braque au premier chef. » Et il reprit : « André Ivanovitch, souffrez qu'une bonne fois je vous parle en frère; vous manquez d'expérience pour réparer ces sortes de choses-là,... eh bien ! avec votre permission, j'en ferai mon affaire. J'irai trouver Son Excellence; je lui expliquerai que le malentendu qui est arrivé est du fait de votre inexpérience, de votre jeunesse, de votre peu d'habitude des hommes, de votre ignorance des choses qui sont d'un usage général dans une certaine sphère.

— Je n'irai pas, quant à moi, ramper devant lui, s'écria d'un ton assez fier le jeune seigneur et je ne vous ai pas donné pouvoir d'aller le faire à ma place.

— Ramper n'est point mon fait, dit Tchitchikof blessé. Aller excuser la faute d'un tiers que j'affectionne, je puis le faire par motif de charité pure, par esprit de conciliation, oui... mais je ne fais rien par bassesse. C'est un bon et honnête mouvement que j'ai éprouvé à votre égard ; pardonnez-moi de m'y être abandonné; j'étais si éloigné de croire que ce fût en vous habitude prise de vous acharner sur les mots pour y découvrir de mauvais côtés et en faire application aux personnes !

— J'ai tort, pleinement tort, c'est à vous à me pardonner, et je vous en prie, dit Téntétnikof avec une sincère émotion, et en lui saisissant les deux mains; je n'ai eu nulle intention de vous offenser, d'autant moins que l'intérêt que vous me témoignez ne peut que m'être très sensible. Mais laissons ce propos, et ne parlons plus jamais de la conversation pénible qui l'a amené.

— Soit, si c'est un parti pris de votre part, de languir en silence plutôt que d'épancher vos chagrins dans le cœur d'un ami; mais je vous préviens que je n'en irai pas moins voir le général.

— Pourquoi? dit Téntétnikof, de nouveau tout éperdu.

— Eh mais, je veux présenter mes respects à Son Excellence.

— Est-il étrange, cet homme-là ! pensa Téntétnikof.

— Il est vraiment singulier, ce Téntétnikof, » pensa de son côté Tchitchikof; et il poursuivit : « Demain matin sans faute, André Ivanovitch, vers dix heures du matin, je me

rends chez le général. Selon mon sentiment, le plus tôt
qu'on peut aller saluer un brave dont on ne sait rien que de
très honorable, c'est en vérité le mieux. Une chose seulement me contrarie : ma britchka, par suite de votre bonne
et noble hospitalité, a été presque oubliée, et elle n'est pas
encore en état de marcher; me serait-il permis de me servir
de votre calèche?... Ce n'est qu'à cette condition que je
pourrais aller voir le général, demain à dix heures, comme
c'est mon intention.

— Eh ! de grâce, qu'est-ce que c'est que cette prière? vous
vous moquez; vous êtes tout aussi maître que moi ici; équipages, chevaux et le reste, tout est à votre disposition. »

Après cette conversation, ils se séparèrent et allèrent
gagner leurs lits, non sans faire beaucoup de réflexions sur
les étrangetés l'un de l'autre.

Chose bizarre pourtant ! le lendemain, lorsqu'on eut attelé
pour Tchitchikof, et qu'il eut sauté dans la calèche avec une
agilité presque militaire, vêtu de son habit neuf, cravate et
gilet blancs, et gants jaune paille, pour aller *présenter ses
respects* au général, Téntétnikof, qui s'était réveillé et levé
plus tôt que de coutume, se trouvait déjà livré à une agitation d'esprit telle qu'il n'en avait pas depuis bien longtemps
éprouvé. Tout le cours somnolent et pour ainsi dire engorgé
de ses pensées devint fluide, avec des mouvements fluctueux
et bientôt impétueux; un trouble nerveux agita tous les sens
de ce *baïbak* [1] plongé jusqu'à ce jour dans la paresse de ces
prétendus heureux du monde qui ont fait de leur vie un
écoulement d'eaux dormantes, et se tiennent accroupis, l'œil
fixe, occupés à le voir passer.

Tantôt il s'installait à sa place accoutumée sur le divan,
tantôt il s'acheminait à sa fenêtre, tantôt il prenait un livre,
et de temps à autre en tournait les feuillets sans avoir rien
lu, tantôt jetait sur la table ce livre qui semblait l'empê her
de penser à son aise. C'était une chaîne de velléités. La
pensée, née dans le cerveau (où naîtrait-elle ?), n'y vivait

---

1. Mot tatar, désignant un solitaire, et signifiant à proprement parler :
homme qui bâille à l'écart.

pourtant pas une seconde; c'étaient des pattes, des queues, des embryons informes de pensées qui se mêlaient dans la tête et fuyaient on ne sait où ni comment.... « Je suis dans une étrange situation d'esprit! » disait-il; et il allait à sa fenêtre regarder sur la route qui s'apercevait à travers la chênaie, au bout de laquelle se balançait encore dans l'air, n'étant pas parvenue à s'abattre, la poussière soulevée par la calèche qui emportait Tchitchikof pour quelques heures. Mais laissons Téntétaikof, et suivons l'homme plus heureusement doué, que nous connaissons si supérieur aux injures du temps et des hommes.

CHANT XIII

UN VIEUX DÉBRIS DE 1812

Avenue et aspect extérieur de l'habitation des Bétrichef. — Portrait du
général. — Tchitchikof est introduit. — Il se sent d'abord assez inti-
midé et balbutie quelque temps en y mettant peut-être aussi un peu
d'intention; puis il compose assez bien sa personne et ses discours
pour être souffert et même pour se faire écouter. Bientôt il amène
habilement l'occasion de nommer M. Téntétnikof, qu'il dit très
occupé.... De quoi? De la gloire de son pays. Mais encore? Il écrit....
l'histoire des généraux de 1812. — Mlle Julienne apparaît dans le
cabinet où ils étaient. — Elle plaide la cause de M. André contre les
préventions de son père, préventions qu'elle sait être nourries par
un tiers qu'elle juge abject et perfide. — Tchitchikof fait de l'esprit;
il égaye la conversation; la gaieté gagne, et, peu à peu, envahit le
général. — Notre héros pousse à l'anecdote, et il en sait de bonnes.
— Un accès de gros rire s'empare du général et ne le quitte plus,
sauf un instant où la noble Julienne déclare les faits racontés *déplorables*, et non risibles. — Tchitchikof est retenu pour le dîner. — Il
assiste à la toilette du général. — Il profite du moment de favorable
disposition et de longues ablutions à très grande eau de Bétrichef
pour le prier de lui vendre ses âmes mortes, en lui improvisant une
histoire d'oncle riche et fantasque, qui le fera son héritier dans le
cas où, d'abord, il saura s'enrichir vite lui-même. — Bétrichef est si
heureux de s'égayer sur l'*ânerie* de cet oncle imaginaire, qu'il donne
pour rien toutes ses âmes mortes, mâles et femelles. — On passe à
la salle à manger.

De bons chevaux, en deux heures de temps, transportèrent Tchitchikof à une distance de dix verstes, d'abord par
une chênaie, puis par des blés qui commençaient à verdoyer
au milieu des terres fraîchement labourées, puis par des
versants de montagnes d'où l'on découvrait à chaque instant
de nouveaux lointains, puis par une large allée de tilleuls,
dont le feuillage commençait à peine à p ercer; et enfin, au

milieu du village même. Ici l'avenue tourne à droite, et, se
changeant en un double rideau de hauts peupliers, que protégeait au bas de leur tige un encaissement d'osier tressé,
elle aboutit à une grande porte grillée en fer de fonte, à
travers laquelle se découvre le riche et artistique fronton de
la maison du général, fronton qui pose sur huit colonnes
d'ordre corinthien. L'air était imprégné d'une forte odeur
de térébenthine; on rafraîchissait ou rajeunissait tout; on ne
permettait à rien de vieillir. La cour, par son exquise propreté, ressemblait à un parquet. Parvenu devant l'entrée de
la maison, Tchitchikof s'élança d'un air respectueux sur le
perron, se fit annoncer au général, et fut introduit aussitôt
dans le cabinet.

Le général, qui s'avança vers son visiteur, le frappa par
son extérieur imposant. Il était vêtu d'un déshabillé de
chambre en magnifique satin pourpre; son regard franc, ses
traits mâles, ses moustaches et ses grands favoris grison-
nants, ses cheveux, par derrière, tondus très ras sous le
peigne, le cou, au-dessus de la nuque, gros, à trois bourrelets et deux vallées, plus une fissure de biais sur le tout....
en un mot, c'était un de ces généraux à peindre, comme en
posséda tant la grande année 1812. Le général Bétrichef
avait, sous une couche de vertus, une couche de faiblesses.
Les unes et les autres, comme on l'observe dans les Russes,
étaient jetées en lui avec un certain désordre pittoresque.
Dans les conjonctures décisives, il laissait voir générosité,
bravoure, esprit, libéralité exemplaire en toute chose, et, à
côté de cela, il montrait bientôt caprice, ambition, vanité,
impolitesse et susceptibilité personnelle, dont ne se fait faute
aucun Russe inoccupé, aux heures où il n'a nul besoin de
résolution.

Il avait une antipathie marquée pour tous ceux qui
l'avaient favorisé dans le service, et il s'exprimait âcrement,
et par épigrammes, sur leur compte. Sa meilleure provision
en ce genre était à l'adresse de l'un de ses anciens camarades, qu'il avait toujours regardé comme bien inférieur à
lui en esprit et en capacité, et qui, cependant, l'avait distancé et occupait un poste de *général-gouverneur* de deux

gouvernements, et, comme par un fait exprès, de ceux
mêmes où se trouvaient ses terres, de manière qu'il se
voyait en quelque sorte dans sa dépendance. Pour se venger
de cette position subalterne, il le dénigrait en toute bonne
occasion, critiquait chacun de ses actes, et en était venu à
voir le comble de l'absurdité dans chaque mesure de son
rival et dans chaque disposition qui émanait de son autorité.

Tout chez Bétrichef portait un cachet de singularité, à
commencer par les lumières de la civilisation, dont il était le
partisan zélé : ami de l'éclat, il se plaisait à faire ostentation
de ses connaissances, il avait la prétention de savoir ce que
les autres ne savent pas, et il n'aimait pas les gens qui
savaient ce qu'il ignorait; tout en ayant reçu une éducation
mi-partie étrangère, et sans cesser de s'en prévaloir, il voulait jouer le rôle de *bârine russe*. Et on conçoit qu'avec cette
inconsistance de caractère, avec ces oppositions et contradictions, ces incompatibilités qui se conciliaient en lui, il ne
pouvait manquer de se faire dans le service un grand nombre
d'ennemis, et que, par suite, il n'ait pas manqué de prendre
son congé et d'en accuser Dieu sait quelle prétendue cabale,
sans avoir la bonne foi de s'accuser lui-même au moins de
quelque tort. Il gardait dans la retraite toutes les mêmes
poses un peu théâtrales qu'il avait toujours affectionnées dans
le service; et en surtout, en habit de ville, en habit habillé,
en habit du matin ou en simple robe de chambre, c'était bien
le même homme. Depuis le son de sa voix jusqu'au moindre
mouvement, regard ou geste, tout en lui était impérieux et
dominateur, tout inspirait aux inférieurs sinon le respect,
au moins la circonspection et même la crainte.

Tchitchikof, toujours circonspect, éprouva devant lui une
réserve et une intimidation respectueuse, et cette impression
se traduisit dans son langage par une hésitation qui ne lui
était pas habituelle.

Inclinant révérencieusement la tête de côté, élevant les
mains en l'air comme s'il se disposait à soulever un plateau
chargé de menue vaisselle, il sut en même temps faire fléchir tout son corps avec une aisance prodigieuse, en disant :

LES AMES MORTES. — II. 7

« J'ai pensé qu'il était de mon devoir de me présenter à Votre Excellence. Professant une vive admiration pour les guerriers dont les exploits ont sauvé la patrie au prix de leur sang, je n'ai pu résister au désir de venir me présenter personnellement à Votre Excellence. »

On ne peut affirmer que cette lourde et flandreuse manière de se recommander ait positivement agréé au général; cependant il fit à Tchitchikof une inclination de tête fort bienveillante et lui dit :

« Charmé de faire votre connaissance; veuillez donc vous asseoir. Où avez-vous servi?

— Mon service, dit Tchitchikof prenant place sur un siège, non pas au milieu et carrément, mais sur le bord et de biais, et en posant ses deux mains sur l'un des bras du fauteuil, mon service a commencé dans la chancellerie du Trésor, Excellence; puis j'ai passé dans différents autres services; j'ai été attaché au tribunal des non domiciliés, dit tribunal de cour ; ensuite aux bureaux du comité des bâtiments, et enfin à la douane. On peut comparer ma vie à un vaisseau livré au caprice des vagues; on peut dire.... Excellence, qu'avec ma patience.... car de fait, moi, ballotté, voyez-vous, en butte aux persécutions.... j'ai été réellement la patience personnifiée, et ce que j'ai eu d'ennemis, à vrai dire, et qui ont attenté à ma vie même, si je puis dire.... Non, ni les paroles, ni les couleurs, ni le pinceau lui-même, Excellence, ne sauraient le rendre. De sorte que, pour ne rien omettre, au déclin de ma vie, je ne suis en quête que d'un petit recoin où passer un reste de jours. En attendant, je suis arrêté, je stationne chez un des plus proches voisins de Votre Excellence.

— Chez qui?

— Chez Téntétnikof, Excellence. (Le général fronce le sourcil.) Ah! si Votre Excellence savait combien il regrette de n'avoir pas porté toute l'attention qu'il devait, comme il dit....

— A quoi?

— Aux.... services.... aux services de Votre Excellence.

Il dit comme ça qu'il ne trouve pas de mots pour rendre tout

ce qu'il voudrait pouvoir dire, et il dit : « Si je pouvais
seulement, devant son Excellence, d'une façon ou d'une
autre.... parce que, comme il le dit très bien, je sais, moi,
apprécier les hommes, ceux surtout qui sont les sauveurs,
les vrais sauveurs de la patrie.... »

— Eh! de grâce, qu'est-ce qu'il a dans la tête? Je ne suis
pas du tout fâché, dit le général radouci par le pathétique
de son interlocuteur. J'ai même aimé cet homme-là, moi,
et beaucoup; je suis persuadé qu'avec le temps il deviendra
un sujet.... utile.

— Votre Excellence a un coup d'œil d'une justesse!... et
comme c'est dit, pour ainsi dire exprimé!... Oui, c'est un
sujet qui sera utile; oui, oui, utile.... un sujet qui parle,
trrrr.... C'est celui-là qui a un talent de parole! et comme il
manie la plume, krrrr....Oui, on peut dire une plume....
c'est-à-dire...

— Mais il écrit, ce me semble, des sottises, de petits vers
bien niais.

— Non, Excellence, non pas, ce ne sont d'antre pas des
sottises qu'il écrit.... Des vers! oh! nullement.

— Écrit-il quelque chose de raisonnable?

— Il écrit l'histoire, voilà!

— L'histoire! l'histoire de qui, de quoi?

— Eh! mais l'histoire.... » Ici, Tchitchikof s'arrêta; puis,
soit parce qu'il avait devant lui un *général*, soit par suite du
désir qu'il avait de donner une grande importance à son
hôte, il ajouta :

« L'histoire des généraux, Excellence.

— Comment des généraux! de quels généraux?

— Des généraux de la généralité en général, Excellence,
c'est-à-dire généralement des généraux, ou, pour mieux
dire, oui, je dis bien, des généraux de la patrie. »

Tchitchikof s'embrouillait, s'empêtrait, pataugeait; il le
sentait avec chagrin; il était sur le point de cracher, comme
font les Russes du commun entre eux dans ces cas difficiles, et il se disait mentalement à lui-même : « Seigneur
Dieu! suis-je stupide aujourd'hui! » Il ajouta entre ses
dents :

« Pardon, je ne sais pas très bien....

— Qu'est-ce que ce sera que cette histoire? l'histoire d'une époque quelconque, ou bien une histoire particulière.... la biographie d'un général en chef? Autrement, sera-ce l'histoire de tous les généraux russes, pêle-mêle? Impossible.... Peut-être est-ce la biographie des généraux qui ont participé à 1812?

— Juste! juste! des généraux de 1812, de ceux qui ont été à 1812, Excellence, à l'an 12! »

Après avoir ainsi affirmé, il se dit en lui-même : « On m'assommerait plutôt que de me faire comprendre ces belles choses-là!

— S'il en est ainsi, que ne vient-il me voir? Je pourrais aisément lui procurer une masse de matériaux précieux.

— C'est qu'il n'ose pas, Excellence.

— Quelle folie! Comment peut-il croire que, pour un mot.... un rien.... Allons donc! je ne suis pas du tout du caractère qu'il suppose.... C'est donc moi alors qui l'irai voir.... Pourquoi pas? pourquoi pas?

— Non, il ne se laissera pas prévenir; je lui dirai.... Il accourra, heureux.... » dit Tchitchikof reprenant complètement son assurance. Il pensa : « On n'a pas idée d'une chance pareille! et comme ce propos sur les généraux est venu à propos! Quand je songe que je babillais, moi, comme ça, pour amuser le tapis!... »

Dans le cabinet même où ce dialogue avait lieu, il se fit entendre un léger bruit; la porte d'une grande et belle armoire de noyer s'ouvrit comme d'elle-même, et, dans la partie entre-bâillée de cette porte, la main appuyée sur la main de cristal de la serrure, parut une figure vivante. Si, dans une pièce sombre, eût éclaté tout à coup un cadre transparent, vivement éclairé par des lampes habilement disposées, cette figure apparaissant au milieu du carré lumineux eût moins frappé Tchitchikof par l'inattendu que ne le fit cette espèce d'apparition féerique. Il était évident que la personne qui se tenait sur le seuil avec un air d'hésitation, avait quelque chose à dire au général; mais, après avoir aperçu là un étranger, elle s'était arrêtée court. Sa présence

avait été accompagnée de l'irruption d'un rayon de soleil qui
semblait rire de l'air sérieux des deux hommes disparates
assis près du bureau.

Quant à la personne si soudainement introduite, que rei-
gnait et caressait la lumière du ciel, elle était droite et
légère comme une javeline en bois de rose. Elle semblait
ainsi s'élever fort au-dessus de la taille ordinaire de son
sexe; pur effet d'optique, car elle était, en réalité, d'une
taille au-dessous de la moyenne. L'illusion provenait ici de
l'admirable harmonie de proportions qui existait entre toutes
les parties de son corps. Sa robe lui seyait comme si les
meilleures couturières du monde eussent délibéré en comité
pour qu'elle fût mieux vêtue qu'aucune femme. Autre illusion, elle s'habillait en quelque sorte elle-même; elle s'armait de ses aiguilles de fée, rassemblait les morceaux de la
pièce d'étoffe qu'elle venait de couper et de découper comme
de fantaisie, et tout cela finissait par s'appliquer sur elle avec
des plis élégants, si légers, si harmonieux, qu'un sculpteur
aurait voulu tout d'abord faire passer l'ensemble sur l'un de
ses marbres; et toutes les dames, moins promptes et moins
heureuses qu'elle à suivre toutes les plus charmantes évolutions de la mode, eussent, à côté de cette enchanteresse,
semblé n'être que du commun des mortelles. Tchitchikof ne
put, dans les premiers moments, se rendre compte de ce
qu'il voyait devant lui, et ce n'est qu'au bout de cinq ou
six minutes d'attention qu'il fit la remarque d'un défaut
dans la personne.... Elle manquait, à son avis, d'*embonpoint.*

« Je vous recommande mon enfant gâté, dit le général en
s'adressant à Tchitchikof. Çà, dites donc, je ne sais pourtant
encore aucun de vos noms.

— Le moyen, en effet, qu'on s'intéresse en aucune façon,
à aucun degré, au nom d'un homme qui ne peut se recommander à la mémoire d'autrui par nul exploit [1], par aucune

---

1. On sait que, dans cet ouvrage, nous écrivons précisément l'histoire
des exploits de Tchitchikof, et que cette histoire a la prétention d'être
un poème; c'est qu'en tout cas, ce livre est plus vrai qu'aucun roman
et d'un effet incomparablement plus grand que toute satire.

action qui mérite d'être citée! dit modestement Tchitchikof
en baissant la tête.

— Mais encore?

— Paul Ivanovitch, Excellence, dit Tchitchikof en s'inclinant presque avec la désinvolture d'un militaire, après
quoi il rebondit en arrière avec l'élasticité d'un ballon de
caoutchouc.

— Oulinnka [1], dit le général en s'adressant à sa fille.
Paul Ivanovitch vient de me raconter l'intéressante nouvelle
que notre voisin Téntétnikof n'est nullement aussi esprit
bouché que nous le supposions, et qu'il s'occupe d'une
chose, en vérité, assez considérable.... de l'*Histoire des
généraux de 1812.*

— Et qui donc a pu penser que ce fût un sot? répondit-
elle avec volubilité; ce ne pourrait être que Wychépokrovof,
à qui vous vous fiez trop, et qui est, lui, aussi borné qu'il
est vil.

— Pourquoi vil? il est un peu sot, voilà tout ce que je
t'accorde.

— Il est vil et sot, et bas, et abject, repartit vivement
Oulinnka. Celui qui a mortellement offensé ses frères, et
chassé de la maison paternelle sa propre sœur, ne peut être
qu'un pauvre homme.

— Oui, on raconte cela...

— Des contes de cette sorte seraient en huit jours reconnus
pour d'odieuses calomnies. Je ne puis concevoir, mon père,
comment, doué de la plus belle âme, du cœur le plus haut
placé, tu reçois un homme qui est distant de toi comme la
terre du ciel, et que tu sais toi-même être un malhonnête
homme.

— Voilà, mon cher monsieur, dit le général à Tchitchikof
en souriant avec une bonhomie sincère, voilà un joli échantillon des querelles que nous nous faisons, cette petite folle et
moi. » Et se retournant vers sa fille, il ajouta : « Ma chère
enfant, je ne peux pourtant pas le chasser par les épaules.

— On ne chasse personne par les épaules, quand on sait

1. Oulinnka, pour Ioulia, Julie, ou Ouliana- Julienne.

vivre, mais on se garde de faire tant de politesses à des misérables.

— Que faire, mademoiselle, s'il n'est personne qui ne se croie des droits à l'amour des autres? Il n'y a pas jusqu'à la brute qui aime à se voir choyer et caresser. La bête fauve, enfermée dans une cage de fer, passe sa hure à travers les barreaux et dit dans son langage : *Caresse-moi donc un peu.*

— Ha, ha, ha, ha, ha! fit le général fort égayé par une telle sortie; il y a telle bête qui ne se borne pas à allonger ainsi le museau et à demander une caresse, mais elle sollicite la confiance, la parfaite confiance de l'honnête regardant.... Ha, ha, ha, ha, ha! » et tout le buste du brave général se trémoussa; ses épaules, si longtemps faites à porter deux livres pesant d'or, sous le nom de graines d'épinards, semblaient chargées de ce brillant fardeau.

Tchitchikof se permit aussi une petite fugue d'interjections ricaneuses, seulement, par respect pour le général, il s'abstint du *ha!* et partit en *hé!* « Hé, hé, hé, hé, hé! » fit-il, et tout son buste aussi fut en grand émoi, comme la houle sous le coup de vent; mais ses épaules ne se trémousseront point, parce que cet homme-là n'avait jamais porté ni grosses ni petites épaulettes.

« Ha, ha, ha, ha! il vole, il pille, il prend à pleines mains l'argent de la couronne, et encore, l'animal, il demande des récompenses. On ne peut pas, dit-il, on ne peut pas éternellement travailler sans encouragement, et quand la confiance est méritée.... Caresse-moi donc un peu sur le museau. Ah bien, oui! Ha, ha, ha, ha!

— Mon général, Votre Excellence a-t-elle entendu parler de : *Aime-nous noirs, chacun nous aimera blancs,* dit Tchitchikof en regardant le général d'un air tout à fait malin.

— Non, jamais.

— C'est une anecdote *sympathique* [1], Excellence; c'était

---

1. Une foule de gens en Russie disent *sympathique* pour curieuse, comme ils disent *restauration* pour restaurant, *approbation* pour expérience ou épreuve, *bagatelle* pour chose riche et magnifique, comme les Allemands disent *fidèle* pour comique, et *noble* pour tenant grande maison.

chez le prince Gounzovski, que connaît probablement Votre Excellence.

— Je ne le connais pas.

— Il avait pour intendant un jeune Allemand. Ce jeune homme, à l'occasion du recrutement qui se faisait alors, et de quelques autres affaires, dut se rendre à la ville, c'est-à-dire au chef-lieu du gouvernement, et là, de courir les tribunaux, et.... vous me comprenez, et de reste.... de graisser la patte à bien des gens. Tchitchikof, en clignant d'un œil, exprima par une pantomime comment les gens de justice se font graisser la patte. « Au reste, eux, de leur côté, le régalèrent si largement qu'un jour, en dînant chez eux, le solliciteur leur dit : « Çà, messieurs, il faudra bien que vous veniez une fois ensemble chez moi, dans les terres du prince ! — Sois tranquille ! oui, oui, nous irons ! et cela bientôt ! » Le tribunal eut, en effet, à quelques jours de là, à se transporter du côté des domaines du prince pour faire une enquête, une grande enquête sur les terres du comte Treonmétief, que Votre Excellence connaît pour sûr.

— Non, je ne le connais pas non plus.

— Quant à l'enquête, ces messieurs ne sont pas allés la faire en personne ; tout le tribunal en masse fit tourner bride, et les télègues se dirigèrent gaillardement vers la demeure du vieux économe du comte ; là, trois jours et trois nuits, sans désemparer, ils jouèrent au whist et au pharaon, le thé, le café et liqueurs aidant ; la bouilloire ne disparaissait un instant de la table que pour y revenir poser en chantant et sifflant l'instant d'après. Le pauvre vieux économe les avait tous assis en ordre comme s'ils pesaient sur sa gorge. (Tchitchikof pencha la tête, en posant le bout de ses dix doigts sur sa gorge.) Dans son désir pressant d'être délivré de l'invasion, il lui vint l'idée de dire à tout hasard à ses honorables hôtes : « Messieurs, n'avez-vous pas le projet d'aller visiter l'Allemand qui est intendant du prince ? Ce n'est pas bien loin d'ici, et il vous attend. — Tiens, à propos, c'est vrai, ça, dirent quelques-uns en posant sur les tables qui ses cartes, qui sa tasse, qui son verre ; vous vous rappelez qu'il nous a, ma foi, invités, le brave garçor. » Et voici toute la compagnie titubante, somnolente, en barbe de cinq jours, lassée dans les chariots, roulant, roulant, et débarquant enfin, dans un charmant désordre, au pied du perron de l'Allemand.

« Ce bon jeune Allemand, Excellence, venait de se marier; il avait épousé une toute jeune personne des plus récentes sorties de l'Institut... Une demoiselle vraiment si subtile[1], si subtile.... (Tchitchikof exprima par un jeu de physionomie la subtilité de la jeune dame.) Ils viennent tomber là, pour ainsi dire, en pleine lune de miel, lorsque le couple était tout langoureux de bien-être, à côté du samovar, prenant le thé, innocemment, vrai, comme deux petits angelots, n'est-ce pas, mon général?... Tout à coup, la porte s'ouvre, et il leur tombe là.... une surprise.... une avalanche qui n'était pas de neige.

— Je me représente, dit en riant le général, comme ils étaient gentils, ces messieurs. Voilà un lendemain de noces! Ha! ha, ha!

— Leur apparition avait quelque chose de fantastique, à ce qu'il paraît; l'Allemand en fut tellement frappé qu'il pensa en perdre la tête. Il se lève, va à eux, et leur demande glacialement ce qu'ils veulent. « Holà! disent-ils, voilà comme tu nous reçois, toi! Ah! c'est comme ça! Changement de décor à vue; autre scène, autre langage. Parlons affaires, et lestement. Voyons, voyons! combien de vin de grain brasse-t-on dans les domaines du prince? Produis les livres. Oui, oui, les livres! tout de suite les livres! » L'Allemand crut voir l'enfer; il balbutia. Voilà ce que c'est! Ils le saisirent, le garrottèrent, et ils l'emmenèrent à la ville. L'intendant resta un an et demi en prison.

— Hum! » fit le général.

Oulinnka se croisa les mains sur la poitrine et serra les lèvres.

« La jeune femme, Excellence, fit bien des démarches;

---

1. *Subtile* pour délicate de santé et mince de taille; toujours le même emploi des mots détournés de leur sens, tels que plus haut *sympathique*, etc., etc.

mais que peut faire une femme pure, qui ne connaît pas le monde, et qui n'a l'expérience de rien? C'est un grand bonheur encore qu'il se soit trouvé quelques braves gens qui lui ont indiqué les seules voies d'accommodement devenues possibles. L'Allemand fut tiré de ce guêpier, mais il lui en coûta deux mille roubles et les frais d'un banquet monstre. Quand, au dessert, tous, et lui aussi pour ne rien celer, furent arrivés au degré où commence le partage pâteux des *vérités* désormais sans conséquence, ils lui dirent : « Eh bien! tu vois, frère, tu as fait fi de nous à une bête d'époque où ta fantaisie était de ne voir que des mentons rasés de frais.... Non, vois-tu, *aime-nous noirs, chacun nous aimera blancs* [1]. »

Le général pouffa de rire.

Un sentiment douloureux se réfléchit sur le noble et beau visage de la jeune fille.

« Ah! mon père, dit-elle avec émotion, je ne comprends pas comment tu peux rire de ces abominables scènes, qui me jettent dans un abîme de tristesse : je ne verrai jamais de sang-froid qu'il se passe de telles horreurs au vu et au su de tout le monde, et que le monde, que les plus honnêtes gens du moins ne flétrissent pas de leur mépris les coupables. Je ne saurais te dire ce qui se passe en moi, mais je crains de devenir méchante, impitoyable ; je pense, je pense.... »

Le général craignit un instant de la voir fondre en larmes ; elle fit un haut-le-corps et tint bon.

« Seulement, au nom de Dieu! ne sois pas fâchée contre nous, dit le général ; nous ne sommes pour rien dans tout cela, et nous en demandons acte. N'est-il pas vrai? continua le général en s'adressant à Tchitchikof. Viens me donner un baiser, et rentre chez toi ; je vais m'habiller pour le dîner. Ah çà, toi! dit-il en regardant finement Tchitchikof, j'espère que tu dînes chez moi?.., »

— Si Votre Excellence me fait tant d'....

1. Interprétation : « Reçois-nous horripilés, poudreux et sordides ; car rasés et habillés nous aurions partout bon accueil. »

— Pas de façons; à quel propos des façons? je puis encore, Dieu merci, donner à manger à quelqu'un; nous avons du chou ici. »

Tchitchikof changea ses bras en deux ailes légèrement soulevées, en rabattant son menton dans le creux de son estomac, de telle sorte que tous les objets qui se trouvaient dans le cabinet lui devinrent invisibles, hors la pointe de ses demi-bottes. Après avoir gardé quelques instants cette posture qui était destinée à témoigner de sa profonde gratitude, il releva la tête et les paupières, mais il ne revit plus Oulinnka; elle avait disparu, et elle était remplacée par une apparition moins éthérée. A deux pas de Tchitchikof, se tenait un géant à longues et épaisses moustaches et à favoris incroyables; c'était le valet de chambre du général, avec un vaste essuie-mains sur le bras, une aiguière d'argent à une main, la cuvette dans l'autre.

« Tu me permets, n'est-ce pas, de m'habiller en ta présence?

— Excellence, vous pouvez non seulement vous habiller, mais faire encore tout ce qu'il vous plaira. »

Le général, ayant ôté sa robe de chambre et retroussé les manches de sa chemise sur ses bras musculeux, se mit à se laver à grande eau, à la russe, en se secouant, se gargarisant et s'éclaboussant comme un bon gros canard en humeur de s'ébattre et de batifoler. L'eau savonneuse rejaillissait de tous les côtés.

« Comment dis-tu cela? dit le général en s'essuyant le cou de droite et de gauche; comment dis-tu ce mot? Aimenous blancs....

— Noirs, mon général, aime-nous noirs.

— Ah! « Aime-nous noirs, chacun nous aimera blancs. » Très bien! très bien! Les gaillards! ils aiment, eux, ils adorent les encouragements, poursuivit le général. Il n'y a qu'à leur passer la main sur la tête.... Ah! c'est que sans encouragements, voyez-vous, il sera tout languissant, inquiet; il ne volera plus tant, il mordra moins fort.... ah! ah! ah! »

Tchitchikof était tout réjoui du chemin qu'il avait fait: le général était de la plus belle humeur; le général s'était

lavé devant lui ; le général le retenait à dîner.... Tout à
coup il lui vint l'idée de procéder à sa grande affaire en
commençant sans plus tarder, par quelque petite ouverture
bien insinuante, puisque le général se montrait si rond et
si facile. Il vit avec plaisir le valet de chambre emporter le
grand bassin d'argent, et, dès que cet homme eut dépassé
le seuil, il s'écria : « Mon général, puisque Votre Excellence est si bonne, si bienveillante pour tout le monde, je
vous dirai que j'ai une prière à vous adresser.

— Qu'est-ce que c'est ? »

Tchitchikof regarda autour de lui comme pour prendre
contenance, et poursuivit :

« Excellence, j'ai un bon vieux oncle décrépit, qui possède trois cents âmes et n'a que moi pour héritier ; il est si
cassé qu'il ne peut plus régir son bien et pourtant il ne
me charge pas de ce soin, auquel il n'est plus propre.... et
voyez, Excellence, la drôle de raison qu'il en donne : « Je
ne connais pas très bien, moi, ce beau neveu, et peut-être
c'est un dissipé, un prodigue.... Qu'il me prouve qu'on peut
faire fond sur lui ; qu'il commence par conquérir lui-même
aussi trois cents âmes, et aussitôt, moi, je joindrai à ces trois
cents âmes les trois cents âmes que j'ai. A présent, c'est son
affaire ; nous verrons s'il tient à mes trois cents âmes et à
mon estime. »

— Ah çà ! mais est-ce qu'il est fou, ton oncle ? dit le
général.

— Qu'il fût fou, à la bonne heure ! et s'il n'y avait que
cela, le mal ne serait pas grand, Excellence. Mais le *hic*,
c'est qu'il y a une ménagère installée chez lui depuis longtemps, et cette ménagère a des enfants. Il se pourrait faire
que tout le bien passât de ce côté.

— Le vieillard est décidément fou, fou à lier, dit le
général, c'est un fait ; mais, en tout ceci, je ne vois pas,
ajouta-t-il en regardant Tchitchikof de l'air d'un homme
quelque peu importuné d'être pris ainsi pour confident d'un
inconnu, je ne vois pas en quoi je pourrais t'assister....

— Voici, voici ce que je pensais : si Votre Excellence me
vendait toutes les âmes de sa terre, les âmes mortes depuis

le dernier recensement; si elle me les vendait comme encore *vivantes*, puisqu'elles subsistent encore sur le rôle du cens, n'est-ce pas? Nous passerions acte de vente en bonne forme, ce qui ne ferait de bien ni de mal à personne assurément, et moi j'aurais sauvegardé mon héritage. Il me suffit de présenter l'acte d'acquisition au vieillard; tout d'abord il m'ensaisine, et le tour est fait. »

Le général, à qui les prémisses de Tchitchikof avaient d'abord fait ouvrir de très grands yeux étonnés et tant soit peu impatients, entendit cette conclusion dans une toute autre disposition. Il se prit à rire comme n'a jamais ri aucun homme; ce fut comme si son corps eût soutenu le bouquet d'un grand feu d'artifice et une batterie de canons, et que tout eût parti à la fois; il tomba tout d'une pièce dans le fauteuil qui était derrière lui, en levant les jambes de telle sorte que ce char, transformé en affût, alla rouler à deux toises de là, contre la paroi du cabinet. La tête du général, déjetée en arrière, semblait ne pouvoir se ramener sur les épaules, et l'on pouvait craindre, après un éclatement si homérique, qu'il n'y eût suffocation et ce qui s'ensuit. Toute la maison fut dans les transes; le valet de chambre apparut de nouveau et se tenait immobile au milieu du cabinet; Mlle Julienne accourut éperdue.

« Mon père, qu'est-ce qui vous arrive? » dit-elle avec effroi en le regardant fixement et en lui tapotant les mains.

Mais le général, pendant deux minutes, la poitrine haletante et l'œil un peu brouillé, ne put lui répondre qu'en souriant; puis, se remettant enfin sur son séant et respirant plus à l'aise, il dit :

« Ce n'est rien, ma chère, rien, rien, te dis-je; rentre chez toi; tout à l'heure nous allons passer à la salle à manger. J'ai eu une grande envie de rire, voilà tout; ne t'inquiète pas, va. Ah! ah! ah! ah! ah! »

Mlle Julienne se retira, l'index de sa main gauche posé sur ses lèvres et le regard flottant de Tchitchikof au général. A plusieurs reprises, il eut peine à contenir sa poitrine haletante, pendant la pérégrination qu'ils firent à travers l'antichambre et une enfilade de quatre pièces qui aboutissaient à

une chambre de coin; et vingt fois le rire chez lui fit explosion et se souleva de nouveau en saccades menaçantes.

Tchitchikof ne laissait pas que d'en concevoir de l'inquiétude.

« Ton oncle, dis donc, ton oncle aura-t-il un pied de nez!
Ah! ah! ah! ah! ah! tu me lui bailles des morts.... *pour des
vivants....* ah! ah! ah! Il n'est plus guère en vie lui-même....
ça lui va.... ah! ah! ah! ah!

— Diantre! pensait en lui-même Tchitchikof, je ne me serais
jamais douté que le général eût des nerfs si susceptibles!

— Ah! ah! ah! ah! continuait le général, quel âne que
ton oncle! En voilà un âne, celui-là!... Dire, en parlant de
son neveu, d'un malheureux qui tire le diable par la queue
pour vivre : « Que d'abord il me fasse de rien trois cents
âmes à lui appartenantes, et aussitôt, moi, je lui donne mes
trois cents à joindre aux siennes. » Si celui-là n'est pas un
âne, qui est-ce qui sera âne?

— Âne il est, mon général.

— Ah! bien âne.... Mais, après ça, ton expédient, de
régaler le vieux fou d'un si bon plat d'âmes mortes!... ah!
ah! ah! ah! Je donnerais tout au monde, je t'assure, pour
le voir de mes yeux quand tu lui présenteras l'acte de ta
superbe acquisition.

— Une idée à lui, quoi! Il est comme ça.... Le grand
âge, voyez-vous, Excellence.... Il a quatre-vingts ans bien
comptés.

— Quatre-vingts? Très cassé, tu as dit?... eh bien? alors
il s'éteindra....

— Et pourtant il se remue encore; il est assez solide,
Excellence.

— C'est vrai, tiens, j'y pense à présent : il doit être
encore assez égrillard même; une gouvernante.... eh! eh!

— Une égrillardise de moribond, après tout, Excellence.

— En tout cas un fameux imbécile, car tu conviendras
qu'il est bête, ton oncle.

— Bête, mon général, très bête.

— Est-ce qu'il sort? Fréquente-t-il quelques maisons? Est-ce
qu'il a comme ça bon air encore? Se tient-il sur ses jambes?

— Dame! Excellence, pour dire qu'il ne se tient pas, il
se tient; mais pour dire qu'il se tient, non, il ne se tient pas.

— Eh bien! c'est un imbécile; pourtant, moi, je te dis
qu'il est fort.... Voyons, a-t-il encore des dents?

— Deux en tout, Excellence.

— Un âne, je t'avais bien dit; çà, frère, ne te fâche pas,
entends-tu? c'est ton oncle, à la bonne heure! et toujours
bien est-ce un âne : sois sûr de ce que je te dis.

— C'est un âne, Excellence; cela me coûte à dire, puisqu'aussi bien il est mon plus proche parent; mais je ne puis
faire que Votre Excellence ne voie en lui qu'un âne, et je
ne puis en conscience, mon général, nier que Votre Excellence n'ait touché juste. »

Qu'il en coûtât à Tchitchikof de livrer son oncle au gros
rire de l'honorable général, il y en a d'autant moins d'apparence que, dans notre intime conviction, cet oncle était
pure chimère, et nous croyons même que de sa vie il n'avait
eu d'oncle. Il avait une imagination très vive, voilà ce qui
est incontestable.

« Ainsi Votre Excellence aura la bonté de me céder....

— Tu veux que je te cède mes âmes mortes? Bon! et
tiens, pour une si ingénieuse invention, je suis prêt à te
les donner avec la terre, avec le lieu qu'elles habitent; je
mets à ta disposition tout le cimetière! Ah! ah! ah! ah! le
vieux fou, le vieux, le vieux! Quand j'y pense! ah! ah! ah!
ah! »

Et le rire de M. Bétrichef éclata de nouveau avec une
force sans égale, qui le fit retentir dans toutes les parties de
la maison, mais cette fois sans l'apparence du moindre accident.

CHANT XIV

LACUNE ET HYPOTHÈSE

Ce chant manque en entier dans les manuscrits connus de l'auteur quoiqu'on puisse inférer de quelques indications écrites au crayon en rapide sommaire que Gogol se proposait de raconter ici comme quoi Téntétnikof le boudeur, à la pressante sollicitation du héros de cette odyssée steppienne, vient faire une grande visite de cérémonie au général Bétrichef; comme quoi, dans l'une des visites qui s'ensuivirent, il s'enhardit à demander au général la main de Mlle Oulinnka. Le général, suivant quelques notes, se réserve un mois de réflexion; mais il ne tarde pas à se montrer tout à fait favorable à cette alliance. Bétrichef, ayant enfin donné de très bonne grâce son consentement, envoie Tchitchikof annoncer de sa part cette résolution à quelques memores de sa famille, et entre autres au colonel Kochkaréf, personnage frappé d'une idée fixe persistante qui le fait passer pour fou.

Nous procédons encore par induction dans la version que nous substituons ici pour remplir cette regrettable lacune. Ces légères variantes, qu'on peut d'ailleurs comparer avec la version qui vient d'être indiquée, sont motivées toujours par les actions déjà connues des personnages, et ont pour but de mettre d'accord les détails qui précèdent avec ceux qui vont suivre.

En même temps que Bétrichef entrait par une porte latérale dans la salle à manger, par la grande porte vitrée de la galerie entrait aussi un gentilhomme aux traits réguliers, tondu très ras, et d'un embonpoint si extraordinaire que l'attention de Tchitchikof se porta d'abord sur la solidité rassurante des chaises. C'était le magistrat de tout le gouvernement non pas le plus élevé en dignité, mais le plus actif et le plus influent. Le général, après les premières politesses, le conduisit à la vaste console sur laquelle était un plateau chargé de harengs, de caviar frais, d'anchois, de beurre de crème, de triple essence de cumin, de curaçao et de quatre autres liqueurs apéritives.

Le personnage fit sur ce plateau un épouvantable dégât.
On renonça à la prégustation presque toute expédiée, et on
se mit à table. Bétrichef échangea avec lui peu de paroles
avant que la grosse faim eût été abattue par les deux premiers services, mais ensuite, Tchitchikof put conclure de
ce qui fut dit que, grâce à la parfaite serviabilité du magistrat, le général n'avait jamais à se rendre à la ville, pour ses
affaires. Les seules circonstances où il se dérangeât, c'était
quand une pièce importante exigeait sa signature dans ceux
des livres matriculaires qu'on ne déplace pas.

Notre héros qui écoutait d'une oreille de ce côté, tout en
conversant avec Julienne, avait compris l'admirable parti
qu'on pouvait tirer de l'intimité du magistrat et du général.
Aussi ne mangea-t-il presque rien, et, dans son vif désir de
complaire à la noble demoiselle passionnée pour les promenades équestres, il exalta le charme de l'exercice du cheval,
et dit l'avoir beaucoup pratiqué autrefois. Il fut pris au mot,
la soirée s'annonçait fort belle; moins d'une heure après le
café, comme il se rendait dans la cour pour faire atteler,
tandis que le général, dans un coin du divan de la galerie,
et le magistrat, dans un vaste fauteuil, faisaient la sieste,
Paul Ivanovitch se vit présenter un joli cheval de selle, et
Julienne souriante, et la cravache à la main, s'installait sur
une fringante haquenée. Il fit bonne mine à mauvais jeu
et monta. En un clin d'œil Julienne eut deviné la complète
inexpérience de son compagnon de chevauchée, et comme
elle était d'une angélique bonté, elle tint l'amble et ne fit
durer l'épreuve qu'une demi-heure.

A leur rentrée le général remercia Tchitchikof de sa complaisance pour son enfant gâté, et l'engagea à venir les voir
tant qu'il lui plairait.

Tchitchikof, fier de ses succès et de retour le soir chez
son hôte, émerveilla le bon Téntétnikof par le récit de tous
les détails de sa visite. Le boudeur resta boudeur à l'égard
du général, mais il sollicita Tchitchikof de faire honneur,
dès le surlendemain, à l'invitation du général, et d'en faire
autant deux jours après ce surlendemain. On croit qu'il fut
échangé quelques messages entre les parties respectives,

comme préliminaires de paix. Il en résulterait une sorte
de preuve que M. André offrit spontanément à notre héros
son hôte de lui faire donation amiable des quatre-vingt-dix
âmes mortes de ses terres, et lui en remit la liste comme de
paysans très vivants qu'il lui aurait vendus. Ainsi fit de son
côté le général; le magistrat se chargea de tout préparer de
manière que vendeurs et acquéreurs n'eussent plus qu'à venir
au chef-lieu apposer leurs seings et déjeuner dînatoirement,
avec messieurs les témoins de la transaction, chez le bon
magistrat si rond en toutes choses.

Dans l'intervalle des négociations où l'on rit aux larmes
du bon tour joué à l'oncle de Tchitchikof, devenu la fable
des bureaux, notre galant héros, malgré deux petites chutes
sans conséquence, se formait à l'équitation d'après les conseils que Julienne lui donnait indirectement, et devint par
là assez bon cavalier pour entreprendre, sans trop de meur-
trissures, une excursion plus lointaine.

Quant à notre Beau Ténébreux, le mélancolique Téntétnikof, il perdait chaque jour de sa sauvagerie. On le vit
se rapprocher d'un de ses voisins de campagne, un Nemrod
qui, lorsqu'il allait dîner chez Bétrichef, l'avertissait à tous
coups de sa visite, en lui envoyant, la veille, une belle bour-
riche de gibier : ses terres confinaient à celles de tous les
deux. Ce voisin possédait, au fond d'un charmant bocage,
une jolie maison de plaisance affectant la forme d'un repos
de chasse; il y entraîna un soir Téntétnikof, le fusil sur
l'épaule, sous prétexte de chasser le lendemain à la tiaga [1],
dès avant l'aurore. Ils n'étaient pas là depuis une demi-
heure que le hasard fit apparaître, devant le perron du joli
pavillon, le général Bétrichef en calèche. A cheval, aux deux
portières, se tenaient Julienne, éblouissante de beauté, et
Tchitchikof qui, charmé de l'heureuse rencontre, en augura
la réconciliation soudaine de ses deux hôtes habituels. Son
nouvel hôte du jour, d'une amabilité parfaite, *improvisa*

----

1. Voy. pour ce mode de chasse à l'affût la description qui en est
faite dans les *Mémoires d'un Seigneur russe*, page 19 de notre dernière
édition.

un thé, un souper fin, un champagne abondant frappé à la glace, et un punch aux ananas très flambant, auquel les quatre cavaliers firent honneur sans paraître surpris de rien. Quand on se sépara, Tchitchikof entendit très distinctement à deux fois prononcer le mot *fiançailles*.

À cinq jours de là il y eut grand dîner d'apparat chez le général. Celui-ci parla à Téntènikof des gloires de 1812, et de ce que rapportera de grand l'histoire des généraux de cette immortelle époque. Téntènikof ne put s'expliquer les interpellations obstinées que lui faisait là-dessus son futur beau-père. Tchitchikof donna, sommairement et gaiement, la clef du malentendu, et, subtil diplomate, il finit par se faire grand honneur de son invention.

Le dénouement prévu s'avançait, et à quelques jours de là tous passèrent ensemble une demi-journée à la ville, où il se traita gaiement beaucoup d'affaires graves pour plusieurs. Dix jours plus tard, Tchitchikof, en philosophe qui ne s'amuse pas longtemps aux mêmes spectacles, se fit donner mission d'aller annoncer dans trois gouvernements voisins, aux parents du général, le mariage de Mlle Julienne, ajourné à deux mois; cette grande tournée. qui devait commencer par le colonel Kochkaröf, réputé fou assez généralement dans la contrée, avait lieu aux frais du général, quelque objection qu'eût faite à cela notre héros. En effet, il disait discrètement que c'était bien assez que Bétrichef lui fournît, pour une telle partie de plaisir, une très belle calèche de Vienne et y fît atteler trois vigoureux chevaux tirés des écuries de Son Excellence.

Il accepta pourtant un joli portefeuille sur lequel était encadré un bouquet de violettes brodé en perles, que le général lui dit être le travail de sa compagne d'équitation. Ce portefeuille, pourvu d'une microscopique serrure en argent à l'intérieur, se trouva être rembourré de ces menus assignats qui sont si utiles au voyageur, même à celui dont l'équipage révèle la plus grande aisance.

CHANT XV

DEUX ORIGINAUX, CHACUN DANS SON GENRE

« Si le colonel Kochkaröf est véritablement fou, il n'y a pas de mal à ça », marmotta Tchitchikof aussitôt qu'il se vit seul en rase campagne au milieu de plaines immenses où il n'apercevait plus, au-dessus du vert doré des champs et des prés, que l'azur de la voûte sans fond, et le gris mêlé des quelques nuages lointains. « Séliphane, Séliphane! tu as bien demandé, n'est-ce pas, par quel chemin on arrive chez le colonel?

— Moi? impossible; j'ai eu tant de mal avec cette calèche qui était rouillée, poudreuse, remplie de toiles d'araignée; il a fallu épousseter, laver, graisser, vernisser,.... lui faire une toilette bien en règle, allez, pour la remettre dans l'état superbe où vous la voyez.... où aurais-je pris le temps de causer? c'est moi qui ai tenu à ce que vous eussiez la calèche de cérémonie; c'est vieux, mais c'est gentilhomme, cela. Pétrouchka a eu tout le loisir, lui, de questionner le cocher du général, et il ne s'en est pas fait faute.

— As-tu perdu le bon sens! je t'ai dit cent fois qu'il n'y a pas à faire fond sur Pétrouchka; Pétrouchka est une bûche, un imbécile, un animal; je suis sûr que le drôle est ivre et qu'il se tient à grand'peine sur le siège contre toi.

— Eh, la grande affaire, la route!... la route! bzzt.... dit Pétrouchka en faisant un quart de conversion à gauche et en jetant un regard oblique, hébété et sans but : arrivé au pied du versant de l'autre côté de la montée, prendre à droite par les prairies:... et.... et voilà.... c'est tout.

— Et toi, brute, pourvu que tu aies de la sivoukha [1] à boire, c'est tout, c'est bien tout ce qui t'intéresse. Fi, quelle odeur de brandevin il exhale! c'est une brûlerie ambulante! tu es joli garçon, va, joli garçon.... et pourtant ce n'est pas, je crois, de toi qu'il a été dit :

Il parut, et l'Europe admira sa beauté. •

En achevant ces mots, Tchitchikof se caressa le menton et la jambe, et il reprit à voix basse : « Quelle différence, vraiment, quand j'y pense, entre un gentilhomme.... éclairé, civilisé, et ces ignobles figures de laquais! »

Cependant la calèche dévalait. Il s'offrit de nouveau aux regards du voyageur des prairies, puis de ces vastes espaces qui ne sont pas des steppes russes et qu'en Hongrie on nommerait des poustas, en d'autres lieux le pays plat, ou des landes, et partout des *solitudes*.... parce que l'on fait bien

---

1. *Sivoukha*, eau-de-vie de grain très commune.

d'y aller plusieurs ensemble si l'on tient à voir se remuer un
peu de monde.

On apercevait de loin en loin, pour toute décoration,
quelques tremblaies de médiocre étendue. Doucement balancé
sur ses moelleux ressorts, l'équipage continua de descendre
le versant, en décrivant quelques sinuosités à peine sensibles.
A la fin, ayant pris en effet par les prairies et atteignant les
bas prés, le véhicule ne tarda pas à passer devant un moulin,
puis à rouler sur un pont où il fit un bruit de tonnerre, puis
dans un chemin creux, à ornières profondes, à descente
rapide, à racines d'arbres en relief, à ais de rondins et à
flaques boueuses. Tchitchikof se sentit bercé là comme un
enfant; nulle part il n'éprouva la moindre secousse brusque.
La calèche avait été bien jugée; c'était une merveille. Dès
qu'elle eut retrouvé un sol plus ferme et plus uni, elle glissa
comme une ombre. De jeunes aunes et des peupliers au
feuillage argenté semblaient fuir, voler sur le passage, et le
panache flottant de leurs branches abaissées fouettait à chaque
instant le visage de Pétrouchka et de Séliphane, assis côte à
côte sur le siège, trop élevé pour de si humbles tonnelles de
branchages. Pétrouchka en fut quatre ou cinq fois fâcheuse-
ment décoiffé; à tout coup il sautait à bas, ramassait sa casquette et montrait le poing aux arbres en leur adressant
quelques paroles vives tirées de son vocabulaire inédit, et
suivies d'un méchant regard jeté à la dérobée à son maître,
qui lui avait ordonné de se placer sur ce maudit siège...
Mais quant à fixer fortement sa casquette ou seulement à
l'assujettir de la main, il n'en voulait rien faire, alléguant
que l'accident ne se renouvellerait pas.

Aux arbres que nous avons nommés vinrent se joindre des
trembles, des bouleaux et des sapins qui se groupaient et se
massaient de plus en plus le long de la route.

Le bois s'épaississait, et, sous ses arceaux, le jour semblait
devoir se changer en ténèbres; mais bientôt, à travers les
branches et les fûts tronqués, on vit luire comme les folâtres
reflets d'un grand miroir agité au soleil.... Les arbres s'éclair-
cirent..... et voilà que notre voyageur vit devant lui la surface
d'un lac de quatre kilomètres d'étendue en perspective. Sur

la rive opposée à celle où roulait la calèche, était un village composé de chaumières clairsemées, faites de rondins hâlés en gris par l'effet du temps. Les toits en saillie sur le pignon se réfléchissaient dans l'eau, là où l'eau était calme. Mais en certain endroit, une vingtaine de villageois plongés dans le lac même, les uns jusqu'à la ceinture, d'autres jusqu'aux aisselles ou jusqu'au menton, tiraient à eux un immense filet.

Chose étrange !... dans ce filet s'était pris, je ne sais trop comment, outre le poisson, un individu de notre espèce, aussi large que haut, une vraie citrouille, un tonneau orné d'une tête, de jambes et de bras.

L'homme-citrouille, en se démenant, faisait grand remue-ménage dans l'eau et braillait de tous ses poumons : « Denis Télopine, donne à Cosimo ! Cosimo, prends le bout à Denis ! Hé toi, Thomas le grand, ne tiraille pas comme ça ! Laisse ça, laisse et va aider à Thomas le petit !... Ah ! les enragés, ils rompront la nasse ! »

On voit que, si l'homme-potiron criait à tue-tête, ce n'était nullement dans la crainte de se noyer ; il était parfaitement garanti contre un pareil accident par la rotondité de sa taille. En effet, il aurait en vain fait mille sauts de carpe et changé à l'infini de posture afin de pouvoir plonger, l'eau eût refusé obstinément de le recevoir dans son sein ; il était obligé par constitution de flotter en balise, et, si deux hommes se fussent établis sur son échine, toujours bien n'aurait-il pas sombré ; seulement sa carène ayant, dans cette hypothèse, un tirant d'eau plus considérable, son haleine devenant oppressée et les passages de la respiration souvent interceptés, je me figure qu'il aurait certainement lancé du nez et de la bouche une grande quantité de jets amusants qui l'auraient d'autant mieux fait ressembler à une baleine.

Ce qui provoquait ses cris, c'était uniquement la crainte que ses gens ne rompissent quelques mailles du filet, et que le poisson ne regagnât le large ; aussi se faisait-il amener à la rive avec toute la capture frétillante, au moyen de cordeaux que venaient de lui lancer pittoresquement quelques hommes qui se tenaient sur le bord.

« Ce doit être M. Kochkaröf lui-même, dit le cocher Séliphane.

— Pourquoi cela? demanda Tchitchikof.

— Parce qu'il a, comme vous voyez, la peau bien plus blanche que celle des autres, un corps plus gros, plus gras, mieux nourri, plus respectable, et comme il convient à un seigneur. »

Ce dialogue avait lieu pendant que les gens de la rive amenaient déjà sensiblement vers la grève le monsieur emmêlé dans les mailles du filet. Dès qu'il eut senti qu'il pouvait prendre pied, il se mit debout, et ce ne fut qu'alors qu'il aperçut la calèche, et Tchitchikof qui trônait dedans, droit sur son séant, les mains sur les genoux et le sourire aux lèvres, au moment où l'équipage dévalait de la digue.

« Vous n'avez pas diné? » cria le gros monsieur en se redressant sur la rive au milieu des poissons pris, tout couvert qu'il était du filet, comme, en été, on voit souvent la taille des femmes gardes en mitaine de soie à jour. Il tenait, lui, sous son réseau de ficelle sa main gauche au-dessus de ses yeux en garde-vue, pour se garantir du soleil; et sa main droite, plus bas.... Le lecteur se rappelle la célèbre Vénus de Médicis; bien.

« Non, répondit Tchitchikof en levant sa casquette et en s'inclinant avec aisance à quatre ou cinq reprises du haut de sa calèche.

— Eh bien, rendez grâce à Dieu, la chose en vaut la peine.

— Qu'est-ce que c'est donc? dit Tchitchikof d'un ton de vive curiosité, et en tenant sa casquette suspendue à deux pouces au-dessus de sa tête. Il est amusant, ce bon colonel! ajouta-t-il tout bas, tandis que l'autre se dégageait de la nasse avec le secours de son monde.

— Vous allez voir!... Thomas le petit, lâche le filet et montre un peu l'esturgeon qui est dans le grand cuvier; Cosime Télepine, va donc lui aider. (Les deux pêcheurs désignés soulevèrent de dedans un cuvier la tête d'un poisson de grandeur monstrueuse.) Hein! dites-moi, quel prince poisson est venu demander à visiter ma cuisine! cria le seigneur à ronde panse. Ça, allez en avant, cher monsieur; vous ne serez pas dans la cour que j'y serai moi-même. Cocher, prends par la descente et traverse les potagers.... Hé ! Thomas Télepine le grand, cours leur débarricader la haie pour qu'ils passent. Cet homme va vous guider ; moi, tout à l'heure je suis à vous. »

Thomas le grand, paysan à longues jambes, courut pieds nus et en simple chemise, en avant de l'équipage, à travers tout le village, où l'on voyait étendus sur des pieux, devant chaque chaumière, rets, éperviers et filets de tout nom et de toute forme ; tous les gens de cet endroit étaient pêcheurs. Le rustre arriva à une barrière de palissade et enleva les quelques perches dont elle se composait. La calèche, après avoir traversé de grands terrains jonchés de légumes, franchit une autre barrière et roula sur une place au milieu de laquelle s'élevait une église de bois. Au delà s'apercevaient les toits de la maison seigneuriale.

« Oui, ce Kochkaröf est un drôle de corps ! pensa Tchitchikof.

— Me voici ! hé, je vous l'avais dit, » cria une voix.

Tchitchikof jeta un coup d'œil dans la direction de cette voix ; c'était celle du seigneur qui roulait dans un équipage léger, légèrement vêtu d'une veste de cotonnade, d'un pantalon de nankin, et le cou entièrement découvert. Il était assis de biais sur sa *drochka*, que sa vaste capacité remplissait et bien au delà, de sorte qu'il avait, pour guider, une tournure d'automédon assez nouvelle.

Tchitchikof voulait lui adresser une parole quelconque, mais il avait disparu. La *drochka* [1] s'apercevait au loin à l'endroit où l'on tirait le poisson des plis de la nasse, et où de nouveau retentissaient les noms de Thomas le grand, de Thomas le petit, de Cosime et de Denis.

---

1. Drochka, banc monté sur quatre roues, matelassé en dessus, pourvu de paracrottes sur les deux côtés : c'est un équipage très léger et découvert, sur lequel on se tient à cheval, appuyé contre un dossier très bas. On sait qu'il date de l'époque de la domination tatare. Cet équipage, parfois élégant dans les villes, se balance sur ses ressorts, et ce mouvement oscillatoire presque continu est cause qu'il s'appelle drochka ou drojchka, de *drojatt*, trembler.

Quand la calèche se fut rangée contre le perron de la maison d'habitation, et que Pétrouchka eut ouvert la portière en abaissant le marchepied, Tchitchikof vit, à son très grand étonnement, sur l'avancée, le gros monsieur en personne, les bras ouverts pour le recevoir; il s'y jeta tout naturellement, sans pouvoir d'aucune façon se rendre compte du don d'ubiquité apparent de son hôte, ou du détour inutile qu'on semblait lui avoir fait faire. Ils se donnèrent l'un à l'autre le triple baiser en signe de croix d'usage antique et solennel. Le gros monsieur était un noble de l'ancienne coupe.

« Je suis venu chargé pour vous, dit Tchitchikof, des salutations et des compliments de Son Excellence.

— De quelle Excellence?

— Eh mais!... le général Bétrichef, répondit Tchitchikof, non sans un certain embarras.

— Je ne le connais pas.

— Est-il possible!... Je me flatte du moins d'avoir le plaisir en ce moment de parler au colonel Kochkaröf?

— Eh bien! ne vous en flattez plus; ce n'est pas chez lui que vous êtes tombé; c'est Dieu merci! chez moi; chez moi, Peotre-Pétrovitch Péetoukhof. Péetoukhof Pétrovitch-Peotre, » répondit le gros seigneur jovial.

Tchitchikof resta stupéfait.

« Ça, comment donc? dit-il en s'adressant à Pétrouchka et à Séliphane, qui tous deux se tenaient œil fixe et bouche béante, l'un assis sur son trône, l'autre debout contre la portière ouverte de l'équipage; comment! on vous a dit chez le colonel Kochkaröf, et vous m'amenez ici incommoder Pètre-Pétrovitch Péetoukhof!

— Ces braves gens ont bien fait!... Allez à la cuisine, vous autres, prendre un bon coup d'eau-de-vie, dit Péetoukhof; détèlez et faites un peu connaissance avec mes gens.

— Je suis vraiment confus; c'est une erreur qui.... une erreur que.... marmottait Tchitchikof.

— Il n'y a pas là d'erreur.... allons donc, quelle erreur? Vous dînerez, vous tâterez de ma table, et vous pourrez dire alors s'il y a eu erreur ou non. Je vous prie d'entrer, » ajouta-t-il en prenant Tchitchikof par le bras et l'introduisant dans la maison.

D'une chambre latérale voisine du salon sortirent deux adolescents en pardessus d'été, faits des nouveaux guingans, légers, minces et lustrés: ces jeunes hommes avaient près de trois pieds de haut de plus que leur père.

« Ce sont mes fils, tous deux collégiens; ils sont venus passer ici les fêtes. Toi, Nicolâchka, tiens compagnie à monsieur, et toi, Alexâchka, suis-moi. »

Et il disparut, suivi d'Alexandre. Tchitchikof s'occupa avec Nicolas, que le père appelait Nicolâchka [1]. Nicolas lui sembla promettre de sa personne, au pays, un employé, un gratte-papier, un fainéant de plus; il raconta de prime abord à Tchitchikof que le gymnase du chef-lieu n'avait rien à lui enseigner, que son frère et lui avaient le projet d'aller à Pétersbourg, et que ce serait pour eux une grande duperie que de perdre leur temps dans leur province.

« Je comprends, pensa Tchitchikof; cela tourne aux estaminets et aux boulevards. » Et il ajouta en s'adressant à l'enfant : « Et en quel état se trouve le bien de votre père?

— Hypothéqué! répondit le père lui-même qui venait de rentrer dans la chambre; grevé, archigrevé!

— Ceci est mauvais, pensa Tchitchikof; bientôt tout sera séquestré, vendu, morcelé; il n'y a ici pour moi que du temps à perdre.... Mon Dieu! dit-il d'un ton de sympathie, vous auriez peut-être pu éviter d'engager ce beau domaine.

---

1. *Nikolâchka, Alexâchka*, selon l'habitude mignarde, qui est demeurée jusqu'à ce jour presque générale en Russie, d'accourcir et d'allonger tous les noms propres et la plupart des noms communs, de manière à toujours trahir indiscrètement l'idée qu'on se fait de la chose nommée. C'est un déluge de diminutifs, d'augmentatifs, de péjoratifs et de fréquentatifs, non seulement dans les substantifs, mais dans les adjectifs, dans les verbes et dans les adverbes, qui démontre tout d'abord à l'observateur que cette langue est la plus naïve de l'Europe, la plus jeune, la plus pittoresque, la plus poétique, la moins fatiguée, la moins épurée, la moins philosophique, la plus fantasque, la moins saisissable pour tout étranger. C'est du vin qui fermente à rompre les cuves et les tonnes; on ne le boit pas encore, et déjà il porte à la tête.

— Eh! ce n'est rien; on dit même que c'est avantageux. Tout le monde engage ses terres; pourquoi donc rester en arrière des autres? Je ne demeurerai pas toujours ici : il faudra bien aller essayer un peu de la vie de Moscou, et voici mes fils qui, de leur côté, abondent dans cette idée. Ils veulent avoir une éducation de capitale et non de village : c'est naturel.

— Voilà un fou! pensa Tchitchikof; il jette sa fortune au vent et il donne lui-même leçon de prodigalité à ses enfants. Ceci est un assez beau domaine; s'il leur enseignait à se bien conduire avec les paysans, à régir sagement cette terre, tous s'en trouveraient bien, serfs et seigneurs. Mais, dès que ces deux grands dadais auront tâté de la civilisation des restaurants et des théâtres, toute cette prospérité s'en ira au diable. Moi, à leur place, je ferais ici mes choux gras.... et comment!

— Allons, je sais, je sais ce que vous pensez là. (Tchitchikof se troubla et surtout lorsqu'il entendit les cinq premiers mots de ce qu'ajouta son hôte.) Vous pensez : « Voilà un fou! voilà un fou, ce Péetoukhof! il m'invite à dîner; je suis chez lui depuis une heure, et rien n'est encore prêt. » Patience! cela chauffe, cela chauffe, mon très cher monsieur! La fille à tête rosée que vous avez vue en passant n'aura pas fait ses tresses que nous serons servis, vous verrez.

— Père, voici Platon Mikhaïlovitch qui vient dîner avec nous, dit Alexandre qui s'était mis à la fenêtre.

— Où çà? dit Nicolas; là, sur un cheval gris? tu crois, Alexandre? Allons donc! il est plus gros que ça.

— Plus gros, moins gros, comme tu voudras; mais c'est son allure, c'est bien lui.

— Où donc? où donc? s'écria Péetoukhof en courant à la fenêtre.

— Qui est ce Platon Mickhaïlovitch? demanda Tchitchikof à Alexandre.

— Un de nos voisins, répondit Alexandre; Platon Mikhaïlovitch Platônof est un charmant homme. »

En ce moment entra dans la chambre un bel homme de

grande taille bien prise, œil noir, chevelure blonde frisant d'elle-même, tout naturellement, en tire-bouchons, sur sa tête. Un jeune bouledogue à joli collier de cuivre, effrayant de vigueur et de denture, répondant au nom de *Iarb*, entra en même temps que son maître.

« Vous avez dîné? dit mon hôte au nouveau venu.

— Oui.

— Alors vous êtes venu pour me narguer.... Que diantre voulez-vous qu'on fasse d'un homme qui a dîné? »

M. Platônof sourit et dit :

« Sachez pour votre consolation que je n'ai rien mangé, que je ne mange rien, que je ne mange plus, que je n'ai plus le moindre appétit.

— Quelle pêche je viens de faire! si vous voyiez quel esturgeon! demandez; et même quels carassins!

— C'est dépitant de vous entendre parler. Comment faites-vous donc pour être toujours si gai?

— Je vous le dirai, si vous m'apprenez d'où vient votre ennui.

— Belle question! mon ennui vient de ce que rien ne m'intéresse, rien ne m'amuse plus.

— Vous mangez peu, tout est là. Mettez-vous à bien dîner, et vous verrez la différence. Ils ont inventé l'ennui; la belle découverte, ma foi! Autrefois, ici, on n'avait pas l'idée de ce mal-là.

— Vous y mettez de la fatuité, allons, comme si vous ne connaissiez pas l'ennui!

— Jamais je n'ai eu l'ombre d'ennui, je vous jure; je ne saurais où prendre le temps d'en essayer. Le matin, je m'éveille; le cuisinier accourt à l'instant : je lui commande le dîner, puis je prends le thé, je questionne l'intendant, je vais à la pêche, j'en reviens pour dîner, je dîne; à peine j'ai dîné que le cuisinier reparaît pour que je lui commande le souper.... Où voulez-vous donc que je trouve du loisir pour m'ennuyer? »

Pendant tout le temps que dura ce dialogue, Tchitchikof envisagea le jeune seigneur; celui-ci le frappa beaucoup par sa beauté très peu ordinaire, par sa taille fine et souple, par la fraîcheur d'une jeunesse parfaitement conservée, par une pureté virginale d'incarnation, que ne venait point contrarier la plus petite tache de rousseur ou autre tache quelconque. Ni passions, ni chagrin, ni rien qui ressemblât à des inquiétudes ou à des émotions vives, n'avaient effleuré aucun de ses traits, n'étaient venus, par un pli, par une ride, par un vestige quelconque, s'imprimer sur cette surface lisse et placide, et du moins y apporter un peu d'animation. C'était, malgré un imperceptible sentiment ironique peut-être, une physionomie somnolente.

« Me sera-t-il permis, monsieur, de dire ici que, ni moi non plus, je ne puis comprendre qu'avec une figure comme la vôtre on puisse connaître l'ennui? Je conçois pourtant que, si l'on a des revenus insuffisants au point de manquer d'argent, ou bien si l'on a des ennemis qui soient acharnés, capables même d'attenter....

— Veuillez croire, monsieur, que, comme diversion à l'état constant d'apathie où je vis, où je végète, si vous voulez, je désire souvent quelque chaude alarme, quelque bonne commotion physique ou morale.... je voudrais qu'on me donnât quelque bon sujet de grande colère.... mais non, c'est à l'ennui, à l'ennui sans diversion, que je suis condamné.

— Peut-être il vous manque des terres, ou bien ce sont les âmes qui vous manquent.

— Du tout. Mon frère et moi nous possédons dix mille déciatines de fort bonnes terres et plus de mille bras pour les cultiver, le tout sans dettes ni charges quelconques.

— C'est étrange pourtant; mais il y a de mauvaises années, c'est là un grand sujet d'ennui.

— Au contraire, chez nous, tout prospère, et mon frère, homme d'ordre au premier chef, est un excellent agronome.

— S'ennuyer au milieu de tant de prospérité, c'est inouï, inconcevable! dit Tchitchikof avec une certaine ondulation d'épaules assortie au sens de son exclamation.

— Et nous allons chasser l'ennui tout de suite, dit notre hôte; Alexandre, cours à la cuisine dire au cuisinier de nous

servir les *rastigaï* [1].... Çà, où sont donc le Gobe-mouche
Eméliane et le Voleur Antochka? Qu'est-ce qu'ils font au lieu
de nous servir *la châle* [2]?

Mais comme il achevait ces mots, le gobe-mouche et le
voleur parurent la serviette au bras; ils couvrirent la table
et y déposèrent un plateau dominé par six flacons de diverses
eaux-de-vie. D'autres domestiques encore allaient et venaient
à la hâte, apportant différents mets légers dans des assiettes
couvertes, à travers plusieurs desquelles on entendait le joyeux
frémissement du beurre. Gobe-mouche-Eméliane et Voleur-
Antochka dirigeaient le service avec une grande entente. Ces
sobriquets ne leur avaient été donnés que par manière d'encouragement, car leur maître était un fort bon homme, très
peu enclin à la gronderie. Mais je l'ai dit ailleurs, tout bon
Russe a un continuel besoin de quelque mot pénétrant qui
entre dru comme la hache dans le sapin; ce régime est nécessaire à sa langue comme une bonne goutte d'eau-de-vie à son
estomac. Que dire là-dessus au Russe, si c'est sa nature, une
nature à qui il faut du montant?

A l'antecœnium, comme de raison, succéda immédiatement
le dîner; ici notre brave homme d'hôte devint un véritable
assassin; à peine il voyait dans l'assiette d'un de ses convives
un morceau, il le flanquait à l'instant d'un autre en disant :
« Sans accouplement, ni l'homme ni l'oiseau ne sauraient
vivre. » Si le convive, pour le contenter, avait pris deux
morceaux, il lui en glissait aussitôt un troisième, et disait :
« Le nombre trois est divin par excellence. » Le convive
s'était-il administré trois morceaux, lui aussitôt : « Où a-t-on
jamais vu un chariot à trois roues? Qui jamais a construit
une chaumière à trois angles? » Il avait un autre dicton pour

1. Les rastigaï, petits pâtés en hachis de viandes, aux œufs, au chou,
au gruau, souvent avec des cartilages (*visiga*) d'esturgeon, et avec une
bonne cuillerée de consommé versée dessus par une cheminée de pâte
ménagée *ad hoc* au sommet.
2. La prégustation ou prélibation spiritueuse et apéritive qui précède
immédiatement les repas en Russie, et qui est d'un usage général chez
tous les gens aisés de la classe noble, s'appelle *la châle*, mais le plus
ordinairement on dit *l'eau-de-vie*. Il se trouve des gens de province, en
France, qui prennent *la goutte* avant la soupe; il y a analogie.

le nombre quatre, un autre pour le nombre cinq. Tchitchikof vint à bout d'une onzième et d'une douzième assiettée de diverses choses, et il pensa : « A présent, c'est bien fini, et je n'écoute plus rien. » Il eut beau dire, l'hôte, sans proférer une parole, mit devant lui une assiette chargée d'un morceau de dos de veau rôti à la broche avec tout le rognon.

Et qu'on juge de quel veau c'était! « Je l'ai nourri de lait pur, deux ans de suite, dit le maître, et j'ai pris soin de lui comme de mon propre enfant.

— Je ne puis plus, dit Tchitchikof.

— Essayez, voyons, franchement, et après cela vous pourrez dire si vous pouvez ou ne pouvez pas.

— Il n'y a plus de place.

— A l'église, il n'y avait pas de place; entra le *gorod-nitchii* [1], il se trouva de la place pour lui, et il n'était pas mince. C'était une telle presse qu'une pomme lancée d'en haut ne serait pas arrivée à terre. Essayez, vous verrez; ce morceau, c'est le gorodnitchii. »

Tchitchikof essaya, et en effet le morceau se fit jour exactement comme le gorodnitchii. Il se trouva de la place là où il semblait que rien ne pût pénétrer.

« Comment un pareil homme irait-il vivre à Pétersbourg ou même à Moscou avec de telles habitudes d'hospitalité et de goinfrerie? il serait ruiné en moins de trois ans. »

Ainsi parlait *in petto* Tchitchikof; il ignorait combien tout cela est simplifié, facilité et perfectionné aujourd'hui; il ignorait que, sans gorger personne de vins et d'aliments, son hôte pouvait, dans les grandes villes, manger tout son avoir, non pas en trois mois, mais en trois semaines de temps.

Il en fut à cette table des vins comme des viandes; l'Amphitryon steppien ne cessa de verser rasade sur rasade à chacun et à soi; rarement même Alexâchka et Nicolâchka furent oubliés par *inadvertance*, car les deux aimables adolescents firent leurs libations tout aussi bravement, d'un front

---

1. *Gorodnitchii*, le maire, le haut bailli local, le premier magistrat municipal du gorod (*grad*) ou ville.

tout aussi calme que les anciens; et les jeunes gaillards se levèrent de table aussi fermes de jarrets que s'ils n'eussent arrosé leur repas de Balthasar que d'un grand verre d'eau de fontaine. A ce dernier trait, il est, je pense, facile de deviner vers quelle branche des connaissances humaines ils porteraient toute leur attention, une fois arrivés dans la capitale des tsars.

Les autres convives furent moins ingambes; ils ne se transportèrent pas sans quelque peine de la salle à manger au balcon, et, au moment de se colloquer dans les angles d'un divan plus large que moelleux, un spectateur, placé à une certaine distance, eût pu croire qu'ils éprouvaient une sorte de houle marine ou d'oscillation terrestre. A peine établi dans son coin habituel, M. Péétoukhof y occupa de son ampleur un espace qui eût plus que suffi à quatre personnes, et s'y laissa aller sur l'heure à un sommeil cyclopéen, tempétueusement paisible et profond; sa bouche et ses narines largement ouvertes et toutes frémissantes rendaient des sons variés et puissants à désespérer non seulement les premiers fabricants d'orgues d'Allemagne et du pays batave, mais même les plus redoutables compositeurs de la grande musique moderne; il y avait là, outre les basses, et flûte et tambour et trompettes brochant sur un ronflement soutenu et frémissant, qui allait agiter sur leurs gonds les battants crocheté de la porte et des fenêtres ouvertes.

« Voilà un véritable tonnerre d'harmonie! » dit Platônof. Tchitchikof se borna à sourire.

« Sans doute qu'avec une table comme la sienne, on ne donne aucune prise à l'ennui; le sommeil est tout de suite là, ajouta Platônof.

— C'est vrai. Mais avec tout cela, pardon, je ne puis comprendre comment on donne prise sur soi à l'ennui, quand il est tant de moyens de s'en garantir.

— Ces moyens sont...?

— Sans nombre, selon moi, pour un jeune homme : l'un fait ses délices de la danse; un autre, d'un instrument de musique; un autre se marie... que ne vous mariez-vous?

— Avec qui?

— Il y a certainement bien dans le pays des demoiselles à marier jolies, riches, aimables.

— Non, que je sache.

— Il faut en aller chercher plus loin, il faut voyager un peu. »

Voyager est un mot autour duquel se groupent presque toujours une foule de riantes idées; Tchitchikof, après l'avoir prononcé, ne put s'empêcher de regarder attentivement son interlocuteur et de s'écrier :

« Voilà, voilà un excellent remède à l'ennui!

— Quoi?

— Voyager.

— Voyager où?

— Eh mais, puisque vous avez tant de beau loisir doré, venez courir un peu le pays avec moi, » dit Tchitchikof. Et il pensa, toujours en observant M. Platônof : « Ce serait charmant; il payerait la moitié des frais du voyage, cela va sans dire, et de plus, toutes les réparations d'équipage.

— Où vous proposez-vous d'aller?

— En ce moment, je voyage moins pour mes affaires que pour faire plaisir au général Bétrichef.... vous le connaissez?

— Pas du tout.

— C'est un de vos voisins, un ami, un excellent ami, à qui j'ai des obligations; il m'a prié d'aller voir des personnes de sa parenté, de leur porter quelques paroles de lui; sans doute il y a parents et parents.... Aussi bien est-ce en partie pour mon divertissement que je me suis chargé de la chose : car voir le monde, examiner par occasion de nouveaux hommes, presque chaque jour, un à un, famille à famille.... c'est, quoi qu'on en pense, un excellent contrôle de la science, ou plutôt, à mon sens, c'est le livre même de la vie. »

Tchitchikof se tut un instant; puis, le voyant rêveur, il se dit *in petto* : « Vrai, ce serait charmant!... Il est riche, il peut bien prendre sur lui deux tiers des frais, il peut se charger même de tous les frais; il a des chevaux, on peut se servir de ses chevaux. Parfait! les miens, pendant ce temps-là, se referont.... je veux dire se referaient joliment dans son village....

— Eh quoi donc, pensait de son côté Platônof, pourquoi

ne pas se distraire, se promener un peu avec un bon compagnon? Je n'ai rien à la maison qui me retienne; tout, dans nos terres, est dans les mains de mon frère, qui aime, lui, ces soins et ces travas d'économie rurale. » Et il dit à Tchitchikof : « Rien n'empêche, en effet, que nous ne voyagions quelques semaines ou même quelques mois ensemble; seulement.... voudrez-vous bien consentir à passer chez mon frère une couple de jours? Je le connais, il serait, sans cela, homme à me retenir sous différents prétextes.

— Deux jours, trois, si vous l'aimez mieux; qu'à cela ne tienne, et je m'en fais un grand plaisir.

— Eh bien! touchez là! nous partons! » s'écria Platônof tout réjoui de la résolution prise.

Et ils se frappèrent cordialement l'un l'autre dans la main en disant :

« C'est convenu; nous partons!

— Où çà, où çà? voyons! s'écria leur hôte en s'éveillant, et en braquant sur eux deux gros yeux chargés de moiteur et de somnolence; non pas, non pas, ma foi! chère dame [1]; on ne fuit pas si aisément de chez moi, et nous y avons mis bon ordre; j'ai fait enlever une roue à certaine calèche élégante; et, quant à votre étalon, Platon Mikhaïlovitch, je l'ai envoyé en expédition à quelque quinze verstes d'ici. Vous couchez aujourd'hui chez moi; demain, si vous l'ordonnez, nous dînerons de très bonne heure, et vous serez libres comme l'air dès après la séance. On ne badine pas avec Péetoukhof, mes belles dames! »

Platônof connaissait assez bien le patron pour savoir qu'il n'y avait pas à s'en défendre, et il se résigna à rester. Il n'y a rien de tenace, en Russie, comme les hommes de cette humeur dans leur parti pris d'hospitalité.

1. *Chère dame....* C'est une gentillesse de parler à un homme comme s'il était femme; dans une classe d'écoliers, dans une compagnie de soldats, dans le groupe des maçons ou charpentiers d'un entrepreneur, il y a toujours un Anna Mikhaïlovna, un Marpha Ivanovna, probablement à cause de la douceur du caractère et des traits plus délicats du visage de ceux qu'on apostrophe ainsi; quelquefois aussi à cause de la laideur exceptionnelle de ceux qui ont des traits de vieilles commères.

En revanche, pour les dédommager, les deux futurs compagnons de voyage furent gratifiés d'une soirée admirablement gaie. M. Péetoukhof organisa une promenade sur l'eau. Douze de ses paysans, armés chacun d'une rame, les transportèrent, en chantant avec beaucoup d'entrain plusieurs chansons mélancoliques à refrains bruyants, à travers toute la surface unie d'un lac, à l'extrémité duquel ils pénétrèrent dans un courant, en amont d'une large rivière sans berge de part ni d'autre, et où ils eurent à passer à chaque minute sur des cordes tendues au travers du courant par les pêcheurs de profession. Les eaux faisaient voir, à une certaine agitation, la force de leur mouvement naturel contre l'obstacle des nombreuses perches fichées çà et là dans la rivière; mais les rameurs levaient, au moment voulu, leurs douze rames à la fois avec précision, et le kâter [1], obéissant à l'impulsion donnée, glissait comme l'oiseau sur la surface immobile, éblouissante des lueurs d'or et de pourpre d'un beau soir.

Le coryphée était un gaillard à large poitrine, possesseur d'une voix pure et sonore, d'un vrai gosier de rossignol. C'est lui qui entonna la chanson, cinq de ses camarades reprirent ses paroles; les six autres joignirent leurs voix en relevant le premier motif, pendant que les premiers passaient à un second motif et que le coryphée déjà préludait à un troisième, et le chant ainsi grandit, grossit, s'élargit, s'anima.... Péetoukhof s'agita sur la banquette, puis il chantonna, puis il se joignit assez résolument à la basse, qui était la partie faible du canon. Tchitchikof ne chanta pas, mais il se sentit fier pour son pays d'entendre, à la lisière de la steppe, un chant russe si harmonieux. Le seul Platônof, fidèle à lui-même, pensa : « Le beau plaisir vraiment d'écouter des chants plaintifs et langoureux, comme si on n'avait pas déjà assez de prosaïque langueur dans l'âme, sans la triste poésie d'une pareille musique! »

Ils redescendirent ensuite le courant et retraversèrent le lac; il faisait déjà presque sombre; bientôt les rames frappè-

---

1. Un *kâter* est une sorte de barque de transport à plusieurs bancs de rames.

rent une eau noire comme l'encre, et qui ne réfléchissait plus rien du ciel; il était nuit close quand ils regagnèrent leur point de départ. Sur la rive des feux étaient allumés, et sur des trépieds de fer les pêcheurs confectionnaient une soupe au poisson où, pour le nombre et l'espèce, dominait, dans son mélange avec les autres, le ierche [1] qu'on précipitait vivant dans la chaudière.

Tout dans la cour domaniale était déjà rentré; il y avait une bonne heure qu'on avait renfermé le bétail dans les étables et la volaille dans les basses-cours. La poussière que tout cela avait soulevée était depuis longtemps retombée; les pâtres, assemblés à la porte cochère, attendaient leur pot de lait et une invitation d'aller prendre leur part à la soupe aux ierches.

A la faveur du calme et des ténèbres de la nuit, on entendait les paisibles entretiens des villageois, mêlés au jappement des chiens de quelques hameaux d'alentour. La lune s'élevait et commençait à éclairer les sites; bientôt après tout fut baigné de sa douce lumière, et ce furent de magnifiques tableaux vainement exposés : les spectateurs manquaient au spectacle. Nicolàchka et Alexàchka, en ces mêmes instants, pensèrent plus que jamais aux théâtres, aux cafés, aux boulevards et aux guinguettes de Moscou, dont leur avait beaucoup parlé, à son passage, un cousin qui était étudiant à l'Université de cette capitale; leur père était tout absorbé dans la composition.... de ses menus; Platônof bâillait. De nos trois principaux personnages, le plus libre, le plus vif, le plus satisfait, le plus joyeux était Tchitchikof.... et encore avait-il une petite préoccupation, celle de l'avenir; car il se disait, à propos du présent : « Ah, vrai! il faut que j'aie, moi aussi, un village!... » Et aussitôt se présentèrent à son imagination, avec le champ, le pré et le bocage, avec la jolie maison et les jardins, la gentille petite femme et ses poupons, et, comme pendants, de belles vaches et de timides veaux bondissant autour d'elles.

---

1. *Ierche*, petite perche de rivière d'une chair fine et délicate qui se pêche en Russie, et qui est fort rare dans les eaux de tous les autres pays.

Le souper fut moins long, mais presque aussi copieux que
le dîner.

Quand Pavel Ivanovitch Tchitchikof se fut rendu dans la
chambre qui lui avait été destinée, et qu'en se couchant il
tâta son ventre, il dit : « Tendu comme un tambour! Cette
fois, bien sûr, le gorodnitchii Nicolas ne pourrait pas pénétrer
dans l'église. » Et il allait s'endormir d'un somme héroïque;
mais une petite misère vint se mêler à cette félicité : il n'était
séparé que par une cloison du cabinet de M. Péetoukhof, et
cette cloison était si mince qu'on entendait distinctement tout
ce qu'on disait ou faisait de l'autre côté. L'hôte se trouvait
dans ce cabinet, fort occupé à commander à son cuisinier,
sous prétexte d'un déjeuner de onze heures, un véritable
dîner de noces. Et de quel ton, et en quels termes il comman-
dait! c'était à mettre en appétit un moribond! M. Péetoukhof
en parlant se léchait les lèvres et semblait savourer, la narine
épanouie, un jus de viande exquis :

« A petit feu, tu entends, à petit feu,... et laisse-le se rissoler.... se rissoler comme il faut!... »

Et le cuisinier répondait avec cette soumission et cette
politesse servile qui s'expriment par un nombre incroyable
de petits sifflements :

« Je comprends s s s [1], on peut s s e le faire comme
ça s s.

— Et quant au koulébeak, tu le feras carré.... carré,
carré.... m'entends-tu bien?.... Dans un des angles tu met-
tras des joues d'esturgeon et de la visiga (du cartilage de
sterlet); dans un angle, un bon gruau de sarrasin assaisonné
de champignons et d'oignons, puis de la laitance, du frai
doux et des cervelles arrosées de jus de citron, et dans la
quatrième partie, des crêtes de coq, des queues et des pattes
d'écrevisse, et.... et.... tu sais bien toi-même, comme ça....
que ça soit friand, vois-tu, que ça soit friand! »

Et tout en parlant ainsi, M. Péetoukhof retirait à tous

1. Abréviation des mots russes contractés, réduits à la seule articula-
tion de la première lettre : *Soudar, soudaryata,* siro, monsieur, madame,
seigneur, selon la personne. Tel est le sens de ce léger sifflement fami-
lier aux domestiques.

moments son haleine, et se léchait les lèvres, et se trémoussait dans son fauteuil à le faire craquer sous lui.

« Je comprends, s s s. On peut s s hon ! s s s; on peut s s, on peut faire ainsi que vous l'ordonnez.

— Et fais aussi que, par un bout, il soit fort en couleur, et de l'autre bout, plus jaunet, plus pâle et plus tendre. Et pour ce qui est du corps même du gâteau, fais-le cuire de telle sorte qu'il soit tout imprégné du jus des choses de chaque quartier, entends-tu, car il faut que la pâte fonde.... qu'elle fonde dans la bouche, vois tu bien, comme de la crème brûlée; qu'il n'y ait point de travail pour la dent et qu'on n'entende rien croquer. »

Tandis qu'il parlait ainsi, on entendait le clapotement continu de ses lèvres, qui devaient être tout inondées d'une lymphe voluptueuse, dont le gastronome de campagne a le privilège exclusif.

« Quel diable d'homme ! il n'y a pas moyen de dormir », pensa Tchitchikof, et il remonta le couvre-pieds sur sa tête pour ne plus rien entendre. Mais cette précaution ne l'empêcha pas d'entendre encore :

« Çà.... et autour de l'esturgeon, mets de la betterave, en forme d'étoiles, des champignons blancs, jaunes, roux et de la morille.... puis de la râpure de raifort et des rouelles de carottes, des pois dragées, des pois verts ou des fèves, hum! Enfin, tu sais.... qu'il y ait de tout et beaucoup en symétrie, oui! Après cela tu nous enverras une panse de porc farcie, le jus à part en saucière. Remplis-moi ça si bien que chacun en voyant devant soi cette peau rissolée et tendue, ait envie, tout d'abord, d'y porter à la fois la fourchette, le couteau et la dent. »

Péetoukhof commanda encore beaucoup d'autres plats.

« Je n'ai décidément plus sommeil », murmura Tchitchikof en se tournant de gauche à droite, en se faisant un profond ravin de ses oreillers et en recouvrant le tout, la tête comprise, de sa couverture ouatée; mais, malgré la ouate et la plume, la couverture et les oreillers et la cloison de poutrelles, il entendait encore ces mots : « A petit feu, à petit feu! et arrose souvent, et surveille bien; et retourne à temps.

Il faut, vois-tu, que cela soit rissolé, et rissolé également.... »

Tchitchikof s'endormit sur une dinde farcie aux châtaignes.

Le lendemain, nos trois convives mangèrent tant et si bien, que Platônof se déclara lui-même hors d'état de monter son étalon. Le cheval fut renvoyé avec un palefrenier de Pétoukhof. Tchitchikof et Platônof prirent place dans la calèche ; Iarb, le doguin de ce dernier, suivit l'équipage d'une allure assez lourde ; lui aussi il était repu outre mesure.

« Notre hôte pousse les choses un peu bien loin dans ses curées, dit Tchitchikof dès qu'ils furent hors de la cour.

— Et cette vie-là ne l'ennuie pas, voilà ce qui me dépite, répondit Platônof.

— Hum ! si j'avais comme toi, pensa Tchitchikof, soixante-dix mille roubles de revenu, ce n'est certes pas moi non plus que l'ennui viendrait surprendre.

— Ne seriez-vous pas trop contrarié de passer avec moi dans une campagne située à dix kilomètres d'ici ? dit Platônof ; je voudrais prendre congé de ma sœur et de mon beau-frère

— Nullement, nullement, je vous assure.

— Si vous êtes amateur d'économie rurale, poursuivit Platônof, vous aurez plaisir à faire sa connaissance. Vous ne trouverez nulle part un homme plus entendu dans cette partie : en dix années de travail intelligent, il a mis son domaine dans un état si florissant, que le revenu en est déjà plus que triplé.

— D'après ce que vous me dites là, votre beau-frère ne peut être qu'un homme fort honorable ; il y a tout profit à faire la connaissance de pareilles personnes. Il se nomme...?

— Constánjoglo.

— Son nom de baptême et celui de son père, je vous prie ?

— Constantin Féedorovitch.

— Constantin Féedorovitch Constánjoglo. Je vous remercie. Vous m'avez donné un bien grand désir de le connaître. Oui, oui ; c'est une *connaissance bien bonne* à faire. »

Platônof se mit à prodiguer les indications au cocher Séliphane, ce qui était une besogne pénible, mais indispensable, car celui-ci se trouvait, ce jour-là, singulièrement occupé du soin de garder sur son siège un salutaire équilibre. Quant à Pétrouchka, par un étrange effet de la voix, au demeurant fort douce, de Platônof, deux fois il tomba du siège en s'enroulant comme une pelote, de sorte qu'il fallut l'assujettir avec des cordes au flanc gauche de Séliphane, que tout ce travail des maîtres dégrisa heureusement un peu.

« Oh! l'animal! dit plusieurs fois Tchitchikof.

— Quel veau! bégaya Séliphane, évidemment fier de son aplomb à peu près retrouvé.

— Voyez; voici l'endroit où commencent les terres de Constantin; cela n'a-t-il pas un tout autre aspect? »

Et, en effet, on voyait un jeune bois aux arbres droits comme des flèches, puis un autre bois plus haut, une nouvelle futaie, puis un bois plus vieux, plus élevé encore et rempli de superbes baliveaux. Et nos voyageurs passèrent à travers le bois, objet de leur admiration, successivement sous quatre berceaux prolongés comme les arceaux gigantesques d'une immense ville fortifiée qui aurait eu quatre murs d'enceinte en étages, tous percés de tunnels et de plus en plus imposants.

« Tout cela, reprit Platônof, a poussé chez lui en huit ou dix ans; il en faudrait trente à tout autre propriétaire pour obtenir un pareil résultat.

— Comment a-t-il donc fait? dit Tchitchikof.

— Vous n'avez qu'à lui demander; tout ce que j'en vois, moi, c'est qu'il est né agronome, si bien qu'il ne donne rien au hasard, et que, n'exigeant de la terre que ce qu'elle donne volontiers, il obtient tout ce qu'il lui demande. Il connaît la nature des terrains, mais c'est peu : il considère attentivement le voisinage de chaque terrain; toute chose chez lui doit fonctionner à double et à triple fin. En tout lieu, l'aménagement des bois est un travail très important en lui-même; chez lui le bois sert le champ, la forêt communique son humidité où il faut, donne ses feuilles mortes où il faut, porte son ombre où il faut, et protège contre les ouragans les parties qu'il faut protéger. Le pays se plaint de la sécheresse, lui, il n'en souffre point; se plaint-on de la disette... il a autour de lui des récoltes superbes. Je regrette d'être si peu versé dans cet objet que je ne sais pas même en parler. Lui, il a le secret de la terre. Que voulez-vous que je vous dise! c'est à ce point qu'il passe pour sorcier. Vous verrez, vous verrez beaucoup de choses aujourd'hui même... naturellement pas la centième partie de ce que je puis voir tous les jours.... Mais tout cela n'empêche pas que je m'ennuie.

— Ah çà, voici un bien singulier homme avec son ennui, pensa Tchitchikof; un tout jeune homme, comment dirai-je?... superficiel, qui... qui ne sait pas raconter les choses en détail, qui ne parle que par ennui et s'ennuie de parler; je voudrais tout savoir en détail... Vrai, voilà que je grille d'impatience. »

A la fin on découvrit un village, un village énorme, un village qui faisait l'effet d'une ville, par l'effet pittoresque des habitations, construites sur trois hauteurs surmontées d'un même nombre d'églises, et ceintes de toutes parts de meules de foin et d'amas de gerbes.

« C'est vrai, se dit Tchitchikof; on voit bien qu'ici habite un maître homme de seigneur. »

Les chaumières étaient de bonne et solide construction, les rues larges; la voie, sèche, unie, tenue dans un état parfait; ainsi que tous les chariots arrêtés aux portes cochères.

Il passa un paysan, il avait une expression de physionomie pleine d'intelligence. Le bétail était remarquablement beau, et il n'y avait pas jusqu'au pourceau de l'endroit qui n'eût je ne sais quel air sentant son gentilhomme, comme qui dirait un pourceau distingué et de grande maison.

Là, sans doute, vivent ces paysans qui, comme dit la chanson, bêchent l'argent et le remuent à la pelle. Il n'y avait, il est vrai, ni parcs à l'anglaise, ni prairies artificielles, ni tourelles légères, ni ponceaux élégants.... mais il était impossible de ne pas admirer une longue et large perspective d'embarres, de granges, de magasins, de maisons de travailleurs de tout genre s'étendant jusqu'à la maison seigneuriale, à quoi il était facile de reconnaître que le seigneur portait un intérêt direct aux travaux et voulait voir ce qui se faisait autour de lui. Il s'élevait même au-dessus de la toiture du maître une sorte de tour vitrée d'où l'on découvrait le pays à quinze ou seize verstes à la ronde, belvédère destiné, non pas à l'ornement de la maison et à l'agrément des visiteurs, des enfants et des serviteurs, mais à la surveillance du travail des champs, de tous les côtés de l'horizon; bref, c'était un véritable observatoire agrono-mique.

Nos deux voyageurs, à leur descente de calèche, virent venir à eux deux domestiques dégourdis, qui ne ressem-blaient en aucun point à notre lourd et aviné Pétrouchka. Ils n'étaient pas en habit à la française; ils portaient des tchekmènes (tuniques) cosaques du drap bleu du cru, et la taille se dessinait sous l'aspect d'une ceinture de drap bleu turquoise ou lapis-lazuli.

La maîtresse de la maison accourut elle-même sur le perron du manoir. Elle était fraîche comme la rosée de mai et belle comme un jour de juillet. Elle avait tous les traits de Platònof, tous; mais avec cette différence pourtant, qu'au lieu de la somnolence fatigante de son frère, elle était éveillée, communicative, joviale et accorte.

« Bonjour, frère; ah! que je suis contente de te voir! Constantin n'est pas à la maison, mais il ne va pas tarder à rentrer.

— Où est-il donc?

— Il est en affaires au village avec des trafiquants; je te répète qu'il ne peut tarder, vu que ses prix sont arrêtés, et qu'on ne marchande pas avec lui, » dit la dame; et elle introduisit les arrivants dans les appartements.

Tchitchikof regardait avec curiosité la demeure de l'homme extraordinaire qui avait deux cent mille roubles de revenu; il avait la pensée de se faire à lui-même, d'après les appar-tements, une idée assez exacte du maître, comme d'après une coquille vide on juge de l'huître ou du limas dont elle a été l'asile et l'ouvrage. Mais il était fort difficile ici de tirer aucune conclusion de l'aspect de la coquille : les chambres étaient tout ordinaires et les parois nues; ni fresques, ni tableaux, ni bronzes, ni fleurs, ni tablettes, ni porcelaines, ni livres, rien : en un mot tout annonçait que l'essence de la vie de l'individu principal de cette habitation n'était point resserrée entre quatre murs, mais ailleurs, mais épandue au grand air dans les campagnes, et que ses pensées ne s'élaboraient pas à loisir devant un bon feu de cheminée, au fond d'un moelleux fauteuil, là même où elles lui venaient à l'esprit, il les mettait à exécution sans désemparer et sur-le-champ. Tout ce que Tchitchikof put remarquer dans les appartements, ce fut le signe très probable d'un travail de femme : sur les tables et sur les chaises étaient disposées des planches de tilleul très propres, et sur ces planches, des étamines de fleurs destinées à être conservées sèches.

« Qu'est-ce que c'est donc, sœur, que toutes ces balayures de jardin et ce foin que tu nous étales là?

— Des balayures! mes fleurs, mes simples, des balayures! du foin! Y penses-tu? Avec cette fleur-ci je coupe une fièvre net comme une tranche de lard. Elle m'a servi l'hiver dernier à soulager, à sauver peut-être plus de trente paysans, hommes et femmes; tiens, voici un puissant astringent; celles-là se mettent en confiture; celles-ci dans les salaisons de concombres et autres.... Bien, bien, à présent vous riez des concombres d'hiver et des conserves au sucre, au vinaigre et à l'eau-de-vie; ah! c'est bien ridicule aujourd'hui, n'est-ce pas? mais plus tard, je vous en régalerai, et vous serez les premiers à m'en faire compliment. »

Platònof se mit devant le piano et voulut déchiffrer quelques cahiers de musique, mais bientôt il se leva et dit en plissant le front et en haussant les sourcils :

« Ouf! quelles vieilleries, sœur! et n'as-tu pas honte d'en rester là de ta musique?

— Ah! mille excuses, mon cher frère, mais il y a bien longtemps que je n'ai plus le loisir de m'occuper de musique pour moi-même. J'ai une fille de huit ans qui me fait retourner aux gammes du solfège. La confier à des mains étrangères afin de pouvoir, moi, me délecter des nouvelles partitions.... non, frère, avec ou sans ta permission, je n'en ferai assurément rien.

— Sais-tu que tu deviens ennuyeuse, chère sœur? » dit nonchalamment Platônof, et il alla se mettre à la fenêtre; aussitôt il ajouta : « Ah! voici Constantin là-bas. »

Et le frère et la sœur regardèrent dans la cour.

Tchitchikof, de son côté, se précipita dans la baie d'une fenêtre ouverte. Vers le perron s'avançait un homme de quarante ans, d'une physionomie à la fois vive et modeste. Son costume était celui d'un homme qui ne pense point à sa toilette. A sa droite et à sa gauche marchaient, le bonnet à la main, deux hommes de la classe inférieure, qui paraissaient solliciter de lui quelque chose. L'un était un simple paysan; l'autre un pataud à l'air mignard, un lourd complaisant vêtu d'une sibirka grise. Comme ils réussirent à arrêter M. Constánjoglo tout près du perron, leur entretien se faisait parfaitement entendre dans les chambres.

« Voilà ce que vous devez faire, à mon avis, disait Constánjoglo au paysan; rachetez-vous de votre seigneur : vous n'avez pas assez, supposons.... eh bien, je vous prêterai, et vous me rembourserez en journées de travail.

— Non, à quoi bon nous racheter? prenez-nous comme cela à votre service, et pour toujours : chez vous on devient hommes et on apprend la vie. Partout ailleurs, voyez-vous, le mal est si grand et si fort qu'il attire à soi; les cabaretiers ont inventé de telles eaux-de-vie aux herbes qu'elles allument dans la poitrine une soif qu'un seau d'eau froide est impuissant à éteindre. On se remet, on s'aperçoit qu'on n'a plus un rouge denier. C'est une grande tentation, un scandale! Le malin retourne le monde à sa guise; je vous assure qu'il emploie toutes sortes de pièges, sans souci du regard de Dieu, pour tirer à lui le pauvre monde. On s'est mis à se bourrer le nez de tabac en poudre, à se gorger de la fumée de cette herbe maudite qui tue les mouches; il se vend publiquement des filtres en bouteilles; on a vu, c'est certain, on a vu le cuisinier d'une dame, d'une noble, préparer pour sa maîtresse des grenouilles, figurez-vous de vraies grenouilles... et c'est le docteur qui a donné la recette d'après laquelle on cuit et on assaisonne cette crapaudaille. La dame a tout avalé; elle en redemande, figurez-vous.... et voilà que le cuisinier en a goûté, et qu'il soutient que c'est très bon. Quand tout marche au commandement du diable, que peut faire l'homme? On a des yeux, on voit, on y est pris.

— Ecoute, il faut que tu saches bien ce que tu me demandes. Chez moi on est bien loin de faire tout ce qu'on veut, et j'admets moins qu'un autre cette excuse *qu'on a été tenté.* Il est vrai que vous recevrez tout de suite une vache et un cheval; mais à quoi il faut bien songer, c'est que positivement j'exige du paysan plus que personne n'exige dans tout le pays. Sur mes terres, le travail est le premier point, et j'oblige les gens à travailler pour eux avec le même zèle et la même assiduité que pour moi; je suis très mauvais pour les paresseux, et j'ai le droit, vois-tu, de leur rendre la vie dure; je travaille moi-même comme un bœuf, et je serais très choqué qu'on essayât de se tenir devant moi les bras croisés. J'ai éprouvé, frère, que, quand on ne travaille pas, les rêves arrivent, la tête s'en va, et on est fou de son corps. A présent tu es avisé, laisse-moi, va causer de tout cela avec les autres, réfléchis mûrement, et consultez-vous bien.

— Eh, Constantin Féedorovitch, c'est déjà tout réfléchi! Ce que vous dites là, les vieux nous l'ont très souvent dit à leur manière. Un fait que nous savons, c'est que tous les paysans de vos terres sont riches, et on sait bien aussi qu'ils ne volent point; l'argent ne leur est pas tombé du ciel, et vos prêtres d'ici sont de vrais hommes du bon Dieu, au lieu que chez nous, partout eux aussi ont tourné à mal, et il n'y a plus personne pour prêcher la morale.

— C'est égal, allez et délibérez avec les vôtres.

— Bien, Constantin Féedorovitch, nous allons....

— Eh bien, Constantin Féedorovitch, vous me ferez, n'est-ce pas, la grâce de rabattre un tiers ou au moins un quart? dit le grivois en sibirka bleue qui marchait en minaudant et en frétillant à sa gauche.

— Je t'ai déclaré dès les premiers mots que je n'aime pas

à marchander. Je te répète, maintenant, que je ne suis nullement dans le cas de tel hobereau que tu vas trouver sournoisement juste la veille de l'échéance de sa dette du Lombard. Je vous sais tous par cœur, voyez-vous; je sais que vous avez tous un état exact des dettes de la noblesse du district où vous exercez, et que vous épiez les échéances pour paraître à point au moment de l'angoisse : il est clair qu'alors vous obtenez ce que vous voulez à moitié prix. Mais pour moi, qu'est-ce que c'est que ton argent, lorsque je puis, sans même y penser, laisser dans mes selliers, mes chantiers, mes magasins, dormir paisiblement bois, blé, chanvres, goudrons, résines, charbon, et le reste? Je n'ai pas de payements à faire au Lombard, moi.

— Ça c'est vrai, Constantin Féedorovitch. Eh bien, c'est dit, mais c'est seulement pour l'avantage de traiter avec vous, car il n'y a là aucun profit à espérer. Voici les arrhes; il y a là trois mille roubles, tenez. »

Et il livre à Constánjoglo un paquet de sales assignats qu'il venait de tirer de sa poitrine; Constánjoglo prit le paquet et le fit aussitôt passer très froidement, et sans compter, dans l'une des poches de derrière de la robe de son surtout.

« Hum! fit tout bas Tchitchikof; il fait de ces assignats de banque comme d'un mouchoir de poche! »

Constánjoglo, une minute après, parut sur le seuil du salon. Tchitchikof fut frappé plus fortement encore, en le voyant de près, par le hâle de son visage, par le fourré de sa noire chevelure déjà marquée çà et là de gris, par l'expression vive de son regard et par le teint bilieux particulier aux natifs du Midi. Il n'était pas d'une origine proprement russe; lui-même il ignorait d'où étaient venus ses ancêtres, et se souciait très peu de son arbre généalogique, jugeant que la possession des preuves ne vaudrait jamais le coût de la recherche, et que de tels documents ne sont d'aucune utilité en agronomie. Il se tenait pour Russe et bon Russe, à tel point qu'en fait de langues, il ne savait que le russe, et qu'il le parlait sans ambages, tout à fait à la russe.

Platônof présenta Tchitchikof, et celui-ci eut à l'instant même l'accolade de bienvenue.

« Mon cher Constantin, tu sauras que, pour secouer mes tristesses sans cause, ou, si tu veux, mon hypocondrie, dit Platônof, j'ai résolu de parcourir plusieurs gouvernements. Et voici justement Pâvel Ivanovitch qui m'a proposé de l'accompagner, dans l'idée qu'il a que cela me fera du bien.

— A merveille! » dit Constánjoglo.

Puis s'adressant poliment à Tchitchikof, il ajouta :

« Et où comptez-vous allez d'abord?

— Je vous avouerai, dit Tchitchikof en penchant avec grâce la tête sur l'épaule droite et en caressant le bras de son fauteuil, que je voyage pour le moment non pas tant pour mes affaires ou mes plaisirs que pour obliger une autre personne que je ne vois pas d'inconvénient à nommer ici. C'est le général Bétrichef, un homme excellent, qui est pour moi, je puis dire, plus qu'un ami, et qui m'a prié d'aller en son lieu et place visiter quelques-uns de ses parents. D'un autre côté, je trouve à cela mon plaisir et mon avantage en un certain sens : sans parler du point de vue hygiénique d'éviter les inconvénients d'une vie trop sédentaire, je maintiens que le monde est, après le livre que recommande l'Église, le livre contenant la science qu'il est le plus important à l'homme d'étudier bien à fond et par pratique.

— Oui, il est bon d'aller un peu dans le pays examiner par soi-même quelques recoins mal connus.

— Votre remarque est d'une parfaite justesse; examiner par soi-même ces recoins-là et autres, c'est réellement et.... véritablement fort bon; il faut.... aller voir ces choses que, sans se déplacer, on n'aurait pas vues, aborder des hommes tout retirés, que l'on n'aurait jamais rencontrés ailleurs; et parfois leur entretien vaut des lingots d'or. Aujourd'hui, par exemple, n'ai-je pas une de ces chances inappréciables, celle de recourir à vous, mon très estimable Constantin Féodorovitch.... instruisez-moi, étanchez la soif que j'ai de toute vérité.... intéressante; je recueillerai vos douces paroles comme la manne céleste.

— Vous instruire! comment cela, et de quoi? dit Constánjoglo avec ébahissement; je suis un bien pauvre précepteur, moi qui ai reçu une éducation de deux sous.

— Enseignez-moi la sagesse, mon très honoré, la sagesse! la sagesse qui consiste essentiellement, en Russie, dans le grand art de manier, comme vous le faites, le timon de l'économie rurale, l'art d'améliorer un domaine tout en retirant de lui un revenu sûr, l'art de créer par son intelligence une fortune non pas imaginaire, mais réelle, accomplissant par le fait même ses devoirs de citoyen, et méritant ainsi les respects de ses compatriotes.

— Je vais vous dire tout ce qu'il y a à faire.... Restez demain la journée entière chez moi, je vous montrerai tout ce qu'il y a à voir et vous expliquerai tout ce que vous voudrez, dit-il après avoir regardé avec complaisance Tchitchikof en qui il croyait remarquer quelques dispositions heureuses. Vous verrez comme tout cela est simple, vous reconnaîtrez qu'il n'y a là ni grande sagesse, ni science profonde.

— Oui, oui, restez, » dit la dame; et s'adressant à son frère, elle ajouta : « Je ne te laisse pas partir demain. Rien ne vous presse.... ainsi, tu restes, c'est convenu.

— Je me mets tout à fait à la disposition de Paul Ivanovitch.

— Je resterai avec un très grand plaisir; mais c'est que j'ai à voir, justement dans ces environs-ci, je crois, un parent du général Bétrichef, un certain colonel Kochkaréf.

— Kochkaréf? eh mais, il est fou!

— Justement; aussi n'irais-je certainement pas là pour mon compte; mais ce serait désobliger le général, qui est un ami intime, voyez-vous, et à qui j'ai quelques petites obligations.

— Eh bien, savez-vous ce qu'il faut faire? dit Constánjoglo; allez-y, il n'y a pas dix verstes d'ici chez lui; ma bancelle est tout attelée là dans la remise; si vous partez à présent même, vous serez de retour ici pour l'heure du thé.

— C'est une charmante idée! » s'écria Tchitchikof en saisissant son chapeau, et, sans plus de cérémonie, il s'élança dans la cour.

Il ne s'agissait que d'une excursion de quelques heures, car on ne s'arrête guère en face d'un fou, lorsqu'on est tout préoccupé du soin et du désir d'étudier la sagesse.

CHANT XVI

Tchitchikof va faire sa visite au colonel Kochkarëf et vérifier par lui-même la justesse de l'opinion publique sur ce seigneur; là, tout était donné à la forme et à la vaine apparence. Le colonel touche au moment de sa ruine la plus radicale; et, plus fanatiquement que jamais, il joue aux formes administratives et gouvernementales en y employant un savoir et une patience dignes d'une meilleure application. — Notre héros se sauve de là en quelque sorte par la fuite, et, de retour chez Constánjoglo, il voit avec extase et finit par comprendre, d'après les chaudes explications de son hôte, ce que c'est pratiquement que la vraie bonne économie rurale. — Platónof n'avait pas le sens de ces choses-là; notre héros, tout au contraire : car, retiré plus tard dans la chambre qui lui fut assignée, il ne rêva plus jusque vers minuit qu'engrais, emblavures, aménagements de bois, ordre des travaux, ménage, conserves, ratafias, bonne et jolie jeune femme et gracieux enfants.... tout un paradis.... et des revenus superbes.

La bancelle de Constánjoglo fut avancée, Tchitchikof s'y plaça sur le devant pour guider lui-même, et une demi-heure après il était sur les terres de Kochkarëf.

En entrant dans le village du colonel, il fut frappé du chaos qui s'offrit à ses yeux; tout y était en construction, reconstruction et restauration. Le sol des rues était jonché de morceaux de briques et de monceaux de sable, de chaux et de poutres; on voyait çà et là différents bâtiments ressemblant à ceux des juridictions provinciales russes. Sous la corniche de l'une de ces maisons, on lisait inscrit en lettres d'or : *Dépôt des instruments aratoires;* ailleurs : *Bureau central de l'expédition des comptes;* ailleurs : *Bureau des affaires rurales;* plus loin : *École de haut enseignement normal.* Et que n'y avait-il pas dans ce village!...

Tchitchikof trouva le colonel assis devant un petit bureau-comptoir, une plume aux dents, un grattoir à la main. Kochkaröf fit à Tchitchikof un accueil tout à fait aimable. Il avait un grand air de bonté et des manières très engageantes. Il se mit de lui-même à raconter au visiteur combien de peines il avait eues pour mettre la régie de son domaine dans l'état où elle était en ce moment. Il se plaignait beaucoup de la difficulté extrême qu'il éprouvait à faire comprendre au paysan qu'il doit y avoir dans tout homme des aspirations nobles vers l'exercice des talents naturels, vers les arts, vers les choses de l'élégance et du luxe; qu'il n'avait pu encore parvenir à faire adopter aux femmes de son obéissance l'usage du corset, quoiqu'il leur eût représenté mille fois qu'en Allemagne, où il avait passé près d'un an avec son régiment, il avait vu de ses yeux une fille de meunier, non seulement mince de taille comme une guêpe, mais jouant du piano comme les belles demoiselles. Il ajouta que cependant, et malgré tous les entêtements trop connus de l'ignorance, il ne céderait pas, qu'il n'aurait de repos que quand il verrait les paysans de ses terres aller aux champs et suivre leur charrue en lisant les dissertations du grand Franklin sur les paratonnerres, et les derniers traités de l'étude des terroirs. (Tchitchikof branla la tête, mais à la dérobée.) « Et moi, figurez-vous, je n'ai pas encore trouvé deux petites heures, depuis six ans que j'ai le livre, pour lire *La Duchesse de La Vallière!* » ajouta-t-il en prenant un air des plus piteux.

Le colonel lui fit beaucoup d'autres confidences sur ses projets destinés à assurer le bonheur de ses vassaux; j'ai remarqué que le costume était à ses yeux d'une immense importance. Il engageait sa tête que, si l'on parvenait à faire adopter à la moitié de la population de l'empire la culotte allemande, la civilisation se ferait jour de toutes parts, le commerce ne tarderait pas à fleurir, et un siècle d'or commencerait aussitôt en Russie.

Tchitchikof, après l'avoir longtemps écouté et regardé bien droit en plein visage, se fatigua, et résolut tout à coup d'aborder rondement certaine question vitale pour lui; il exposa en peu de paroles qu'*on* avait besoin d'*âmes* qui fussent dans telles et telles conditions, et qu'il falloit passer tels actes et accomplir telle et telle formalité à la ville, sans qu'il fût nécessaire de s'y rendre en personne, mais par procuration nominale ou en blanc. Il mêla si adroitement à tout cela le nom de Bétrichef, qu'un fou pouvait aisément croire que l'honorable général portait un intérêt moral plus ou moins direct à la négociation.

« Si j'ai bien compris vos paroles, dit le colonel, c'est une demande qui m'est adressée, n'est-ce pas?

— Eh! oui.

— Eh bien, il faut la formuler par écrit; elle ira d'ici tout d'abord à la commission des renseignements, requêtes et rapports. Le bureau me l'adressera à moi selon les formes voulues; de là l'affaire passera au bureau des affaires domaniales dites rurales, d'où, après informé, au comptoir de l'intendance; l'intendant ou bailli se mettra en rapport avec mon secrétaire, à qui je communiquerai ma résolution, et l'affaire retournera aussitôt d'instance en instance....

— Oui, s'il y avait une demande écrite, circonstance qui ne peut avoir lieu dans l'espèce; ce n'est ni cinq ans ni cinq jours que je vous ai consacrés, cher colonel, mais à grand'-peine cinq heures. Vous considérerez que l'affaire dont il s'agit sort du cours vulgaire de votre belle administration; il est question ici d'âmes administrativement vivantes, et en réalité non vivantes, et même, humainement mortes, entre nous, trop bien mortes, n'est-ce pas?

— A merveille! Eh bien, vous écrirez que les âmes sont, à quelques égards, non pas vivantes, mais mortes.

— Vous me permettrez de vous faire observer que, toutes mortes qu'elles sont, ces âmes sont données, selon les matricules du cens, comme très vivantes; la fiction légale ne le permet pas autrement.

— Fort bien, fort bien; vous n'avez qu'à écrire justement comme ça, c'est charmant; vous dites dans la supplique : « Mortes, mais il est réclamé, on désire.... on requiert, comme de droit, qu'elles soient indiquées comme vivantes dans tous les actes à intervenir. » Il n'est tel en affaire que les écrits. La forme, voyez-vous, la forme? Sans les écrits, il ne reste trace

de rien, et le droit est à vau-l'eau. Voyez l'Angleterre, oh!
en Angleterre!... Et Napoléon lui-même donc!... Attendez,
je vais mander le commissionnaire; il vous mènera partout
en vingt minutes de temps. Vous verrez, vous verrez! »

Il agita une sonnette, et à l'instant parut un grand nigaud
à qui il dit :

« Secrétaire, envoyez-moi ici le commissionnaire! »

Une minute s'écoule, paraît le commissionnaire, figure
entre l'employé inférieur et le paysan.

« Commissionnaire, vous allez conduire monsieur, qui
désire jeter un coup d'œil dans tous les divers bureaux de la
régie! Allez. »

Et il sourit à son visiteur de l'air du monde le plus agréable, et qui devait signifier : « Ce que vous allez voir, vous
ne le verrez nulle part. »

Tchitchikof eut la curiosité d'aller en effet à la suite du
manant visiter rapidement tous ces bureaux dont il avait lu
les inscriptions. Le bureau des inscriptions et rapports
n'existait que par son enseigne; les portes en étaient fermées
depuis plus de six semaines, époque où l'homme qui le dirigeait avait été mis à la tête d'un nouveau bureau, celui de
l'alignement, des bâtisses et réparations; à sa place avait été
désigné le valet de chambre Bérézovski, lequel, avant même
que d'entrer en fonctions, était parti chargé d'une commission épineuse par le bureau des constructions. Tchitchikof se
fit ouvrir le bureau *du domaine*, mais il se retira bien vite;
on regrattait les murs et les plafonds. Dans un autre soi-di-
sant bureau, le guide de notre héros réveilla un homme ivre
mort dont il ne put tirer une parole intelligible.

« Il y a chez nous un désordre effrayant, dit à la fin le
commissionnaire à Tchitchikof, qu'il pilotait d'un air tant
soit peu agité; on mène notre seigneur par le bout du nez;
le bureau des alignements et constructions a tout tiré à lui;
il ordonne en maître, il enlève tous les employés des autres
bureaux et les envoie où il lui plaît sous le moindre prétexte,
et cela pour avoir moins de témoins de ses manigances. Tout
est accaparé, envahi, absorbé par le bureau des bâtisses. »

Il demeura démontré à Tchitchikof que le commissionnaire

était ou mécontent, ou jaloux et ennemi des employés du bureau envahisseur. Tchitchikof lui fit la remarque que ce bureau devait avoir plus à faire que tous les autres, puisque, dans tout le village, on n'apercevait que matériaux assemblés et bâtisses commencées. Et il ne voulut pas en voir davantage.

A son retour il raconta au colonel ce qu'il avait observé; il lui dit qu'il n'y avait nul moyen de rien comprendre à tout ce gâchis; qu'il n'existait que de nom un bureau des rapports et des requêtes, et que son bureau des bâtisses et réparations était évidemment dès sa naissance un petit repaire de grands voleurs.

Le colonel frémit d'indignation et serra vivement la main de Tchitchikof en témoignage de reconnaissance; et à l'instant même, s'armant de la plume, que cette fois il portait en travers de l'oreille, il écrivit en style sévère huit questions : De quel droit le bureau des constructions osait-il disposer des employés qui n'étaient pas de son ressort? Comment le principal directeur avait-il toléré qu'un chef de bureau, avant d'avoir ensaisiné son successeur, fût parti pour une enquête? Comment cette enquête insignifiante durait-elle des mois entiers? Comment le bureau du domaine avait-il pu voir, sans en prendre souci ni en rien dire, que le bureau des rapports était clos depuis longtemps et semblait ne plus exister que de nom? etc., etc.

Tchitchikof pensa qu'il allait y avoir un épouvantable vacarme, et, pour éviter d'en être témoin, il se disposait à partir. Kochkaröf s'en aperçut :

« Pour cela, non; je ne vous laisse pas partir; mon amour-propre est ici vivement intéressé à votre présence. J'ai besoin de démontrer ce que signifie une organisation régulière et complète de l'administration d'un domaine seigneurial. Mais, par faveur exceptionnelle, et pour vous obliger, vous et Bétrichef, je vais confier l'expédition de votre affaire à un homme que je tiens en réserve, à un homme qui, seul, vaut tous les autres ensemble; il a fait un cours universitaire complet, il est candidat. Çà, pour ne pas perdre des moments précieux, je vous supplie de passer ici dans ma bibliothèque; vous trouverez là livres, papier, plumes et crayons; usez de tout cela à votre aise; vous êtes le maître absolu de la pièce et de ce qu'elle contient, et, dans une petite heure, je suis à vos ordres. Ma devise est que les lumières doivent être mises à la discrétion de tous les hommes. Venez un jour vous établir là dedans pour six mois, si vous voulez. »

Ainsi parla Kochkaréf en introduisant par une porte latérale le bon Paul Ivanovitch dans une vaste et haute salle qui, du plancher à la corniche, était tapissée de livres de tous les formats et de toutes les époques, depuis le lourd in-folio jusqu'à l'édition diamant toute moderne, et de l'an 1510 à l'an 1824 inclusivement. Le haut des armoires était couronné de bustes, de sphères armillaires et d'oiseaux, poissons et quadrupèdes empaillés. Il y avait des livres de chacune des parties de l'érudition, des ouvrages d'histoire naturelle, d'agriculture, de silviculture, d'horticulture, des traités de l'élève des vers à soie, du gros bétail et du cochon en particulier, des traités de la chasse; il y avait une foule de journaux, de revues et de bulletins spéciaux pour toutes les parties des connaissances humaines, et la *Maison rustique*, qui à elle seule est une encyclopédie rurale. Chaque ouvrage avait bien l'air d'être le dernier mot du savoir; seulement.... « Souscrivez, hâtez-vous de souscrire, et payez d'avance, » disent les prospectus placés en tête de toutes ces belles éditions.... la plupart restées incomplètes à cause de quelque autre ouvrage considérable sur le même sujet, plus pompeusement annoncé dans tous les catalogues du temps.

Voyant que tous les livres de ce compartiment n'étaient pas d'un contenu propre à charmer les ennuis d'une heure d'attente plus ou moins anxieuse, Tchitchikof passa vite à une autre armoire; ce fut tomber de fièvre en chaud mal: là s'ouvraient béants les abîmes sans fond de la philosophie. Il s'offrit d'abord à ses yeux six énormes in-folio, intitulés: *Prolégomènes* ou *Avenues des hautes régions de la pensée;* c'était l'introduction; le livre lui-même en comprenait vingt de la même taille et du même poids; sur le deuxième et le troisième rayon défilaient: *Œuvres de Platon, Œuvres d'Aristote, Œuvres de Sénèque*, de Cicéron, de Pline, de

Montaigne, de Descartes, de Leibnitz, de Kant.... puis des Anglais, des Écossais, des Américains, des Italiens, tous in-4°; puis c'étaient des livres d'un format plus maniable; ils avaient pour titres : *Principes de philosophie*, etc., etc., *de la Métaphysique transcendante, de la Génération des idées et des pensées de l'homme, Traité de psychologie éclectique*, etc., etc. Tchitchikof, ayant eu la fantaisie de tirer à lui et de feuilleter un volume, buta à chaque ligne contre une foule de mots inconnus : l'abstrait, l'absolu, l'objectivité et la subjectivité, le grand moi unique, l'identification, l'individualisme.... et de bien plus sauvages encore dont nous faisons grâce à nos lecteurs. Tchitchikof en eut le frisson; il se hâta de remettre le tome à son rang et de refermer l'armoire en essayant même de donner deux tours de clef à la serrure, qui n'en comportait qu'un.

« Ces belles choses-là ne me vont pas du tout, » dit-il; et il passa à la troisième armoire, contenant des livres qui traitaient des arts. Là il prit au hasard un livre du plus grand format, illustré d'une foule d'images mythologiques qu'il se mit à examiner avec plaisir.

Les belles images de ce genre plaisent assez généralement aux célibataires entre deux âges, et aussi à une foule de méchants pauvres égrillards qu'on voit se trémousser d'aise au spectacle du ballet dans les théâtres des villes. Il n'est tels que les estomacs ravagés pour aimer les épices.

Comme Tchitchikof achevait de feuilleter les belles estampes de ce livre, et que déjà il se disposait à en prendre un autre d'un goût analogue, le colonel Kochkaröf entra dans la bibliothèque d'un air tout radieux, et tenant un papier à la main.

« Tout est fait, et s'est fait admirablement. L'homme dont je vous ai parlé est un vrai génie; je vous jure que je vais, et cela pas plus tard que demain, le mettre à la tête de tout mon monde; je créerai pour lui, pour lui seul, une place tout à fait supérieure. Vous allez voir quelle tête a ce gaillard-là ! Et quand je songe qu'il a eu bâclé cela en quelques minutes, et, comme ça, tout naturellement.... je vous ai dit : un génie !

— Ah ! grâce à Dieu ! » pensa Tchitchikof en se disposant à écouter.

Kochkaréf se mit à lire :

« Ayant mûrement réfléchi et délibéré sur l'ordre qui m'a été donné par Votre Très Haute Noblesse, j'ai l'honneur de mettre sous ses yeux les considérations suivantes :

« 1° Dans la demande de M. le conseiller de collège et chevalier Pàvel Ivanovitch Tchitchikof, il s'est glissé, probablement par distraction, un étrange *lapsus calami* bien fait pour donner lieu à des malentendus ; les âmes immatriculées sont nommées dans cette supplique : âmes *mortes ;* le requérant, sous ce mot de *mortes,* a sans doute voulu dire mortelles ou sujettes à la mort humainement parlant, et non pas *âmes mortes,* accouplement de mots vraiment inouï. L'emploi d'une pareille expression trahirait des études empiriques, c'est-à-dire de celles qu'on fait dans les petites écoles de paroisses, car après tout les hautes écoles sont unanimes pour enseigner que l'âme est immortelle. »

« Ah, le coquin ! s'écria là-dessus le seigneur émerveillé ; il me semble qu'il vous raille bien un peu en tout ceci, hum, hum ! Mais toujours, allons, convenez.... quel style ! hein ? » Et il reprit la lecture du rapport :

« 2° Ici, dans tout le domaine, non seulement il n'y a pas d'âmes immatriculées en danger de mort, mais il n'y a même pas d'âmes d'aucune sorte qui soient aliénables en droit, car toutes sans exception et en masse sont séquestrées avec surcharge de cent cinquante roubles en sus de la valeur vénale de chacune. Il faut en excepter pourtant le hameau du nom de Gourtaïlovko, qui, situé sur la limite méridionale de la terre, est un objet de litige entre Votre Grâce et son incommode voisin Tchouïef, et par conséquent se trouve *en interdit,* ainsi qu'il appert de la déclaration insérée dans les numéros 42 et suivants de la *Gazette de Moscou.* »

« Et pourquoi diantre ne m'avez-vous pas dit cela tout d'abord ? dit Tchitchikof sans dissimuler le dépit qu'il en ressentait.

— Bon ! comme vous y allez, vous ! Et la forme, la forme, monsieur ? Il convenait que vous formulassiez votre demande, que rapport me fût fait en bonne et due forme, et moi, sur ce rapport, à présent, je vous ferai, ce soir, après le thé, ma réponse, qui vous sera remise, chez moi, sous enveloppe, par un de mes messagers. Vous devez pourtant bien savoir qu'il n'y a que les fous qui se rient de la forme. On ne doit jamais traiter à la légère.... »

Tchitchikof n'entendit plus rien; s'étant jeté sur son chapeau, il s'élança hors de cette maison sans aucun égard pour les bienséances, que la colère ou la terreur pouvaient seules lui faire oublier.

La bancelle était toute prête à le recevoir, le cocher sachant parfaitement que, chez l'honorable colonel, il n'y a pas à dételer un équipage; autrement il faudrait qu'on fît une demande écrite pour la nourriture des chevaux, et l'autorisation de *délivrer foin et avoine* à discrétion pour les pauvres bêtes serait à peine sortie, le lendemain, du labyrinthe des bureaux.

Le colonel suivit précipitamment Tchitchikof, le rejoignit, lui saisit la main, pressa cette main sur son cœur, et il se félicita d'avoir eu cette occasion de faire bien observer à un homme de son mérite avec quel ordre exact marchaient chez lui les affaires, marche savante en effet, qu'il surveillait lui-même avec une scrupuleuse anxiété, sachant bien que la plus belle et la plus précieuse machine perd considérablement à ne pas fonctionner toujours, et que les relâches sont cause que les ressorts se détendent et s'enrouillent. Il ajouta que, par suite de ce qui venait de se passer, et, par conséquent, grâce à l'heureuse circonstance de sa visite, il venait de concevoir l'idée vainement lumineuse d'un nouveau bureau. Les principales attributions de ce nouveau rouage administratif seraient de surveiller son bureau de constructions, ce qui rendrait le vol et le gaspillage décidément impossibles.

Tchitchikof agité, mécontent et sombre, rentra chez M. Constánjoglo à une heure assez avancée, car depuis longtemps les bougies étaient allumées et le couvert mis pour le souper.

« Comment êtes-vous donc resté si longtemps là-bas ? lui dit Constánjoglo aussitôt qu'il fut entré.

— De quoi avez-vous donc pu tant vous entretenir avec le colonel ? dit à son tour Platônof.

— Il ne m'était jamais arrivé de voir un si fâcheux imbécile, répondit Tchitchikof; c'est tout ce que je puis vous dire de ma visite.

— Ce n'est encore rien, dit Constánjoglo; Kochkaröf est un phénomène assez plaisant, et je l'estime même très bon, comme charge, à faire ressortir plus vivement tous ces gens d'esprit qui, n'ayant pas même un ridicule à eux, s'inoculent la sottise d'autrui, créent toute une chancellerie divisée en quinze ou vingt bureaux, et des écoles et des manufactures, et cent belles choses à l'avenant. Leurs affaires s'étaient peu à peu relevées après 1812, et voilà qu'à présent ils s'ingénient à se faire trente fois plus de mal que ne leur en a fait l'invasion de l'ennemi. Au reste, d'autres se ruinent de gaieté de cœur et sans y mettre tant de façons, témoin Pètre Ivanovitch Péetoukhof, ce joyeux hobereau, ce monstrueux appareil à digestion que vous connaissez.

— Le pauvre homme ! lui aussi est perdu; tous ses paysans sont hypothéqués au Lombard.

— Justement; il n'a plus rien, lui; toutes ses terres à la fois vont être mises en vente par le Lombard de Moscou. »

Après avoir dit assez froidement ces mots, Constánjoglo s'anima de plus en plus, et son ton prit l'accent de la colère.

« Un beau jour, reprit-il, Péetoukhof s'était avisé de fonder une fabrique de chandelles; il manda des ouvriers de Londres, et, comme il n'entendait rien à leur mode de fabrication ni à leur langage, il se mêla exclusivement de la vente des produits. Un seigneur terrier marchand de chandelles ! n'est-ce pas là une occupation bien noble ? Et figurez-vous qu'il aspire aux honneurs du titre de manufacturier et de fabricant : il fonde des tisseranderies, et bientôt il se met à fabriquer des indiennes pour habiller les drôlesses de la ville prochaine.

— Çà, mais tu as toi-même ici des fabriques, dit Platônof.

— Qui est-ce qui les a fondées mes fabriques ? Elles se sont formées elles-mêmes; j'avais des laines en surabondance et aucun débouché; je me suis mis à en faire du drap commun pour les paysans, et c'est exclusivement dans les villages qui m'appartiennent qu'on en fait commerce, sans monopole ni abus quelconque. Après cela, on jetait sur ma rive depuis plus de six ans l'écaille de l'esturgeon et de quelques autres gros poissons, et il s'en formait des monceaux abandonnés et incommodes; je me suis mis à en fabriquer de la colle, et cela nous a produit quarante mille roubles d'abord, et l'idée fructueuse d'une industrie qui est encore nouvelle dans le district. Voilà comment tout cela se fait chez moi. »

« Décidément, pensa Tchitchikof, il les a toutes, les idées. Cet homme-là a trois râteaux à chaque patte, et rien ne lui échappe de ce qui est bon à ramasser, » ajouta-t-il mentalement en dévorant des yeux Constánjoglo; celui-ci mit le comble à son admiration en poursuivant ainsi :

« Encore ne me suis-je décidé à procéder à l'opération que parce qu'il se trouvait, cette année-là, dans tout le district, des bandes de pauvres paysans qui manquaient à la fois de pain et d'ouvrage. C'était un temps de disette, et d'une disette qu'on doit mettre pour les deux bons tiers sur le compte de messieurs les fabricants nobles que Dieu confonde! ils avaient tous manqué le temps de semailles. Si je voulais avoir des fabriques comme les leurs, j'en aurais en peu de temps un demi-cent; mais je m'en tiens à ma manière, je peux toujours en élever annuellement une nouvelle, en procédant sur d'autres détritus abondants et accumulés, comme je l'ai fait pour les écailles de poisson. Il ne s'agit, voyez-vous, que de s'occuper avec zèle de son économie telle qu'elle est indiquée chez soi; en agriculture, une foule de choses qu'on repousse comme inutiles, encombrantes et désagréables au regard, sont des sources fécondes de bons revenus pour l'homme intelligent, mais il ne faut pas employer son temps et mettre sa complaisance à construire des colonnades et des frontons....

— C'est admirable, admirable!... admirable!... Et ce dont je ne reviens pas, dit Tchitchikof, c'est que des détritus, des écailles, des immondices, donnent du revenu.

— A la condition, je le répète, de se servir des choses et
des hommes qu'on a sous la main, et de procéder très modestement, sans songer un instant à jeter de la poudre aux yeux
à personne; à la condition de n'avoir ni manies ni fantaisies.
Mais tout homme entêté de mécanique veut, pour ouvrir la
boîte, faire partir le ressort caché; il ne s'avise jamais de
lever simplement le couvercle : il va pour cela en Angleterre.... Voilà ce que c'est! voilà, voilà de mes fous! Notez
bien que pas un ne manque de revenir de là-bas cent fois
plus fou qu'il ne l'était au départ! »

En achevant sa phrase, Constánjoglo cracha à droite et à
gauche [1].

« Ah! Constantin, voilà que tu t'emportes, lui dit sa
femme avec une certaine inquiétude; tu sais que cela te fait
toujours mal.

— Et comment n'être pas fâché? Si le mal ne nous con-
cernait pas, à la bonne heure; mais c'est un mal national
russe, cela nous va droit au cœur. Oui, ces fous à pensée
nomade, ils gâtent, ils corrompent entièrement le caractère
russe. Il y a malheureusement dans le caractère russe du
donquichottisme : on erre gravement, on fait lever de tous
côtés des difficultés absurdes, afin de les combattre; on les
combat, on s'y épuise, et l'on fait la figure la plus triste du
monde après. Un hobereau se croit en pleine voie de *civilisation* dès qu'il lui est venu dans l'esprit de se faire *chevalier
errant du progrès;* il met un esprit infini à organiser des
écoles si bêtes que l'imbécile qui en rit me fait l'effet d'être
un sage, et, bien entendu, on voit sortir de ces écoles des
lauréats tels que le pays ne sait qu'en faire, et, comme ils
sont déplacés à la ville aussi bien qu'à la campagne, il en
résulte des va-nu-pieds et des ivrognes, des vauriens qui ont
un haut sentiment de leur dignité d'homme. Un Russe mord-

1. Les Russes crachent ainsi en une foule d'occasions, et surtout dans
la colère; c'est une manière antique de couper court à tout maléfice, et
de conjurer les mystérieux assauts du diable, toujours présent là où il
y a trouble et passion. Beaucoup de gens dans la province ont pris
l'habitude sans adopter le préjugé, et crachent tout machinalement dans
tous leurs accès de vivacité.

il à la *philanthropie*, il ne s'est pas écoulé trois mois que là
encore il est devenu un don Quichotte accompli. Un phi-
lanthrope russe bâtira successivement cent grandes maisons
à colonnades, à porches et à péristyles bien entendu; il y
établira des hôpitaux, des crèches, puis, à un jour donné, il
se trouve ruiné à fond; et voilà, huit jours après, tous ses
employés et ses clients dans la rue. Elle est belle votre philanthropie, brutes que vous êtes! »

Constânjoglo, étant ici tout à fait hors de lui-même, cracha
quatre fois coup sur coup, deux fois à sa droite et deux
fois à sa gauche, et puis il toussilla trois bonnes minutes.

Tchitchikof ne se préoccupait nullement du donquichottisme de la civilisation russe; il avait seulement un ardent
désir de questionner amplement son hôte sur le fait des épluchures et des choses de rebut, en tant que rapportant de
bel argent.... Mais Constânjoglo ne lui laissa pas la possibilité d'articuler une question; les paroles bilieuses affluant
dans la bouche de l'agronome partaient comme des fusées,
quand le feu gagne de proche en proche au bouquet d'un feu
d'artifice.

« Vous voulez éclairer le paysan russe, parce que.... parce
que cela se fait comme cela chez le voisin. A merveille! Eh
bien! commencez par lui donner l'aisance en le faisant bon
agriculteur; là est le seul vrai commencement de la sagesse.
Le monde entier est devenu si sot, si sot, que je ne sais plus
vraiment qu'en penser; et quels livres encore leurs sages
publient tous les jours! Quelques-uns ne se sont-ils pas
avisés de dire d'un ton magistral : « Le paysan mène une vie
trop simple ; il faut le familiariser avec les objets de luxe et
d'élégance, et lui inspirer le désir de relever sa condition. »
Et, notez que ces auteurs-là, eux-mêmes, avec leurs goûts
et leurs principes raffinés, sont devenus, d'hommes qu'ils
étaient, de vraies guenilles. La vie élégante leur a valu des
maladies et des infirmités inouïes. Et il n'y a pas aujourd'hui
un garçon de dix-huit ans qui n'ait déjà satiété de tout; le
jeune drôle n'a plus de dents, et sa tête est nue comme mon
genou. Et l'on voudrait maintenant empester par ce moyen
les gens de la terre! Ne devons-nous pas, au contraire,

rendre grâce à Dieu de ce que jusqu'à ce jour il est resté chez nous une classe, heureusement la plus nombreuse, qui, par situation, demeure complétement étrangère à ces insanités diaboliques ! Oui, la classe agricole est en Russie tout à fait estimable et hors de ligne dans la population, en fait de moralité et d'utilité sociale. Qu'on ne s'avise donc pas de nous la gâter ! Et Dieu veuille qu'un jour luise où tout Russe vaille un laboureur !

— Ainsi vous croyez que l'économie rurale, bien étudiée, et surtout bien pratiquée, est ce qui donne les plus gros et les plus sûrs revenus ? demanda Tchitchikof.

— Je dirai, moi, les plus légitimes, et non pas les plus gros, ni même les plus sûrs. Il a été dit : « Tu cultiveras la terre à la sueur de ton front. » Il n'y a pas à subtiliser là-dessus. Il est démontré par l'expérience des siècles que, dans la condition d'agriculteur, l'homme conserve une âme plus simple, plus pure, plus belle et plus noble. Je ne dis pas qu'on ne puisse s'occuper de mille autres choses ; mais je dis que la terre est notre mère, et que nous lui devons nos soins, notre amour et nos sueurs, par la volonté du ciel même. Les fabriques s'élèveront d'elles-mêmes ; je veux dire les fabriques et non pas les usines, pour la fabrication de ce qu'il faut avoir ici sous la main à l'usage de l'habitant du lieu même, et non des choses de fantaisie qui ne sont propres qu'à précipiter l'affaiblissement de la génération entière. Qu'arrive-t-il avec les fabriques et les manufactures d'objets de luxe ? C'est que, pour les soutenir et pour assurer l'écoulement des produits, on emploie mille moyens détestables, on séduit, on scandalise, on pervertit le pauvre peuple. Qu'on se garde d'établir chez soi, sous prétexte que c'est d'un usage de plus en plus général, aucune de ces fabrications qui inspirent la passion de tout ce qu'on appelle les charmes, les adoucissements de l'existence, tels que le tabac, le sucre, les liquides alcooliques et liquoreux, les coussins, les matelas. les miroirs, y eût-il à cela un million à gagner. Si la corruption doit enfin pénétrer dans nos campagnes, je veux du moins, quant à moi, en avoir les mains nettes ; je veux tâcher, enfin, de paraître devant Dieu aussi peu chargé que possible de ce gros péché-là. Il y a vingt ans que je vis avec l'habitant des campagnes, et je sais ce qu'il y a de bon à vivre ici plutôt qu'ailleurs, où l'on affecte de se croire mieux.

— Toujours ce qui m'étonne le plus, c'est qu'en s'y prenant bien, de résidus, de rognures, de détritus et d'épluchures de tout genre, dit Tchitchikof, on puisse faire un joli supplément de revenu.

— Hum ! fit Constánjoglo avec l'expression d'un amer sarcasme, les économistes ! les économistes !... Ils sont gentils, les économistes ! Des fous, qui se défient à qui en dira de plus fortes ; le dernier venu semble toujours avoir parlé le mieux ; un âne, je vous demande un peu, un âne ! il ne voit pas plus loin que son sot museau, et il monte en chaire, et il regarde par-dessus ses lunettes.... Et un tas d'imbéciles vont écouter maître Aliboron. »

Ici Constánjoglo cracha de mépris et de colère encore quatre fois.

« Tout cela est la pure vérité, dit Mme Constánjoglo, c'est très vrai, mon ami, mais vous vous fâchez, et ceci n'est pas bien ; il me semble qu'on peut parler, et des économistes, et de gens bien autrement fâcheux, sans se mettre ainsi hors de soi.

— En vous écoutant, mon très respectable Constantin Féedorovitch, on se sent entrer dans le vrai sens de la vie, et l'on met, pour ainsi dire, le doigt, juste sur le nœud de chaque chose. Vous avez traité la thèse générale, humaine.... permettez-moi de vous consulter sur l'application particulière que l'on voudrait faire du principe.... Oui, je dis bien ; si je voulais, moi, supposons, devenu seigneur terrier, si je désirais bien fort.... permettez, si je désirais faire fortune, résolu d'accomplir par là le vrai devoir du citoyen.... car la fortune publique se compose, n'est-ce pas, de toutes les fortunes privées, et plus il y a de riches particuliers, plus l'État est riche et prospère lui-même.... Eh bien ! dites-moi, je vous prie, comment devrais-je m'y prendre ?

— Comment vous y prendre pour.... pour faire fortune ? dit Constánjoglo.... Voici comment.

— Allons souper », dit la maîtresse de la maison en se levant ; et elle alla au milieu du salon, où elle s'enveloppa dans son châle, comme si elle avait eu un léger sentiment de froid.

Tchitchikof aussitôt s'élança vers l'aimable dame, avec presque autant d'aisance qu'eût pu le faire un beau jeune militaire, et en même temps avec la fine et douce expression du galant civilien, du muguet de salon ; et lui faisant de son bras droit un appui en forme d'anse, il la conduisit cérémonieusement, de chambre en chambre, à la salle à manger, où se trouvait déjà sur la table une soupière de forte porcelaine, de laquelle s'exhalait, malgré l'obstacle d'un pesant couvercle, l'appétissant parfum d'un consommé tout imprégné des senteurs fraîches que communiquent au bouillon les prémices potagères des herbes de printemps.

On prit place, les valets disposèrent sur la table tous les services à la fois, dans des saucières hermétiquement couvertes ; ils disposèrent des piles d'assiettes et une masse de couteaux, cuillers et fourchettes, sur deux tables placées à part, à la portée, ici du maître, là de la maîtresse de la maison ; et, ces dispositions faites, ils se retirèrent. Constánjoglo ne pouvait souffrir que les serviteurs écoutassent la conversation, et suivissent de l'œil les morceaux qu'il portait à sa bouche. Après avoir mangé la soupe et pris un verre d'une boisson qui était ou semblait être du vin de Hongrie, Tchitchikof se tourna vers son hôte et lui dit :

« Permettez-moi, Constantin Féodorovitch, de ramener votre attention sur l'objet de notre causerie interrompue. Je vous priais, et je vous supplie à présent, de me dire comment un homme sensé, plein de bonne volonté, de naissance convenable, pourvu d'ailleurs d'un certain rang civil dû à ses services, et possesseur d'un certain petit capital, devrait s'y prendre pour faire fortune.

— En ne donnant au prochain que de nobles et bons exemples ?...

— Des exemples très bons à suivre. Oui, oui.

— Dans les villes ou à la campagne ? Avec le monde et selon le monde, ou en s'établissant résolument aux champs, en se faisant tout à fait campagnard ?...

— En se faisant campagnard déterminé, soit.

— Eh bien! il faut, selon ses facultés, acheter une bonne petite terre, et tâcher qu'elle soit dans le voisinage de quelque agronome qui ait fait ses preuves; puis s'efforcer, par tous moyens, de se faire un guide et un ami de cet agronome; il n'en est pas un qui ne compte sept ou huit domaines en plein désarroi autour de ses possessions....

— Je comprends; l'exemple et les conseils d'un sage voisin sont déjà un gage de prospérité, mais si le pauvre ignorant qui veut s'instruire, voyait, sans aller plus loin, les pro liges qu'on a ici sous les yeux à chaque pas et qu'il voulût s'établir dans ces cantons, trouverait-il son affaire, et pourrait-il se flatter que vous ne refuseriez pas de l'éclairer de votre incomparable expérience?

— Moi? pourquoi pas, s'il m'estimait propre à lui servir de guide, et qu'il eût bien fermement résolu de se livrer à son exploitation, sans nullement se soucier des clabauderies de son voisinage?

— Mais y a-t-il tout près, bien près d'ici, quelque petit domaine à vendre?

— Des domaines ruinés par la folie de nos hobereaux, des terres excellentes en elles-mêmes, mais indignement négligées, oui; et tenez, ce matin encore, on me sollicitait d'acheter la terre de Khlobouëf qui confine aux miennes; c'est un bien dont il pourrait hardiment me demander quarante mille roubles; je les lui compterais sur-le-champ sans marchander... mais je n'ai pas même voulu savoir ce qu'il en veut.

— Hum! » fit Tchitchikof; et après une minute de silence, d'un ton timide et comme s'il craignait de commettre quelque indiscrédition:

« Peut-on savoir, Constantin Féedorovitch, pourquoi vous ne faites pas vous-même cette acquisition?

— Un grand point dans la vie, c'est de savoir se borner; je suffis à ce que j'ai; acquérir plus, ce serait m'exposer à ne plus suffire et à subir les effets de la fatigue. D'ailleurs, sans que je songe même à des agrandissements, les hobereaux du district criaillent déjà contre moi, prétendant que je profite amplement de l'extrême détresse où ils sont

presque tous, et que j'achète sans honte, pour un morceau
de pain, tantôt un bois, tantôt un champ, tantôt une pièce
de pré, en me donnant les airs de leur rendre service. Ce
sont des propos aussi bêtes que mensongers ; ils me revien-
nent, je souris.... Mais, à la longue, ces bruits pourraient
prendre de la consistance, et je ne veux pas y donner lieu.

— Rien, dans les oisifs, ne peut arrêter la passion de
médire.

— Vous ne sauriez vous faire une idée de ce que c'est
que les têtes de notre gouvernement ; ici on ne m'appelle
guère autrement que le vilain, le ladre, l'avare ; et quant à
eux, ils sont tous ce que doit être un vrai gentilhomme ;
aucun ne manque de dire : « Me voici ruiné pour avoir
encouragé le commerce et l'industrie ; les considérations de
fortune ne me feront jamais descendre jusqu'à cette vie de
cuistre que mène Constánjoglo au milieu de sa mougi-
kaille. » Ces messieurs aiment mieux un cadre de valetaille.
Je devrais, selon eux, mettre mes plus valides paysans dans
mes antichambres.

— Je voudrais pour beaucoup être un cuistre à votre
image et ressemblance, et qu'ils en eussent deux à nommer
ainsi dans le pays.

— Leur qualité, leur rang, leur éducation !!! A qui,
bon Dieu ! en imposent-ils avec tous ces beaux prétextes à
ne rien valoir?... Ils reçoivent des livres, c'est vrai, mais
ils ne les lisent point. Ils se visitent, ils babillent, se donnent de continuels repas de noces sans mariage, et finissent
leur journée par les cartes et par le vin de Champagne.
Leur antipathie à mon égard a pour cause unique que je ne
leur donne pas de grands dîners, et que je ne me fais pas
leur banquier. Je ne donne plus depuis longtemps de
grands dîners, parce que j'en ai perdu l'habitude et que
cela me fatiguait horriblement : j'étais retenu chez moi
comme prisonnier par les visites, et si, étant sorti, je ren-
trais accablé de lassitude, je me devais tout entier aux
joyeux convives qui m'attendaient plein mon salon. Mes
excellents amis, venez chez moi à l'heure du besoin,
racontez-moi bien en détail comment ce malheur vous est

venu, et demandez-moi un service ; si je vois à votre simple
et honnête langage que le besoin est réel, et que vous ne
ferez qu'un sage emploi de mes secours, si j'ai quelque lieu
d'espérer que mon argent vous portera profit, non seulement, je vous prêterai, mais ce sera comme ça, tout frater-
nellement, de la main à la main, et sans intérêt.

— Sans écritures, sans intérêt ! ! ! pensa profondément
Tchitchikof ; voilà une ouverture dont il est très bon de
prendre acte.

— Et jamais, en ce cas, on n'essuiera de ma part un
refus, poursuivit Constánjoglo. Mais jeter mon argent aux
trente-deux vents comme un insensé, c'est ce qu'on ne me
verra jamais faire : on peut en penser et en dire ce qu'on
voudra. Quoi ! un fou voudra donner une fête à sa maîtresse, renouveler son mobilier tous les ans, un vieux incorrigible voudra célébrer le jubilé de soixante-quinze ans de
scandales qu'il a donnés au monde, ou faire à sa nièce, qui
est une sotte péronnelle, un vrai trousseau de princesse,
l'équipage à l'avenant, et c'est moi qui, sous forme de prêt
amical, devrait faire les frais de tout cela ! Vous vous moquez
de moi, messieurs les... »

Ici M. Constánjoglo cracha trois fois de droite à gauche et
pensa laisser échapper une demi-douzaine d'énergiques épi-
thètes en présence de sa femme ; celle-ci en fut quitte pour
un peu d'inquiétude. Quant au seigneur agronome, une
ombre d'hypocondrie bilieuse obscurcit ses traits, sa figure
se plissa, ce qui était chez lui le symptôme d'une grande
agitation intérieure.

« Vous voudrez bien me permettre, mon très estimable et
très honorable hôte, de vous ramener une dernière petite
fois au sujet qui m'intéresse, dit Tchitchikof, après avoir bu
un verre d'un ratafia de framboises, que l'on faisait admirablement dans cette maison. Si, par exemple, j'achetais, moi,
supposons, cette terre dont vous avez bien voulu nous
parler, en combien de temps aurais-je la chance de faire
fortune ?

— Si vous voulez vous enrichir vite, vite, dit Constánjoglo avec un mélange de brusquerie et de sévérité, vous ne

parviendrez jamais à faire fortune : si vous voulez fortement, résolument, faire fortune, sans vous préoccuper du
temps plus ou moins long qu'il y faut mettre, vous serez
bientôt riche.

— Je commence à deviner, dit Tchitchikof, qui n'y était
pas du tout.

— Oui, c'est ainsi! dit Constánjoglo précipitamment
et comme s'il s'emportait contre un contradicteur et contre
Tchitchikof lui-même; il faut être très laborieux, très vigi-
lant; sans cela rien. Il faut se passionner pour son économie, et croyez bien que tout cela n'est point ennuyeux.
Vous avez pensé qu'on se morfond à la campagne? Erreur;
moi, je me morfondrais bien autrement à la ville, si j'étais
condamné à y passer un jour entier dans leurs salons, leurs
clubs, leurs restaurants et leurs suffocantes salles de spectacle. Des imbéciles, des fous, un tas d'ânes, voilà, voilà
toute la génération! L'agronome n'a pas de temps à perdre
en vains propos, en allées et venues sans but; jamais le
moindre vide dans son existence, tout y est plein et replein.
Quelle variété après cela dans les occupations! et quelles
occupations! des travaux qui, presque tous, élèvent et for-
tifient l'âme. »

Et s'exaltant davantage : « Ici l'homme est dans sa véritable vie; sa vie est en rapport direct et immédiat avec la
nature, avec les saisons; il semble converser avec le ciel
même sur les phénomènes de la création. L'année est un
cercle de travaux : voyez comme, dès avant la venue du
printemps, on prépare les semences en tout genre; on les
émonde, on mesure les céréales dans les magasins, on les
ressèche, on fait la répartition des corvées du renouveau;
tout est examiné d'avance, tout est calculé dès le commencement; et quand enfin la glace des rivières est rompue
et la débâcle à demi consommée, les giboulées ramènent des
débordements prévus : tout a été détrempé et tout maintenant sèche à la surface, et presque aussitôt bêches, herses,
sarcloirs, tout est en activité dans les champs et dans les
jardins : on sème, on plante, on transplante. Vous repré-
sentez-vous bien tous ces mouvements? est-ce une bagatelle,

cela? Ce qu'on plante et ce qu'on sème, c'est la moisson, ce
sont les récoltes, c'est la bénédiction du ciel qu'on enterre là
pour la recueillir au centuple avant que le soleil ait souri
cent fois.... Et la fenaison.... la fenaison!... L'été a prodigué ses feux, et voici la moisson en pleine ébullition dans
la campagne : ce sont les seigles, puis les froments, puis les
orges, puis les avoines; alors chaque minute a son prix,
alors on n'aurait pas trop de vingt yeux, tous seraient
occupés. Et comme tout cela est fêté! Il s'agit d'engranger,
d'emmagasiner les récoltes, puis de battre et de vanner;
puis vient le labour d'automne ; puis viennent, avant les
froids, les réparations à faire aux granges, aux celliers, aux
hangars, aux étables; puis c'est un abatage de bois, et le
sciage, et le transport de la brique et des poutres pour les
bâtisses de printemps. »

Là, se reprenant : « Et j'oubliais le travail des femmes :
comment se rappeler tout? et les comptes, l'enregistrement
des résultats obtenus.... Il faut aller au moulin, à la fabrique
de colle, à la tisseranderie, à la corderie; il faut aller voir le
paysan quand il travaille pour lui-même.... C'est que,
quant à moi, si le paysan manie habilement la hache, je suis
homme à le regarder avec intérêt des deux et trois heures
de suite, tant j'aime tout ce qui est travail. Il y a là un but
tout proche, l'homme y marche droit, le but est atteint; il
en résulte avantage pour chacun et pour tous, et du bien-
être de tous une augmentation de revenu pour moi, et l'essentiel est le contentement que cela me procure, non pas
tant à cause de l'argent.... car enfin l'argent, après tout,
n'est que de l'argent, un produit entre tous les autres; mais
c'est que tout est l'ouvrage de nos mains, que nous sommes
l'auteur et la cause de toute cette chevance; ce que nous
avons, nous ne l'avons pas volé. Chacun de nos pas semble
avoir semé la fécondité et fait germer la joie avec l'abondance. »

Puis, concluant : « Et où trouverait-on une jouissance
comparable à celle de pouvoir se dire de ces choses-là? »
dit Constánjoglo; et son visage était tout illuminé de bonheur. Comme un monarque à l'heure solennelle de son

couronnement, il avait dans les yeux des rayons qui s'élevaient et s'abaissaient tour à tour. « Non, reprit-il, vous ne
sauriez me nommer une félicité qui vaille le quart de celle-là.
C'est par ce genre de vie, exclusivement peut-être, que
l'homme se rapproche de la divinité. Il me semble que Dieu
s'est proposé, comme sa plus haute jouissance, les choses de
la création, et qu'il est dans ses desseins et dans sa volonté
que l'être créé à son image fasse tout pour être, lui aussi,
créateur de tout bien dans sa sphère terrestre. Et l'on prendrait cela pour un genre d'existence ennuyeux ! »

Tchitchikof, quoique assis sur une chaise de paille tressée,
devant une table couverte du plus beau linge ouvré, avait la
pose d'un solitaire qui, en s'éveillant sur un lit de mousse,
sous de beaux ombrages, aurait entendu le chant de l'oiseau
de paradis ; ses lèvres et ses yeux étaient comme injectés
d'une lymphe de voluptueuse délectation. Le silence s'était
fait, et il écoutait encore.

« Constantin, passons au salon, » dit la dame en se
levant de table. Tous se levèrent.

« C'est un très honnête homme, ce monsieur, pensa
Constánjoglo ; un homme comme il faut : attentif, sobre de
paroles.... Il ne ressemble guère à ces êtres légers, frivoles,
distraits, évaporés comme ils sont maintenant tous. » Et
après avoir pensé il devint plus gai, repassa sommairement
dans sa mémoire toutes les belles choses qu'il venait de dire,
et se félicita évidemment d'avoir ainsi rencontré un homme
possédant l'art d'écouter et avide des conseils de la sagesse.

Pâvel Tchitchikof, cependant, ayant arqué son bras droit
contre sa hanche, ramenait au salon Mme Constánjoglo,
mais avec beaucoup moins de gracieuse prestesse, non sans
doute qu'il fût chargé d'aliments comme en sortant de la
table de Sabakévitch ou de Péétoukhof, mais simplement
parce que ses pensées avaient pris un caractère de solidité
matérielle qui communiquait à toute l'économie de sa personne une certaine gravité d'un nouveau genre.

« Tu auras beau dire, moi je trouve tout cela fort
ennuyeux ! » dit à l'oreille de son beau-frère Platónof, qui
fermait la marche.

Et quand, ensuite, on eut pris place dans le salon jaune, où l'on venait d'allumer les bougies, vis-à-vis d'une porte vitrée ouvrant sur le balcon qui conduisait au jardin, Tchitchikof sentit quelque chose d'analogue à ce bien-être de l'homme, qui, après de longues erreurs, de grandes anxiétés et bien des misères, aurait enfin aperçu à l'horizon le toit paternel.... et qui, au moment même où il croit déjà toucher au terme de ses angoisses, au but de ses plus chers désirs, jette loin de lui son bâton de pèlerin, secoue la poussière de sa robe, se regarde dans la fontaine voisine, répare le désordre de ses cheveux, prélude au sourire qui est si naturel à la vie de calme et de bonheur qu'enfin il va goûter, et se dit : « Assez ! »

Telle était en effet la disposition d'esprit où les discours de Constánjoglo avaient mis son âme. Il y a ainsi, pour chaque homme, certains discours qui nous font découvrir à l'improviste une amie, une sœur, une nature très sympathique, dans l'âme de celui qui parle. Et souvent c'est dans le fond du steppe, dans la solitude la plus inconnue du monde, qu'il vous est donné de rencontrer l'homme dont le chaud et sympathique langage vous fait oublier et le manque de routes et le manque d'asile nocturne, et l'absence de toute distraction de la vie contemporaine, et le jeu fallacieux des mille prestiges auxquels on se laisse si aisément prendre. Ce langage doux au cœur se grave profondément dans l'esprit ; rien ne s'efface d'une heureuse soirée passée à l'entendre ; la mémoire fidèle conserve tout ; elle rappelle qui était présent, comment on était placé, ce que l'homme à la parole amie tenait à la main, le son de sa voix, le ton, l'accent qui accompagnait telles ou telles de ses paroles, et jusqu'aux détails les plus insignifiants de l'entrevue.

Aucune circonstance de cette soirée n'échappa à Tchitchikof : ce petit salon très modeste, très simplement meublé, l'expression de parfaite bonhomie des traits de son hôte évidemment bienveillant, et la pipe à large et beau mounschtouk d'ambre jaune qui fut présentée à Platônof, et le rapide courant de fumée que celui-ci poussa au nez de son doguin, et le reniflement du doguin, et le rire indulgent de sa charmante sœur, qui lui disait : « Assez, assez; finis de tourmenter cette pauvre bête; » et la joyeuse clarté des bougies, et le grillon de l'angle du poêle et la porte vitrée, et la fraîche et claire nuit de printemps qui leur faisait spectacle en argentant les cimes des arbres, transpercés plus bas par le scintillement des étoiles, et les mélodies tour à tour vives et tendres du sauvage rossignol, partant du centre d'un bocage aux feuilles par moments toutes ruisselantes de reflets d'or.

« Mon très honorable Constantin Féodorovitch, vos discours ont pour moi la plus exquise douceur, dit Tchitchikof, et j'ajouterai que jamais encore je n'ai rencontré en Russie un homme d'un esprit comparable au vôtre.

— Ah çà, écoutez, Pâvel Ivanovitch, dit Constanjoglo, si vous êtes amateur d'esprit solide, si vous avez la curiosité de voir un véritable homme d'esprit, sachez que nous en possédons un dans ces cantons, et que je ne vais pas à la cheville du pied de celui-là.

— Qui cela pourrait-il donc être? dit Tchitchikof avec étonnement.

— C'est un entrepreneur à qui j'ai souvent recours, un nommé Mourâzof.

— Voici la deuxième fois, cette semaine, que j'entends parler de Mourâzof.

— C'est un homme capable de régir les plus grandes propriétés, et qui administrerait tout aussi bien un royaume. Si j'étais souverain, je ne chercherais pas longtemps un ministre des finances.

— On dit, en effet, que c'est une intelligence des plus remarquables; ne s'est-il pas fait, sans reproches, une fortune de dix beaux millions?

— Dix? Allons donc; il en a bel et bien quarante, et du crédit pour le double et le triple. Bientôt il sera maître de la moitié du territoire de l'empire, car il y a bien plus loin, pour de pareils hommes, d'un écu à dix mille roubles que de quarante millions à un ou deux milliards.

— Qu'est-ce que vous me dites donc là? s'écria Tchitchikof l'œil écarquillé et la bouche béante.

— La vérité. Voulez-vous que je me répète? Celui-là
s'enrichit lentement, qui intelligent, actif, économe, ne possède que quelques centaines ou quelques milliers de roubles
vaillant; mais le possesseur intelligent de plusieurs millions
a devant lui une sphère d'activité immense dans laquelle il
est grand, puissant, irrésistible; il fait un pas, le champ se
déblaye, la carrière s'aplanit, l'horizon recule, les rivalités
disparaissent et fuient pêle-mêle. En toute vente, en tout
achat, en toute adjudication aux enchères, en toute entreprise, qui oserait, qui pourrait accepter la lutte contre lui?
Quel esquif imprudent voudrait se mettre en travers d'une si
écrasante machine?

— Ah! Seigneur mon Dieu! murmura Tchitchikof en se
signant sans détourner ses regards des yeux de Constânjoglo. Et Mourâzof a trouvé assez de force en lui-même pour
aller ainsi toujours en avant? Vrai, je m'y perds, moi, rien
qu'à songer; vous m'en voyez tout pétrifié, je vous assure.
Quoi! on s'étonne de la sagesse d'en haut, dès qu'on observe
attentivement un insecte; moi je suis bien autrement con-
fondu de voir un pauvre sujet de la mort, sans perdre un
instant son sang-froid et sa présence d'esprit, remuer des
sommes énormes, et celles-ci mettre encore à sa disposition
l'intelligence et l'activité empressée de milliers d'êtres, ses
frères et ses semblables devant la Providence, tous jaloux de
lui faire honneur en toutes choses, et de le servir et d'obtenir de lui un sourire, tous cherchant leur devoir dans
l'apparence de ses moindres désirs. Qu'il me soit permis
seulement une question au sujet de Mourâzof; serait-il possible qu'à toute cette prospérité, on pût trouver, bien entendu, dans l'origine, des commencements exempts de toute
fraude?

— Il a acquis cette fortune, et cela dès l'origine, de la
manière du monde la plus irréprochable.

— Hum! je ne puis guère admettre cela; je le concevrais
pour des milliers, mais des millions, songez donc; impossible, impossible!

— C'est le contraire qu'il faut dire; ce sont les milliers
qu'il est fort difficile d'acquérir sans fraude; les millions

viennent d'eux-mêmes se joindre aux millions. Un millionnaire n'a point de raisons de recourir aux voies détournées;
il marche droit devant lui, on se range, il n'a qu'à se
baisser et à prendre. Un autre ne pourrait soulever une des
mille choses qui, pour le suivre, lui, se soulèvent et mar-
chent d'elles-mêmes. Les ruisseaux vont à la rivière, les
rivières aux fleuves, les fleuves à la mer, qui ne rend rien
que pour reprendre. Il faudrait l'autorisation du gouvernement pour détourner un cours d'eau; mais les gouvernements eux-mêmes sont virtuellement intéressés à ce qu'on ne
détourne pas les grands courants naturels de la richesse dite
publique, qui tous affluent vers l'activité et l'intelligence
unies à la probité et au capital. Et, en fait de capital, les
milliers de roubles sagement employés donneront *dix*,
quinze, *vingt* pour cent; mais les millions ont pour essence
de se doubler, tripler, quintupler.... de se décupler parfois
en fort peu d'années.

— Et quand je pense que de pareilles fortunes commencent assez souvent par de misérables copecks!...

— Il n'en arrive jamais autrement; c'est dans l'ordre le
plus naturel des choses. Quiconque est né avec des milliers
de roubles et a été élevé sur des milliers de roubles, n'acquerra
point; il est accoutumé à l'aisance, à la dépense, à la paresse,
aux fantaisies de tout genre. Il faut commencer du commencement et non pas du milieu, du copeck et non du rouble,
d'en bas et non d'en haut. C'est à ce prix qu'on apprend à
connaître les hommes et l'état de choses au milieu duquel on
a à se retourner. Si tu as senti ce mal sur ta peau, si tu as
appris que chaque denier en ce monde semble être cloué
avec un clou de huit pouces, si tu as été pris ou presque
pris à cent escroqueries, tu en auras alors tant vu, tant su,
que tu ne pourras plus te tromper en aucune entreprise. et tes
affaires ne s'en iront pas à la dérive. Soyez bien sûr de ce
que je vous dis... qu'il faut « commencer par le commencement ». Pour que je sois d'abord en défiance à l'égard d'un
homme, il suffit qu'il me dise : « Donnez-moi cent mille roubles, je serai tantôt riche. » Cet homme-là, soyez-en sûr,
procédera par coup de tête; et non par bon et habile calcul,

comme fait celui qui commence par des copecks, ainsi qu'il est de règle partout.

— En ce cas je deviendrai riche, dit Tchitchikof, qui involontairement pensait à ses âmes mortes, car je commence réellement avec rien.

— Constantin, il est temps de laisser à Pâvel Ivanovitch la liberté d'aller prendre du repos, et tu es aujourd'hui dans une veine de babil si extraordinaire....

— Oui, oui; vous deviendrez riche et très riche, dit Constânjoglo sans écouter sa femme; il découlera vers vous de tous les côtés des ruisseaux de cuivre rouge d'abord, puis d'argent, puis du plus bel or de ducat; et ensuite vous en viendrez à ne savoir plus parfois où mettre en sûreté vos lingots. »

Tchitchikof prit très au sérieux cette prédiction; son imagination, qui ne manquait pas de vivacité sur de certains sujets proches du cœur, le transportait en ce moment dans les riants domaines des rêves d'or; ses pensées prirent des ailes d'or et voltigeaient au milieu d'enchantements féeriques sous une gaze de fils d'or. Pour ramener tout à lui, il avait dans la main un gland à coulants d'or, et un doux écho lui rapportait sans cesse à l'oreille ces mots si doux : « De tous les côtés des ruisseaux d'or découleront vers toi. »

« Vraiment, Constantin, tu devrais un peu songer que Pâvel Ivanovitch doit avoir besoin de sommeil, après toutes ses courses d'aujourd'hui.

— A qui en as-tu donc? va te coucher si tu as sommeil; nous.... » dit Constânjoglo, et il s'arrêta court, s'apercevant que tout le salon retentissait d'énergiques ronflements qui procédaient du fait de Platònof, et plus encore de son doguin, incapable de ne pas suivre sympathiquement son maître dans cette sorte d'exercice.

Constânjoglo, tiré de ses préoccupations, finit par s'apercevoir qu'il était réellement temps de s'aller mettre au lit. Il secoua Platònof en lui disant : « Hé! frère, assez ronflé en compagnie! » puis il souhaita à Tchitchikof une bonne nuit, et tous se séparèrent.

Quelque heureux que soient les hommes, ils sont aises de s'oublier pour un tiers ou pour un bon quart de jour.

Les héros, toutefois, se distinguent des autres mortels en
ce qu'ils résistent aux sollicitations de la nuit, dès qu'ils ont
à méditer sur la grandeur de leur entreprise. Tchitchikof,
après s'être mis dans le plus simple appareil, veilla assez
longtemps absorbé dans de profondes rêveries : malgré sa
posture de dormeur résolu, il méditait sur les moyens de
devenir propriétaire et seigneur d'un domaine qui ne fût
point fantastique, mais réel et du meilleur rapport.

Par suite des explications de son hôte, les choses lui semblaient désormais si claires, la possibilité de s'enrichir lui
apparaissait si évidente, les difficultés de l'économie rurale
étaient devenues à ses yeux si minimes, si peu savantes et
même si parfaitement sympathiques à sa nature, qu'il se
voyait déjà campagnard déterminé, propriétaire terrier et
seigneur d'un bon domaine en pleine voie de prospérité.

En effet, de quoi s'agissait-il pour lui maintenant? D'aller
au Lombard emprunter une somme assez ronde qu'il hypo-
théquerait comme dette sur tous les morts, administrativement vivants, qu'il possédait en contrats d'acquisition instru-
mentés en bonne et due forme, et d'acheter une terre dont
les serfs ne fussent pas fantastiques comme ceux de son
gage.... Alors la chose allait de soi; en agriculture il s'y
prendrait, il agirait avec la même attention, la même prudence
et la même activité que M. Constánjoglo, sans rien introduire
de nouveau qu'il n'eût auparavant examiné, étudié avec zèle
ce qui était tenu pour bon d'après une expérience sécu-
laire.... il verrait tout de ses propres yeux; il ferait ample
connaissance avec tous ses paysans sans intermédiaire; il
repousserait d'autour de lui toute superfluité, voulant n'être
pas distrait d'une entreprise qui demandait une constance
chevaleresque dans le travail et dans l'économie; et d'avance
il se réjouissait de tout ce plaisir qu'il allait avoir en établissant un ordre exemplaire dans toutes les parties de son
domaine, et en voyant la marche ferme, régulière, imprimée
à toute l'exploitation, à la grande machine agricole, par les
nombreux ressorts qu'il manierait lui-même d'une main sûre
et infatigable. C'est résolu, le travail bouillonnera sur tous
les points, et, de même que, dans un moulin mû par un filet

d'eau vigoureux et continu, la farine s'échappe rapidement du grain que broie la meule et que sassent et ressassent les bluteaux, il ira, lui, dans ses cours, et à la rivière, sur les rives de l'étang et du marais, et dans le creux des vallées, examiner tout ce qu'on dédaigne, tout ce que l'ignorance et la paresse rejettent, tous les détritus, et les joncs, et les roseaux, et les écailles de poissons, et les bois résineux, et les oléagineux, et les cotonneux.... et les feuilles sèches, et les divers engrais.... il essayera tout, et démontrera à ses gens l'utilité de tout résidu quelconque.

Pendant cette rêverie l'image du parfait propriétaire semblait se tenir debout devant lui et lui inspirer des idées lumineuses ; Constánjoglo était moins parfait que l'image qu'il entrevoyait, et pourtant Constánjoglo était le premier homme de Russie pour qui il eût senti une véritable estime exempte de tout scrupule. Jusqu'à ce jour il n'avait estimé dans l'homme que le rang, le grade civil, en tant que supérieur au sien, ou bien les vices fortement caractérisés et dont il se sentait incapable ; jamais, avant de connaître Constánjoglo, il n'avait encore estimé aucun homme pour son esprit Il pensait qu'en face d'un tel être il n'y avait pas à badiner, qu'il fallait être soi-même, tout à son naturel, et ne pas jouer la comédie, et qu'à ses yeux il n'y avait sur la terre rien de plaisant que le solide et l'utile, trait qui suffisait bien, ce semble, pour rendre Constánjoglo extrêmement honorable.

Notre héros avait depuis quelques heures, on s'en doute, le projet d'acheter la terre de Khlobouëf, et voici par quel moyen : il avait par devers lui dix mille roubles, et il comptait pouvoir en emprunter quinze à Constánjoglo, ayant, on l'a vu, pris bonne note de ce qu'avait dit celui-ci, qu'il était *prêt à aider tout homme animé du sincère désir de faire fortune*, et, quant au reste de la somme, et à ce qu'il fallait pour les frais d'acquisition, d'ensaisinement et de premier établissement, il trouverait d'une manière quelconque, soit par voie d'emprunt hypothécaire, ou simplement en faisant attendre.... Eh, mon Dieu ! que de débiteurs en usent ainsi ! On promène le créancier jusqu'à ce qu'il soit las ; marche,

marche, marche, cours les tribunaux, va te traîner dans la poussière des greffes, si c'est ton bon plaisir, mon maître !

Tchitchikof rêva longtemps à tout cela. A la fin le sommeil, qui, depuis plus de quatre heures, tenait dans ses bras, comme on dit, toute la maisonnée, prit aussi notre héros dans sa douce étreinte.

Le bon Tchitchikof s'endormit d'un sommeil si sain et si profond, que le spectacle en serait dépitant et humiliant pour ceux de mes lecteurs qu'afflige l'insomnie. Je m'abstiendrai, par égard pour ces derniers, de décrire en détail ce sommeil, me bornant à le qualifier de *sommeil héroïque*, car aussi bien daignera-t-on se souvenir que nous écrivons ici une épopée, et nous n'y épargnons, ce nous semble, aucune des ressources poétiques que nous offre le temps qui court [1].

1. Ce chant est celui auquel l'auteur donnait la préférence sur tous les autres, celui qu'il a le plus relu et le moins retouché, le seul auquel il accordât des regrets quand il brûlait son deuxième volume à Moscou, pour la seconde fois.

CHANT XVII

Le lendemain, les choses s'arrangèrent au mieux avec Constánjoglo, qui avait réellement pris Tchitchikof en grande affection, le trouvant simple, bonasse, exempt de toute espèce de morgue, enclin à écouter et incapable de tourner en raillerie ce qu'on lui disait, toutes qualités fort rares, paraît-il, dans le district; il lui donna de bon cœur dix mille roubles, sans intérêt, sans cautionnement, et sur une simple reconnaissance. Au reste, il était dans son caractère d'assister de sa bourse et de ses conseils quiconque avait un désir sincère de s'établir dans le pays et d'acheter du bien pour le faire valoir; il faisait consister en cela surtout son patriotisme, et il faut reconnaître que cette opinion en vaut une autre.

Il montra en détail à Tchitchikof toutes ses exploitations; chez lui, il est vrai, une heure qu'on eût pu employer à quelque chose d'utile ne se perdait pas impunément, et il n'y avait point d'exemple que rien eût jamais mal tourné. Aucun paysan de ses terres ne pouvait manquer d'exactitude ou de vigilance; le maître, en pareil cas, semblait jouir du double don d'ubiquité et d'omniscience; une velléité de fainéantise le trouvait là debout, prêt à relever le délinquant du péché même d'intention. L'intelligence et le contentement de soi brillaient dans tous les yeux; tout dans ce domaine était si habilement organisé qu'il semblait que la machine fût montée ainsi pour un demi-siècle et qu'elle fonctionnât d'elle-même. L'aménagement des forêts et le système des jachères institués par Constánjoglo pouvaient obtenir l'approbation de tous les agronomes du pays; à plus forte raison excitèrent-ils l'admiration de Tchitchikof, pour qui tout était nouveau et d'un intérêt saisissant. Aussi se disait-il à tout moment : « Que de belles choses faites sans bruit ! et qu'il y a loin de ce que je vois à ces projets, à ces théories, à ces gros traités et à ces grands discours ambitieux que j'ai entrevus chez Kochkarëf, à ces in-folio écrasants qui depuis cent ans promettent à l'univers l'abondance et le bonheur, et s'arrêtent sous ce rapport au prospectus du livre ! » Et il pensait à la vie inutile et débilitante, ruineuse pour le pays, que mènent les trois quarts au moins des habitants des capitales, occupés à glisser avec grâce sur des parquets cirés, à débiter et à faire des inepties en grande et pimpante assemblée !

Constánjoglo offrit de lui-même d'accompagner Tchitchikof chez Khlobouëf et de visiter avec lui la propriété. Tchitchikof était tout gaillard. Après un copieux déjeuner, tous deux,

et Platônof troisième, prirent place dans la belle calèche de
Paul Ivanovitch, et on partit; Iarb prit les devants comme
pour écarter du chemin les oiseaux, et la bancelle de Constánjoglo vint à la suite [1]. On fit ainsi quinze verstes ou kilomètres sans sortir des bois et des champs de Constánjoglo.
A peine on eut gagné la limite de ses terres que tout changea
d'aspect; on ne vit plus que des blés rares et mal épiés, et,
au lieu de beaux arbres, des troncs pourrissant sur pied. Le
village, malgré la beauté naturelle du site, semblait un lieu
abandonné. Un bâtiment en pierre, qui promettait une
maison d'habitation convenable, restait inhabité, faute d'avoir
été achevé, et derrière se découvrit une autre maison, habitée,
mais vieille et trop petite. Ils trouvèrent le maître tout ébou-
riffé, réveillé d'un somme d'extra, mais encore plein de
sommeil. C'était un homme de quarante ans; il avait la cravate plus que dénouée, sa redingote avait des pièces, et ses
bottes des crevasses.

Il se réjouit comme d'une bonne fortune de voir apparaître
des visites; il lui serait arrivé des frères absents depuis bien
des années qu'il n'aurait pu se montrer plus joyeux.

« Constantin Féedorovitch! Platon Mikhaïlovitch! vous
m'avez donc fait le grand plaisir de venir à la fin? Est-ce
que je ne rêve pas? vrai, je pensais bien être abandonné de
tous; c'est à qui me fuira comme la peste : on craint tant
que je ne demande quelque prêt d'argent! Oh! j'en avale de
dures, Constantin Féedorovitch! et j'avoue que j'ai mérité
tout cela; le pourceau a vécu sa vie de pourceau. Pardon,
messieurs, de vous recevoir en pareille toilette. Vous le voyez,
j'achève d'user mes vieilles bottes. Çà, que puis-je vous
offrir, messieurs?

— Point de cérémonies; nous sommes venus pour affaires;
nous vous amenons un acheteur, M. Pâvel Ivanovitch Tchitchikof, lui dit Constánjoglo.

— Heureux, monsieur, de pouvoir faire votre connaissance; permettez-moi de vous toucher la main. »

---

1. Pralëtka, banc rembourré monté sur quatre roues, et sur lequel
on se met à califourchon.

Tchitchikof lui présenta les deux mains à la fois.

« Je voudrais, cher monsieur Pâvel Ivanovitch, vous faire les honneurs d'un domaine qui méritât votre attention. Mais, messieurs, permettez-moi de vous demander si vous avez dîné ou non.

— Nous avons dîné, dit Constánjoglo à très bonne intention, nous avons dîné; nous ne voulons vous causer ni embarras ni dépenses; allons tout de suite visiter....

— Eh bien, allons. Allons voir les traces de mon désordre et de ma folie. »

Khlobouëf prit à la main sa casquette. Ses hôtes se couvrirent, et tous allèrent à pied visiter le village. Dans presque toute la rue, ils virent, de l'un et de l'autre côté, de vieilles cabanes percées de toutes petites fenêtres bouchées de ces bandes de vieille toile dont les paysans enveloppent leurs pieds en guise de bas.

« Allons voir les déplorables effets de ma folie et de mes désordres, répéta Khlobouëf. Sans doute vous avez bien fait de dîner chez vous; croirez-vous, Constantin Féedorovitch, que je ne possède pas une poule chez moi? voilà où j'en suis venu. »

Il soupira, et, comme s'il eût réfléchi qu'il ne pouvait lui suffire d'intéresser Constánjoglo seul, il s'empara du bras de Platônof et prit les devants avec lui. Constánjoglo et Tchitchikof restèrent en arrière et les suivirent à distance, en se tenant bras dessus bras dessous.

« J'ai bien du mal, Platon Mikhaïlovitch, bien du mal! dit Khlobouëf à Platônof; vous ne sauriez jamais vous imaginer comme j'ai du mal : je n'ai ni argent, ni pain, ni bottes.... Je vous parle là une langue inconnue, hein? Je rirais le premier de ce dénuement, si j'étais jeune et seul à en souffrir. Mais quand c'est aux approches de la vieillesse que les privations et les angoisses viennent vous serrer la gorge, et qu'à chaque convulsion vous sentez oppressés sous vous une femme et cinq enfants.... le moyen de ne pas devenir bien triste et bien sombre?...

— Eh bien, si vous vendez votre terre, le produit de l'affaire ne sera t-il pas pour vous une vraie planche de salut? dit Platônof.

— Une planche de salut! dit Khlobouëf en fouettant l'air de la main ; mes dettes payées, il ne me restera pas un millier de roubles.

— Et qu'allez-vous donc faire?

— En vérité, je ne sais.

— Vous entreprendrez quelque chose pour sortir de ce dénuement.

— Qu'entreprendrais-je?

— Vous prendrez un emploi.

— Mon rang civil est *Goubernskï sécrétar*, la quatorzième classe, l'équivalent à peine du grade de sous-officier de la ligne.... C'est joli, n'est-ce pas, pour solliciter un emploi? Mais, soit, à force de patience et d'intrigue, je me fais donner une place aux appointements de cinq cents roubles.... et j'ai cinq enfants et leur mère à nourrir!

— Faites-vous intendant ou régisseur de quelque domaine.

— Qui est-ce qui confiera la régie de ses terres à un homme qui a mangé son propre bien?

— Si l'on a à sa poursuite la faim et la mort, il y a pourtant nécessité de se créer vite un refuge quelconque. Mon frère connaît beaucoup de gens à la ville. Il ne faut peut-être que la bonne volonté d'un membre de ce petit monde officiel pour qu'il vous soit donné une place.... oui, je prierai mon frère....

— Non, Platon Mikhaïlovitch, dit Khlobouëf en pressant avec force la main de Platônof, je ne suis propre à rien du tout; je suis vieux, très vieux avant l'âge; d'anciens excès m'ont séché la moelle épinière, j'ai à cette épaule un rhumatisme incurable.... Une place! une place pour que je vivote aux dépens de la couronne et du tiers et du quart peut-être aussi.... Nous savons qu'il a été ouvert ainsi partout des places où des gens insatiables s'engraissent.... A Dieu ne plaise que, pour nous donner à moi et aux miens le pain quotidien, on grève encore plus le pauvre peuple!

— Voilà, pensa Platônof, les fruits d'une vie de désordres! Mieux vaut, en vérité, ce demi-sommeil, ce long bâillement de mon existence, et ceci me justifie du moins un peu. »

Pendant la complainte que Khlobouèf faisait entendre à Platônof, Constânjoglo, qui les suivait à cent pas de distance avec Tchitchikof, jetait de tous côtés les regards les plus indignés :

« Voyez, voyez, voyez et jugez, disait-il en montrant du doigt les objets : n'est-ce pas incroyable, cet état de misère où il a jeté le paysan? Ici pas un chariot, pas un cheval! Qu'il arrive une épizootie, pas de danger que l'on y perde son avoir. Il n'y a pas à balancer, vends ta montre, ta voiture et ta dernière chemise, et vite donne au paysan un bœuf et un cheval, si tu ne veux pas qu'il reste des journées sans travailler. Il faut à présent des années pour réparer le mal. Le paysan tombé dans la paresse ne se remue plus ou peu que pour aller au cabaret, et il suffit bien qu'on l'ait laissé un an sans travail pour qu'il se soit fait à jamais à ses haillons et à son vagabondage.

« Voyez-moi ces champs, voyez cette terre-là ! poursuivait-il en montrant des prés qui commençaient immédiatement derrière les chaumines, ce ne sont que fondrières. Moi, j'aurais là du lin, du lin pour au moins cinq mille roubles, et de ce côté des navets pour quatre mille. Et là-bas, au fond, toute cette côte, c'était autrefois la plus magnifique seiglière.... tout cela stérile comme le rocher ; plus d'emblavures : il n'a pas semé de blé, je le sais. Tenez, voyez ces vallées, rien! rien! moi, j'aurais là une futaie si haute que le vol du corbeau n'y atteindrait pas. Et dire que ce malheureux ne comprend pas quel trésor il a dans une pareille terre! » En achevant cette expression de son dépit, Constânjoglo cracha comme pour en avoir le cœur soulagé; mais la bile ne monta pas moins à son front, qui sembla se couvrir d'un nuage sombre.

Cependant ils avaient, tout en causant, gravi une colline à travers des halliers; quand ils furent sur le plateau, ils virent miroiter les eaux rapides d'une rivière, puis, plus loin, dans la perspective, se découvrait une partie de la maison du général Bétrichef, et plus loin, bien plus loin encore, comme derrière une gaze bleuâtre, une chaîne de collines couvertes de bois touffus qui, selon toute probabilité, ainsi que le pensa notre héros, cachaient le domaine de Ténlétnikof.

Tchitchikof dit à Constânjoglo :

« Si l'on couvrait de jolis bocages toute cette charmante colline où nous sommes, je crois que nul paysage au monde n'égalerait en beauté cet endroit-ci.

— Ah! vous êtes un amateur de paysages? dit l'agronome à Tchitchikof d'un air presque sévère; prenez bien garde que, si vous vous préoccupez de ces choses-là, vos campagnes n'auront ni blé, ni foin, ni bétail, ni bon aspect. Regardez à la beauté des récoltes, et ne vous embarrassez pas de celle des vues. La beauté viendra toute seule; souvenez-vous des meilleures de nos villes russes : les plus belles sont justement celles qui se sont construites elles-mêmes, où chaque habitant, en bâtissant, a consulté ses besoins et son goût.... Quittez le souci de la beauté, pour n'avoir bien exclusivement que celui de faire naître ici l'abondance.

— C'est dommage seulement qu'il faille longtemps attendre.... Je serais si enchanté de voir bien vite les choses dans leur état de bon ordre et de prospérité!

— Patience ! plantez, semez, remuez cette terre qui ne s'est que trop reposée, et ne perdez ici en amusements ni les heures ni les minutes. C'est dur, c'est pénible.... Eh! oui, soit, c'est très difficile; mais ensuite cette même terre se laissera remuer comme vous voudrez, elle vous aidera elle-même. Outre les soixante-dix ou soixante-quinze bras qui vont être votre propriété, vous en aurez sept cents d'invisibles, très ardents à pousser vos labeurs. Tout se décuple en un rien de temps chez celui qui sait et qui veut. Il est certain du moins que sur mes terres je n'ai nul besoin de remuer le bout du doigt; les choses se font toutes seules. C'est que, voyez-vous, la nature aime la patience, par suite d'une loi émanée de Dieu lui-même.

— En vous écoutant on sent entrer dans son âme comme un flux de forces inconnues.

— Tenez, voyez cela, là sur le versant; ils s'imaginent peut-être avoir labouré ce bout de champ! s'écria Constânjoglo avec un âcre sentiment de douleur. Savez-vous que je ne pourrais pas rester ici plus longtemps? c'est pour moi la petite mort d'avoir à être témoin du désordre et de la ruine volontaires d'un homme. Vous pouvez maintenant terminer l'affaire sans moi. Enlevez-moi à ce fou ce trésor; il n'est bon, lui, qu'à profaner les dons de Dieu. » Et après avoir parlé ainsi, Constânjoglo reste un instant comme suffoqué par la bile. « Adieu, adieu! dit-il à Tchitchikof, et se hâtant de rejoindre le propriétaire son voisin, il lui dit adieu aussi.

— De grâce, Constantin Féodorovitch, dit Khlobouëf étonné, vous ne faites que d'arriver et déjà vous repartez!

— Impossible de faire autrement, impossible; j'ai à faire chez moi, pardon, dit Constânjoglo, qui aussitôt enfourcha sa bancelle, et cinq minutes après il était loin.

— Constantin Féodorovitch n'a pas pu y tenir, dit Khlobouëf, devinant aisément la cause de cette fuite de son voisin; c'est triste, c'est décourant pour un agronome tel que lui, de voir un bien comme celui-ci tombé dans un désarroi si complet. Croirez-vous, Pâvel Ivanovitch, que je n'ai pas ensemencé cette année? Parole d'honneur, je n'avais pas de semences et pas même ce qu'il faut pour labourer. Votre frère, Platon Mikhaïlovitch, est, dit-on, un agronome très distingué; mais quant à votre beau-frère Constânjoglo, il n'y a pas à s'y tromper, c'est le Napoléon de l'agriculture. Que de fois je me dis : « Pourquoi tant d'intelligence et de génie dans une seule tête, et pourquoi pas une gouttelette de cet esprit-là dans la mienne? .. » Ici, messieurs, prenez bien garde; en passant cette passerelle on court grand risque d'aller tomber dans quatre ou cinq pieds de vase.... Ce qui me fait le plus de peine, c'est la situation de mes pauvres paysans. Je vois que c'est l'exemple qui leur est nécessaire, et de moi quel exemple reçoivent-ils? Comment avec eux serais-je difficile et sévère? Comment leur prêcher l'ordre, quand je suis le désordre incarné? Prenez-les en main, Pâvel Ivanovitch, soyez leur seigneur. Il y a bien longtemps que je les aurais émancipés; mais ils n'y gagneraient absolument rien; je sens que le premier soin à prendre serait de leur enseigner ce que c'est que la vie. Il faut avant tout qu'un homme austère et juste habite parmi eux bien des années.

et par ses exemples, par une infatigable activité, un sincère dévouement, prenne sur eux un ascendant irrésistible. Le Russe, je le vois par moi-même, ne saurait se passer d'une excitation constante; faute de stimulants, il s'endort et se crétinise.

— Il est étrange pourtant, dit Platônof, que le Russe soit ainsi sujet à se rouiller, et que l'homme du commun, si l'on cesse quelques mois de le suivre d'un œil attentif et sévère, tourne fatalement à l'ivrogne et au vaurien!

— Faute de civilisation, dit Tchitchikof.

— Dieu sait faute de quoi : car enfin, pensez, vous et moi, nous sommes des gens éclairés. J'ai fait mes études à l'Université.... mais je devrais dire plutôt : j'ai fréquenté l'Université, car ces études qu'on y fait, quelles sont-elles ? certes, je n'y ai pas appris la science de la vie; j'y ai appris à dépenser beaucoup, beaucoup d'argent pour tous les nouveaux raffinements du *confort*, et à me bien habituer à l'usage de tous les objets coûteux. Et ce n'était pas que je fusse pour cela un mauvais étudiant; nullement, car généralement mes camarades et moi nous nous valions de toute manière. Deux ou trois ont retiré de nos cours universitaires un profit réel, mais cela vient probablement de ce que par eux-mêmes ils étaient merveilleusement doués de nature; en tout, les autres n'avaient souci que de savoir ce qui endommage le plus sûrement la santé, la raison et le domaine héréditaire. Nous prenons de la civilisation juste ce qui fait d'elle un danger, son apparence, sa seule superficie, son costume de bal paré, mais d'elle, d'elle-même, nous ne prenons rien. Non, Pàvel Ivanovitch, j'ignore à quoi cela peut tenir; mais un fait positif, c'est qu'en général nous ne savons point vivre.

— Ce sont les causes de ce fait qu'il serait intéressant de connaître. »

Le pauvre Khlobouëf poussa un profond soupir et resta un instant l'œil fixe, après quoi il reprit :

« Il y a des heures où je crois, en vérité, être un homme condamné sans appel; je veux agir, je me sens paralysé. Aujourd'hui c'est bien arrêté dans ma pensée : à partir de demain, je commence une nouvelle vie; dès demain chez

moi, pour moi, diète et carême; bah! le soir de ce lende-
main-là, il se trouve que j'ai tant bu et tant mangé que mes
yeux se ferment et ma langue bredouille; et, s'il me revient
alors un vague ressouvenir de ma résolution de la veille, je
me tiens immobile, les yeux écarquillés comme l'oiseau de
nuit, et regardant à l'autre bout de la table.... mais cela
arrive à tout le monde, je suppose.

— Oui, dit Tchitchikof en souriant : c'est une chose qui
se voit assez fréquemment.

— Nous allons prendre, s'il vous plaît, par ici; nous visi-
terons les portions de terre que cultivent pour eux les
paysans, » lui dit Khlobouëf; puis rentrant dans son propos,
il ajouta : « Il me semble vraiment qu'il n'est pas du tout
exact de dire que nous sommes nés pour la prudence et la
raison. On me fera difficilement croire que l'un de nous trois
ait été, pendant plusieurs années, d'une sagesse parfaite.
J'ai beau même voir de mes yeux que tel vit très honorablement, et se fait une bonne réserve, entasse les écus, forme
des capitaux, je ne le crois pas, non, me l'assûrât-il lui-
même; ou bien le diable l'attend à sa vieillesse, et, arrivé là,
il lâchera tout à la fois. C'est toujours ainsi; civilisés ou non
civilisés, c'est parfaitement égal. Tout le monde a connu dans
nos endroits un manant très madré, qui de rien a su faire
une somme ronde de cent mille roubles; puis il lui est venu
l'idée folle de prendre des bains de vin de Champagne, et le
gaillard s'est, ma foi, baigné dans le champagne. Il y a, je
vous assure, quelque chose qui nous manque; ce que c'est,
je ne le saurais dire.... Çà, il me semble que nous avons tout
examiné; je n'ai plus rien à vous montrer, à moins que vous
ne teniez à voir le moulin; mais non, laissez cela, un moulin
sans roue, un bâtiment si délabré que les murs gardent à
peine l'équilibre....

— A quoi bon regarder une masure? dit Tchitchikof.

— Eh bien! rentrons, messieurs. »

Et tous trois reprirent le chemin de la maison.

Ce qu'ils virent dans le trajet, ce fut toujours partout le
même spectacle de désolation; partout la malpropreté et le
désordre étalant leur laideur : tout était complètement laissé

à l'abandon. La lumière naturelle du simple bon sens s'était éteinte avec l'esprit d'ordre : une femme en haillons crasseux maltraitait avec la dernière fureur une pauvre jeune fille, et deux paysans regardaient du plus stoïque regard les sévices de cette ivrognesse qui pouvait tuer l'enfant. L'un de ces paysans se grattait le bas de l'échine et bâillait, l'autre bâillait en s'étirant, les portes bâillaient faute de gonds, les toits faute de clous, et tous ces bâillements gagnaient sensiblement Platônof, à qui il n'en fallait pas tant pour se laisser aller à l'exemple. « Voilà donc, pensa Tchitchikof, un échantillon de ma future propriété en fait d'hommes.... quelles guenilles! c'est pièce sur trou et trou dans la pièce. » En effet, sur une des chaumières dont le toit avait sombré, le paysan et ses fils avaient hissé les deux battants de leur porte cochère. Des fenêtres aux croisées disjointes, et sans gonds ni targette, étaient maintenues en place par des perches dérobées dans les embarras du propriétaire; c'était, à chaque pas, l'application du système de ce pauvre Trichka qui rognait ses manches et ses basques pour raccommoder les trous du coude [1].

Tchitchikof fit la remarque que tout ce qu'ils avaient vu dans le domaine était dans un état bien peu réjouissant.

On entra dans la maison; là, Platônof et lui furent frappés d'un contraste, celui d'une évidente détresse avec une foule des élégantes bagatelles de luxe les plus modernes; à côté de draperies et de meubles fort détériorés, des bronzes et des

1. Allusion à une fable très populaire du célèbre Jean Krylof, où un Jean Jeannot, une sorte de Jocrisse du nom de Trichka, rogne les parements de ses manches pour boucher les trous de ses coudes, puis rallonge ses manches aux dépens des basques supprimées; cela rappelle, dit en terminant le poète, le mal que se donnent quelques seigneurs russes en train de se ruiner et ne se soutenant plus que par des expédients pitoyables. En France, il y a le dicton : *Déshabiller Paul pour habiller Pierre,* qui rappelle le triste tracas que se donnent en tout pays les familles pauvres; en Russie, depuis Krylof, ce dicton *éto trichkine kaftan* (c'est l'habit de Trichka) n'est pas moins usité, pas moins pittoresque que celui par lequel les Français se représentent le bon Gribouille se plongeant vite dans l'eau jusqu'aux oreilles pour se soustraire à la pluie.

albâtres du dernier goût : Shakspeare en écritoire, Faust, Méphistophélès et Marguerite en pendule, et au beau milieu de la table un ustensile d'ivoire d'un beau travail, celui dont les Orientaux se servent pour se gratter la peau.

La maîtresse de la maison vint recevoir les hommages de ces messieurs; elle était vêtue avec goût et tout à fait à la mode; elle leur parla de la ville, c'est-à-dire du chef-lieu, des plaisirs du théâtre dont on y jouit depuis quelques mois. Elle leur présenta ses quatre enfants parfaitement habillés aussi à la mode; ils avaient près d'eux une gouvernante. Ces circonstances rendaient la vue de cette jeune famille encore plus triste; mieux eût valu qu'ils fussent tous en simples souquenilles à prendre leurs ébats dans la cour, dussent-ils même ressembler à des enfants villageois. Une chose dont les visiteurs de monsieur ne furent point fâchés, c'est qu'il vint à madame une belle visite des environs, une femme redoutable pour son babil. Ce fut un coup de fortune; les deux dames passèrent au gynécée; les enfants et leur institutrice les y suivirent aussitôt, et les hommes restèrent entre eux.

« Votre prix, s'il vous plaît, monsieur? dit Tchitchikof; mais veuillez bien me dire au juste le prix que vous exigez résolument, pour que je me décide tout de suite à acheter ou à ne pas acheter. Je vous avouerai que je ne me faisais pas l'idée qu'un domaine pût jamais offrir un pareil aspect de désolation.

— Ce que vous avez vu est l'abomination de la désolation, mais ce n'est pas tout; il faut que vous sachiez que, de cent âmes portées aux matricules du dernier recensement, il n'en reste de vivantes que juste la moitié. Nous avons eu ici le choléra, cinquante sont parties sans passeport. Vous, acheteur, vous avez donc à tenir pour mortes celles qui ne sont plus de ce monde. Si les tribunaux aujourd'hui m'en demandaient compte, tout le bien y passerait : c'est la considération pour laquelle je n'ai pas la hardiesse de vous demander plus de 30 000 roubles.

— Eh! de grâce, comment? 30 000 roubles! dit avec calme Tchitchikof, qui naturellement voulut marchander un peu; de grâce, dites vous-même, est-ce là une terre de

30 000 roubles? Tenez, pour économiser les moments, je vous donne 25 000 roubles. »

Platônof eut un remords de conscience.

« Terminez, Pâvel Ivanovitch. C'est un bien dont on pourra toujours trouver cela. Si vous ne lui en donnez pas les 30 000 roubles demandés, nous nous cotiserons, mon frère et moi, pour le lui acheter.

— Fort bien, j'achète, dit Tchitchikof, effrayé de l'idée de son compagnon; j'achète, mais à la condition de payer moitié au comptant, moitié dans un an.

— Non, Pâvel Ivanovitch; un an, c'est impossible! Vous me donnerez la moitié aujourd'hui et l'autre moitié dans quinze jours. Le Lombard, soyez-en sûr, me prêterait tout aussi bien 30 000 roubles sur ce domaine, si j'avais de quoi nourrir les sangsues [1].

— Comment donc faire alors? vrai, je ne sais, dit Tchitchikof, je n'ai en tout et pour tout en ce moment que 10 000 roubles. »

En ceci il ne disait pas la vérité; il avait avec lui 20 000 roubles : son propre capital de 10 000 qu'il n'avait pas encore entamé, et les 10 000 que lui avait prêtés Constânjoglo; mais il lui en coûtait singulièrement de donner tant d'argent à la fois.

« Ah! Pâvel Ivanovitch, je vous dis qu'il me faut indispensablement 15 000 roubles.

— Il m'en manque cinq, et je ne sais, en vérité, où les prendre.

— Je vous les prêterai, dit Platônof.

— Alors plus d'objection! » se hâta de dire Tchitchikof.

Et il pensa : « C'est ma foi charmant, que Platon Mikhaïlovitch aussi me fasse cette avance! »

Les deux contractants se frappèrent dans la main. Tchitchikof alla vers la calèche, en fit retirer sa cassette qu'on lui apporta dans la chambre; il l'ouvrit et y prit les 10 000 rou-

1. *Nourrir les sangsues au Lombard.* Sans doute ici Khlobouëff suppose qu'en faisant un sacrifice pour intéresser à sa demande les employés influents, il obtiendrait un prêt plus considérable.

bles empruntés qu'il y avait déposés la veille; il donna cette somme à Khlobouéf à titre d'arrhes et avances, et quant aux cinq autres mille, il promit de les apporter le lendemain; il promit cela, il parla même de revenir encore, deux ou trois jours après, apporter deux ou trois autres milliers de roubles... Au fond, en fait de payements et de parfait acquittement, l'intention de Tchitchikof était de ne point se hâter et de ne point se laisser presser. Il sentait une invincible répugnance à se dessaisir de l'argent qu'il avait; en cas de nécessité indispensable, il le lâchait sans doute; mais toujours lui semblait-il plus agréable de le donner demain et non aujourd'hui. Tranchons le mot, il était, sous ce rapport, fait comme nous le sommes tous : avouons que nous aimons à faire languir le créancier; cet homme-là, je vous demande un peu, qui vient pour nous dépouiller, eh bien! qu'il se frotte le dos à loisir dans l'antichambre... comme s'il ne pouvait pas attendre! il se peut qu'en effet chaque heure lui soit d'un grand prix, et que ses affaires souffrent de ces retards; mais que nous importe à nous débiteurs, qui avons le chagrin de payer? « Tu n'as qu'à repasser ici *demain*, frère; pour aujourd'hui, il n'y faut pas compter, je suis occupé, très occupé. »

« Où comptez vous aller habiter! dit Platônof à Khlobouéf; avez-vous quelque autre village?

— Non, ni village, ni hameau; j'irai m'installer tout droit à la ville, où je possède une petite maison. J'ai acheté cela récemment; je devais le faire pour mes enfants. Il leur faut des leçons de catéchisme, de musique et de danse.... Vous comprenez bien que ce n'est pas au village que vous trouverez cela.

— Ils n'ont pas de pain, et il est indispensable que les enfants sachent danser, pensa Tchitchikof.

— C'est étonnant, pensa Platônof.

— Ah! il faut que nous arrosions le marché, dit Khlobouéf. Hé! Kiruchka, lestement à la glacière, une bouteille!... Messieurs, nous prendrons un verre de champagne.

— Pas de pain, mais de la musique, de la danse et du

vin de Champagne toujours! » pensa de nouveau Tchitchikof.

Quand à Platônof, il devenait pour lui pénible de penser,
il ne pensait plus rien.

C'était un peu par nécessité que Khlobouëf s'était appro-
visionné de vin de Champagne. Il envoyait souvent à la
ville un messager pourvu d'une liste d'objets à prendre,
mais sans argent pour les payer; dans les petites boutiques, sans argent comptant vous n'obtiendrez pas une
cruche de kvass [1], et pourtant vous voulez boire. Le messager, qui connaît votre soif, entre le front haut chez *le
Français*; le Français est un agent d'une forte maison de
Pétersbourg, récemment arrivé avec des vins de prix;
jusqu'à présent il fait volontiers crédit à tout le monde. Vous
concevez donc qu'il avait fallu, faute de boisson à un sou
la potée, prendre du vin de Champagne à quinze ou vingt
francs la bouteille.

La bouteille apportée chassa à grand bruit le bouchon;
trois fois les verres furent presque coup sur coup remplis
et vidés, et les esprits s'égayèrent. Khlobouëf surtout n'était
plus reconnaissable, tant il devint, grâce à cette libation,
gai, aimable et charmant. Non seulement il semait à pleines
mains les bons mots et les anecdotes piquantes, mais il
faisait voir dans ses discours une si remarquable connaissance des hommes et du monde, qu'il était manifeste que
cet homme-là avait vu et parfaitement vu beaucoup de
choses. Rien n'égale la finesse de trait avec laquelle il
esquissait en peu de mots tous ses voisins, les propriétaires
fonciers résidents; il voyait si bien leurs défauts et leurs
fautes, il connaissait si bien l'histoire de tous les seigneurs

1. Le kvass est une boisson vulgaire, résultant d'un ferment de pain
noir; cette boisson, qui est rafraîchissante et n'a rien de désagréable
au goût quand elle est bien faite, est presque toujours manquée dans
les ménages où, personne n'étant à son devoir, tout est négligé et laissé
au hasard. De là vient la nécessité d'envoyer acheter tout dans les
boutiques de la ville, auxquelles, au contraire, on devrait porter cent
sortes de denrées, lait, beurre, œufs, miel, légumes, cire, plume, ratanas
et conserves, pour peu qu'on se mêlât d'économie dans son domaine.

ruinés et les causes et les détails de leur ruine, il savait si bien l'art de peindre leurs habitudes et leurs moindres tics, que ses deux convives émerveillés (et c'est beaucoup dire de la part de Platonof) étaient prêts à le proclamer le plus spirituel des hommes.

« Je ne puis m'expliquer, dit Tchitchikof, comment, avec tant d'esprit, vous ne trouveriez pas cent moyens pour un de sortir à votre honneur des difficultés de votre position. »

Tchitchikof avait dit cela du ton de la plus profonde conviction. Il n'en fallut pas plus; ce même Khlobouëf, tout à l'heure si prodigieusement intelligent, déroula devant ses interlocuteurs un fouillis de projets tous plus absurdes et plus étranges les uns que les autres, et qui montraient si peu de vraie connaissance des hommes, des choses et des relations sociales, qu'il n'y avait plus qu'à hausser les épaules et à dire : « Grand Dieu! quelle incroyable distance entre connaître le monde et savoir personnellement mettre à profit cette connaissance! » Tout projet chez lui avait pour base la nécessité de se procurer avant tout cent ou deux cent mille roubles. Il lui semblait qu'avec ce levier il ferait sortir de terre un domaine splendide, où tout serait admirablement régi, où tous les trous et les crevasses seraient bouchés, les revenus successivement triplés, quadruplés, quintuplés, en même temps que s'acquitteraient toutes les dettes.... Et il terminait le tableau de toute cette prospérité par ces mots :

« Mais non, il n'existe pas pour moi un ami, un bienfaiteur qui se décidât à me prêter deux cent mille roubles, ni même cent mille.... Il est donc évident que Dieu ne veut pas que je me relève.

— Il ne manquerait plus que cela, dit Tchitchikof, que Dieu envoyât deux cent mille roubles à un pareil crétin!

— J'ai une tante, dit Khlobouëf, une vieille tante qui possède trois millions de fortune.

— Hein! qu'est-ce qu'il dit? une tante à millions! se dit à lui-même Tchitchikof.

— Elle est très pieuse; elle donne beaucoup à l'église

et aux couvents, mais n'assiste point ses proches. C'est une
tante de la vieille roche, une vraie curiosité. Elle donne
une bonne heure de sa matinée à une volière contenant plus
de quatre cents serins et autant à ses mopses; elle a des
caméristes, des suivantes et des laquais comme on n'en voit
plus nulle part. Le plus jeune de ses domestiques n'a pas
moins de soixante ans; elle n'en dit pas moins à celui qui
a quatre-vingts ou quatre-vingt-cinq ans : « Hé? *petit!* »
Si, à sa table, un de ses convives ne se comporte pas bien,
elle ordonne tout haut que le plat qui doit suivre ne lui soit
pas présenté, et le délinquant est positivement privé de ce
plat. N'est-ce pas original? »

Platônof sourit.

« Quel est son nom? Quelle est la terre qu'elle habite?
demanda Tchitchikof.

— Elle habite le chef-lieu même de notre gouvernement;
son nom est Alexandra Ivanovna Khanassarof.

— Pourquoi ne vous adressez-vous pas à elle? dit du ton
le plus affectueux le bon Platônof. Il me semble que, si
vous tâchiez de la faire entrer dans la position de votre
famille, elle ne pourrait refuser de venir à votre secours.

— Rien à attendre! ma tante, Platon Mikhaïlovitch, est
une vieille femme très dure, c'est un naturel inflexible....
Et puis, il y a là des thuriféraires, des saintes nitouches
installées et qui tournent sans cesse autour d'elle. Il y a
surtout là un monsieur qui aspire à une place de gouverneur civil, qui a si habilement manœuvré qu'on le tient
sans examen pour proche parent, et dévoué à sa parente
jusqu'à négliger le soin de son ambition.... On l'écoute
beaucoup, peut-être il en viendra à ses fins; je lui souhaite
tout le bonheur possible.

— O imbécile, pensa Tchitchikof, moi à ta place je cour-
rais amuser, soutenir, consoler cette chère tante, avec plus
de zèle et d'attentions que jamais tendre bonne n'en a
déployé pour aucun petit enfant gâté.

— Tenez, l'effet immanquable de conversations pareilles,
c'est de sécher le gosier, di 'Khlobonëf; hé! Kiruchka,
apporte-nous une bouteille de champagne!

— Non, non, moi du moins je ne bois plus, dit Platônof.

— Ni moi non plus », dit Tchitchikof.

Et tous les deux refusèrent résolument.

« Soit, dit Khlobouëf; mais au moins jurez moi que vous viendrez me voir à la ville. Le 8 juin, je donne un dîner aux principales autorités du chef-lieu.

— Comment! s'écria Platônof, vous, un dîner invité! un festin, dans l'état de dénuement où vous êtes!... pardon, mais vous n'y pensez pas.

— C'est un devoir; ces messieurs m'ont invité et régalé eux aussi. »

Platônof ouvrit de grands yeux et n'y vit pas plus clair. Il n'avait jamais porté son attention sur ce fait, du reste assez frappant : c'est qu'en Russie, dans les chefs-lieux de gouvernement et dans nos trois capitales, la vie de certaines personnes est, à plusieurs égards, une énigme dont on ne trouve pas le mot. Vous voyez un individu qui, chacun le sait, a tout mangé, est dans les dettes jusqu'aux yeux et n'a plus aucun moyen d'éviter la submersion finale, et qui, tout à coup, invite à dîner et traite parfaitement de nombreux conviés; ceux-ci se disent à l'oreille entre eux que c'est bien pour la dernière fois, et que, le lendemain, leur hôte sera certainement en prison. Dix ans se passent au bout desquels notre viveur est encore debout et plus que jamais obéré et à bout de toutes ressources; mais, à la surprise générale, de nouveau il donne un grand dîner auquel de nouveau on accourt, tout en pensant que cette fois-ci est bien positivement la dernière, et que l'amphitryon sera le lendemain entre quatre murs.

La maison de Khlobouëf dans la ville présentait un phénomène étrange : aujourd'hui le prêtre en habits pontificaux, debout devant un iconostase éclairé d'une infinité de cierges, disait des prières solennelles; demain, dans les mêmes appartements, seront réunies, pour une répétition, une société de comédiens français; le lendemain du banquet on peut fouiller toute la maison, on ne trouvera pas un morceau de pain à se mettre sous la dent, mais le surlendemain c'est un festin de Balthasar donné à messieurs les artistes, comédiens, musiciens, danseurs et décorateurs, dont chacun, en outre, emporte son cadeau. Il y eut pour Khlobouëf, avec une telle vie, des jours, bien des jours, où un autre que lui se fût pendu ou noyé, ou se fût brûlé la cervelle; mais ce qui le préservait, c'était une certaine disposition religieuse qui se conciliait, en lui, avec tout ce désordre matériel.

Dans les heures les plus amères de son existence, il lisait les vies des hommes d'élite qui, ayant eu le plus à souffrir et à gémir sur la terre, avaient élevé leur esprit et leur âme fort au-dessus des maux qu'il voyait conjurés pour sa ruine. A cette lecture, son cœur s'attendrissait, son esprit avait des ravissements soudains, et ses yeux se remplissaient de larmes. Puis il donnait une heure ou deux à la prière.... et, chose merveilleuse! presque toujours, ces mêmes jours-là, il lui venait quelque secours tout à fait inattendu. C'était vraisemblablement ou quelqu'un de ses anciens amis qui se souvenait de lui et lui envoyait de l'argent, ou quelque bonne dame en passage par la ville, qui apprenait par hasard l'histoire de sa situation désespérée, et, par l'effet de cette générosité impétueuse d'un cœur de femme, lui faisait parvenir un riche présent. Ou bien il se tirait quelque part, à son insu, une loterie; ou bien il se jouait à son profit une partie dont on lui faisait mystérieusement passer le produit. En pareil cas, il reconnaissait avec une grande ferveur de piété cette immense grâce de la Providence; il faisait dire par le prêtre de la paroisse, *in pontificalibus*, chez lui, devant les saintes images, des prières solennelles, après quoi, immédiatement, il renouait le fil de sa vie d'excès et de désordres.

« Il me fait de la peine, vrai, il me fait beaucoup de peine, dit Platônof à Tchitchikof, quand, après avoir pris congé de lui, ils se furent remis en route.

— C'est l'enfant prodigue, répondit Tchitchikof; c'est un de ces hommes qu'il n'y a pas lieu de plaindre pour eux-mêmes. »

Et bientôt ils cessèrent de penser à Khlobouëf : Platônof,

parce que généralement il ne jetait qu'un coup d'œil paresseux et somnolent sur la situation de tel ou tel homme
comme sur tout le monde, et parce que, si son cœur était
contristé à la vue de la souffrance d'autrui, ses impressions
n'allaient jamais jusqu'à réveiller toute son âme; il suffisait de quelques minutes pour qu'il cessât de penser à un
homme, lui qui ne pouvait penser cinq minutes de suite à
lui-même; Tchitchikof avait déjà oublié les misères de
Khlobouëf, parce que toutes ses pensées étaient absorbées
dans l'acquisition qu'il venait de faire. De quelque manière
qu'il envisageât cet achat, de quelque côté qu'il tournât et
retournât cette affaire, il y trouvait un avantage saisissant
de réalité; il pouvait aller engager le bien au Lombard, il
pouvait tout aussi bien aller y engager exclusivement ses
morts et ses fugitifs; il pouvait, en outre, s'il voulait, vendre
par portions tous les meilleurs terrains du domaine, et après
cela aller faire un emprunt au Lombard; il pouvait encore se
faire franchement propriétaire, s'occuper lui-même de la
régie du bien à l'exemple de Constánjoglo, en recourant
sans cesse à ses conseils comme à ceux d'un excellent voisin
et généreux bienfaiteur; encore une idée : il pouvait
revendre (bien entendu s'il ne voulait pas s'occuper lui-
même d'agriculture), revendre le bien à des particuliers,
en se réservant les fugitifs et les morts, arrangement qui
aurait encore cet avantage qu'il pourrait alors déguerpir
tout doucement sans rendre à Constánjoglo les dix mille
roubles qu'il lui avait empruntés.... Étrange pensée que
celle-là! non pas que Tchitchikof l'ait conçue et adoptée;
mais elle est venue spontanément se dresser sous une forme
vaporeuse devant son esprit, se riant de lui, se baissant,
se relevant d'un air plein de malice, et lui faisant la gri-
mace s'il essayait de froncer le sourcil. Fi, l'importune, l'in-
discrète, l'espiègle, fi, fi! Et d'où sortent donc ces pensées
qui viennent ainsi tout à coup mettre en jeu notre fantaisie?

Tchitchikof était dans la joie; il était *pomestchik*, c'est-
à-dire propriétaire foncier et seigneur, seigneur non pas imaginaire, mais véritable seigneur, un noble qui possède des
immeubles, des terres des villages, des champs, des serfs,

des serfs nullement fantastiques, mais vivants, mais subsis-
tants. En songeant à tout cela, il en vint peu à peu à faire
de petits soubresauts, à se frotter les mains, à se faire à lui-
même de petits clignements d'yeux et à trompeter une sorte
de marche en rapprochant son poing de sa bouche, après quoi
il prononça à demi-voix quelques mots sans suite qui fini
rent par deux appellations caressantes adressées à sa propre
personne : « Eh! fin museau, gros poulot, va! » Mais se
souvenant en ce moment qu'il n'était pas seul dans la voiture, il jeta un rapide coup d'œil sur son compagnon, et se
promit de tenir en bride ces transports, même avec Platônof.
Celui-ci, croyant qu'il avait eu quelque velléité de lui
adresser la parole, lui dit : « Quoi? » Il répondit : « Rien. »

« Arrête! » cria Platônof au cocher.

Tchitchikof regarda autour de lui et s'aperçut qu'ils
venaient de traverser un bois délicieux. Dans l'endroit où
ils entraient, un double rideau de bouleaux se prolongeaient
des deux côtés d'un chemin doux et sans ornières; on apercevait à travers le feuillage une blanche église. Au bout
de la partie de l'avenue où ils roulaient, parut un monsieur
coiffé d'une casquette, un bâton noueux à la main, qui
venait à leur rencontre. Un chien anglais à hautes pattes
menues courait devant lui.

« Voici mon frère, » dit Platônof. « Cocher, arrête! » Et il
descendit de la calèche. Tchitchikof aussi. Les deux chiens
cependant avaient déjà échangé entre eux diverses caresses;
agile de sa langue comme de ses longues pattes, Azor eut
tout d'abord léché le museau de son ami Iarb, puis il lécha
la main droite de Platônof, puis il se dressa contre l'épaule
de Tchitchikof, à qui il plongea le bout de la langue dans
le creux de l'oreille. Les deux frères s'embrassèrent.

« Çà, Platon, qu'est-que cela signifie?

— Quoi cela, mon cher Basile?

— Et tu me demandes quoi? Et ces trois fois vingt-quatre
heures que je suis sans aucune nouvelle de toi, et ce palefrenier de Péetoukhof qui nous ramène ton alezan, et dont
je ne puis à ton sujet tirer d'autres paroles sinon que tu es
parti avec un monsieur. Tu pouvais bien me faire au moins

dire un mot qui m'apprît où, pourquoi, pour combien de temps. Eh! cher Platon, est-ce qu'on se conduit comme cela? est-ce que tu ne te figures pas toutes les idées qui n'ont pas manqué de me galoper par la tête?

— Pardon, pardon; c'est vrai, j'ai oublié. Eh bien! écoute, nous sommes allés chez Constantin Féodorovitch, la sœur te salue, lui de même. Ah! frère, voici Pâvel Ivanovitch que je te recommande; Pâvel Ivanovitch, c'est mon frère, c'est Basile Mikhaïlovitch, mon frère; cher frère, c'est Paul Ivanovitch Tchitchikof. »

Les deux personnes que Platônof présentait ainsi l'une à l'autre se touchèrent la main droite en soulevant leur casquette de la main gauche.

« Bien, pensa Basile; mais quel est ce M. Tchitchikof? frère Platon est si peu difficile en fait de nouvelles connaissances! » Et il envisagea notre héros dans la mesure de ce que peuvent autoriser les convenances; cette exploration ne fut point défavorable.

De son côté Tchitchikof, aussi dans la mesure de la bienséance, considéra le frère Basile, et reconnut qu'il était moins grand de taille, qu'il était plus brun et moins beau, que sa physionomie annonçait plus de vie et d'activité, qu'il devait être d'une grande bonté de cœur. Ce qui était évident, c'est qu'il n'était pas sujet, comme Platon, à la somnolence; mais Pâvel Ivanovitch s'arrêta peu à cette différence des deux frères.

« Mon cher Basile, j'ai résolu de faire avec Pâvel Ivanovitch une grande escapade, c'est-à-dire de voyager quelque temps dans notre sainte Russie avec Pâvel Ivanovitch. Cela aura peut-être un bon effet sur mon spleen.

— Comment as-tu résolu cela si vite? dit Basile étourdi de cette nouvelle fort imprévue; et il fut sur le point d'ajouter : « Et tu t'accommodes de la compagnie d'un homme que tu viens de voir pour la première fois, d'un homme qui peut n'être qu'un aventurier ou pis encore? » Il se tut, mais il jeta sur Tchitchikof un regard de défiance que modifia à l'instant même l'air calme et décent de notre héros.

Ces trois messieurs dévièrent un peu à gauche et franchi-

rent le seuil d'une haute porte cochère. La cour où ils entrèrent était vieille, la maison seigneuriale vieille aussi; c'était
un toit en pointe très haut, et de longs appentis au-dessus
des portes; il y a longtemps qu'on ne construit plus dans
ce système primitif. Deux énormes tilleuls, élancés du beau
milieu de la cour, en couvraient près de la moitié de l'ombre
épaisse de leur feuillage, sous lequel une demi-douzaine de
larges bancs de bois peints en vert invitaient au repos ou à la
conversation. L'enceinte de cette cour était complétement dis-
simulée par des acacias, des lilas, des seringats, des mori-
siers et des sorbiers, les uns en fleurs, les autres en grappes.

Avec cet horizon de feuillage, l'habitation seigneuriale
était de même toute couverte de verdure, sauf les espaces
ménagés à la lumière suffisante que l'intérieur recevait par
les portes et les fenêtres, presque toujours au large ouvertes
pendant la belle saison. A gauche, sous des tiges d'arbres
droites comme autant de colonnes, se laissaient apercevoir,
comme dans un bocage, les cuisines, les hangars, les caves et
tous les communs; les rossignols semblaient s'y être donné
rendez-vous, et leurs concerts n'y faisaient jamais défaut,
surtout vers le soir. Un sentiment plein de douceur et de
charme pénétrait dans l'âme des habitants de cette demeure
où tout rappelait le bon vieux temps, celui où de pareils
lieux vous persuadent que tout était simple, doux, facile et
honnête parmi les hommes d'autrefois. Basile Mikhaïlovitch
pria Tchitchikof de prendre place; et tous les trois s'assirent
sous le double dôme des deux grands tilleuls séculaires.

Un jeune garçon de dix-sept ans, en chemise ou blouse
rose à la russe, apporta et déposa lestement devant ces messieurs des verres très propres et des carafes remplies de boissons rafraîchissantes aux jus de fruits, les unes onctueuses
comme l'huile, les autres pétillantes comme la limonade
gazeuse. Après avoir posé en bel ordre une demi-douzaine de
ces carafes qui offraient à l'œil des liquides de couleurs aussi
différentes que pures, le jeune gars arma sa main d'une
bêche qui était debout contre un tronc d'arbre et passa dans
le jardin. Chez les Platônof comme chez Constânjoglo leur
beau-frère, tous les domestiques étaient jardiniers, ou, pour

mieux dire, il n'y avait pas de domestiques, et tous les gens
de la cour seigneuriale, à l'envi, en tenaient lieu, et dans de
certains temps à tour de rôle.

Frère Basile (les deux frères s'appelaient entre eux frère
Basile, frère Platon) prétendait qu'il ne doit pas y avoir une
classe de valets, et qu'on peut même se passer tout à fait
de laquais, car il n'est personne qui ne puisse présenter
quelque chose et rendre de petits services; qu'il est bien inutile d'avoir près de soi des hommes spéciaux pour cela; il
ajoutait que le Russe est bon, serviable et leste, et de bonne
volonté toujours, tant qu'il est en blouse et en sarrau, mais
que si une fois on lui fait adopter l'habit allemand, il ne lui
donnait pas trois semaines pour devenir lourd, gauche,
maussade et paresseux : le misérable ne change plus de
linge, et il cesse de fréquenter le bain; il se met à dormir
tout habillé dans son nouveau costume, et toutes les sortes
d'insectes s'y établissent chaudement et s'y multiplient. Dans
leur village on se costumait exclusivement à la russe, mais
élégamment; les ganses, glands et pompons des femmes
étaient d'or, les larges manches de leurs chemises ressem-
blaient aux bordures de châles de cachemire.

« Ne vous plairait-il pas de vous rafraîchir? dit frère Basile
à Tchitchikof, en lui montrant les six carafes. Ce sont divers
kvass; notre maison leur doit une sorte de renommée dans
le pays. »

Tchitchikof prit une carafe, remplit un verre et goûta; il
lui sembla retrouver le fameux lipetz polonais qu'il avait
savouré autrefois en Pologne : cela jouait dans le verre exactement comme du vin de Champagne, et le gaz portait au
cerveau un picotement fort agréable.

« C'est un vrai nectar! » dit-il. Puis, ayant versé d'une
autre carafe, il ajouta : « Ha! celui-ci me semble encore
meilleur! » Et il dégusta en homme accoutumé à l'analyse.
« C'est le breuvage par excellence! ajouta-t-il. D'un autre
côté, je puis dire que c'est chez votre très honorable beau-
frère, chez Constantin Féodorovitch, que j'ai savouré les
premiers ratafias du monde, comme ici je me délecte des
plus excellents kvass.

— Eh! dit Platon, ces ratafias, ils sont de la même provenance, puisque c'est Mme Constánjoglo, notre sœur, qui les fait.

— De quel côté et dans quelles provinces avez-vous l'intention de voyager? dit le frère Basile.

— Je parcours le pays, dit Tchitchikof en se dandinant mollement sur le banc et en se caressant le genou, non pas tant pour moi que pour une autre personne. Le général Bétrichef, un bon et fidèle ami, et je pourrais dire mon bienfaiteur, tant son affection m'est précieuse, m'a prié d'aller pour lui faire visite à toute sa parenté. Ces parents-là ne me sont de rien à moi, il est vrai, mais j'ai consenti à faire cette tournée en partie aussi pour me faire plaisir à moi-même : car, outre que le mouvement de la route est favorable à ma santé, je suis dans ce sentiment que voir les hommes, contempler de près les mobiles, les ressorts, les engrènements et l'arrière-jeu de cette machine qu'on appelle le monde, c'est lire dans le livre de vie, c'est se mettre à même de contrôler la science par les réalités, et s'assurer qu'on sait quelque chose. »

Le frère de Basile pensa : « Contrôler la science.... C'est singulier comme cet homme s'écoute parler! mais, au fait, il y a du vrai dans ce qu'il dit. » Puis, après une minute de silence, il dit à Platónof : « Je commence à croire qu'en effet, mon cher Platon, il est bon que tu te secoues; tu n'as pas d'autre mal qu'une espèce de léthargie morale. Ton âme a été accidentellement, dans notre calme de famille, saisie de somnolence; tu n'es ni fatigué ni certes, encore moins, blasé, mais tu as besoin de fatigue physique et d'émotions. C'est tout le contraire de ce qui se passe en moi. Vrai, souvent je voudrais bien ne pas sentir si vivement et ne pas prendre à cœur, comme je le fais, tout ce qui arrive.

— Quand on prend tout à cœur, c'est qu'on le veut bien, dit frère Platon; tu cherches les sujets d'alarmes, tu composes à ton usage des occasions d'inquiétude.

— Je n'ai pas besoin d'en composer et d'en appeler, dit frère Basile; les désagréments viennent à chaque pas nous trouver. Tu ne te doutes pas du tour qu'en ton absence

vient de nous jouer notre nouveau voisin Lénitsyne. Il s'est
emparé de tout le triangle de terrain inculte que domine le
tertre de Mont-Rouge ou Mont-Joly, tout l'espace consacré aux
fêtes de nos paysans : c'est un terrain sans valeur, sans
doute, mais que je ne céderais pour aucun prix, car il fait
les délices du villageois au printemps et à la Saint-Jean. A ce
tertre sont intimement liés tous les souvenirs du domaine, et
les coutumes locales sont sacrées pour nous.

— Il ne sait rien de tout cela, voilà pourquoi il s'est emparé d'un espace vague, dit frère Platon ; c'est un nouveau
venu, un homme qui s'installe et regarde partout alentour,
cherchant à bien marquer ce qui est à lui ; il faut lui expliquer franchement la chose, et tout sera fini.

— Comment ! il ne sait rien ? Tu dois bien penser que j'ai
envoyé l'avertir : il a répondu par un mot grossier.

— C'est peut-être avec grossièreté que ton envoyé a parlé :
il fallait aller là toi-même ; tu n'as, crois-moi, qu'à te mettre
en communication directe avec lui.

— Non pas ; il a par trop tranché de l'homme d'importance. Moi, je n'irai pas à lui. Si tu veux aller le trouver,
toi, tu en es le maître.

— J'irais sans répugnance ; mais le mal est que je n'entends absolument rien aux affaires, et, si c'est un homme
madré, il peut me faire croire tout ce qu'il voudra.

— Vous plaît-il que j'aille trouver ce monsieur ? j'irai avec
plaisir, dit Tchitchikof.

— Quel amateur d'excursions ! pensa frère Basile.

— Donnez-moi seulement une idée aussi exacte que possible de l'homme et de l'affaire.

— J'ai conscience de vous donner une si désagréable
commission ! Lénitsyne est, à mon avis, un homme de rien,
sorti des derniers rangs de notre petite noblesse locale. Il
est allé à Pétersbourg gagner un grade civil, je ne sais dans
quelle partie de l'administration ; là il s'est marié à la fille
naturelle d'un riche : puis, quittant ses bureaux, il a pensé
qu'il lui serait doux et facile de venir dans nos cantons s'installer seigneur dans le voisinage de quelque ville et donner
le ton à la province. Il n'a pas bien choisi l'endroit : en gé-

néral, ici, on n'est pas aussi pesamment provincial qu'il l'a supposé; nous n'avons ni la mode pour loi, ni Paris pour église.

— C'est entendu, dit Tchitchikof; mais en quoi consiste le différend?

— La propriété qu'il vient d'acheter a un inconvénient grave : le terrain est insuffisant; il est très contrarié, et je le conçois. S'il n'eût procédé vis-à-vis de moi par la morgue et la hauteur, j'étais homme à lui départir gratuitement, comme simple note de bon voisinage, un assez joli morceau de terrain, valant cent fois l'aride mamelon autour duquel il est venu faire serpenter chez moi sa limite sous forme de pieux et de rigole. Cette manière de me faire sa visite était choquante : au premier mot que je lui fais dire, il fait l'arrogant, pensant, je crois....

— Si vous voulez m'en croire, il faut négocier. Remettez-vous-en à moi : les vivacités achèvent d'aveugler les myopes, les bonnes raisons leur dessillent les yeux. Fiez-vous à moi, vous ne vous en repentirez pas plus que mon ami, le bon général Bétrichef, qui....

— Il m'est pénible de penser que pour nous, qui ne vous connaissons pas encore et n'avons aucun titre à votre complaisance, vous deviez ici vous mettre en rapport avec un pareil homme.

— Ne vous inquiétez pas de cela : demain matin je serai chez lui, et tout pourra s'arranger à votre entière satisfaction, j'en ai le pressentiment. »

Le lendemain Tchitchikof se présenta chez Lénitsyne, comme lui faisant une visite de bon voisinage; il lui annonça qu'il venait d'acheter la terre de M. Khlobouëf.

Lénitsyne était parent de Khlobouëf; Tchitchikof devina aisément qu'il se trouvait par hasard chez l'homme qui était en passe de remplacer le gouverneur civil démissionnaire, et qui postulait cet emploi comme moyen de se trouver à portée de voir chaque jour la tante aux trois millions, à laquelle il avait toujours su se rendre agréable; on lui offrait, disait-il, un gouvernement bien plus considérable, mais il aimait mieux celui où résidait la tendre parente qui l'avait comblé de bontés depuis l'enfance.

« C'est voir et sentir noblement », dit Pâvel Ivanovitch.

Il plut beaucoup à Lénitsyne, qui lui trouvait un air très intelligent, très respectueux, très indulgent envers tous ceux qu'il nommait (excepté peut-être envers Khlobouêf). De plus, il connaissait une foule de gentilshommes du gouvernement et des gouvernements voisins. Tchitchikof paraissait aussi rond et habile en affaires que riche et répandu dans le monde; enfin il lui arrivait de dire :

« C'est à vous, certainement à vous, que doit revenir un jour toute la succession d'Alexandra Ivanovna Khanassarof, ou du moins la principale partie de ce grand héritage.

— Ceux qui supposent cela ont tort, *malheureusement....* vous voyez que je suis sincère avec vous, il est des gens en ville qui assurent qu'il existerait un testament par lequel elle léguerait tout le gros de sa fortune à des couvents; après cela elle laisserait quelques souvenirs assez mesquins aux personnes de son entourage ordinaire et à quelques parents, à moi entre autres.

— Mais c'est une horreur! les couvents sont riches, très riches. Au reste, il s'agit de la bien prendre, de la décider à tester de nouveau, voilà tout. Moi je ne veux pas souffrir que la brave dame vous déshérite ainsi. Écoutez, il va sans dire que mon intention, dans le séjour d'un mois et plus que je vais être obligé de faire à la ville, est de me faire présenter à la vénérable Alexandra Ivanovna; et savez-vous que, par zèle pour vous, je suis homme à lui insinuer.... car enfin aux couvents! Allons donc, aux couvents! A votre place, je lui ferais lire et relire un testament équitable, bien rédigé, dont elle n'aurait qu'à signer la minute....

— Elle ne voudra probablement rien entendre, ou bien elle écoutera, et, tout en approuvant, elle ne se décidera point à y apposer sa signature.

— Des entêtements de mourante! là, c'est bien le cas de dire que ça ne ressemble à rien; puisqu'elle s'en va, qu'est-ce que ça lui fait.... c'est un nom, son nom à écrire. Eh bien, c'est d'attendre jusqu'au bout, et.... si cela lui répugne tant de signer, une autre....

— Ts! ts! chut! un moment. »

Il paraît qu'il s'était tout à coup élevé une brise, et que M. Lénitsyne craignait les vents coulis. Il se leva, ferma les vasistas, rabattit les rideaux de mousseline, puis il jeta un coup d'œil dans les pièces contiguës; en rentrant, il donna, par mégarde, croyons-nous, un tour de clef aux portes. Après cette formalité, il y eut entre les deux interlocuteurs un entretien plein d'épanchements de la nature la plus intime, mais à voix basse, et dont pas un mot n'est venu jusqu'à nous avant le moment où M. Lénitsyne alla retirer les rideaux, relever les draperies, rouvrir un vasistas, déverrouiller sans bruit les portes, et vint reprendre sa place sur le canapé en présentant sa main à Tchitchikof, qui la pressa affectueusement; en ce moment-là Tchitchikof disait :

« .... Seulement, que ce soit secret : car ce qui nuit, c'est toujours bien moins le crime que le scandale.

— Justement, justement, dit Lénitsyne en penchant sympathiquement la tête tout à fait de côté, à la manière de son interlocuteur.

— Qu'il est doux de se trouver ainsi en parfait accord de sentiments! dit Tchitchikof. Et tenez, j'ai, moi, une affaire qui est en même temps légitime et illégitime, légitime en réalité, illégitime en apparence. Voyez : ayant besoin d'emprunter, et par conséquent de fournir hypothèque, je répugne à faire peser sur des amis le risque d'avoir à payer deux roubles pour chacune de leurs âmes vivantes, car enfin (que Dieu détourne de moi ce malheur!) si je viens à faillir.... ce serait très fâcheux pour le propriétaire.... Afin d'être en mesure de ne jamais faire subir pareille épreuve à personne, j'ai résolu (et ce n'est pas une supposition) de me faire à moi-même, pour le cas d'emprunt régulier, une assez large collection des fugitifs et des morts, des âmes mortes enfin, vous comprenez? qui n'ont pas encore disparu pour l'administration, pour le fisc, puisqu'on paye encore leur capitation. Prendre ces âmes sur soi, c'est, vous en conviendrez, faire œuvre de charité, c'est soulager d'un impôt les pauvres propriétaires. Seulement, ceux-ci et moi, nous sommes bien obligés de nous prêter, en secret, par une fiction contractuelle, à la fiction fiscale, et dans le contrat que nous faisons, selon toutes les formes voulues, les morts ne sont nullement donnés pour morts, mais pour vivants.

— C'est pourtant là une chose bien.... singulière ! » pensa Lénitsyne en faisant glisser sa chaise un peu en arrière; puis il dit : « Je ne sais trop si vous avez bien fait d'entreprendre....

— Le scandale est impossible, parce que, en pareil cas, on se garde fidèlement le secret, et que tout se passe entre gens de bonne volonté.

— Cependant permettez; vous faites cela....

— En toute paix de conscience, répondit Tchitchikof d'un front serein et d'un ton parfaitement assuré. Nous faisons cela comme tout à l'heure nous causions et délibérions, exactement comme on délibère et traite d'affaires entre honnêtes gens d'un certain âge et d'un certain rang; mais une condition de cette sorte de traité, c'est le secret; le secret, voilà tout. » Et en parlant ainsi, il regardait son interlocuteur, noblement, en plein visage.

Lénitsyne était très versé dans la science et dans la pratique de la procédure, mais ici, manifestement, ses idées étaient dans une entière confusion, d'autant plus que, cinq minutes auparavant, il s'était laissé aller à parler de ses affaires et se trouvait maintenant pris dans ses propres filets. Il était *par lui-même* fort peu capable d'aucune espèce d'injustice; il était dans son esprit et dans sa volonté de n'en commettre aucune, *personnellement*, même dans le plus grand secret, ni pour autrui ni pour lui. « Voilà, pensait-il en son for intérieur, voilà une bien étrange circonstance ! Allez donc après cela vous livrer à des mouvements de bonne et franche affection, même avec de fort honnêtes gens! C'est un vrai problème que tout ceci ! »

Mais les conjectures semblèrent s'arranger d'elles-mêmes avec complaisance pour seconder les vues de Tchitchikof. Rien ne pouvait être plus favorable au dénouement de cette situation embarrassante que le simple fait de l'apparition, dans la chambre où ils étaient, de l'épouse de M. Lénitsyne, jeune femme pâle, maigre et petite, habillée comme on s'habille à Pétersbourg, et passionnée pour les gens comme il faut. Elle était suivie d'une nourrice qui balançait mollement dans ses bras le premier fruit du tendre amour des deux époux, qui comptaient à peine un an de mariage. Tchitchikof se leva lestement, s'approcha de la dame avec sa grâce coutumière, la tête un peu inclinée à droite et le sourire sur les lèvres, ce qui fit une excellente impression sur la mère, sur le poupon, sur la nourrice, et par suite sur le père. Dans le premier moment l'enfant s'était montré disposé à faire un éclat, mais par les mots : « Agoû, agoû, petit chérubin ! » par l'attouchement d'un doigt caressant et par la beauté d'un cachet de montre en cornaline, Tchitchikof parvint non seulement à le calmer, mais à lui plaire et à l'attirer. Il le prit sur ses bras, puis entre ses mains, et le souleva graduellement jusque vers un lustre de cristal, de manière à produire dans ce petit être un sentiment d'aise qui se trahit par une risette répétée qui faisait le plus grand plaisir aux parents; mais tout à coup cet émoi voluptueux eut un effet inattendu. Qu'il nous suffise de dire que l'enfant ne se conduisit pas bien.

« Ah ! monsieur, pardon, il vous a tout à fait gâté votre habit. »

Tchitchikof regarda; il avait une manche entière très gâtée en effet. « Ah! fils du diable, va, que tu n'as-tu crevé il y a deux heures! » pensa-t-il intérieurement dans son premier moment de dépit.

Le père, la mère, une petite bonne et deux laquais coururent chercher des essuie-mains, des aiguières, des cuvettes et des flacons d'eau de Cologne, puis tout ce monde, à l'envi, se mit à dépouiller l'hôte, à l'essuyer et à le parfumer, si bien qu'il eut presque honte d'être là seul l'objet des soins empressés de tous.

« Ce n'est rien, ce n'est rien! » dit-il, en s'efforçant de donner à sa physionomie une expression aussi souriante que possible. Un gentil enfant de cet âge est tout miel, tout lait et tout grâce; le moyen qu'il puisse gâter quelque chose, je vous prie, ce petit ange? » Il parlait ainsi, mais au fond il se disait à lui-même : « Hum! m'en as-tu mis, va, petit gre-

din! Que le loup te croque en deux bouchées, je ne ferai
qu'en rire, va, va, petite canaille! »

Cette circonstance, en apparence insignifiante, eut pour conséquence positive de mettre M. Lénitsyne tout résolument dans
les intérêts de Tchitchikof. Le moyen de refuser quoi que ce
soit à un hôte qui a fait à notre premier-né tant d'aimables
caresses, et qui fait généreusement, sans sourciller, le sacrifice
d'un habit neuf en fin drap tabac d'Espagne à pluie d'or?

Pour ne donner ni scandale ni mauvais exemple à personne, ils convinrent de mettre la plus grande discrétion
dans tous leurs rapports d'affaires, car ils étaient tombés
d'accord, on l'a vu, sur ce principe, que ce qui est fâcheux
et souvent funeste, ce sont bien moins les actions, même les
plus risquées, que le bruit résultant d'une indiscrétion.
« Faites un crime, répéta Tchitchikof, mais Dieu vous garde
d'une faute! Ah çà, maintenant, service pour service, et dès
aujourd'hui et toujours, ajouta-t-il; voyons, permettez-moi
de me porter médiateur entre vous et les frères Platônof. Le
terrain vous manque ici; vous avez réellement besoin de
deux ou trois bons arpents vers le sud ou le sud-est de
Mont-Joli, n'est-ce pas cela? Vous êtes nouveau, vos paysans,
qui n'aiment pas ceux des Platônof, vous ont fait croire que
ces messieurs sont des farauds et des égoïstes qui ne consen-
tiraient jamais à vous vendre les deux ou trois acres de terre
qu'il vous faut, et ils sont parvenus à vous assurer que du
moins rien ne s'opposait à ce que vous fissiez ceindre d'une
palissade le tertre et tout le terrain pierreux qui l'entoure,
alléguant que c'était un endroit dont personne ne s'était
jamais soucié, et où toujours pourrait-on cultiver la pomme
de terre. Ils vous ont induit en erreur; cet endroit appartient
aux Platônof et ils y tiennent plus qu'à quelques arpents de
bonne terre. Laissez donc ces rocailles à leurs légitimes propriétaires, qui sont, non sans raison, fort irrités contre vous.
J'irai les voir et je vous réponds non seulement de les calmer,
mais d'obtenir d'eux, et, notez cela, au prix que vous voudrez bien indiquer vous-même, une pièce de terre, de bonne
terre, plus grande au moins du double que ce misérable
espace pierreux.... cela vous va-t-il?

— Qu'ils reprennent leurs rocailles, soit ; mais je ne puis pas demander de faveurs à un homme irrité ; je ne veux pas donner à un voisin le droit de se regarder comme mon bienfaiteur.

— Vous ne refuseriez pourtant pas d'avoir dans un voisin un bon et noble ami ? Laissez-moi donc faire et croyez que j'arrangerai toutes choses selon votre intérêt matériel et même selon votre *fantaisie*. Je dis fantaisie, pardon ; mais, voyez-vous, je donne, moi, carrément, résolument, le nom de *mon bienfaiteur* à tout ami, à toute personne qui me traite avec affection et me rend quelque service. Vous allez me rendre un service, donc vous allez être un de mes amis et bienfaiteurs. Des gens civilisés, qui se disent *humbles et obéissants serviteurs* du premier venu à qui ils ont une occasion d'écrire, ne devraient pas se cabrer devant des mots qui ont sur ceux-là l'avantage de la justesse ; tout homme qui agit en ami nous fait par cela même du bien.... il....

— Assez, Pâvel Ivanovitch ; je me rends, et vous avez carte blanche.

— Voilà qui est parler ! Eh bien ! allez, je vous prie, écrire lestement tout ce qu'il me faut pour le greffe du chef-lieu, pour votre vénérable parente, la tante de Khlobouëf, et pour votre ami du Lombard de Moscou, à qui j'adresserai mon délégué aussitôt après la signature de mon contrat d'acquisition. Moi, pendant que vous écrirez, je vais, avec votre permission, faire ma cour à madame, ou examiner votre propriété.

— Tout sera prêt dans moins de deux heures.

— Bien ; dans deux heures je pars.

— Non pas ; vous nous restez à dîner, ou vous n'êtes pas un ami.

— Je resterai, et nous serons les meilleurs amis du monde, comme vous le verrez par les faits. Mais ne perdons pas un temps précieux. »

Tchitchikof se fit rapporter son habit, qui avait séché au soleil et reçu un coup de fer ; il l'injecta d'eau de Cologne du haut en bas. La jeune dame, qui avait changé de toilette, vint le rejoindre au jardin. Après quelques tours d'allée, ils rentrèrent au salon, où elle lui fit un peu de musique. Comme il faisait pendant qu'elle jouait, pour marquer le plaisir qu'il prenait à son jeu, un petit fredonnement de complaisance, elle se figura qu'il avait de la voix et qu'il se mourait d'envie de chanter. Elle s'offrit à l'accompagner. Il eut beau s'en excuser en alléguant que de sa vie il n'avait su qu'une pauvre chanson de douaniers, en quatre couplets, mêlée de mots russes, polonais et juifs; elle s'obstina à entendre cette chanson, qu'elle trouva très originale et qu'il fallut lui écrire. Quant à l'air, Mme Lénitsyne dut noter elle-même les sept ou huit premières mesures, qui devaient suffire pour lui rappeler tout le reste. Tchitchikof déclara qu'il y avait plus de quinze ans qu'il n'avait écrit aucune musique.

A peine Lénitsyne eut-il paru au salon que l'on passa à la salle à manger. Les trois convives, après la prégustation apéritive, se mirent à table et dinèrent très gaiement. Au café, on présenta à Tchitchikof une pipe, des cigares, des cigarettes, qu'il refusa également, disant que son profond respect pour les dames lui avait fait prendre et garder la résolution de s'abstenir. La dame lança à son mari un coup d'œil et un mot de reproche; celui-ci plaisanta agréablement sur les roueries des célibataires qui, ayant passé trente-cinq ans, se privent volontairement de fumer. On se sépara dans les meilleurs termes, mais les deux hommes, intérieurement, réservèrent leur opinion l'un à l'égard de l'autre. Eh! mon Dieu! n'est-ce pas partout et toujours ainsi que cela se passe?

Basile Platônof conçut une haute idée des talents diplomatiques du compagnon de voyage de son frère Platon, et il marqua au crayon, sur le plan cadastral de son domaine, trois acres de bonnes terres qu'il abandonnait à Lénitsyne au prix que ce dernier voudrait y mettre. Il était si heureux de rentrer sans procès, sans scandale, en possession de Mont-Joli, que le lendemain il en fit annoncer la nouvelle dans les quatre villages qu'ils possédaient, son frère et lui.

Platon se trouva être indisposé depuis la nuit précédente;

le lendemain, malgré l'effet de la bonne nouvelle, le mal empira; le surlendemain, la fièvre se déclara et les médecins appelés en consultation déclarèrent unanimement que, pour six semaines au moins, la prudence exigeait que le malade, même après vingt jours de convalescence, n'entreprit aucune excursion.

Tchitchikof avait besoin de se rendre à la ville, et pour un si grand nombre d'affaires intéressantes qu'il ne put s'empêcher d'admirer ce coup du ciel qui le *privait* de la société de Platon l'ennuyé, juste au moment où elle allait devenir pour lui fort incommode. Il se hâta de prendre congé des Platônof, qui, ayant conçu pour lui une véritable affection, lui firent promettre de revenir bientôt. Il y eut cependant à ce départ un retard d'un jour causé par deux circonstances imprévues : tout le linge de notre héros était dans la lingerie à sécher sur des cordes et ne pouvait être livré à Pétrouchka avant la nuit, et, d'une autre part, le temps était si manifestement à la pluie pour de longues heures, qu'il n'y avait pas même à songer au départ. Ce répit forcé ne pouvait manquer d'être mis à profit par Tchitchikof.

En devisant sur l'économie rurale, sur la propriété, sur les serfs, sur l'impôt, il dit à Basile Platônof qu'il comptait bien ne pas payer un sou de capitation pour les âmes mortes de sa future propriété, sachant de source directe et sûre un moyen de s'exempter d'un si odieux impôt, et il ajouta qu'il allait user de ce moyen avec parfaite certitude de succès. Basile lui dit :

« Que ne pouvez-vous en même temps nous soulager, nous aussi, de ce que nous payons pour nos morts !

— Rien ne me serait plus facile, si ces morts paraissaient m'appartenir; mais c'est une affaire de confiance, cela; il faut que je les engage, et par conséquent que je sois censé m'en être rendu acquéreur. Si vous voulez que je me charge de tout, j'y consens de bon cœur. Il y aura des frais, cela va sans dire; mais ce n'est pas un obstacle : je ferai les avances, et nous ferons le compte après.

— Combien nous vous serons obligés !

— C'est à merveille; mais alors les minutes sont précieuses, car il faut que vous donniez une procuration spéciale à un tiers habitant la ville; il faut rédiger cet acte et la minute de l'acte de vente de ces âmes dont la liste, très exacte, très minutieuse, sera jointe à l'affaire.

— La liste, je peux la faire moi-même avec l'assistance de mon intendant; mais pour les actes....

— Vous n'avez pas de papier timbré? Eh bien! vous êtes favorisé du ciel; voyez, il se trouve que j'en ai dans mes paperasses, et juste de celui qu'il vous faut.

— Oui, mais nous commettrons des vices de forme dans la rédaction....

— Allons, je vois bien qu'il vous faut gâter tout à fait; je vais vous dicter le brouillon de la procuration et de l'acte de vente; mais alors vite, vite à la besogne!

— J'abuse vraiment....

— Laissez donc! l'amitié des honnêtes gens est d'assez de prix pour qu'on la paye au moins par des services. Soyez donc persuadé que l'obligé ici c'est moi. »

Le lendemain, vers midi, le temps était rétabli; le linge, repassé et emballé; les actes, minutés et copiés en expédition, signés et paraphés; trois bonnes lettres écrites et cachetées, un succulent déjeuner absorbé, les adieux échangés, l'engagement de revenir bientôt renouvelé à dix reprises. Tchitchikof monta en calèche et partit en émettant le souhait qu'on parlât de lui au bon Platon chaque jour jusqu'à l'heure de sa parfaite convalescence, qui répondrait peut-être à celle de son retour parmi eux. En effet, il s'engageait d'autant plus volontiers à cultiver, disait-il, leur aimable connaissance, qu'il avait un désir très vif : c'était, après avoir réglé par lui-même ses affaires d'acquisition, et celles de l'emprunt à la couronne par un délégué habile qu'il enverrait à Moscou, après avoir pris possession de son domaine dont il doublerait la population, de venir enlever Platon Mikhaïlovitch et mettre à exécution le charmant projet de voyage à deux que la malencontreuse indisposition et l'urgence des affaires les forçaient d'ajourner.

Tout cela était-il bien la *pensée* de Tchitchikof? demande peut-être le lecteur.

Nous répondrons que, dans la pensée de chaque individu, il y a nécessairement une distinction à faire entre la partie fixe, qui n'est qu'un point culminant et central de la pensée individuelle, et la partie mobile : celle-ci est plus ou moins vaste, ingénieuse, variée, fine, subtile, ou lourde et obtuse, selon la capacité d'esprit dont l'homme est doué, ou bien selon les facilités et les difficultés venant de sa position sociale. La pensée fixe de Platon était d'échapper à la nécessité de penser; celle de Basile, de voir ses domaines, par leur prospérité agricole, ne le céder en rien aux terres de Constánjoglo; la pensée fixe de Lénitsyne était de s'élever aux grandes dignités; celle de Tchitchikof, d'arriver, par tous moyens, à ce degré de grande aisance où l'homme de goût, honnête et sensible, s'entoure de toutes les délices de la civilisation de son temps. Quant à la partie mobile, changeante et secondaire dans la pensée des quatre nouveaux amis de notre héros, elle manquait d'étendue et de variété, peut-être parce qu'ils étaient riches et bien posés. Tchitchikof, n'ayant rien sur la terre, possédait en revanche, avec un esprit infiniment plus fertile en ressources, un jeu singulièrement vif et abondant de pensées et de sentiments parmi lesquels, vu l'extrême souplesse de son caractère et de son imagination, il lui aurait été difficile de distinguer en lui-même ce qu'il sentait et pensait de ce qu'il feignait de penser et de sentir. Nous supposons, connaissant sa pensée culminante, qu'au fond il *pensait* ne revoir jamais ni Constánjoglo, ni Platon, ni Basile, ni même la terre qu'il avait achetée dans leur voisinage.

« Pâvel Ivanovitch! hé, Pâvel Ivanovitch! dit Séliphane en se tordant sur ses hanches pour parler à son maître, voyez donc derrière nous, notre britchka et nos trois bêtes qui viennent de passer la barrière en même temps que nous. »

Et il arrêta la calèche.

« Tu es fou!... mais, en effet.... que signifie?... Cocher, qui t'a chargé de me ramener ma britchka? Sans doute André Ivanovitch Téntétnikof, hein? Réponds donc, imbécile! Es-tu muet? es-tu sourd? »

Le paysan qui avait amené la britchka et l'attelage de Pavel Ivanovitch n'était ni sourd ni muet, mais il était mollement bègue, et, de plus, ivre-mort. Tchitchikof s'en aperçut, et, au lieu de continuer de le questionner, il se borna à lui faire un petit signe amical propre à le rassurer. Séliphane fut chargé d'avoir l'œil sur lui, de manière qu'il ne s'écartât point d'eux jusqu'à ce qu'ils fussent installés dans une hôtellerie. Là, son premier soin fut d'envoyer le rustre coucher à l'écurie.

Séliphane et Pétrouchka se mirent en devoir de vider les deux voitures avant de les remiser, et d'après l'ordre de leur maître, ils cherchèrent, mais en vain, quelque message de Téntétnikof dans les poches, dans la caisse et jusque dans le siège de la britchka. Pavel Ivanovitch ne voulut plus, ce soir-là, songer à rien de fatigant pour l'esprit; il soupa et se mit au lit avant dix heures.

Le lendemain, il faisait à peine grand jour qu'il appela Pétrouchka et l'envoya à l'écurie chercher le paysan; celui-ci était parti avant les premiers chants du coq.

Notre héros, qui comptait sur une lettre explicative, en fut réduit à examiner un à un tous les effets que ses gens avaient tirés de la britchka. Rien ne manquait de tout ce qu'il avait laissé chez Téntétnikof, et il trouvait en plus, évidemment comme cadeau de son hôte, l'ancien boudeur amoureux, deux caisses d'admirable eau de Cologne portant les plombs de la douane, et une pièce entière d'une toile de Hollande non moins authentique et bien autrement admirable encore. Mais point de message. Tchitchikof ne crut pas avoir à se préoccuper de ce silence; son imagination lui fournit à l'instant même des raisons plausibles à ce renvoi sommaire de chevaux, d'un équipage léger et d'effets dont on pouvait supposer qu'il aurait besoin peut-être dans ses diverses excursions.

On eut, dans l'auberge, une immense considération pour un gentilhomme qui arrivait en ville pourvu de tant de bagages, avec des voitures de rechange, et qui mettait à lui seul six chevaux à l'écurie. On fut indigné contre celui de ses deux cochers qui était arrivé en complet état d'ivresse et

avait pris la fuite nuitamment pour échapper sans doute à la
juste colère d'un maître, qui, au demeurant, paraissait être
un homme fort doux.

Tchitchikof était arrivé à la ville, très occupé de parfaire,
avant tout, l'acte d'acquisition de son domaine ; il fit toutes
les démarches nécessaires, tantôt seul, tantôt avec Khlobouëf,
son vendeur, à qui il avait à payer au comptant la seconde
moitié du prix de vente. Bientôt l'instrument fut prêt, et le
greffier n'attendait plus que la réunion des contractants et
des témoins. Cette réunion eut lieu ; mais l'acheteur, au lieu
de donner quinze mille roubles argent comptant, montra au
vendeur une foule d'actes qui, il est vrai, supposaient de la
fortune ; il allait réaliser tout cela, et, pour ce premier
moment, il présentait un projet d'obligation sous seing privé
à l'échéance absolue de quatre mois, quoiqu'il espérât bien
être nanti, dans moins de six semaines, d'une somme peut-
être centuple de celle-ci, et satisfaire Khlobouëf aussitôt. Ce
dernier voulait de l'argent tout de suite ; mais, comme toutes
les personnes appelées pour être témoins et tous les employés
des greffes portaient en faveur de Pàvel Ivanovitch, Khlobouëf
craignait de passer pour déraisonnable ; il accepta un simple
écrit, et il signa l'acte de vente, aux termes duquel il reconnaissait avoir reçu le prix intégral de l'immeuble.

Cependant Tchitchikof s'était fait présenter par Lénitsyne
dans la maison d'Alexandra Ivanovna Kanassarova. La dame
continuait de faire tenir chez elle table ouverte ; mais malade
et très affaiblie par la souffrance, elle ne paraissait plus à sa
table, et n'admettait dans son appartement particulier que
les personnes de sa plus grande intimité, et encore fallait-il
que M. Lénitsyne l'eût pour agréable. Tchitchikof fut donné
à la moribonde pour un homme adorable de ton et de manières, de la plus exquise obligeance, d'une expérience et d'un
tact consommés, d'une probité proverbiale, très riche avec
cela, et non moins modeste que sage. Il venait de quitter le
service pour s'établir dans cette province qu'il aimait ; il voulait y acheter des terres et y vivre à la fois en seigneur, en
agronome instruit et en homme de goût ; il avait de très
bonnes connaissances dans le gouvernement et dans les envi-

rons à trois ou quatre cents verstes à la ronde; il avait depuis longtemps témoigné l'intention de se faire recommander particulièrement à Alexandra Ivanovna; et tout récemment, ayant appris de M. Constanjoglo que ce malheureux fou de Khlobouëf était dans la passe la plus cruelle si on ne le débarrassait promptement de son domaine héréditaire, il avait, par pure obligeance, acheté cette terre, pour ainsi dire, à l'aveugle, et seulement pour sauver l'honneur d'un neveu d'Alexandra Ivanovna.

On comprend l'effet d'une telle recommandation dans la bouche d'un parent en belle passe, honoré, honorable. Il venait d'obtenir l'emploi de gouverneur civil de ce gouvernement obscur, qu'il sollicitait uniquement pour ne pas vivre un jour sans voir et consoler sa parente, vieille et infirme, et les habitants de la ville lui avaient fait pour sa bienvenue une sorte d'ovation très flatteuse. Aussi sa protection était toute-puissante près de la moribonde; elle prit le protégé dans une telle estime, le trouva si obligeant et en même temps si discret, qu'elle ne tarda pas à lui prodiguer les gages d'une bonne affection par de petites confidences et quelques commissions délicates Bientôt elle en vint à ne plus pouvoir se passer de lui deux heures de suite, et les deux pupilles qu'elle aimait s'étonnèrent qu'elle ne cherchât pas même à le retenir la nuit près de son chevet : il fut d'abord comme de la maison, et ensuite les domestiques se mirent machinalement à lui obéir, comme s'il fût devenu leur maître.

La vieille dame, tout en baissant de jour en jour, retrouvait, grâce à lui, quelques courts instants de bonne humeur : qu'il lui prit un accès de gaieté, et qu'elle racontât quelque anecdote tant soit peu croustilleuse, Tchitchikof aussitôt faisait signe aux deux pupilles de se retirer, et elles sortaient aussi docilement que si Son Excellence M. de Lénitsyne en personne leur en eût donné l'ordre. Celui-ci était devenu rare dans la maison, ses hautes fonctions lui laissant peu de temps libre; et d'ailleurs il avait près d'Alexandra Ivanovna un suppléant vraiment admirable de zèle, de douceur, d'habileté et de patience. Tchitchikof savait se taire à propos, et c'était de sa part un grand mérite, car il en était venu à pouvoir tout dire. Il y avait cependant un terrain brûlant sur lequel la malade, quelque tour que notre héros prît pour l'y amener, refusait de le suivre en gardant un silence absolu ; c'était sur les dispositions qu'elle avait prises ou qu'elle se préparait sans doute à prendre au sujet de sa fortune, dans la prévision de sa mort prochaine, dont elle lui parlait chaque jour.

Beaucoup de gens commençaient à jaser sur cette assiduité d'un inconnu ; mais beaucoup plus, au contraire, disaient, et le confesseur tout le premier, qu'il était fort heureux qu'il y eût près de la moribonde un homme sage et probe qui ne manquerait sûrement pas de mettre à profit sa confiance pour la décider à faire son testament d'une manière équitable et régulière.

Trois mois s'écoulèrent ainsi sans que Khlohouff fût payé et sans qu'on vît que Tchitchikof négociât un emprunt, opération qui, du reste, venait de réussir à souhait, mais dont il n'avait aucunement hâte de parler : car on sait qu'en fait de payement, il s'exécutait toujours le plus tard possible. Puis le bruit courut que Pâvel Ivanovitch était en marché pour revendre en secret, avec exemption d'impôt pour les âmes mortes, le domaine qu'il avait acheté, et on se creusait la tête pour savoir comment il entendait la chose. Un voyageur, qui avait passé une journée de pluie torrentielle dans la ville, avait dîné à l'auberge avec l'adjudant-colonel de gendarmerie en résidence, et il avait dit à cet officier, sans baisser la voix : « Çà, dites-moi, vous avez donc ici le fameux Tchitchikof ? Vous savez qu'il parcourt la Russie, achetant partout les âmes mortes des propriétaires, et cela dans un but qu'il est facile de deviner. »

Le bruit de ce propos se répandit si vite que l'officier crut devoir en aller parler au général gouverneur militaire. Le même jour un autre bruit de ville vint aux oreilles de ce haut personnage : Alexandra Ivanovna était morte et on avait apposé les scellés à tous les meubles des appartements intérieurs, sur le premier avis du décès donné par M. de Lénitsyne à la police locale. Mais, dans le commun, une multitude de bonnes gens disaient que, quand cet avis fut donné, il y avait plus de quarante-huit heures que la défunte avait dû expirer, et c'était Tchitchikof, ajoutaient les mauvaises langues, que l'autorité devrait bien interroger un peu sur les circonstances de cette mort : car, dans ces derniers temps, il n'y avait réellement plus que lui autour du lit et du fauteuil de la défunte, lui seul qui manœuvrât toutes les sonnettes et disposât du zèle des domestiques et de la bouteille au vinaigre des quatre voleurs.

Ce sont là des propos tels qu'en tient le populaire à la mort de presque tous les vieillards riches. Le général, en cette affaire, sans préjuger aucun crime, avait cru devoir user de ses pouvoirs. Il fit donc comparaître dans son cabinet Tchitchikof, qu'il soupçonnait au moins d'un grand amour de l'intrigue, et, voulant sans doute l'éprouver, il lui signifia brusquement, à la russe, l'ordre de quitter la ville dans les vingt-quatre heures. Tchitchikof, qui s'était attendu à pis, se sentit à l'instant tout réconforté ; il parla et parla bien, il dit tout ce qui semblait devoir militer en sa faveur. Il fit modestement observer à Son Excellence que son éloignement de la ville en ce moment jetterait une perturbation profonde non seulement dans ses affaires, mais à plus forte raison dans celles de toutes les personnes honorables avec qui il était en relation d'intérêts. Bref, il fut autorisé à rester autant qu'il lui conviendrait, mais à la condition de s'observer un peu plus, de manière à ne pas donner prise à toutes sortes de bruits fâcheux.

« Mon prince, dit Tchitchikof, j'ai entendu dire, et je le crois, qu'on arrêterait plus facilement le cours du Dnièpre ou du Volga, que les caquets d'une petite ville. »

Tchitchikof sortit de cette audience plus assuré qu'auparavant contre les médisants de la ville qui, toute une matinée, l'avaient cru très compromis près de la première des autorités du gouvernement.

Khlobouèf reçut ses quinze mille roubles; il avait des dettes pour cinquante mille roubles encore. On le vit marcher côte à côte avec Tchitchikof aux pompeuses funérailles, dont Lénitsyne régla tout le cérémonial.

Le jour de la levée des scellés, on trouva un acte testamentaire à l'ouverture duquel l'autorité convoqua tous ceux qui pouvaient y être intéressés. M. de Lénitsyne, retenu sans doute pour l'expédition des affaires de sa place, se fit attendre plus d'une heure. Lecture faite, il reçut avec une dignité froide les félicitations de presque tous les assistants : il était institué légataire universel des biens de la défunte; puis il était fait à Khlobouëf, aux deux demoiselles de compagnie, à deux cousins pauvres et à un lieu de pélerinage, divers petits legs particuliers que les seuls revenus d'une année pouvaient couvrir et au delà. Les deux pupilles mécontentes et une vieille gouvernante signalèrent à M. de Lénitsyne l'absence de cinq ou six coffrets, d'un écrin, et d'une soixantaine de belles pièces de vaisselle d'or, d'argent et de vermeil; mais M. de Lénitsyne, médiocrement surpris, se borna à sourire en haussant les épaules.

Tout ce que fit notre héros depuis son audience chez le général gouverneur, c'est ce qu'on devinera sans beaucoup de peine d'après le récit des événements exposés dans les deux chants suivants.

CHANT XVIII

Tout a une action, une direction qui lui est propre, et il
n'est personne qui ne s'y livre d'instinct. Où il y a un besoin,
il y a une tendance; où il y a désir, il y a sympathique
attraction : ce fait est l'objet de plusieurs proverbes russes

dont plusieurs sont intraduisibles à force d'énergie. Le
voyage de coffre en coffre avait eu plein succès, et un fait
qui me semble acquis, c'est que dans tout le tohu-bohu inséparable de ces sortes d'expéditions, il s'était glissé et casé
quelque chose dans le grand nécessaire de voyage de Tchitchikof. Bref tout avait été, ce semble, assez sagement
arrangé. Tchitchikof n'avait pas volé, il avait profité, béné-
ficié. Eh! mon Dieu, chacun de nous bénéficie : celui-ci sur
les forêts de la couronne, celui-là sur les économies ou
excédents; un autre applique une part un peu forte du revenu
de ses enfants mineurs à l'entretien d'un rat ou d'une bril-
lante interprète des muses; d'autres dépouillent à nu leurs
paysans pour se procurer un mobilier de Hambs et des voitures de Jurgens ou de Wagner [1]. Que faire si la surface de
la terre est toute couverte de pièges tendus aux nombreux
et divers appétits de l'humanité? Les hôtelleries et les restaurants où l'on est bien prennent des prix fous, et après
cela, les mascarades, les spectacles, les pique-niques, les
parties fines, les danses et promenades avec bohémiens et
bohémiennes,.... Et où ne se fait-on pas une joyeuse et
attrayante bohême? On n'est pas toujours maître de soi;
l'homme impeccable est encore à trouver. Voilà ce qui fait
que Tchitchikof, comme tant d'amateurs désespérés du confort, a fort *habilement* tourné à son profit l'affaire mystérieuse qu'on a pu entrevoir à la fin du chant précédent.

Il eût été bon que Tchitchikof partît, mais les routes étaient
à peu près impraticables. Cependant il s'ouvrit dans la ville
une autre foire, non plus *plébéienne* cette fois, mais en quelque sorte patricienne; la première avait été une foire à chevaux, à bétail, à produits bruts, à salaisons, à poterie, à
colliers et brancards, socs de charrue et nattes de fibrine de
bouleau et de tilleul, toutes choses qui se vendent et s'achè-
tent de paysan à paysan. Cette fois, au contraire, ce qui
s'offre partout aux regards, ce sont les nombreux étalages de
marchandises amenées de Nijée-Gorod [2] par des marchands

---

1. Ébéniste et carrossier fameux.
2. Ou Nijnii-Novgorod, sur le Volga, où se tient la plus grande foire

et colporteurs qui n'ont guère affaire qu'aux gens de condition. Cette fois étaient arrivés les Français, marchands de pommade, fléaux des bourses russes, et, qui pis est, les Françaises vendeuses de chapeaux, sangsues de nos provinces, ou plutôt nuées de sauterelles voraces, qui, comme l'a fort bien dit je ne sais plus quel homme d'esprit, dévorent toute récolte, et, pour surcroît, déposent dans la terre leurs œufs afin que la récolte de l'année suivante soit dévolue à leur race prolifique.

Il est vrai que, cette année-là, les gentillâtres furent peu nombreux; les terres n'avaient presque rien donné. En revanche, les employés, officiers civils et judiciaires de tout *tchine* (rang), affluèrent, n'ayant pas à souffrir de la disette; leurs femmes, hélas! affluèrent ainsi qu'eux. S'étant, maris et femmes, bien infatués de la lecture des différents ouvrages de l'imagination occidentale, répandus à millions dans ces derniers temps avec le but plus ou moins avoué d'inoculer à la pauvre humanité du Nord et de l'Orient toutes sortes de nouveaux besoins, ces néophytes sentaient en eux une aspiration pressante d'obtempérer à toutes les réclames, de faire l'épreuve de toutes les promesses. Un Français avisé ouvrit un établissement d'un genre dont ces localités n'avaient jamais eu l'idée et d'un nom même décidément inouï : un *Vauxhall*; là on était sûr de trouver un succulent souper à un prix fabuleusement minime, et la *moitié à crédit*.

Une telle amorce était certes bien suffisante pour que non seulement les chefs de bureau, mais même les simples scribes, courussent se signaler là, avec l'espoir de puiser plus que jamais dans la poche du plaideur. Il se manifeste là une grande émulation de chevaux de race et de cochers de prix. C'est déjà une grosse affaire que ces classes et ces conditions si diverses se croisant, se coudoyant sous prétexte de plaisirs publics.... Malgré le vent, la neige, la boue, la pluie, les plus élégantes calèches courent, se croisent en tous sens. Nous ne savons d'où elles nous sont ainsi arrivées en pleine pro-

de la Russie orientale. Voir le *Bulletin du Nord*, revue que publiait feu Lecointe de Laveau à Moscou, il y a trente ans (année 1828).

vince lointaine, ces calèches, mais à Pétersbourg même elles ne seraient pas vaincues en élégance.... Les marchands et leurs commis, en soulevant leurs chapeaux d'un air aimable, adressaient des appels aux beaux messieurs et aux belles dames; les barbus à bonnets de pelleteries à la russe étaient l'exception; tout prenait un aspect européen, manières et manies, costumes et coutumes.

Tchitchikof, en robe de chambre persane neuve, dont l'étoffe était de la termalame d'or, étendu sur un bon divan, faisait son prix avec un marchand contrebandier étranger, juif d'origine, allemand à en juger par le langage. Devant lui étaient déjà une pièce de la plus belle toile de Flandre et deux boîtes en carton contenant des savons de France des premières fabriques de Paris, ce même savon qu'autrefois il acquérait sans bourse délier à la douane de Radzivilovka. Dans ce même moment où, fin connaisseur, il achetait tous ces objets indispensables à tout homme civilisé, retentit le roulement d'une voiture qui s'arrêtait et s'ouvrait au pied du perron, après avoir fait trembler au tonnerre de son approche les vitres des fenêtres et les parois peu épaisses de la maison. Un personnage entra; c'était Son Excellence Alexis Ivanovitch Lénitsyne. « Eh! je suis heureux, s'écria le trafiquant, de voir arriver Votre Excellence; je m'en rapporte à sa justice : qu'elle dise si cette toile, si ce savon, si cet objet, vous savez, que monsieur a acheté hier, ne valent pas.... » Pendant ce trait d'éloquence du marchand, Tchitchikof se coiffa de sa belle ermolka brodée or et en fausses perles, et put faire l'effet d'un schah de Perse, moins les moustaches en cordes à puits, mais nullement sans dignité et sans majesté.

Son Excellence, sans répondre bien entendu à la cantilène du marchand, dit d'un air préoccupé à Tchitchikof : « Il faut que nous parlions affaires. » L'expression de ses traits, outre la préoccupation, annonçait de l'abattement. L'honorable négociant interlope fut renvoyé sans cérémonie, et ils restèrent seul à seul.

« Savez-vous quel désagrément se prépare? Il a été découvert un autre testament de la vieille, un testament qu'elle a fait et signé il y a cinq ans. Dans ce fâcheux document, la défunte lègue la moitié de sa succession à un monastère, l'autre moitié est partagée *ex æquo* entre ses *élèves*, comme sont désignées les caméristes, et nul autre individu n'est même nommé.

« Mais ce testament-là, se hâta de dire Tchitchikof, est une feuille de chêne. On ne peut être admis à le faire valoir en justice; c'est un axiome de droit universellement suivi en matière de testaments, que le postérieur annihile tous les antérieurs.

— Il faudrait, à l'appui de l'axiome, qu'il eût été dit dans le dernier testament que le testament précédent est abrogé et mis au néant.

— Puisque l'annihilation est de droit, le seul fait d'un subséquent implique le néant d'un précédent. Toute allégation contraire est absurde, et le premier testament est de nulle valeur. Je sais bien la volonté dernière de la testatrice, puisque j'étais près d'elle. Qui est-ce qui a signé au premier testament? Qui figure là comme témoins?

— C'est un acte en très bonne forme, et enregistré au greffe du tribunal. Les témoins qui ont signé sont Bournûlof, ex-juge au tribunal de conscience, et Khavânof.

— Voilà qui est mauvais, pensa Tchitchikof : Khavânof a là réputation d'un honnête homme; Bournûlof est un vieux hypocrite qui, tous les jours de grande fête, lit les apôtres dans les églises, c'est mauvais. Bah! c'est ridicule, dit-il en regardant d'un air calme M. Lénitsyne, et en prenant dans son cœur la résolution de ne reculer devant rien. Je connais l'affaire mieux que personne; j'ai assisté, moi, aux derniers moments de la défunte. Personne ne m'en fera accroire; ce que je sais, je le dis; je le soutiens et suis prêt à le maintenir par serment. »

Ces paroles, prononcées du ton de la plus ferme résolution, calmèrent l'inquiétude de Lénitsyne. Il avait été plein d'anxiété, et déjà il commençait à croire Tchitchikof capable peut-être d'avoir mis du sien, si ce n'est tout, dans ce testament suprême. Il se reprocha à lui-même l'injustice de ce doute. Tchitchikof se déclarait prêt à subir l'épreuve du serment; le soupçon n'était donc plus permis. Nous ne saurions affirmer que Pâvel Ivanovitch aurait eu le courage de prêter sur le saint Évangile le solennel serment dont il s'agit, mais il eut assez de courage pour dire qu'il le prêterait.

« Soyez tranquille, je vais consulter sur cette affaire certains jurisconsultes habiles. Vous n'avez, quant à vous personnellement, rien à dire ni à faire; vous êtes de côté. Je puis maintenant vivre dans la ville autant qu'il me plaira; j'ai à cet égard la parole du général gouverneur [1]. »

Tchitchikof fit aussitôt avancer sa calèche et se rendit chez un avocat consultant, dont il faut que nous fassions la connaissance. C'était un jurisconsulte de très grande expérience. Il s'appelait Vacili Vaciliévith Oldekrock, mais on l'appelait plus communément Vassvass ou le Chat-Tigre. Il était, comme avocat, depuis quinze ans en interdit et sous la menace d'une décision pénale; mais on ne parvenait, par aucune mesure, à l'empêcher d'avoir la main dans toutes les affaires graves de la justice locale. On savait que ses exploits auraient dû lui attirer dix fois un exil dans l'Est; on disait tout haut que l'air ambiant de cet homme ne pouvait être qu'une atmosphère de défiance et d'inquiétude : mais on n'était point parvenu à réunir contre lui un corps de preuves assez solide pour servir de base à un arrêt de condamnation. Il semblait y avoir là quelque prestige inexplicable, et nous serions tenus de considérer cet homme comme sorcier, si

---

1. Ce personnage déjà mis en scène devant jouer le rôle principal ici et dans le chant suivant, expliquons ce titre de général gouverneur, *Ghénéral Goubernator*. Telle est la dénomination adoptée au collège des affaires étrangères qui est le régulateur des titres officiels dans l'empire pour les langues du dehors. Traduire par gouverneur général, ce serait ne se pas conformer aux termes reçus et consacrés.

Le général gouverneur est la plus haute personnification du pouvoir dans les provinces; c'est toujours et forcément un militaire, et du grade au moins de général. La compétence supérieure de quelques-uns, surtout dans les pays conquis, s'étend à plusieurs gouvernements à la fois, par exemple aux trois provinces allemandes : Courlande, Livonie, Esthonie, à toute la Transcaucasie, et elle a existé longtemps pour la Sibérie entière, réunie sous la même direction.

aussi bien les aventures dont nous retraçons la très fidèle histoire se rapportaient aux époques de la barbarie.

Ce jurisconsulte fit impression sur Tchitchikof, d'abord par l'excessive froideur de son accueil, puis par le contraste du personnage et de ce qui faisait cadre autour de lui. Il était assis sur un siége en loques, dans une robe de chambre déguenillée et graisseuse, au milieu d'un riche mobilier d'acajou, devant une belle pendule d'art qui était placée sous une cloche de pur cristal, pendant qu'au plafond un lustre resplendissait à travers une fine housse de gaze, et qu'en général, tout ce qu'on apercevait dans l'appartement portait l'irrécusable témoignage de la civilisation européenne.

Tchitchikof, incapable de s'arrêter beaucoup à ces contradictions de l'extérieur d'un homme, entra en matière et exposa l'affaire qui l'amenait, en ayant soin de bien faire ressortir les points où les opposants pouvaient avoir de la prise ; puis il fit entrevoir, dans une séduisante perspective, la reconnaissance qui suivrait les bons conseils et les bons offices.

Le jurisconsulte, qui évidemment était philosophe, parla sagement de l'incertitude de toutes les choses de la terre, et en particulier des volontés et de la vie même des hommes. Sans employer précisément le proverbe pittoresque de la mésange dans la main préférable à la grue planant sous le nuage, il termina de manière à en évoquer adroitement le souvenir dans l'esprit fin et attentif du client.

Il n'y avait pas à balancer, et le client se hâta de mettre une fort gentille mésange dans la main du philosophe, dont aussitôt tout le scepticisme disparut comme par magie. Celui-ci se trouva être l'homme le plus bienveillant, le plus communicatif et le plus aimable ; son entretien, sous le rapport de la facilité et de la grâce du tour, ne le cédait nullement à celui de Tchitchikof lui-même.

« Vous allez vous trouver lancé dans une bien longue et bien difficile affaire, dit l'avocat ; mais permettez-moi de vous faire observer que certainement vous n'avez pas bien examiné le testament, le dernier testament, celui qui doit être le bon ; nul doute que le précédent n'y ait été expressément annulé; il y a là une ou deux lignes d'écriture, un renvoi, Dieu sait! que vous n'aurez pas aperçu. Prenez cet acte, l'original même, chez vous, et voyez. Il est défendu, sans doute, de jamais laisser sortir du greffe des pièces de cette importance; mais en priant de la bonne manière certains employés connus pour leur obligeance..... de mon côté, je m'intéresserai activement à ce que cette communication ne vous soit pas refusée durement.

— Je comprends, » pensa Tchitchikof, et il dit : « En effet, il ne me souvient pas bien s'il y a, oui ou non, la mention, et même je ne saurais dire... vous savez, dans la confusion de ces moments-là... je ne saurais dire si c'est moi qui ai tenu la plume ou si un autre a écrit l'instrument...

— Eh bien, c'est cela; le mieux est que vous voyiez la pièce, et à loisir... Au reste, ajouta-t-il avec une parfaite bonhomie, soyez, quoi qu'il arrive, toujours ferme, toujours calme et serein, même si les choses prenaient la pire tournure. Il n'y a pas d'imbroglio qui ne se débrouille, pas de faute qu'on ne répare, si l'on est calme et ferme. Faites comme moi, je ne cesse jamais d'être calme. On a beau multiplier contre moi les attaques et les accusations, je suis, je reste calme. »

La face du jurisconsulte philosophe était en effet si admirablement tranquille et placide, que Tchitchikof s'en trouva lui-même tout apaisé.

« Sans doute le calme est un point très important, dit Tchitchikof; mais convenez cependant qu'il y a de telles circonstances, de telles piqûres, de telles positions critiques, que tout ce beau calme saute en l'air comme chassé par un ressort.

— Alors il y a poltronnerie, dit bonnement le philosophe juriste. En tout cas, parlez très peu, efforcez-vous de ne point parler du tout, faites en sorte que toute la procédure se fasse par écrit, pas autrement que par écrit; du noir sur du blanc, c'est du gris. Et dès que vous reconnaîtrez que l'action marche rapidement, et qu'il n'y a presque plus qu'à formuler et prononcer le jugement, ayez soin, non pas de

vous justifier et de vous défendre, car ce n'est plus le temps
de plaider son innocence, mais de jeter dans l'affaire une grêle
d'incidents, d'insinuations, de demi-mots, de réticences, de
petites inventions perfides à grand effet, pour embarrasser,
embrouiller, confondre. Vous entendez, il faut brouiller
tout ; il faut jeter des pannetées, des hottées de toutes sortes
d'histoires connexes ou non, mais paraissant concerner des
personnes innomées jusqu'ici; il faut compliquer, compliquer, compliquer, amasser des nuages, et se reposer. Eh
bien ! là-dessus, qu'il arrive de Pétersbourg un employé
réviseur, contrôleur, inspecteur, comme ils voudront l'appeler; que ce fonctionnaire revise donc, qu'il revise, qu'il
lise, qu'il analyse, qu'il y voie clair, s'il peut ! »

En achevant cette tirade, il prenait un grand plaisir à
regarder la physionomie de Tchitchikof, comme un maître se
plaît à regarder la figure de l'écolier à qui il explique une
appétissante page de la syntaxe russe.

« Bien, si on est assez heureux pour assembler des circonstances propres à enfermer de toutes parts ses juges dans
la plus épaisse obscurité, repartit Tchitchikof qui, de son
côté, regardait le philosophe comme regarde, avec la même
joie que l'écolier regarde son maître, quand il a compris la
page expliquée par ce dernier.

— On saura en assembler et de très compliquées, soyez-
en sûr. L'effet d'un fréquent exercice sur un sujet exclusif
rend l'esprit ingénieux ; et, d'abord, n'oubliez pas que vous
serez aidé ; on compliquera, on brouillera à l'envi de vous.
La complication dans les chiffres est avantageuse à une foule
de gens, cela amène du monde à un plus grand nombre de
gens de greffe. Dans ce monde, il arrivera de toutes parts
bien des gens qui ne comprendront pas un mot des choses sur
lesquelles on les sommera de s'expliquer; appelés, accusés
ou questionnés en vain, les uns auront à se justifier d'une
insinuation inouïe, inconcevable; les autres à attester qu'ils
ne peuvent témoigner de choses dont ils n'ont même aucune
idée : mais tout cela devra se faire sur papier timbré, dans
les formes et le style voulus... Voilà une moisson pour les
bureaux. Je vous répète que l'on peut tellement grossir et

brouiller l'écheveau, que le juge le plus zélé s'y usera les yeux, les dents et les ongles, et ajoutera lui-même aux difficultés par son impatience inévitable. Pourquoi suis-je tranquille, moi? parce que je me suis dit une bonne fois : « Que mes affaires deviennent plus mauvaises, qu'elles deviennent critiques et abominables, c'est bien, je les attends là; aussitôt je les y fais entrer tous, tous : et le gouverneur, et le vice-gouverneur, et le maître de police, et le trésorier; j'accroche à chacun son mouflon. » Je connais à fond leur histoire, je sais leurs colères, leurs haines, leurs brigues, leurs délations mutuelles, leurs traits d'envie, de bassesse et de perfidie. Quand j'aurai fait sortir de tout cela un épais brouillard, qu'ils s'agitent là dedans, se heurtent, se culbutent : avant qu'ils aient eu le temps de se reconnaître, il en sera venu d'autres, et que ne sera-t-il pas survenu? C'est dans l'eau trouble que les écrevisses se font prendre. Là elles n'attaquent pas et ne savent pas comment se défendre. »

Ici encore, le juriste philosophe regarda Tchitchikof de tous ses yeux et de nouveau avec cette même jouissance du maître, expliquant à son élève le passage le plus piquant de la grammaire russe. Car il n'est rien de savoureux, de provoquant comme la science grammaticale en Russie.

« Cet homme est un génie, » pensa Tchitchikof, et il quitta le juriste dans la plus agréable disposition d'esprit.

Tranquillisé, il se jeta indolemment sur les coussins moelleux de la calèche et dit à Séliphane de rabattre le tablier. (En se rendant chez le juriste, il avait fait relever le tablier, et même fermer et boutonner les rideaux de cuir.) Il posa, comme eût fait un colonel de hussards en retraite ou M. le grand maître de police Alexandre Pétrovitch Vichnépokromof en personne; il avait une jambe croisée sur l'autre, un visage épanoui livré aux regards des passants, et le fin chapeau de soie neuf sur l'oreille. Les marchands, soit ceux du pays, soit ceux du dehors, qui se trouvaient sur le seuil de leurs boutiques, mettaient respectueusement chapeau bas, et Tchitchikof avait, à tous coups, la courtoisie de soulever gracieusement le sien en regardant chacun d'eux tour à tour. Plusieurs lui étaient déjà bien connus; les autres étaient du dehors; mais, émerveillés des parfaites manières du monsieur, ils lui faisaient politesse à l'exemple de ceux qui le connaissaient, ou simplement pour sa bonne mine.

La foire de Tfouslavie n'était encore nullement finie; la première partie, la partie chevaline, bovine et agricole, avait seule pris fin; la partie opulente, mondaine, aristocratique, celle des objets d'art et de haut prix pour les civilisés, les européanisés, ne faisait que commencer. Les forains qui étaient arrivés sur roues ne pensaient point à s'en aller autrement que sur patins, et comptaient déjà sur des neiges abondantes.

Un marchand de drap à physionomie ouverte, en surtout allemand de coupe moscovienne, une main occupée à tenir son chapeau à longue distance de la hanche de gauche, l'autre main posée par trois doigts sur un menton rasé de frais, dit à Tchitchikof dont la calèche se ralentissait, et cela avec toute l'expression de regard et de ton qui dénote un Européen raffiné tel qu'on l'entend et on le pratique au bazar de Moscou : « Faites-moi la grâce, faites-nous l'honneur! »

Tchitchikof entra dans le magasin du drapier en lui disant : « Voyons, mon cher, faites-nous voir un peu votre drap. »

Le gracieux marchand leva lestement la trappe horizontale de son comptoir, passa, rabattit la trappe, et la tête découverte, le dos tourné à ses marchandises, la face au noble chaland, fit son second salut d'usage à Tchitchikof. Puis il se couvrit, et se courbant en avant, appuyé de ses deux mains sur le bord intérieur de l'établi, il engagea le dialogue :

« Quel drap vous faut-il? Préférez-vous les draps de fabrique nationale ou les draps anglais?

— Il me faut, répondit Tchitchikof, les draps de fabrication nationale, mais de ceux que vous donnez pour anglais.

— Dans quelles couleurs, s'il vous plaît? dit le marchand en se balançant ondulatoirement sur ses deux mains, qu'il continuait de tenir appuyées sur le comptoir.

— Olive ou vert bouteille, ou mieux teinte groseille à maquereau.

— J'ai votre affaire et dans les meilleures qualités; vous ne trouveriez pas mieux dans les capitales du monde civilisé. Ivan! ici le drap de là-haut n° 34... bien! jette ici... Voilà, monsieur, voilà un drap! »

Et, ayant déployé une belle longueur d'étoffe par le côté où il était le plus avantageux de le montrer, et en faisant jouer le reflet sous un jour pris de biais, il le porta tout à fait sous le nez de la pratique, si bien que Tchitchikof put non seulement le bien voir, mais aussi le sentir et le flairer.

« Beau drap, c'est vrai, mais ce n'est pas cela, dit le chaland. J'ai, voyez-vous, servi dans les douanes, moi; ainsi ne me présentez donc que les premières qualités, et, quant à la couleur, que le drap ait un reflet roussâtre, qui tienne plus de la gadelle mûre que du vert bouteille.

— J'y suis maintenant : vous voulez la couleur qui devient à la mode. J'en ai là une partie qui est excellente. Je vous préviens que c'est cher, mais c'est tout ce qu'il y a de beau. »

L'Européen grimpa à l'échelle, une pièce tomba sur le comptoir. Il la déroula et la déploya avec l'agilité des anciens temps, oubliant un moment qu'il appartenait à la nouvelle génération; il s'élança hors de son comptoir pour la rapprocher du grand jour; il la montra en clignant comme s'il était ébloui de quelque miroitement merveilleux, et il dit en appuyant gravement sur chaque mot : « C'est là, monsieur, une teinte unique en beauté et qui se nomme, dans le commerce, *Navarin flamme et fumée*; c'est le drap des connaisseurs. »

Le drap plut. Tchitchikof se fit rabattre un dixième du prix demandé, quoique le marchand eût affirmé que c'était prix fixe chez lui. Le drap fut mesuré, coupé, plié, enveloppé d'un fort papier, ficelé, la ficelle artistement nouée en anneau, et le paquet déposé dans la calèche, le tout gaillardement en trois tours de main, à la russe.

Une voix se fit entendre qui demandait du drap noir. Tchitchikof regarda : « Ah! diantre, c'est Khlobouëff! » se dit-il en lui-même; et il se détourna pour ne le pas voir,

jugeant que ce serait manquer de prudence que de s'entretenir avec lui, ne voulant lui donner aucune explication sur
la succession de sa tante, et ne pouvant, s'il se prêtait à la
causerie, éviter ce sujet agaçant. Mais Khlobouëff l'avait
aperçu :

« Qu'est-ce donc, Pâvel Ivanovitch? vous vous détournez
de moi comme exprès! Je ne puis vous trouver nulle part…
et, pourtant, l'affaire est d'une nature à exiger que nous en
parlions sérieusement.

— Mon cher monsieur, répondit Tchitchikof en lui pressant les deux mains, soyez sûr que moi-même je désire
beaucoup de m'entretenir avec vous; mais où prendre le
temps pour cela? » Il pensait : « Si le diable pouvait donc
me débarrasser de cet importun! »

Et tout à coup il vit entrer Mourâzof, homme très riche et
très considéré : « Ah! bénédiction! s'écria Tchitchikof rom-
pant les chiens, c'est l'honorable Athanase Vasiliévitch;
voilà une agréable rencontre! »

Vichnépokromof, qui venait d'entrer à son tour dans la
boutique, s'écria : « Eh! ce cher Athanase Vasiliévitch! »
Le drapier, qui, comme nous l'avons vu, aimait à se donner
les airs les plus *civilisés*, se découvrant, portant son chapeau
à la plus grande distance qui pût séparer sa main de sa tête,
qu'en même temps il inclinait en avant avec tout le haut du
corps, se hâta de dire bien distinctement : « Nos plus humbles respects au très honoré Athanase Vasiliévitch! »

Et en ce moment sur tous les visages à la fois s'imprima
profondément ce sentiment fétichiste de la bassesse servile,
dégradante et bête, que la société court exposer sans pudeur
aux yeux des millionnaires.

Le vénérable vieillard, qui savait quelle qualité l'on révé-
rait le plus en lui, répondit à tous par un salut général et
alla droit à Khlobouëf. « Pardon, lui dit-il, je vous ai vu de
loin entrer ici, et j'ai pris la liberté de venir vous trouver.
Si vous avez une petite heure de loisir et occasion peut-être
de passer par chez moi, faites-moi l'honneur d'entrer; j'ai
besoin de causer un peu avec vous.

— Volontiers, lui répondit Khlobouëf.

— Quel beau temps nous avons aujourd'hui, Athanase
Vaciliévitch! dit Tchitchikof au riche vieillard.

— N'est-ce pas, Athanase Vaciliévitch, que c'est une journée superbe? se hâta de dire Viehnépokromof.

— Oui, grâce à Dieu, fort belle; mais j'y voudrais un peu
de pluie pour les champs.

— Ce serait bien à désirer pour les blés, et ce serait bien
aussi pour la chasse, dit Viehnépokromof.

— Oui, oui, la pluie ferait beaucoup de bien, dit Tchitchikof, à qui la pluie importait infiniment peu; il en faut
pour les blés. » Il appuya sur ces derniers mots pour être
agréable à l'homme aux millions, en ramenant la juste mesure
que celui-ci avait mise dans son opinion.

Mourâzof salua et sortit. A peine il fut sorti qu'on se mit
à parler, non de ses vertus, mais de sa grande fortune.
Tchitchikof dit :

« Je vous avoue, messieurs, que la tête me tourne, quand
je songe que ce brave homme-là possède dix beaux millions...
dix millions, qui le croirait? il a dix millions!

— Eh bien, moi je dis que c'est là une chose exorbitante,
monstrueuse, s'écria Viehnépokromof. Les capitaux ne doivent pas être accumulés ainsi. On écrit sur ce sujet-là,
aujourd'hui, d'excellents livres en Europe : tu as de l'argent,
beaucoup d'argent, eh bien, fais-nous-en part; régale-nous,
donne des bals, étale chez toi, et partout autour de toi, un
luxe bienfaisant qui procure du pain aux ouvriers et artisans.

— C'est ce que je ne puis m'expliquer, dit Tchitchikof;
posséder dix millions et vivre comme un simple paysan! Que
ne peut-on faire avec dix millions! songez donc! Savez-vous
qu'avec cette fortune on peut monter sa maison de manière
à n'avoir, du soir au matin, pour unique société, que des
généraux et des princes?

— C'est vrai, dit le drapier, qu'avec son caractère honorable, Athanase Vaciliévitch a l'esprit passablement borné.
Parmi nous autres, un marchand fait fortune; il se fait
bourgeois notable et, de ce moment, il n'est plus, en quelque sorte, simple marchand, il est commerçant; il est, comme
on dit, négociant. Si j'en suis venu là, je dois avoir ma

loge au théâtre; je ne donnerai pas ma fille à un simple colonel; non pas, je ne la donnerai qu'à un général. Un colonel! qu'est-ce que c'est pour moi alors qu'un colonel? et, quant à mon dîner, je le commande chez le confiseur; je n'irai pas, certainement, me contenter du dîner d'une cuisinière!

— Avec dix millions de roubles argent, dit Vichnépokromof, on peut... ah! donnez-moi dix millions, et vous verrez ce que je ferai.

— Allons donc, dit Tchitchikof, avec dix, avec vingt millions, tu ne feras que de la camelote. Avec dix millions, c'est moi, c'est moi qui ferais de belles choses! »

Khlobouëf, pendant tous ces propos, pensait : « Après tant de terribles épreuves, si moi j'avais dix millions..... L'expérience fait connaître le prix de chaque kopéïka; je m'arrangerais aujourd'hui tout autrement. » Puis, un moment après, sa réflexion passant au doute, il pensa : « Est-il bien sûr, en effet, que je serais aujourd'hui plus sage?.... » Sur quoi il lit de la main le plus grand signe national du renoncement, et sa pensée conclut ainsi : « Au diable les millions! je crois fermement que je jetterais l'argent par les fenêtres comme par le passé. »

Et il sortit du magasin tout agité par le désir de savoir vite ce que pouvait avoir à lui dire Mourâzof.

« Vous voyez, je vous attendais, Sémeon Sémeonovitch, dit Mourâzof en voyant entrer chez lui Khlobouëf. Allons chez moi. »

Et il emmena Khlobouëf dans sa chambre, qui était bien moins élégante que n'importe laquelle de celles de MM. les scribes à sept cents roubles d'appointements annuels.

« Vos affaires, Sémeon Sémeonovitch, ont bien dû, je suppose, se relever un peu; faites-moi confidence de ce qu'il en est. Il vous est du moins revenu quelques bribes, n'est-ce pas, de la succession de votre tante?

— Comment vous expliquer cela, Athanasse Vaciliévitch? Je ne puis guère dire que l'état de mes affaires soit meilleur. Il m'est échu en partage cinquante âmes, plus trente mille roubles dont j'ai disposé immédiatement pour payer une

partie de mes dettes, et, à l'heure qu'il est, je me retrouve
de nouveau vis-à-vis de rien. C'est dur de retomber toujours
dans cet affreux dénuement; mais croiriez-vous que ce qui
me tracasse le plus, c'est le fait que ce testament est de tout
point très suspect, pour ne pas dire pis? Autour du lit de
mort de la défunte, il s'est passé bien des choses mystérieuses, tranchons le mot, bien des infamies. Tenez, je vais vous
citer en peu de mots un trait propre à mettre sur la voie de
cette intrigue, et vous serez étonné de voir de quoi les hommes sont parfois capables. Ce Tchitchikof.....

— Permettez, Siméon Siméonovitch; avant de parler de
ce M. Tchitchikof, permettez que nous parlions de vous en
particulier. Dites-moi quelle est la somme qui, d'après vos
calculs, suffirait pleinement pour vous tirer de la passe fâcheuse où vous êtes.

— L'état de mes affaires est très mauvais, dit Khlobouëf.
Eh bien! pour en sortir, pour acquitter toutes mes dettes et
avoir encore la possibilité de vivre très mesquinement, mais
pourtant de vivoter honnêtement avec les miens, il me faudrait cent mille roubles, je dis au moins.

— Si vous aviez cette somme à votre disposition, quel
genre de vie alors mèneriez-vous?

— Je louerais un logement habitable et je ne m'occuperais
plus que de l'éducation de mes enfants. Je ne pense plus à
moi, ma carrière n'était qu'une impasse; j'en ai atteint le
fond et j'y reste; je ne suis propre aujourd'hui à aucune
espèce de service public.

— Vous faites choix de la vie oisive; songez que c'est
dans l'oisiveté que viennent en foule des fantaisies auxquelles
l'homme occupé d'une tâche prolongée ne pourrait jamais
s'arrêter un instant.

— Je ne peux plus travailler, je ne suis plus bon
à rien, je me suis affaissé sur moi-même, j'ai le foie
attaqué.

— Mais comment donc vivre sans place, sans emploi, sans
travail? Regardez toute créature douée de vie, chacune a une
destination, un devoir, une utilité; il n'est pas un caillou qui
ne fasse son office, et on verrait l'homme, le plus largement

doué des créatures, rester sur la terre, sans office ! cela n'est pas admissible.

— Je vous l'ai dit, je ne serai pas entièrement désœuvré, puisque je serai tout occupé de l'éducation de mes enfants.

— Eh ! Séméon Séméonovitch, l'éducation à donner aux enfants est la tâche la plus sainte, la plus délicate et la plus difficile du monde. Avant que de songer à élever les autres, il faut d'abord, soi-même, avoir été élevé. Un père n'a qu'un moyen d'instruire et d'édifier ses enfants : ce moyen, c'est l'exemple de sa vie ; la main sur la conscience, dites-moi si votre vie est d'un bon exemple pour vos enfants. Elle leur enseignerait l'oisiveté, la bouteille et les cartes. Non, Séméon Séméonovitch, vos enfants, vous me les confiez, je vous les prends pour que vous ne puissiez pas nous les gâter. Songez-y bien : c'est l'oisiveté qui vous a perdu ; il faut, de ce moment, la fuir ; il faut que vous soyez enchaîné et rivé à une barque, je veux dire à une tâche, à une entreprise qui exige des déplacements continuels, et beaucoup, beaucoup de mouvement dans un but utile et honnête.

— J'ai essayé du service ; il m'était impossible alors : comment me serait-il possible aujourd'hui ? Comment irais-je, à quarante-cinq ans, m'atteler côte à côte, derrière un bureau, avec quelque jeune scribe surnuméraire ? J'ai horreur de la simonie et de la concussion ; je ne ferai là que nuire aux employés ; ils ne me souffriront pas ; ils font caste entre eux, et qui n'est pas de la caste en est l'ennemi. J'ai passé en revue tous les petits emplois, je ne vaux rien pour aucun, à moins que, dormant fort peu, je ne sois pris comme surveillant de nuit dans un hôpital.

— Vous, surveillant dans un hôpital ? Comme inspecteur, vous voulez dire ; mais comment solliciteriez-vous cela ? Ceux qui ont beaucoup travaillé dans leur jeunesse répondent à ceux qui se sont beaucoup amusés, comme la fourmi à la cigale : « Allez danser maintenant. » Et même pour obtenir un lit à l'hospice, il faut travailler, se donner quelque peine ; là, on ne joue pas au whist. Séméon Séméonovitch, vous vous trompez et vous trompez votre famille. »

En parlant ainsi, Mourazof regardait fixement Khlobouëf,

qui ne pouvait trouver un seul mot à répondre. « Écoutez, Séméon Séméonovitch, reprit-il, le cœur tout pénétré d'un tendre sentiment de charité, vous fréquentez plus que jamais l'église, vous priez, et priez avec ferveur ; je sais que vous assistez aux matines, aux litanies, aux vêpres ; vous prétendez que vous ne pouvez pas vous arracher du lit le matin, et dès les quatre heures, avant que personne soit éveillé, vous êtes à l'église.

— Ah ! c'est bien différent, Athanase Vaciliévitch ; je fais cela, non pour un homme, mais pour celui qui nous a ordonné d'être de ce monde ; je crois qu'il est miséricordieux pour moi ; que, tout abject et méprisable que je suis, il peut me pardonner et me recevoir en sa grâce, tandis que les hommes me repousseront du pied, tandis que le meilleur de mes amis me trahira et prétendra m'avoir vendu par un motif honorable. »

Un sentiment d'amertume qu'il ne put comprimer se réfléchit dans les traits de Khlobouëf. Mourâzof garda un moment le silence comme pour lui laisser le temps de se calmer, puis il lui dit :

« Pourquoi ne prendriez-vous pas, dans le même esprit, un travail soutenu ? Pourquoi ne vous emploieriez-vous pas, de corps et d'âme, non pour complaire à l'homme social, à ce qu'on appelle le monde, mais pour le service de Dieu ? Servez celui qui est bon et miséricordieux et ne se dément point. A ses yeux le travail est chose sainte à l'égal de la prière. Embrassez une tâche quelconque, embrassez-la à son intention tout spécialement. Vous allez faire votre provision de bois pour l'hiver ; eh bien ! toisez-le vous-même, sciez-le, fendez-le, empilez-le, détruisez les piles, transportez tout ce bois dans une autre partie de la cour, sauf à le rapporter et à le retoiser ensuite où il était auparavant..... travail bien oiseux, bien inutile, n'est-ce pas ? Et pourtant songez que, pendant que vous en serez occupé, il ne vous restera pas de loisir pour le mal, pour jouer aux cartes, pour vous livrer aux excès de table avec des gloutons et pour demeurer ensuite des jours entiers dans l'abattement, dans une prostration morale malsaine à tous égards. Un travail long et pénible, quelle qu'en soit la nature, est salutaire, surtout si on l'exécute à l'intention de celui qui, en nous créant, nous a voués au labeur [1]. Écoutez, Sémeon Sémeonovitch, connaissez-vous Ivan Potapytch !

— Oui, je le connais et j'ai pour lui beaucoup d'estime.

— Et ses précédents, les connaissez-vous?

— Non, ou du moins très peu.

— Je vais vous conter cela en quelques mots : Ivan Potapytch a été millionnaire. En ce temps-là, il mariait ses filles à des gens plus ou moins titrés, et vivait comme un tsar. Mais, étant tombé en faillite, il se fit courtaud de boutique. C'est bien dur, quand on a eu des coffres et des dressoirs remplis de vaisselle plate, d'aller manger à la gamelle chez autrui; il semblait bien alors que sa fortune ne s'en relèverait jamais. Aujourd'hui Ivan Potapytch pourrait se faire servir la soupe dans des soupières et des assiettes d'argent massif, mais il ne le veut pas. Il n'aurait qu'à le vouloir pour ramener chez lui la vaisselle plate et les convives d'autrefois, mais il dit : « Non, Athanase Vaciliévitch, aujourd'hui je ne m'occupe plus d'une grossière satisfaction personnelle, mais je travaille pour moi, pour vous et pour le salut de mon âme, car Dieu l'a ordonné ainsi le jour où il m'a frappé. Je me garderai bien désormais de rien faire qui soit de ma volonté propre; je vous écoute parce que c'est là obéir à Dieu, car Dieu ne parle plus aujourd'hui que par la bouche des plus honnêtes gens. Vous avez plus d'esprit que moi, et je vous obéis; la responsabilité, tant que j'obéirai fidèlement, pèsera sur vous, pas sur moi. » Voilà ce que dit Ivan Potapytch; en réalité, du reste, Potapytch a dix fois plus d'esprit que moi.

— Athanase Vaciliévitch, je suis tout prêt moi aussi à vous obéir, à vous donner plein pouvoir sur moi, à vous servir comme domestique, si vous voulez; je me mets réso-

---

1. Dans les manuscrits qu'avait en main M. Trouchkovsky, et sur lesquels a été faite l'édition de Moscou de 1856, la seule existante, toute cette partie est fort abrégée, et à peine indiquée. Le caractère et les sentiments de Mourâzof, ainsi que son intervention dans tout ce qui va suivre, nous ont paru mériter quelques développements.

lument à votre pleine discrétion. Mais ne me donnez pas une tâche au-dessus de mes forces; je ne suis malheureusement pas un Potapytch, et je vous assure que je ne suis propre à rien de bon.

— Moi, je ne vous impose rien, Sémeon Sémeonovitch; mais, comme vous dites vous-même que vous voudriez être bon à quelque chose, je vais vous signaler une œuvre, une œuvre qui serait méritoire. Il y a, en un lieu parfaitement choisi, une église qui se bâtit au seul moyen des dons volontaires des fidèles. Les travaux vont s'arrêter; la caisse est vide; il faut qu'il soit fait une tournée dans le pays. Couvrez-vous d'une simple sibirka; vous êtes maintenant un gentilhomme ruiné, donc un homme tout ordinaire, un mendiant, je vous le dis sans cérémonie, réduit à la mendicité; entrez courageusement dans votre état, mendiez; partez dans une grossière télejka et courez, le livre de souscription à la main, de ville en ville, de village en village, faire la collecte. Vous allez d'abord prendre la bénédiction de l'*archiéreï* (archiprêtre) et le livre plombé préparé pour cet usage, et Dieu soit avec vous! »

Sémeon Sémeonovitch fut tout éperdu à la pensée de ce devoir si extraordinaire pour un homme tel que lui, issu de noble et vieille maison, d'aller, un livre de souscription à la main, mendier pour l'église. Valétudinaire et peu accoutumé aux grandes fatigues, soutiendrait-il le cahotement d'un chariot de paysan? Mais ici il s'agissait de faire une œuvre agréable à Dieu. Évidemment, il avait été proposé et accepté pour accomplir cette œuvre, et il ne voyait pas quelles bonnes raisons il pourrait alléguer pour décliner la rude tâche qui lui était imposée.

« Avez-vous réfléchi? lui dit Mourâzof. Ici il s'agit de deux services à rendre par le même moyen : l'un avant tout à Dieu et à sa sainte Église, l'autre, à moi.

— Comment à vous? en quoi?

— Voici en quoi. Comme vous visiterez plusieurs localités que jusqu'à ce jour je ne connais pas, vous y apprendrez tout naturellement comment vivent les paysans, où il y a le plus de ressources et d'aisance, où il y en a le moins, ce qui manque aux uns et aux autres et en quelle situation se trouvent en général les habitants de certains districts où je ne suis jamais allé. Vous pénétrerez dans des lieux où fourmillent les sectaires, vous y verrez des vagabonds d'une dangereuse espèce jeter parmi eux des ferments de discorde, et tâcher de les soulever contre l'administration et contre tous ceux qui exercent le pouvoir. Vous avez une grande pénétration d'esprit, vous devinerez tout, vous reconnaîtrez et ceux qui se laissent entraîner et ceux qui sont turbulents par eux-mêmes, et, à votre retour, vous me raconterez tout cela. A tout événement, moi je vais vous remettre une petite somme d'argent dont vous disposerez en faveur des pauvres gens dignes d'intérêt et qui souffrent soit d'une erreur de la justice, soit de quelque oppression, soit d'une accumulation de misères. Il sera très bon qu'en outre vous vous employiez à leur faire entendre de bonnes paroles; vous leur expliquerez do votre mieux que Dieu exige qu'au lieu de se lamenter et de murmurer, ils lui fassent hommage de leurs souffrances et l'en remercient comme d'autant de grâces particulières. Vous leur direz que, quand l'homme résiste à l'autorité et se met en révolte ouverte, son malheur est une détestable et criminelle excuse, puisque nos douleurs et nos épreuves viennent toutes de Dieu. Réconciliez-les entre eux, et avec leurs ennemis, et avec leur position; en un mot, versez sur l'envie, sur les haines et les colères, tous les baumes et la charité.

— Athanase Vaciliévitch, dit Khlobouëf, la commission que vous me donnez là est une mission apostolique; mais souvenez-vous de ce que je suis et de ce que je vaux. Une si sainte tâche est le fait de l'homme qui a mené une sainte vie, d'un homme qui soit plus habitué que moi à tout pardonner au prochain.

— Je ne dis pas que vous exécutiez tout cela point pour point, oh ! non; mais vous en ferez ce que vous pourrez. Un résultat important sera du moins acquis : c'est qu'à votre retour vous aurez vu et jugé ces localités-là, et vous serez à même de dire dans quelle situation se trouve réellement cette partie du pays. Il n'est aucun employé, commis, fonctionnaire ou prêtre, qui puisse rendre le même service, parce que le paysan ne s'ouvrirait point à eux. Mais vous, qui n'êtes autre qu'un homme chargé de la commission d'aller quêter pour l'Église, vous allez sans obstacle droit à chacun, au paysan, au bourgeois, au marchand, et comme, par oisiveté, on vous questionne, vous avez droit et occasion de questionner, d'autant plus que votre motif est pour leur avantage. C'est un noviciat indispensable, et, tenez, je vous dirai entre nous que le général gouverneur a besoin justement en ce moment d'honnêtes gens tels que vous. Faites ce qu'on attend de vous, et, à votre retour, je vous suis garant que vous aurez une honorable position où vous ne pourrez plus dire que votre vie n'est plus bonne à rien.

— Vous me voyez troublé et confus au dernier point, Athanase Vaciliévitch; j'ai une peine infinie même à croire que vous m'ayez en effet dit et exposé tout ce que je viens d'entendre. Pour cette mission à laquelle et l'Église et une haute autorité administrative prennent intérêt avec vous, convenez qu'il faut du moins un homme robuste, actif, infatigable... Et puis, comment me résoudrais-je à laisser dans l'abandon ma femme et mes enfants?

— Ne vous inquiétez ni de vos enfants ni de votre femme, je me charge d'eux; ils ne manqueront de rien. Ils auront des leçons de science, et votre femme une existence aisée, exempte de toute agitation; à votre retour, ni eux ni d'autres ne rougiront de vous, et vous n'aurez à rougir devant personne; tous n'auront qu'à approuver et à louer. Au lieu d'aller tendre la main aux passants pour votre pain quotidien, comme vous seriez forcé de le faire bientôt, vous allez mendier pour l'Église de Dieu. Ne craignez pas les cahotements du chariot; ils ne vous incommoderont que les premiers jours; le corps s'y fait, et on ne s'en porte que mieux. Voici une bourse assez bien garnie; disposez-en comme je vous ai dit; seulement, tâchez que ce ne soit pas pour nourrir le vice, mais pour sauver du désespoir l'innocence et la vertu malheureuses.

— La pensée est belle et grande; fasse le ciel que je l'accomplisse, du moins en partie! Ordonnez de moi. »

Dans la voix et dans les traits de Khlobouëf, il y avait un

changement de physionomie remarquable; on y sentait courage et bon espoir [1].

« Maintenant, dit Mourázof, rien n'empêche plus que nous causions des petites affaires, puisque la grande est réglée. Eh bien, ce M. Tchitchikof, quel genre d'exploit...?

— Je vais vous raconter sur Tchitchikof des choses vraiment inouïes. Son audace semble n'avoir pas de bornes. Savez-vous, Athanase Vaciliévitch, que le testament qu'on a récemment ouvert est tout bonnement un faux? On vient de découvrir et de produire en justice un vrai testament en bonne forme, où toute la succession de la défunte est dévolue, une moitié à un couvent, l'autre en deux parts égales aux deux demoiselles qu'elle a élevées près d'elle.

— Que m'apprenez-vous là? mais alors qui donc a fabriqué le faux testament?

— A tort ou à raison, le bruit public attribue ce travail à Tchitchikof; on dit qu'il y avait plusieurs heures que la défunte avait rendu l'âme quand le prétendu testament a été signé; on dit qu'une femme a été habillée comme s'habillait la défunte, et que c'est à cette femme qu'on a donné lecture des articles, et qu'elle les approuvait d'un signe de tête et du mot *bien*, après quoi on a fait semblant de la soutenir pour qu'elle signât, et elle a signé; on dit que c'est une nommée Marie Éréméievna, et qu'il a été fait une si jolie part à cette misérable, qu'il lui arrive de tous côtés, non seulement des lettres, mais des prétendus qui accourent se présenter de leur personne; on cite deux employés qui se font pour cela une guerre à mort. Voilà d'étranges histoires, n'est-ce pas, Athanase Vaciliévitch?

— Il ne m'était jusqu'à ce moment rien revenu de tout

1. M. Trouchkovsky, dans les manuscrits qu'il a eus à sa disposition en 1854 et 1855, a trouvé deux versions différentes de ce que l'on vient de lire dans ces deux dernières pages, et il les donne l'une après l'autre, ce qui généralement a paru assez oiseux au lecteur, qui ne peut guère manquer d'y voir une répétition sans intérêt. Notre version, qui ne s'éloigne point de celles de M. Trouchkovsky, a l'avantage d'être plus complète et toute d'une pièce, et nous avons dû songer à l'agrément du lecteur, qui cherche dans les *Ames mortes* un roman et non des scholies.

cela. Y a-t-il eu crime, ou n'est-ce qu'un grand scandale? La justice informera; mais, j'en conviens, Tchitchikof m'est quelque peu suspect.

— Le tribunal est depuis trois jours assailli d'une grêle de protestations contre le testament, et j'ai moi-même lancé la mienne hier, voulant du moins rappeler à la magistrature qu'il existe ici même un héritier direct qui est le plus proche parent de la défunte. »

Après avoir dit ces mots, Khlobouëf sortit; en s'éloignant il pensait : « Mourâzof est un homme aussi intelligent que bon; s'il me donne une mission qui me sépare de toutes ces intrigues et ces scandales d'ici, il ne le fait pas sans avoir bien réfléchi. »

Mourâzof resté seul répétait, se parlant à lui-même : « Oui, Tchitchikof est un homme d'un caractère singulièrement équivoque; il a un but que j'ignore, et je le crois peu scrupuleux sur les moyens d'y arriver; avec cet esprit de persévérance et cette force de volonté, que n'est-il dans la bonne voie ! »

CHANT XIX

ARRESTATION ET DÉLIVRANCE

Le dernier testament de feu Mme Khanassarof est argué de faux. — Les dénonciations affluent de tous les côtés contre Tchitchikof. — Il reçoit du jurisconsulte Holdecrock un billet rassurant. — Le tailleur lui apporte un habit qui lui sied à ravir. — Tchitchikof se dispose à s'aller montrer chez quelques personnes, mais tout à coup le général gouverneur le fait jeter sans forme de procès dans un affreux cachot. — Humilité sans borne de notre héros. — Visite de Mourâzof au prisonnier. — Mourâzof s'engage à parler en sa faveur. — Resté seul, il se livre à de sages réflexions. — Sa rêverie est interrompue par la visite d'un employé nommé Samosvistof, qui lui apporte d'excellentes nouvelles. Moyennant une somme de 30 000 roubles, il peut recevoir : 1º sa cassette et tous ses effets dans moins d'une heure; 2º son acquittement et, par suite, sa liberté complète quelques heures après. — Il accepte avec empressement ce marché. — Une demi-heure après ses effets lui sont livrés. — A cette vue, il se fait servir dans son cachot un dîner fin et copieux. — Mourâzof survient, le trouve à table calme, joyeux, couvert de bons vêtements chauds, et il devine que des gens de sac et de corde ont passé par là. — Il annonce à notre héros qu'il est libre, à la seule condition de partir au plus tard dans les vingt-quatre heures et de ne plus jamais reparaître dans la ville. — Tchitchikof, en sortant de prison, retrouve ses domestiques, à qui il donne divers ordres relatifs au départ. — La route d'hiver est bonne. — Il a fait mettre sa calèche sur patins. — Il part sans avoir pour le moment d'autre but que de s'éloigner d'un lieu si peu sûr. — Mercuriale que S. Exc. M. le général gouverneur adresse à une réunion générale de tous les fonctionnaires et employés. Elle amène la demande de démission spontanée des plus grands fauteurs de désordres et en même temps de l'honorable M. de Lénitsyne, à qui il reste plusieurs millions de fortune pour fiche de consolation. — La fortune du bon Khlobouëf est rétablie aux frais de Lénitsyne sur un meilleur pied qu'elle ne l'avait jamais été.

Comme Khlobouëf l'avait dit au vénérable Mourâzof, les protestations contre le testament argué de faux affluaient de

tous les côtés et sous toutes les formes dans les tribunaux de
la localité, et dans les bureaux du gouverneur civil et du
général gouverneur. La défunte, à cette occasion, se trouva
avoir laissé des nuées de parents dont jamais personne n'avait
entendu parler. Semblables aux corbeaux de la voirie, qui
s'abattent sur les cadavres d'animaux, dont les pourvoit l'écor-
cheur, tout un peuple de prétendus parents s'abattit affamé
sur l'immense héritage de la vieille. Il y eut des dénonciations directes contre Tchitchikof, des dénonciations pures et
simples contre la sincérité du dernier testament, accusations
de vol et de détournement de fortes sommes et d'effets précieux; mais en même temps plusieurs, avec non moins d'ardeur, arguaient de faux le précédent testament.

Quelques-uns des requérants, afin de renchérir sur le
tout, saisissaient l'occasion pour dénoncer Tchitchikof comme
ayant fait à Radzivilof la contrebande sur la plus large échelle,
à l'époque où il servait dans les douanes. Ces braves gens
furetèrent partout et eurent connaissance des diverses circonstances de la vie de notre héros. Ils retrouvèrent des ves-
tiges de son passage là où depuis longtemps tout vestige
devait avoir disparu; ils rapportèrent des choses dont personne, hors lui et les quatre murs d'une chambre fermée,
n'avait pu avoir connaissance. Tout cela était, jusqu'à ce
moment, le secret des juges et des principaux greffiers, en
sorte que Tchitchikof ignorait absolument que toute sa vie
fût ainsi mise à jour et mêlée à la grosse affaire. Cependant
il aurait pu concevoir quelque soupçon vague à la réception
d'un petit billet du jurisconsulte, billet au crayon, sans signature, sans date et sans forme, qui portait :

« Je me hâte de vous prévenir que, dans l'affaire, il y aura
charge et surcharge; ne vous étonnez de rien, et calme
absolu; avec cela, au moment donné, tout sera arrangé. »

Ce billet le tranquillisa complètement. « C'est un génie ! »
dit-il en mettant le billet en cent morceaux. Puis, comme
pour achever de le remettre en bonne humeur, le tailleur
parut. A peine l'eut-il aperçu qu'il se sentit un vif désir de
mettre sur lui l'habit complet, l'habit flamme et fumée de
Navarin. Vite il chaussa et tendit sur ses hanches et sur sa

taille le pantalon, qui se trouva être, de tout point, comme coulé sur tous ses *avantages*. Cette pièce du vêtement était si parfaite, qu'en s'appliquant exactement au corps, elle semblait lui donner une souplesse inconnue. Aussitôt que la ceinture fut resserrée au moyen de l'agrafe, le ventre fut tendu comme un tambour, et il battit la caisse avec le dos de sa brosse, en disant : « Eh, eh ! le polisson ! une peinture, une vraie peinture !... » L'habit était coupé et cousu mieux encore que le pantalon; pas l'ombre d'un pli; les deux côtés de la poitrine ne s'en détachaient que comme pour en mieux faire valoir les contours. A l'observation que fit Tchitchikof, que l'aisselle du bras droit était un peu gênée, le tailleur sourit d'un air satisfait et dit :

« Sans cela la taille ne serait pas à beaucoup près si bien prise; voyez l'effet ici. Oh ! quant au travail, hors peut-être deux ou trois maisons de Pétersbourg, vous ne trouverez nulle part une coupe de cette perfection, je vous le garantis. »

Ce tailleur était lui-même de Pétersbourg, et la preuve, c'est qu'on lisait écrit sur son enseigne : *Monsieur Souffre-Douleur* (Terpigorief), *tailleur étranger, de Londres et de Paris*. Le gaillard n'y allait pas de main morte, et, par ces deux noms de Paris et de Londres, il avait si bien su, en fait de villes de l'Occident, frustrer tous ses confrères, que pas un n'avait eu depuis l'audace de se dire ni de l'une ni de l'autre de ces deux capitales, et il pensait sincèrement que Copenhague ou Carlsruhe étaient, ma foi, trop bonnes encore pour eux.

Tchitchikof fut magnanime; il paya l'artiste argent comptant et sans objecter un mot à la demande; puis, resté seul en habit de gala, il se mira à loisir, comme un amateur fin et passionné des belles formes esthétiquement dessinées. Il se trouva que, dans tout l'ensemble de l'objet qu'il contemplait ainsi *con amore*, chaque partie semblait avoir considérablement gagné : les joues étaient plus vermeilles, le menton plus gracieux, le galbe plus fin; les angles bien blancs du col de sa chemisette donnaient du ton à son teint délicat, et sa cravate montée, satin bleu foncé, tranchait bien sur leur blancheur; le fin plissage de son linge ajoutait du relief à sa

cravate; un riche gilet de velours faisait ressortir la fine chemisette, et l'habit Navaria accentuait encore tout l'harmonieux ensemble.

Il se présenta au miroir du côté droit, c'était fort bien;
puis, du côté gauche, et c'était mieux encore. C'était là une
cambrure de chambellan, la cambrure d'un gentilhomme qui
ne pose, ne sourit, ne s'incline, ne se gratte qu'à la manière
française, qui, même dans la colère, ne se souillera pas les
lèvres d'une immonde parole russe, mais gronde et peste et
maudit en pur français. Il essaya, la tête un peu inclinée de
côté, de prendre l'attitude d'un *beau* adressant la parole à
une raffinée; il fut ravissant, mais ravissant, c'est-à-dire que
le voir cinq minutes comme cela, eût été peut-être la fortune
d'un peintre. Lui, dans la joie que lui donnait le miroir, il
exécuta un entrechat assez marqué, non un six, mais toujours
bien un quatre. La commode en fit un soubresaut, et un
flacon d'eau de Cologne alla se briser sur le plancher; cela
troubla si peu notre héros, qu'il sourit en apostrophant du
nom d'*imbéciles* et le meuble et le flacon, et il pensa : « Eh
bien! puisque je me trouve habillé, voyons, à qui irai-je
d'abord me montrer? C'est ça, j'irai tout droit d'abord
chez.... »

Tout à coup dans l'antichambre il se fit comme un bruit de
bottes fortes garnies d'éperons, et un gendarme entra équipé
de toutes pièces. Un tel homme, en pareil cas, c'est une
légion, c'est une armée. « Vous êtes attendu à cette heure
même chez le général gouverneur! » fut-il dit à notre héros
stupéfait. Devant lui se dressait un géant énorme, l'œil vi-
treux, la moustache épaisse et longue, toute une queue de
cheval sur la tête, large bandoulière de çà, autre de là, grand
sabre droit pendu à la hanche. Il lui sembla que de l'autre
côté il lui pendait encore un fusil, et le diable sait quoi. Une
légion enfin, toute une légion dans un seul homme, voilà
l'effet de cette apparition. Tchitchikof voulut se donner la
satisfaction de proférer quelques paroles; mais le butor, à
l'impertinence d'entrer sans se faire annoncer, joignit celle
d'insister avec une sorte d'impassibilité brutale : « L'ordre
dit tout de suite. » Il regarda par la porte entre-bâillée et vit

dans l'antichambre un autre épouvantail en buffleteries pareilles; il regarda par la fenêtre et vit dans la cour une voiture. Comme il n'y avait ni à résister, ni à fuir, ni à tarder, il descendit, tremblant de tout son corps, sous son bel habit neuf Navarin flamme et fumée, s'assit dans la voiture, et se rendit chez le général gouverneur, accompagné des deux superbes cavaliers chevauchant près des portières. A peine il fut dans la première salle, que, sans lui donner le temps de souffler ou de penser un moment, l'employé de service lui dit gravement :

« Allez, monsieur, là-bas, tout droit; le prince vous attend. »

La grande pièce dans laquelle il était, et qu'il traversait aussi lentement que possible, lui fit l'effet d'un lieu rempli d'ouragans tourbillonnant dans un épais brouillard, où des courriers paraissaient pour disparaître aussitôt avec toutes sortes de paquets, et il pensa : « Voilà comme, sans jugement, sans rien, hommes ou paquets, on est emporté en un moment dans le tourbillon, pour se trouver peut-être un mois après tout au fond de la Sibérie. » Et son cœur battait plus violemment que les plus fortes palpitations d'un amant fou de jalousie. Enfin un des battants d'une haute porte d'acajou tourna sur ses gonds, et Tchitchikof se vit dans un cabinet rempli d'armoires, de cartons, de livres, de portefeuilles, exposé au regard d'un tout-puissant personnage, qui, avant de parler, donnait déjà tous les signes de la colère la plus tempétueuse.

Tchitchikof, voyant cela, se dit intérieurement : « Ah ! mon Dieu, il va me déchiqueter comme un misérable agneau, et il ne fera de moi qu'une bouchée.

— Je vous ai traité avec bonté; je vous ai permis de rester dans la ville tandis que mon devoir était certainement de vous faire traîner en prison, et vous, de nouveau livré à votre esprit de coquinerie, dit le prince tout frémissant de colère, vous avez commis l'action la plus basse et la plus infâme dont un filou de votre espèce puisse se souiller !

— Puis-je demander à Votre Excellence quel est cet acte de coquinerie infâme qu'il lui plaît de me reprocher ? » dit Tchitchikof très pâle et tout tremblant, mais tâchant de faire quelque contenance.

Le prince se leva, approcha de Tchitchikof, le regarda bien droit en face et lui dit :

« Une femme... celle qui... sous votre dictée, a signé le testament que vous savez par cœur, se trouve enfin sous la main de la justice et va être confrontée avec vous. »

Le regard de Tchitchikof se brouilla tout à fait et ses lèvres bleuirent ; il dit au prince :

« Je dirai à Votre Excellence comment tout s'est passé ; je suis coupable, sans doute ; mais mon erreur est l'œuvre de mes ennemis ; on m'a cruellement trompé.

— Personne ne peut vous tromper ; il y a en vous, pour tous les genres de bassesses, plus de moyens que n'en peut jamais imaginer le plus effronté menteur ; je crois que, dans tout le cours de votre vie, vous n'avez pas fait une action exempte de fraude, et, comme vous n'avez jamais acquis un sou que par le vol et l'escroquerie, il y a, dans le nombre, vingt fois de quoi vous valoir le knout et la Sibérie. Mais je ne veux plus même te voir ni t'entendre, misérable : tu vas de ce pas être mis en prison, et là, dans un cercle de scélérats et de brigands, tu attendras que l'on ait décidé de ton sort. L'arrêt le plus sévère sera encore trop doux ; tu es un bien plus méchant drôle que ceux qui ne portent que l'armiack et le touloupe ; tu es vêtu..... »

Il jeta en disant ces mots un coup d'œil sur le magnifique habit flamme et fumée de Navarin, et, saisissant un cordon de sonnette, il sonna.

« Ah ! prince, si vous n'avez pitié de moi, songez à ce que va souffrir ma jeune famille ! Songez que vous donnez la mort à ma mère qui est vieille et souffrante.

— Tu mens ! s'écria le prince ; tu m'as déjà supplié au nom de tes enfants, de ta femme, et tu es heureusement sans famille sur la terre... maintenant c'est une vieille mère.....

— Eh bien ! oui, je suis un misérable ; je mentais, je n'ai ni mère, ni femme, ni enfants ; mais, Excellence, croyez-moi, il a toujours été dans ma pensée de prendre femme, de remplir tous mes devoirs d'homme et de citoyen, pour me concilier, pour mériter alors l'estime des citoyens et des magistrats. Mais j'ai eu malheur sur malheur, et j'en ai subi les effets ordinaires; j'ai dû, pour exister, pour me cramponner à un certain niveau social, sacrifier souvent mes scrupules; mon cœur en saignait parfois... Que faire pourtant, quand, à chaque pas, il y a tentation et scandale, et, de plus, des détracteurs, des ennemis bien injustes, bien acharnés? Toute ma vie, prince, a été une suite d'ouragans; mon frêle esquif ne pouvait qu'errer à l'aventure, ainsi battu par les vents et les flots. Je suis homme, prince, et j'ai eu des faiblesses. »

Il dit, et deux abondants ruisseaux de larmes jaillirent de ses yeux; il s'abattit aux pieds du prince, sans même songer à son habit Navarin flamme et fumée, à son gilet de velours épinglé, à sa cravate de soie lapis-lazuli, à son pantalon collant; il frappa le parquet de sa tête si merveilleusement coiffée, et répandit, en s'essuyant à la hâte le front et les yeux, la plus douce exhalaison de véritable Marie Farina dans tout le cabinet de Son Excellence.

« Va-t'en, va-t'en! Ah! faites-le emmener par trois soldats, dit le prince à l'employé de service.

— Prince, prince! pitié! » cria Tchitchikof en embrassant des deux mains les bottes du grand personnage.

Le prince sentit le frisson dans toutes ses fibres.

« Allez-vous-en, vous dis-je, allez-vous-en; laissez-moi donc! dit-il, et il faisait de très grands efforts pour dégager ses pieds des mains crispées de Tchitchikof.

— Prince, je ne m'en irai pas que vous ne m'ayez accordé ma grâce! dit Tchitchikof, qui, au lieu de lâcher prise, pressait les bottes du prince contre son sein; et sur ce parquet ciré de frais il était traîné sur place par la jambe prisonnière avec le bel habit flamme et fumée de Navarin.

— Allez-vous-en, vous dis-je! » exclama le prince.

Ce personnage était saisi de cet indéfinissable sentiment de répulsion qu'éprouve l'homme à la vue d'un hideux reptile qui lui fait horreur et qu'il n'a pas le courage d'écraser du pied. Cependant le prince imprima à sa jambe une secousse nerveuse telle que Tchitchikof sentit un violent coup de botte à la fois au nez, aux lèvres et au menton. Celui-ci ne lâcha pas pour si peu la botte princière, et ne la retint, au con-

traire, qu'avec plus de vigueur entre ses bras. Mais l'attouchement habile des doigts de deux robustes gendarmes autour
de sa taille eurent tout d'abord l'effet désiré; le prince resta
fort agité, mais libre.

Tchitchikof, remis et maintenu debout par les mains qui
l'avaient relevé, traversa, soutenu par les aisselles, sans apercevoir personne, quatre grandes pièces remplies de monde.
Il était blanc comme la toile, les traits tirés et dans cet horrible état de prostration où tombe le malheureux qui voit
devant lui la mort, ce pas inévitable, antipathique à notre
nature, et où notre imagination ne manque pas de dresser de
hideux fantômes, surtout si la conscience et la fièvre sont de
la partie.

Parvenu au palier supérieur du grand escalier, il ouvrit
les yeux, et, au moment de descendre la première marche,
il vit Mourâzof qui allait la monter. Une lueur d'espérance
brilla aussitôt sur son front; en un clin d'œil il s'arracha avec
une force extraordinaire des mains des gendarmes étonnés,
et il se précipita aux pieds du vieillard, non moins stupéfait
que les gendarmes.

« Mon pauvre monsieur Pâvel Ivanovitch ! qu'est-ce qui
vous arrive ? dit Mourâzof.

— Sauvez-moi, sauvez-moi, Afanacii (*Athanase*) Vaciliévitch ! on me mène en prison, à la mort ! je..... »

Les gendarmes ne le laissèrent pas achever; ils l'avaient
ressaisi sous les aisselles et l'entraînaient, mis en garde
contre tout nouvel accident de ce genre.

Un sale et humide cachot sentant le renfermé, le moisi,
le remugle, combiné avec la senteur des bottes et des longues bandes de toile dont les paysans et les soldats s'entor-
tillent les pieds en guise de bas, une table de simples ais
disjoints, deux chaises branlantes, une lucarne grillée de
forts barreaux de fer forgé, un poêle prodiguant la fumée
par cent fissures et ne donnant aucune chaleur, un plancher
auquel on eût préféré le pavé ou le sol poudreux des ruelles,
tel était le cachot où les agents de la force publique déposèrent l'infortuné Tchitchikof, ce délicat et fidèle ami du confort. En ce moment il n'osait plus espérer de goûter jamais

les douceurs de la vie aisée, l'objet exclusif de tous ses actes, de tous ses rêves d'avenir, ni même d'attirer, ne fût-ce que pour une heure, dans un salon quelconque, l'attention de ses compatriotes, qu'aurait certainement charmés son admirable habit Navarin, ce même habit qui ne lui avait valu qu'un regard haineux de l'irascible prince.

On avait attenté brusquement à sa liberté personnelle, sans lui laisser le temps ni la faculté de prendre avec lui les effets les plus indispensables, et surtout d'enlever sa cassette, la cassette qui contenait tout son avoir.... « Maintenant, pensait-il, argent, papiers, contrats d'acquisition d'âmes, tout doit être, tout cela est certainement dans les mains des employés, des greffiers, des gens de chicane, excitant la curiosité et l'âpre convoitise même des plus subalternes rongeurs, des créatures les plus stupides du monde. »

A cette idée navrante il se laissa tomber sur le plancher, et les spasmes du désespoir firent dans son cœur les effets d'un ver énorme ou d'un hideux reptile, qui l'aurait entouré d' ses anneaux pour le dévorer à loisir. La douleur et l'angoisse devenaient plus vives de minute en minute dans cette pauvre âme dépourvue de toute force vivifiante qui l'en pût défendre. Encore un jour, un seul jour d'une semblable torture, et il n'y aurait plus eu de Tchitchikof sur la terre, car tout ici-bas est livré au changement, et les grands types d'une époque sont éclipsés sans retour par les types de l'ère qui nécessairement lui succède, et que le génie du siècle prépare imperceptiblement à l'avance.

Mais, heureusement pour notre poème, sur notre Tchitchikof, sur ce prototype d'une génération qui n'avait pas encore fait tout son temps, se tenait étendue la main de celui à qui seul il appartient de sauver et préserver ce qui doit achever et couronner son œuvre avant de disparaître à jamais.

Une heure s'était à peine écoulée depuis que Tchitchikof se tordait sur le plancher encroûté de ce lieu d'infection, que la porte du cachot s'ouvrit toute grande pour livrer passage au bon vieux Mouràzof, dont rien n'arrêtait la charité, et qui savait par les lumières de l'âme ce que vaut pour le prisonnier de cette catégorie l'aumône d'une visite spontanée.

S'il arrivait à un pèlerin, brûlé d'une soif ardente, couvert de l'incandescente poussière du désert, épuisé de forces, exténué par la fatigue et le besoin, qu'une jeune et belle nymphe de l'oasis vînt verser avec précaution dans sa gorge desséchée un filet cristallin de belle et pure eau de source, cette nymphe bienfaisante et cette gracieuse vision n'auraient pas pour le pèlerin un effet plus rafraîchissant, plus fortifiant que ne le fut pour le pauvre Tchitchikof cette apparition du bon vieillard dans l'infect et humide cachot. Tchitchikof s'élança du plancher où il s'était laissé tomber dans le terrible accès de sa douleur, saisit la main du vieillard, la baisa avidement, la porta convulsivement de ses lèvres à sa poitrine, et s'écria :

« Mon bienfaiteur, mon sauveur! O Dieu du ciel, vous récompenserez cet homme, ce saint qui vient visiter et sauver du désespoir un malheureux comme moi! » Puis il sanglota et fondit en larmes [1].

Le vieillard observa le prisonnier d'un regard chagrin et douloureux, et ne put d'abord que lui dire ce peu de mots :

« Pâvel Ivanovitch, Pâvel Ivanovitch! Qu'avez-vous fait ?

— Ah! c'est affreux! c'est mon maudit oubli de la mesure qui m'a perdu; je n'ai pas su m'arrêter à temps. Il faut que Satan m'ait ébloui pour que je sois ainsi sorti des bornes de la raison et du simple bon sens. J'ai failli, je suis coupable !

— Mais un gentilhommme se conduire ainsi! un gentilhomme!...

— C'est vrai; mais, à mon tour, Afanacii Vaciliévitch, je puis dire : S ns enquête, sans jugement jeter dans un affreux cachot un gentilhomme! Comment ne pas laisser à un gentilhomme le temps de se reconnaître, de prendre quelques dispo-

1. La substance de ces trois pages se trouve dans la publication du grave et scrupuleux M. Trouchkovski, qui, certes, s'en est tenu à ce qu'il a trouvé dans les copies du manuscrit qui étaient dans ses mains. Le texte que nous donnons ici, et qui est tout aussi bien de Gogol que le texte fourni par M. Trouchkovski, nous a paru plus complet et plus achevé. Il provient de l'un de ces nombreux manuscrits qui circulaient par milliers dans le public, et qui font encore que de temps en temps on voit apparaître dans les revues russes quelque fragment inédit de notre auteur.

allions pour ses effets? Chez moi, que se fait-il en ce moment? J'ai dû tout laisser à la merci du premier venu. Il a fallu sortir vite, vite, sans respirer, sans proférer un mot d'objection. Et ma cassette, Afanacii Vaciliévitch, songez donc, ma cassette! elle contient tout ce que je possède. J'ai travaillé, je me suis soumis aux plus dures privations, j'ai souffert, j'ai sué sang et eau pendant des années pour acquérir le peu qu'elle renferme... Ma cassette, Afanacii Vaciliévitch! Tout sera volé, tout sera dispersé... Oh! bon Dieu, bon Dieu! »

Et, ne pouvant résister au chagrin qui, de nouveau, lui envahissait le cœur, il sanglota d'une voix capable de traverser l'épaisseur des murs de la prison et de se faire entendre à quelque distance; il arracha de son cou gonflé par les angoisses sa cravate de satin, et saisissant d'une main égarée son habit au parement, il en déchira une grande partie.

« Ah, Pâvel Ivanovitch! cet avoir enfermé dans la cassette, voilà ce qui vous aveugle; c'est ce misérable avoir qui vous a perdu et qui vous perd en vous empêchant de voir le véritable état de votre horrible situation.

— Mon bienfaiteur, mon sauveur, secourez-moi! s'écria Tchitchikof livré à son désespoir en se prosternant aux pieds de Mourâzof; le prince vous aime, il ne vous refusera rien!... dites-lui.....

— Non, Pâvel Ivanovitch; malgré tout mon désir, toute ma bonne volonté, je ne puis pas; ce n'est point sous le pouvoir d'un homme que vous êtes tombé, mais sous celui de la loi, qui est inflexible.

— Satan m'a tenté, j'ai faibli ; je suis donc devenu un objet d'horreur pour les hommes! »

En disant ces derniers mots il heurta sa tête contre la paroi, et de sa main frappa la table avec tant de violence qu'il en eut le poignet tout en sang; mais il ne parut pas ressentir le moindre mal de ce qu'il venait de faire.

« Pâvel Ivanovitch, calmez-vous; songez à vous réconcilier avec Dieu, et ne vous inquiétez pas des hommes; pensez, pensez bien à l'état de votre pauvre âme.

— Mais quelle destinée fut la mienne, Afanacii Vaciliévitch! Où est l'homme qui en a subi une pareille? Ce n'a

jamais été que par des prodiges de patience que j'ai gagné
chaque *kopéïka* dans ma vie; toujours par un travail surhu-
main; car moi je n'ai jamais dépouillé personne, je n'ai
jamais pillé les caisses de l'État, comme font tant de gens.
Et à quoi bon tant de peine pour une kopéïka? A quoi bon?
pour pouvoir vivre une vie aisée et laisser quelque aisance
à la femme que je prendrais et aux enfants que j'aurais d'elle
pour le bien, pour le service de la patrie. Voilà pourquoi
il me fallait à toute force un avoir. J'ai biaisé, j'en conviens,
j'ai biaisé, mais alors seulement qu'il m'était bien démontré
que, dans l'état des lieux, le droit chemin n'existait pas et
ne pouvait exister. Je travaillais du moins, je me formais,
je rendais service et j'étais poli; si j'ai pris, et je l'ai fait,
c'est toujours à des riches. Songez à ces infâmes qui dans
les tribunaux prennent par dizaines les milliers de roubles
dans les caisses publiques, rançonnent les pauvres gens,
enlèvent leur dernier sou à la veuve et à l'orphelin sans
ressources. Il ne leur arrive rien; et, à moi, quelle obstina-
tion du malheur! Songez, chaque fois que je tiens enfin mes
récoltes ou que je n'ai plus qu'à étendre la main vers les
fruits de mes travaux ou de mon habile industrie, tout
aussitôt une tempête, un écueil, une fatale rencontre, et ma
nef est brisée en éclats. Il y eut un temps où je possédais
une maison à trois étages et un capital de trente mille roubles;
deux fois j'ai acheté des biens de campagne, des terres : tout
cela m'a été enlevé par des bourrasques. Dites, Afanacii Vaciliévitch, pourquoi ces coups accablants comme en ce moment
la privation de ma liberté sans jugement? Est-ce que même
sans tout cela ma vie n'était pas déjà comme la navigation
d'un vaisseau désemparé au milieu des vagues soulevées? Où
est donc ici la justice du ciel? Où est donc l'indemnité légitime d'une patience et d'une constance sans exemple ? J'ai dû
trois fois m'y reprendre du commencement; trois fois, ayant
tout perdu d'un seul coup du sort, j'ai recommencé l'édifice
impossible de mon avenir par une première kopéïka, et vous
savez que tout autre à ma place serait allé, dans son désespoir, se consoler en s'oubliant et pourrir ignobiement au
cabaret. Et comme j'ai dû lutter! combien j'ai eu à sup-

porter! chaque kopéïka n'a cédé, pour ainsi dire, qu'à l'emploi de toutes les forces de mon âme. J'en ai connu qui s'assuraient leur pain et même s'enrichissaient facilement; mais pour moi chaque kopéïka était, comme dit le proverbe, fixée par un clou de la valeur de trois kopéïki, et il ne fallait rien de moins que ma volonté de fer pour briser le clou et faire de la kopéïka trouée ma conquête..... »

Après avoir ainsi parlé, il rentra subitement par l'esprit dans le sentiment de sa situation présente, ce qui fut cause qu'ayant le cœur comprimé, il poussa un long gémissement et tomba sur la table. Agité au delà de toute expression, il arracha tout à fait une des basques pendantes de son habit, la rejeta contre le mur, et portant alors ses deux mains à ces mêmes cheveux qu'il prenait d'ordinaire grand soin de fortifier, il s'en arracha impitoyablement des touffes, se faisant comme une jouissance d'une douleur cruelle par laquelle il voulait s'étourdir sur la souffrance incurable qui avait pris place dans son cœur.

Longtemps Mourazof demeura en silence à observer cette rage d'un homme acharné contre lui-même, phénomène qu'il voyait pour la première fois. Cet être qui, quelques heures auparavant, l'air satisfait, la tenue plus que soignée, avait toute la désinvolture d'un homme du monde qui aurait été militaire, se roulait, se traînait ignoblement sur le plancher d'un affreux cachot, en habits souillés et déchirés, le poignet tout couvert de sang figé, la chevelure en désordre, l'esprit troublé, la parole pleine d'incohérence, d'imprécations contre le sort et de lâches supplications adressées à un homme sans titre.

« Ah! Pâvel Ivanovitch, Pâvel Ivanovitch! quel homme vous seriez aujourd'hui, si, avec tant de constance et de puissance sur vous-même, vous eussiez suivi la bonne voie et marché ferme vers un but élevé! Mon Dieu! que vous auriez pu faire de bien, et combien n'en ferait pas n'importe quel homme d'honneur employant autant d'efforts à de bonnes œuvres, que vous à conquérir votre kopéïka! Que n'avez-vous su faire au bien public, sans ménagement, autant de sacrifices d'amour-propre et de satisfactions ambitieuses, que vous en avez fait pour arriver à la stérile possession de cette kopéïka! Pâvel Ivanovitch, ce qui me fait de la peine, ce n'est pas encore que vous soyez si coupable aux yeux d'autrui, mais que vous le soyez si cruellement envers vous-même; avec de si beaux dons en partage, vous aviez toute l'étoffe nécessaire pour devenir un homme fort distingué, et vous vous êtes déshonoré et perdu vous-même. »

L'âme est pleine de mystères. On a beau s'égarer loin, bien loin des voies de l'honnête et du juste, on a beau glisser dans ces gouffres du crime où le cœur devient étranger à tout sentiment de morale, on a beau se matérialiser, s'endurcir, se pétrifier dans les habitudes d'une existence perverse! Qu'un homme pur, l'occasion donnée, vienne à faire au criminel le reproche de ses belles et nobles qualités si fatalement négligées, étouffées et foulées aux pieds; l'âme oubliée se réveille dans le grand coupable, et celui-ci, étonné de ce qui se passe en lui, en est visiblement tout ébranlé, même quand son langage reste à peu près le même pendant la commotion.

« Afanaeii Vaciliévitch, dit le pauvre Tchitchikof en prenant les deux mains de Mourâzof dans les siennes, si j'avais le bonheur de recouvrer ma liberté, et avec ma liberté ce petit avoir dont je suis naturellement inquiet, si j'avais ce grand bonheur... je vous jure que de ce moment-là je mènerais une tout autre vie... seulement, sauvez-moi, vous; soyez mon bienfaiteur, tirez-moi de cette prison.

— Êtes-vous raisonnable de demander que j'aille, pour vous, parler à l'encontre de la loi? Et puis, qu'importe aux magistrats puissants que je vous porte intérêt? car c'est là tout ce qu'ils y verraient, si j'allais à eux. Le prince est, avant tout, un homme fanatique de justice, et, dès qu'il a avancé, il ne recule point. Que puis-je donc alors, et que me demandez-vous?

— Soyez mon bienfaiteur! vous ne savez peut-être pas toute l'étendue de votre influence..... Et puis, écoutez: ce n'est pas la loi qui me terrifie; devant la loi, j'ai des moyens; hors d'ici, j'en pourrai trouver. Mon malheur, ma ruine, c'est d'être jeté dans ce cachot où je mourrai comme un

chien. Où sont mes papiers, mon avoir, ma cassette?.... Ah!
sauvez-moi!... »

En achevant, il embrassa les genoux du vieillard et les
inonda de ses larmes.

« Pâvel Ivanovitch! dit Mourâzof en branlant la tête,
comme cet *avoir* dont vous parlez vous a rendu aveugle et
sourd! Votre âme semblait se réveiller, elle voulait vous
parler tout à l'heure; mais cet avoir, ce misérable avoir vous
tourne la tête, et vous n'entendez rien au dedans de vous.

— Je penserai aussi à mon âme; j'y pense, j'y pense,
mais sauvez-moi!

— Pâvel Ivanovitch, vous sauver, moi! Quel sauveur
suis-je donc? songez à ce que je suis. Mais soit, je vais voir
si, en effet, je puis quelque chose; je demanderai que vous
soyez traité avec moins de rigueur et qu'on vous laisse libre
dans la ville. Réussirai-je? C'est fort douteux, mais je vous
promets de tâcher. Si, selon votre sentiment à vous, je viens
à réussir, je vous demande, pour ma récompense, l'engagement de renoncer à toutes les manœuvres auxquelles vous
vous livrez pour ces belles acquisitions. Je vous atteste sur
l'honneur que, si je venais à perdre tout mon avoir, qui est
plus considérable que le vôtre, on ne me verrait pas pleurer.
Soyez bien sûr que l'avantage n'est pas dans une fortune
que l'on peut confisquer, mais dans des biens que personne
ne peut ni séquestrer ni dérober. Vous avez déjà assez vécu
pour comprendre ce que c'est que la vie; vous-même vous
comparez votre existence à un vaisseau battu par les vagues;
vous avez bien assez pour vivre un reste de jours à l'abri du
besoin. Retirez-vous dans quelque solitude agréable, dans le
voisinage d'une église et de quelques honnêtes gens, et, s'il
est vrai que vous éprouviez un grand désir de laisser après
vous une famille, mariez-vous à une bonne fille pauvre, faite
à la modération, experte en économie domestique; oubliez
les bruits du monde, ses vanités, ses séductions et ses besoins
factices; sachez sans regret vous faire oublier de lui : il ne
vous donnerait pas de repos, vous l'avez bien vu, puisque
tout vous tente, tout vous quitte, tout vous trompe et vous
trahit depuis que vous faites commerce avec lui.

— Certainement, certainement ! c'était mon intention, ma volonté bien arrêtée, de régler mes mœurs, de vivre de la vie de l'âme, et, pour diversion, de m'occuper de ménage. Le tentateur des hommes m'a ébloui, aveuglé, égaré. O Satan, va, diable, va, démon maudit !... »

Des sentiments indéfinissables et qui lui avaient été jusque-là inconnus s'émurent en lui. Il semblait qu'il s'éveillât du fond de son âme quelque chose de lointain, quelque chose de tombé autrefois et d'étouffé dès le jeune âge par un enseignement à principe mortel, qu'avaient encore favorisé les vapeurs de l'ennui d'une enfance sans caresse et sans joie, le silence morne de la maison paternelle, la solitude et la monotonie de ce séjour, la misère et la pauvreté des premières impressions, enfin une sorte de regard rigide de la destinée jeté du dehors à l'intérieur, comme à travers une vitre chargée de givre et de glace.

Il posa ses coudes sur la table et sa tête entre ses mains, poussa un profond soupir et prononça d'une voix déchirante :

« C'est la vérité, c'est trop vrai !

— Oui, vous vous étiez égaré, mais vous pouvez tout réparer ; vous avez encore le temps....

— Non, franchement, c'est trop tard, dit-il d'une voix qui brisa le cœur du bon Mourâzof. Je commence à sentir, je vois même distinctement que je suis hors de la voie, qu'il est très mal de l'avoir quittée, mais je ne puis plus y rentrer. La faute en est à toute mon éducation primitive : mon père ne parlait qu'en moralités ; il me battait pour me les inculquer dans la mémoire ; il me faisait copier de force des maximes et des sentences morales, et en même temps il volait les planches et les poutres du voisin, et il me dressait à l'y aider. Il a fait à un autre voisin un procès d'une injustice criante ; il a perverti un orphelin dont il avait la tutelle. L'exemple a bien plus de force que les paroles. Je vois, je sens que je ne vis pas bien, mais je ne me sens pas autrement d'aversion pour le mal. Ma nature a pu être bonne, mais elle a sombré sous une habitude mauvaise. Nul amour du bien, nulle inclination aux œuvres de charité, nulle émulation de vertu ; je n'ai dans la tête et au cœur qu'une pensée, un désir : thésauriser en vue d'une existence commode. Je vous dis la vérité. »

Le vieillard gémit en secret de l'endurcissement d'un homme qui, tombé au dernier degré de l'abaissement et du malheur, ne pouvait cependant se dissimuler un quart d'heure, même pour obtenir sa liberté, tout ce qu'il y avait en lui d'incorrigible ; mais, sachant que la goutte répétée finit par creuser le marbre le plus dur, il persista et dit :

« Pâvel Ivanovitch, vous avez de la constance et une grande force de volonté, je le répète. Oui, le remède est amer; mais quel malade est assez insensé pour repousser le médicament sans lequel il sait ne pouvoir recouvrer la santé? L'amour du bien vous fait défaut, faites-le au mépris de votre goût, livrez-vous-y sans l'aimer; cela vous sera compté à un plus haut prix que si vous agissiez par inclination naturelle. Répétez seulement ce vertueux effort quelquefois, et l'amour du bien éclora de lui-même dans votre âme. Croyez que cela est toujours ainsi. La royauté ne se donne pas d'elle-même, comme on dit; elle veut être abordée, contrainte, surprise, enlevée par une série de puissants efforts. L'homme, ce roi de la création, ne fait ratifier qu'à ce prix ce beau titre. Eh! Pâvel Ivanovitch, ne laissez pas périmer vos droits à cette royauté, vous avez pour les faire reconnaître une force devenue trop rare aujourd'hui parmi nous. Je vois partout des hommes faibles, mous, sans volonté; vous avez au fond de vous une patience de fer. Osez quitter le mal pour le bien, vous serez peut-être, vous serez, je crois, un héros. Vous ne ramperez plus dans les fanges de la honte, comme il est naturel au vice, vous planerez alors sur les cimes sereines de la vertu ! »

Ces paroles habiles et bien senties du vénérable Mourâzof pénétrèrent en effet au fond de l'âme de Tchitchikof, et y remuèrent un côté de son amour-propre qui avait toujours été retourné en dessous. Les yeux de l'infortuné prisonnier brillèrent en ce moment, si ce n'est du pur et vif éclat d'une grande résolution, du moins de quelque chose de fort qui y ressemblait assez.

« Athanase Vaciliévitch, dit-il d'un son de voix assuré, si

vous parvenez à obtenir pour moi, par vos instances géné-
reuses, ma liberté et les moyens de sortir de cette ville avec
quelques débris convenables de ce que je possédais ce matin
encore, je vous donne ma parole de commencer une tout
autre vie. J'achèterai un petit village, je me ferai cultivateur,
je ferai des économies, non pas pour moi, mais pour les
nécessiteux ; je ferai, n'en eussé-je nulle envie, autant de bien
qu'il me sera possible ; je m'oublierai, je m'effacerai moi-
même, je mépriserai les festins et les orgies des villes, je me
ferai avec bonheur une existence simple et frugale.

— Eh bien ! que Dieu à présent vous affermisse dans cette
résolution, dit le vieillard ; je vais faire les plus grands efforts
auprès du prince pour obtenir votre mise en liberté, et tout
au moins un grand adoucissement à votre position. Permettez-
moi de vous embrasser, car vous venez de me causer bien de
la joie. Eh bien, adieu ; je me rends d'ici droit chez le prince.
Dites-moi seulement : qui a fait tenir à Khlobouôf soixante
mille roubles comme un legs particulier de la défunte, tandis
qu'on ne trouve pas de trace de ce legs dans le testament?

— C'est le légataire, à ma prière.

— Bien ! je m'en étais douté ; adieu. »

Tchitchikof resta seul.

Tout en lui était ébranlé, son cœur était pénétré d'atten-
drissement. Le plus dur des métaux, le plus résistant, le
moins ductile, le platine, traîné aux fourneaux, jeté aux
creusets à l'état brut avec toutes ses scories, subit l'action
d'un feu sans cesse alimenté, sans cesse excité par le jeu des
soufflets ; d'abord il tient bon ; mais l'homme est plus ferme
encore ; le métal blémit, puis il frémit dans sa masse, des
corps étrangers s'en dégagent, et, à la fin, on voit le plus
obstiné des métaux tendre de lui-même à s'épurer, et passer
ainsi accidentellement à l'état liquide. De même l'homme, le
plus bronzé contre les tortures morales du malheur, faiblit,
s'affaisse et voit l'épaisse coque métallique dont le temps
avait enveloppé sa nature, éclater et se dissoudre instantané-
ment sous le feu irrésistible qui l'attaque et la dévore.

« Je suis un être insensible ; je n'ai point de sentiment,
non, point ; mais c'est résolu, je ferai les derniers efforts

pour inspirer les meilleurs sentiments à autrui, *les senti-*
ments dont Mourdzof a éveillé en mon esprit l'idée la plus
distincte; je suis par moi-même un grand misérable, je ferai
tout pour détourner mes semblables de ce qui jette inévitablement dans un tel abîme de perdition; je n'ai rien du vrai
chrétien, mais je me surveillerai à chaque minute, pour ne
donner aux chrétiens que des sujets d'édification. Je vais me
mettre à travailler; la terre sera arrosée de mes sueurs. A
la campagne, je ne ferai rien avant de m'être bien dit :
« Est-ce honnête? est-ce juste? » afin de me ménager une
bonne et légitime influence sur les autres. Et au fait, je ne
suis peut-être pas si profondément perverti que je ne puisse
me réhabiliter à mes propres yeux! J'ai quelque capacité
pour les choses de l'agriculture; je suis actif, prudent, constant, économe : que me manquerait-il pour être heureux
dans un village? Il ne s'agit donc que d'en prendre son parti. »

Telles furent les pensées qui se jouèrent dans l'esprit de
Tchitchikof aussitôt après la sortie de son vénérable protec-
teur; une lumière nouvelle et bien faible encore, bien incer-
taine, venait de luire dans son âme, et il l'entrevoyait avec
satisfaction dans cette solitude du cachot. Sa nature si longtemps muette semblait proférer des paroles, et ces paroles
signifiaient qu'il y a pour l'homme sur la terre un devoir
qu'il faut remplir, qu'on peut accomplir partout, malgré tous
les obstacles, les troubles, les contrariétés qui viennent forcément assaillir l'homme, en quelque coin de la terre que sa
destinée l'ait placé. Et une bonne vie de labeurs, loin du
bruit des villes, loin de ces vains plaisirs qu'invente et varie
l'oisiveté, se dessina si vivement à ses yeux charmés, qu'il
en oubliait toute l'horreur de sa situation et se disposait même
à rendre grâce à la Providence divine du coup terrible qui
lui avait été porté. Seulement il remettait ce devoir à un
autre temps; il voulait remercier la Providence à la fois et
des nouveaux sentiments qu'il éprouvait et de sa libération
de prison et de la restitution au moins d'une partie de son
avoir.

Mais la lourde porte cria sur ses gonds, s'ouvrit et se
referma sur un employé avec lequel Tchitchikof s'était ren-

contré une fois, et dont il savait diverses particularités de caractère. C'était un nommé Samosvistof, un épicurien, un intrépide gaillard, un affronteur pourvu de larges et robustes épaules, de pieds plus redoutables que ceux de Sabakévitch; au demeurant, excellent compère, viveur, bonne bête, subtil comme le vent et solide comme le rocher, au témoignage de tous ses camarades. En temps de guerre, disaient-ils, il ferait des prodiges; que par des chemins impraticables on l'eût envoyé enclouer un canon à la barbe de l'ennemi, c'eût été pour lui une véritable fête.

A défaut de cette carrière militaire où peut-être on aurait fait de lui un homme d'honneur, il déploya ses qualités naturelles et acquises dans des exploits de greffe qui firent de lui un personnage moins honorable. Mais, chose difficile à croire et pourtant positive, cet homme avait des règles et des principes à lui; il était d'un bon et sûr commerce avec ses égaux et ses inférieurs, et jamais il ne lui arriva de trahir un camarade; sa parole donnée, il la tenait à tout prix; mais quant à toute la hiérarchie des supérieurs, il n'y voyait jamais que des batteries à surprendre et à enlever, et pour cela il ne manqua pas de profiter de tout sentier imperceptible, de tout pli de terrain, de tout endroit faible ou mal gardé.

« Nous connaissons à fond votre situation, dit cet employé aussitôt qu'il vit que la porte était rentrée hermétiquement dans son cadre; nous savons tout, tout, tout, mais ne vous alarmez pas; ayez au contraire bon courage; le dommage est déjà aux trois quarts réparé. Nous avons tous travaillé de bon cœur pour vous, pour votre service, cher maître, entendez-vous? Trente mille roubles suffiront parfaitement pour tout ce monde; ne donnez pas un sou de plus; cela doit suffire. Est-ce convenu?

— Et je serai justifié? s'écria Tchitchikof.

— Libéré, acquitté, justifié, et de plus indemnisé de vos pertes matérielles.

— Et tous vos soins me coûteront...?

— Trente mille roubles. Dans cette somme il se trouvera tout ce qu'il faut, de calcul fait, et pour nous autres, et pour

le monde du général-gouverneur, et pour le secrétaire. Y
êtes-vous maintenant?

— Mais permettez; voyez.... comment pourrais-je sortir
d'ici? Mes effets, pensez donc, toutes mes hardes, ma....
hem! tout est sous les scellés, gardé par des sentinelles?...

— Dans une petite heure, vous recevrez tout ici même.
Eh bien, voyons, topez-vous?

— Topo! » dit Tchitchikof en frappant dans la main de
l'employé.

Mais il était assez loin encore de croire qu'un si grand
bonheur fût possible.

« Assez causé; je ne puis rester une seconde de plus;
seulement j'ai été chargé par notre ami commun de vous
dire que *l'essentiel, c'est le calme et la présence d'esprit.*

— Ah! je comprends, pensa Tchitchikof.... le jurisconsulte!... »

Samosvistof disparut. Tchitchikof discuta longuement avec
lui-même, dans la solitude du cachot, le peu de probabilité
de tout ce qui venait de lui être promis, et sa conclusion
devenait de moins en moins rassurante : car l'homme privé
de sa liberté se reprend sans cesse, comme de préférence, à
n'espérer plus rien.

Cependant il ne s'était pas écoulé une heure que cassette,
papiers, effets, tout fut apporté dans le cachot et dans l'état
le plus parfait. Voici comme, à l'égard de ces effets, les
choses s'étaient passées.

Samosvistof avait fait une apparition au logement de
Tchitchikof, comme s'il en eût eu l'ordre spécial; il gronda
les deux sentinelles de ce qu'elles avaient l'air endormi : il
regarda la chambre, les meubles, les portes, la cassette et
les valises, qu'il rapprocha entre elles du pied et de la main.
Il dépêcha une des sentinelles pour qu'il fût envoyé encore
deux soldats de garde, et cependant il procéda à l'ouverture
de la cassette, d'où il tira tous les papiers compromettants
pour le prisonnier; il en fit une liasse qu'il posa sur une
chaise, puis il agrafa, ficela, cacheta le tout avec un air de
gravité, et voyant entrer les soldats qu'il avait mandés, il leur
ordonna d'une voix sèche et cassante de porter le tout à

Tchitchikof à l'instant même, comme effets de nuit indispensables à ce malheureux; il lui fit porter aussi le rouleau de papiers qu'il avait mis à part. Tchitchikof reçut ainsi jusqu'aux vêtements chauds qu'il pouvait désirer pour envelopper et réchauffer son corps mis à tant d'épreuves dans cette fatale demi-journée. Ce fait de la remise exacte et prompte de ses effets causa au prisonnier une joie inimaginable.

Les soldats retournèrent en hâte à leur poste pour garder à quatre une commode et un placard scellés, mais entièrement vides.

Toute inquiétude s'évanouit de l'esprit de Tchitchikof; au lieu de cela son imagination charmée entrevit tous les sourires, tous les songes gracieux de l'espérance; il en vint à rêver à la salle de spectacle, au ballet, aux coulisses, au foyer des acteurs, au joli rat à qui il contait fleurette. La retraite champêtre, le village, les travaux rustiques.... tout cela lui parut d'une pâleur... décidément il se reprenait à aimer le bruit, le mouvement et l'éclat des villes. Oh! la vie!

Sur ces entrefaites, l'affaire s'était engagée avec des proportions vraiment indéfinies, dans les tribunaux de tout degré et dans les bureaux de la haute administration provinciale. Les plumes criaient, les chaises gémissaient, les tabatières s'épuisaient, les têtes *casuistiques* travaillaient; quelques fonctionnaires, en véritables artistes, s'arrêtaient pleins d'admiration devant une période ou une simple phrase contenant à elle seule toute une merveilleuse perspective de chicanes. Le jurisconsulte, magicien invisible, sans laisser même sentir sa main, touchait à tous les ressorts, imprimant le mouvement le plus vertigineux à toute la machine. Il leur fit perdre la tête à tous et ne laissa à aucun le temps de se remettre de la première secousse. La confusion s'augmentait de la confusion même. A Dieu ne plaise que nous ne rendions à chacun la justice qui lui est due et l'honneur qui lui revient dans cette grande journée! Samosvistof lui-même y eut une grande part par son intrépidité, son audace et sa verve.

Étant parvenu à savoir où l'on tenait au secret la femme

qu'on disait habile dans les rôles de vieille dame mourante,
il se rendit droit à la porte d'entrée et s'arrêta court, non
pas en homme d'humble condition qui voudrait quelque
chose et qui hésite, mais en chef et en maître, tellement que
la sentinelle lui porta les armes et se tint roide comme un
pieu.

« Y a-t-il longtemps que tu es là?

— Depuis ce matin, Votre Noblesse.

— Et pour combien de temps encore?

— Pour trois heures, Votre Noblesse.

— Cela ne sera pas. J'ai besoin de toi, nommément de toi.

— J'entends, Votre Noblesse.

— Je vais dire à l'officier d'envoyer ici un autre à ta
place, un gendarme.

— Comme il plaît à Votre Noblesse.

— Le mot d'ordre?

— Quand le diable y serait, Votre Noblesse.

— Quand le diable y serait, c'est juste; eh bien, quand
tu auras échangé le mot d'ordre, rentre au quartier et attends
que je t'appelle. »

Aussitôt il remonta sur sa drojka et rentra chez lui pour
deux minutes. Voulant ne mêler personne dans l'affaire et
que les cordons du sac allassent bien au fond de l'eau, il
s'habilla lui-même en gendarme avec longues moustaches et
épais favoris, et s'étant rendu complètement méconnaissable,
il alla près de la maison isolée où Tchitchikof était enfermé.
Là il saisit la première femme qui lui tomba sous la main,
la mit sous la garde de deux de ses camarades aussi fort
experts en affaires, et lui, il alla se planter, avec le sabre
traînant et le fusil au poing, comme il convient, devant la
sentinelle, à qui il dit :

« Va-t'en, le commandant te relève de garde. »

Le mot d'ordre échangé, le soldat partit. En un tour de
main, à la femme au testament, succédait aux arrêts la pauvre
femme arrêtée au hasard, qui ne savait rien et ne comprenait
rien. La femme lettrée fut d'abord cachée quelque part, et
plus tard on n'entendit plus parler d'elle à cinquante kilomètres à la ronde.

Dans le temps même où Samosvistof, avec ses goûts militaires, trouvait le moyen de se jouer des soldats, le jurisconsulte faisait de véritables merveilles sur un théâtre différent.
Il donna avis indirectement au gouverneur civil que le procureur fiscal avait écrit contre lui un rapport très grave; le
représentant de la gendarmerie ou de la police secrète fut
informé de son côté qu'un employé qui habitait incognito la
ville depuis quelques mois achevait de rédiger contre lui une
dénonciation sur de certains faits passablement scandaleux;
il persuada ensuite à l'employé mystérieux qu'un autre
employé, bien autrement mystérieux que lui, l'avait dénoncé
depuis une huitaine de jours comme ne faisant rien et ne
pouvant rien faire à cause de sa paresse et de son ineptie.

Il les mit tous dans une si grande défiance les uns des
autres que la plupart accoururent à lui pour le consulter, et
les questions qu'il leur adressa les effrayèrent encore plus.
La confusion fut bientôt à son comble; il y eut dénonciation
sur dénonciation, ce qui mit à découvert tel pot aux roses
qu'on ne pouvait soupçonner d'être sous jeu, et donna cours
à mille propos malins ou allusions cruelles à des circonstances qui n'avaient jamais existé. Dans ce tohubohu on
faisait flèche de tout bois : celui-ci était bâtard, celui-là fils
légitime, mais grand Dieu, de quel père! un troisième entre-
tenait une veuve, un quatrième souffrait que sa femme fît
les yeux doux à un jeune major. L'écheveau monstrueux de
tous ces scandales se mêla et s'enchevêtra si fort avec l'écheveau très embrouillé de l'histoire d'âmes mortes de Tchitchikof, qu'il devenait d'heure en heure plus impossible de
démêler l'un de l'autre et de dire lequel des deux il serait le
plus important de dévider le premier. Nous estimons qu'en
l'état où ils étaient, les deux écheveaux se valaient entre eux.

Lorsque enfin les papiers arrivèrent à l'examen du général
gouverneur, le pauvre prince n'y put rien comprendre. Un
employé aussi pénétrant qu'expéditif, à qui fut commis le
soin de faire un extrait, pensa y perdre l'esprit. Impossible de
saisir aucun fil qui ne fût engagé avec d'autres à l'infini, et
plus on s'attachait à en suivre au moins un, plus le fouillis
devenait inextricable.

Le prince était, comme par un fait exprès, à cette époque, accablé d'un grand nombre d'autres affaires plus irritantes les unes que les autres. Dans une partie du gouvernement sévissaient les horreurs de la famine, et les employés envoyés pour y faire des distributions de blé avaient manqué à leur devoir. Sur d'autres points, les sectaires dits *raskolniks* montraient des dispositions à la révolte; quelque malintentionné avait répandu parmi eux le bruit qu'il s'était montré un *antéchrist* qui ne laissait de repos ni aux vivants ni aux défunts, et qui achetait les âmes mortes par centaines, comme on achète des bottes de paille ou quelques milliers de fagots. Ils avaient fait pénitence à cette occasion et commis de gros péchés, puisque par le désir qu'ils avaient de pincer l'antéchrist, ils avaient battu à mort des gens qui n'étaient point des antéchrists. Dans une autre localité, des paysans s'étaient mis en pleine rébellion contre leurs seigneurs et contre toute la police rurale. De misérables vagabonds leur avaient fait accroire que le tour était venu aux paysans d'être seigneurs, d'aller en voiture et de s'habiller à l'allemande, et aux seigneurs d'endosser l'armiak, de cirer les bottes, d'habiter les chaumières et de labourer les champs. Et tout un canton considérable, sans penser que cela ferait trop de seigneurs, refusa toute espèce de rétribution à la police. Il avait fallu recourir aux moyens violents. Le pauvre prince était, par suite de tout cela, dans un état vraiment digne de pitié. Un laquais entra dans le cabinet et annonça le fermier général des eaux-de-vie. C'était Mourazof. « Fais entrer », dit le prince. Le vieillard entra.

« Eh bien! votre Tchitchikof, votre beau protégé, à chaque heure on en apprend de nouvelles sur son compte. Venez donc encore le défendre! Il a toute sa vie fait des choses à étonner tous les voleurs de profession.

— Permettez-moi de dire à Votre Excellence que, jusqu'à présent, je ne vois rien de bien prouvé dans les charges qu'on rassemble contre lui.

— Ah! oui, il y en a des charges! Tout petit il volait les poutres des maisons en construction; plus tard, étant chef d'un poste de douane, il a fait la contrebande avec les juifs et y a gagné quatre millions, avec lesquels il s'est enfui emportant encore la caisse du poste. Après s'être ruiné au jeu chez les Allemands, il est rentré en Russie on ne sait comment, et s'est mis à trafiquer d'âmes mortes; bien reçu partout dans je ne sais quelle ville qu'on ne nomme pas, il a enlevé un beau matin du même coup la femme et la fille du gouverneur civil. Ici il fabrique un faux testament en tenant cachée pendant plusieurs heures la mort de celle qu'il faisait tester selon ses vues!... Rien que pour ce dernier crime, ne mérite-t-il pas d'être frappé de cinq cents coups de verge en public, ce monstre-là?...

— Je ferai observer à Votre Excellence qu'il n'y a nullement lieu à me considérer comme le défenseur juré de ce M. Tchitchikof : ses vrais défenseurs sont ceux qui le chargent de crimes imaginaires, ou du moins étrangers au procès. Il y a une accusation de faux en matière de testament ; l'action est entamée. Oui, mais rien n'est encore prouvé, puisque l'enquête n'est pas faite.

— Nous tenons, je vous l'ai dit, un témoignage vivant, la femme même qui, habillée des robes et des coiffes de la défunte, a tenu la plume.... Eh bien, monsieur l'entêté, je veux, pour vous confondre, interroger cette femme ici en votre présence. »

Le prince sonna, et ordonna que la femme dont il s'agissait fût amenée devant lui.

Mouràzof garda le silence.

« C'est l'affaire la plus infâme du monde! et penser que les premiers fonctionnaires de la ville sont mêlés là dedans, le gouverneur civil en tête! Songez donc, un gouverneur civil se trouver nommé, mêlé dans une affaire de voleurs et de faussaires! s'écria le prince avec véhémence.

— Eh mais, prince, le gouverneur est le principal héritier désigné, et, même en cas de mort *ab intestat*, toujours aurait-il eu ses droits de parent à faire valoir; voyez aujourd'hui tous les autres parents, comme ils se précipitent à la curée aléatoire. L'homme est ainsi fait. Une vieille personne très riche meurt. Le bruit court qu'elle n'a pas fait de testament, ou que ses dispositions testamentaires sont contraires

à toute raison et à toute justice, les parents accourent de
toutes parts attirés par l'espérance. Un testament est ouvert;
les légataires désignés soutiennent la légalité de l'acte, les
autres l'attaquent en nullité et l'arguent même de faux. Tout
cela, c'est l'homme.

— Mais pourquoi des détours, des mensonges, des bassesses? ô les misérables! dit le prince très sincèrement
indigné. Je n'ai pas ici un employé honnête homme, non,
non, non, tous sont des misérables, de vils coquins!

— Qui de nous peut dire le front levé : «L'homme bon,
« pur, irréprochable, c'est moi! » Les employés de notre
ville ne sont pas des anges, mais des hommes; ils ont des
qualités diverses, quelques-uns des capacités incontestables :
mais, comme hommes, tous sont des enfants d'Ève.

— Athanase Vaciliévitch, je ne connais que vous ici
d'honnête homme; c'est étrange pourtant, cette passion qui
vous porte à prendre fait et cause pour le premier gredin
venu!

— Prince, quel que soit l'individu qu'il vous plaise d'appeler
un gredin, c'est un homme; et comment n'essayerais-pas de
le défendre, quand je sais que la bonne moitié de ses torts
ont leur source dans sa grossièreté et son ignorance! Notez
bien une chose qui est indubitable : c'est que nous-mêmes
nous commettons à chaque pas, à chaque minute, des injustices qui causent le malheur de notre prochain, le plus
souvent au rebours de notre intention. Y a-t-il si longtemps
que vous avez commis, vous, prince, une grande injustice?

— Comment cela? s'écria le prince, étonné du tour que
prenait l'entretien.

— Dans l'affaire de Derpennikof.

— Athanase Vaciliévitch! une infraction aux lois fonda-
mentales de l'État équivaut à une trahison envers le pays et
le souverain.

— Je ne justifie aucune infraction aux lois; il s'agit de
simple équité rétributive : il n'est pas équitable de frapper
d'une même pénalité un adolescent qui a été entraîné, et les
coupables qui à leur crime ont joint l'infamie de prendre cet
adolescent pour complice. On a fait l'application de la même

peine au jeune Derpennikof et à un homme qui a vieilli dans les méfaits de tout genre, tel que Vorono Dronnoï, à un ange déchu et à sa dupe. Il y avait lieu, ce me semble, à distinguer.

— Au nom de Dieu, si vous savez quelque chose de plus sur cette affaire, parlez! dit le prince avec une agitation visible. J'ai écrit il y a quelques jours à Pétersbourg pour solliciter un adoucissement de peine en faveur de Derpennikof; je suis prêt à écrire encore et à insister même pour sa grâce entière, si vous le savez positivement digne de l'intérêt des honnêtes gens.

— Non, prince, je ne crois pas savoir rien que vous ne sachiez vous-même; cependant il est une circonstance qui milite en sa faveur à mes yeux. Il sait, lui, un point de fait qui est resté obscur et qui lui serait fort avantageux, mais il souffrira tout plutôt que de faire condamner un autre homme à cause de lui. Ce secret-là ne sera que trop bien gardé. Mais demandez-vous si, en tranchant le procès par un coup d'autorité, après une instruction fort insuffisante, vous n'avez pas péché par précipitation. Pardon, prince; vous faites appel à ma faible intelligence et m'ordonnez de parler à cœur ouvert : c'est ce que je fais. Je ne suis pas sans quelque expérience des hommes; j'en ai employé un très grand nombre, et j'en ai trouvé de mauvais et de bons. Je sais qu'il faut prendre en considération les précédents, mais les précédents bien prouvés de chacun, puis s'adresser directement aux individus avec calme et douceur; si l'on s'emporte à leur premier abord, on ne fait que les effrayer, et il n'y a plus à compter sur le moindre aveu sincère. Je questionne d'un ton de bienveillance et comme entre frères; l'inculpé dit tout avec confiance et s'enhardit jusqu'à demander un adoucissement à la peine qu'il mérite; jamais en ce cas il ne met d'acharnement contre personne; c'est qu'il voit bien que ce n'est nullement moi qui le punirai, mais la loi. »

Le prince devint très pensif.

On entendit des voix nombreuses dans la vaste pièce garnie de bureaux au pourtour, précédant le cabinet. Le prince, qui attendait qu'on fît comparaître devant lui la femme accusée de faux et tenue aux arrêts forcés, ne comprenait pas qu'elle n'eût point encore été amenée à son audience; il alla lui-même à la porte, et il la fit à l'instant ouvrir à deux battants.

Près de cette porte était toute une multitude de gens de la ville et d'employés, debout la plume à l'oreille. Au milieu du demi-cercle qui s'était formé en cet endroit était une pauvre femme toute gonflée de chagrin, de honte, de terreur et de colère. Près de cette malheureuse et de trois soldats ébahis, se tenait avec une certaine irritation contenue un bourgeois de la ville sujet à gesticuler beaucoup, mais avec cela outrageusement bègue. Le prince questionna, le bourgeois bégaya et gesticula avec une grande animation; la femme cria, gémit, pleura, se tordit les bras et se roula par terre; dix ou douze habitants amenés par le bourgeois excitaient assez vivement celui-ci à s'expliquer devant Son Excellence. Le malheureux bègue se donnait déjà bien assez de mal pour cela, et il n'en était que moins intelligible, et c'est ce que faisaient observer à ces bonnes gens les gendarmes, les employés et les garçons de bureau.

La confusion était si complète que cela ressemblait à une émeute. Le prince consterné jeta un regard lamentable du côté de Mourazof. Celui-ci comprit; il alla aussitôt pêcher dans la foule six des plus vieux habitants présents à la scène, et les introduisit dans le cabinet. Puis, au bout de quelques minutes, il les renvoya dans la pièce où la sédition, grâce à l'attente générale d'un incident quelconque, venait de se calmer comme par enchantement; après quoi, ayant refermé la porte en recommandant le silence à la multitude, il expliqua au général-gouverneur que l'accusée était la femme du bourgeois bègue, que c'était un couple de très honnêtes gens; que la femme avait été arrêtée le matin même dans la rue et mise aux arrêts par surprise, sous un prétexte de charité auquel elle s'était laissé prendre comme un enfant; que cette femme était complètement étrangère à toute scène de testament, ne sachant ni jouer la comédie ni même écrire son propre nom, toutes choses dont les plus notables habitants du faubourg offraient de se rendre garants.

Le prince entr'ouvrit sa porte, donna des ordres pour que l'on reconduisît à l'instant, dans son propre équipage, la pauvre femme et son mari à leur domicile; il les congédia en leur demandant leurs noms, et en les priant d'excuser la prétendue erreur qui avait été commise sans doute par excès de zèle.

Après avoir refermé la porte de son cabinet, il pressa avec émotion la main de Mourâzof en lui disant : « Merci, frère, merci! » puis il se croisa les mains, regarda le ciel, et une grosse larme se suspendit à chacun de ses yeux.

En ce moment entra dans le cabinet un jeune employé de bonne tournure; il s'arrêta respectueusement, le portefeuille à la main, à quelques pas du prince. Son seul aspect faisait bien voir qu'il appartenait à une nouvelle génération; il servait comme en disponibilité pour commissions particulières près du ministère de la justice; sur ses traits, frais encore, régnait une expression sérieuse de gravité et d'amour du travail. C'était un des rares employés qui s'occupent de procédure en dilettante. Sans ambition, sans avidité, sans inclination à suivre l'exemple de personne, il ne servait que par la conviction où il était que sa vraie place était là et non ailleurs, et que la vie lui avait été donnée précisément pour être utile à son pays dans cette carrière. Suivre, examiner, analyser, confronter, discuter, et, après avoir saisi tous les fils des affaires les plus embrouillées, débrouiller, mettre en ordre, éclaircir les choses, dégager le point de droit du point de fait, et donner une opinion, tels étaient ses travaux; et ses efforts étaient amplement récompensés par ce jour qu'il voyait luire devant lui dans le dédale obscur et tortueux d'un procès, par la découverte des mobiles secrets, des ruses et des intrigues de la chicane, et par l'immense satisfaction qu'il ressentait de pouvoir parfois exposer avec brièveté et lucidité sa découverte, de manière à la rendre intelligible et manifeste pour l'autorité supérieure. On peut affirmer que jamais étudiant, ayant devant lui la page ou la phrase la plus difficile d'un grand écrivain, et pénétrant tout à coup avec certitude le vrai sens de sa profonde pensée, ne s'en est trouvé aussi heureux que ce

jeune et noble employé parvenant à dissiper les ténèbres
dont certains jurisconsultes enveloppaient les affaires à l'aide
d'une foule d'intrigants et d'affiliés comme ils en avaient
dans tous les greffes des tribunaux et dans tous les bureaux
de l'administration [1].

Le prince se retourna, vit son jeune assistant et le salua
avec bonté. Celui-ci demanda si sa présence n'était pas importune en ce moment; le prince répondit négativement.
Seulement, voulant profiter d'une tournée que l'honorable
Athanase Vaciliévitch allait faire dans le gouvernement, il
voulait décider cet excellent homme à se charger de commissions importantes pour diverses localités; et il ajouta que,
quant aux affaires du contentieux, ils en parleraient le soir
plus à loisir.

« Eh bien, prince, je rentre chez moi, et je suis à vos
ordres; vous voudrez bien me faire appeler à l'heure qu'il
vous conviendra.

— Restez avec nous, je vous prie; si vous n'avez pas de
projet arrêté, nous passerons ensemble le reste de la
journée. »

Puis s'adressant à Mourâzof, il lui dit :

« Les mandataires infidèles qui ont, par leur avidité et
leurs orgies, poussé à bout la patience des districts en proie
à la famine, sont de retour, et j'en ferai bonne justice. On
vient de m'apporter un billet indiscret, que l'un d'eux écrivait à un certain jurisconsulte fort dangereux que je vais
décidément faire mettre en interdit et expulser de la ville,
seul moyen de l'empêcher de jeter ici le trouble dans toutes
les classes de la société. Il me semble que mon premier
devoir serait maintenant de diriger des troupes dans ces
districts, et, à plus forte raison, dans celui où s'agitent les

---

1. Ici l'honorable M. Trouchkovsky, dans son travail publié à Moscou
dans l'automne 1855, dit entre parenthèses avec une naïveté d'érudit :
« Il y a *probablement* ici une lacune, » comme s'il y avait eu lieu d'en
douter. Malheureusement nous sommes pris au dépourvu comme lui;
nous allons seulement, comme simple essai de soudure sans prétention,
et pour la commodité du lecteur, risquer quelques phrases hypothéti-
ques, de manière à relier toute cette fin restée à l'état d'ébauche.

sectaires du *raskol* (hérésie), agités par de misérables vagabonds. Persistez-vous réellement à penser que votre seule présence, vos discours dont je connais la sagesse, et ceux de vos agents dévoués à cette sainte mission, suffisent pour ramener ces malheureuses populations à la raison et au devoir?

— Oui, prince, oui, je le crois, et j'oserais presque vous en répondre sur ma vie. D'abord, soit dit entre nous, j'ai sous la main un moyen plus sûr qu'une démonstration armée; je ferai un petit sacrifice, et cela me regarde seul; j'approvisionnerai économiquement, mais positivement du moins, de seigle et d'orge ces localités où sévit la famine; mes distributions ne seront pas dérisoires. C'est une partie que je m'entends un peu mieux à diriger que messieurs les employés, soit dit sans leur faire tort; je ferai tout moi-même, et je donnerai à qui il faut donner, et non à qui devrait lui-même contribuer du sien. Après cela, si vous le permettez, prince, j'irai parler raison aux sectaires. Il est très vrai qu'ils prêtent bien plus volontiers l'oreille aux discours des personnes simples, telles que moi : mais point d'escorte, point de soldats! Avec la seule aide de Dieu, peut-être qu'en effet je réussirai à les pacifier, à finir l'affaire tout amiablement. Les employés ont des habitudes qui ne peuvent que leur être antipathiques et suspectes; ils commencent par entamer une correspondance avec l'autorité, ils expédient des rapports, des contre-rapports, se font adresser des ordres et embarrassent tout de tant de papiers que, derrière les monceaux de leurs griffonnages, on ne parvient plus à voir ce qu'ils font.

— Je mettrai à votre disposition les sommes....

— De l'argent? Non, je n'en prendrai sous aucun prétexte, ni avant, ni pendant, ni après ma tournée, parce que, Dieu m'en est témoin, je regarde comme honteux, en des temps comme ceux-ci, de songer à ses intérêts. Quand les hommes meurent de faim, si je réussis à leur faire prendre patience, souffrez que je paye moi-même mon succès. J'ai du blé; dernièrement j'en avais même tant que j'ai eu le bonheur d'en envoyer en Sibérie, et je compte bien en envoyer encore là-bas l'été prochain.

— C'est à Dieu, à Dieu seul sans doute, Athanase Vaciliévitch, de vous récompenser d'un si grand service. Moi, de
ce moment, je ne vous dirai plus un seul mot là-dessus : car
devant ce que vous sentez de vous-même au fond du cœur,
en agissant ainsi, les paroles d'un tiers sont nécessairement
fades et pesantes. Mais quant à la supplique collective des
quatre-vingt-deux employés de cette ville en faveur de onze
de leurs confrères prévaricateurs et concussionnaires surpris
et convaincus, permettez-moi de vous rappeler la loi formelle qui repousse, dans notre pays, les pétitions collectives
sans exception. Et, d'une autre part, dites vous-même, ai-je
le droit de mettre au néant les procès-verbaux de l'enquête ;
serait-il juste, serait-il honnête de ma part de pardonner à
des scélérats?

— Ah! prince, c'est là une qualification excessive, d'autant
moins proportionnée avec le délit, que parmi les délinquants
il s'en trouve plusieurs qui ont des qualités notoirement honorables. La situation faite aux hommes [1] est embarrassante,
prince, très embarrassante. Et puis, n'arrive-t-il pas souvent
que vingt circonstances graves forment contre un accusé un
corps de preuves des plus redoutables, et qu'un incident vient
tout à coup démontrer que cet accusé était pris pour un
autre? Les bévues, les alibis, les quiproquos sont-ils si rares?

— Mais la requête des quatre-vingt-deux, insuffisamment
respectueuse dans la forme, est au fond illégale et d'un très
mauvais exemple. Que feraient-ils si j'exauçais les vœux
qu'ils expriment, ou même seulement si ma faiblesse passait
sous silence et leur pardonnait cette démarche? Plusieurs,
soyez-en sûr, lèveraient le nez bien haut et ne manqueraient
pas de dire qu'ils m'ont fait peur, et, du moment qu'ils
croiraient pouvoir effrayer l'autorité, c'en serait fait pour
moi de toute considération.

---

1. Aux hommes, c'est-à-dire aux *employés* en général: c'est probablement une allusion à l'extrême exiguïté des traitements, qui ne permet
ni à une famille d'employé, ni même à un employé célibataire de pour-
voir aux premières nécessités de l'existence. Hâtons-nous de dire que
c'est un état de choses qui va prendre fin avec tant d'autres abus monstrueux auxquels le souverain actuel est très occupé de porter remède.

— Voulez-vous bien, prince, me permettre de vous proposer une idée? Assemblez-les tous, déclarez que vous savez tout, démontrez-le-leur magistralement, gravement, sans véhémence, puis représentez-leur votre position personnelle exactement comme vous venez de nous la peindre, et après cela exigez que chacun, séance tenante, consigne sur un carré de papier ce qu'il aurait fait à votre place.

— Ah çà, vous les supposez donc capables d'un mouvement noble et d'une résignation apostolique à tel moment donné, eux qui n'ont vécu que de bassesse, de mensonge et de simonie? Si je faisais ce que vous dites, ils écriraient tous comme un seul homme : « Amnistie, amnistie générale! » Ou bien, ils n'écriraient pas du tout, et en tout cas, croyez bien qu'ils se moqueraient de moi. Ne le pensez-vous pas comme moi, Fédor Ivanovitch? ajouta-t-il s'adressant au jeune stagiaire ministériel.

— Non, prince, leur esprit ne serait pas disposé au rire; ils seraient trop vivement surpris de la nouveauté d'un appel si imprévu et si solennel fait à leur conscience.

— L'homme le plus dégradé ne laisse pas d'avoir au fond de lui un sentiment de justice qu'on peut toujours réveiller par une surprise, reprit Mouràzof. Le Russe est resté Russe, et le Russe n'est pas le juif endurci. Non, prince, vous n'avez aucun besoin de dissimuler avec eux. Dites-leur ce que vous avez bien voulu dire ici devant nous. Ils parlent fort mal de vous, vous tenant pour un homme altier, suffisant, orgueilleux, plein de lui-même, incapable d'écouter aucune raison contraire aux idées qu'il s'est mises en tête.... Montrez-leur à tous à la fois qu'ils se sont grossièrement trompés. Que risquez-vous? la démarche n'a rien que d'honorable. Dites-leur qu'en leur faisant cet exposé de votre position, vous vous figurez, en intention, faire votre confession non devant eux, mais à la face de Dieu lui-même.

— Eh bien, j'y réfléchirai, dit le prince, j'y réfléchirai mûrement; en attendant je vous remercie de votre conseil d'ami, Athanase Vaciliévitch.

— Et Tchitchikof? dit le vieillard, n'ordonnez-vous pas qu'il soit mis en liberté?

— J'y consens. Au fait, ajouta le prince en regardant Fédor Ivanovitch, il n'y a pas nécessité qu'il soit retenu en prison. Oh ! cet abominable procès au milieu de tant de graves conjonctures.... Vous avez examiné le dossier ?

— Un dossier qui est déjà monstrueux, répondit le jeune stagiaire, et où l'on voit derrière chaque nouvelle pièce qui s'y joint d'heure en heure la main d'un homme qui est le génie même de la chicane ; un procès à user trois vies d'homme, et que peut-être, en écartant tout le pêle-mêle qui vient y adhérer, on pourrait terminer en trois heures par un compromis entre les principaux intéressés ; de sorte que l'administration et le pays seraient délivrés d'un coup de la plus embarrassante affaire et du plus épouvantable scandale. »

Le prince écrivit quelques lignes, puis se tournant vers Mourâzof, il lui dit :

« Faites-moi un plaisir ; allez trouver Tchitchikof au lieu où il est détenu, et dites-lui qu'il va être délivré, mais que, dans les vingt-quatre heures, il soit hors de la ville et qu'il s'en aille le plus loin possible. Je sens que, si jamais cet homme me retombait sous la main, je n'aurais plus la force de lui faire grâce. »

Mourâzof, en quittant le cabinet du général gouverneur, se rendit droit au lieu de détention de Tchitchikof. Il trouva le prisonnier dans une fort bonne disposition d'humeur ; il achevait d'expédier un bon petit dîner qui lui avait été apporté de nous ne savons quel restaurant, dans deux crédences portatives et un panier à bouteilles. Le vieillard n'avait pas échangé avec lui vingt mots qu'il conclut intérieurement qu'il avait eu un entretien ici même avec des employés casuistes des plus déterminés, et de plus, il devina aussitôt que le jurisconsulte était derrière, tenant sous le pied tous les fils de l'intrigue.

« Écoutez, Paul Ivanovitch, lui dit-il, je vous apporte la liberté, mais à la condition que, dans une heure, vous soyez en route. Il avait été question de vous donner un jour entier pour vous remettre de la secousse et arranger vos affaires ; mais la résolution absolue, à présent, c'est que vous partiez sans perdre une minute, et cela es, conforme à votre intérêt, car de minute en minute votre affaire ne fait qu'empirer. Je sais qu'il y a ici un homme qui vous remonte les esprits; eh bien, je vous dirai en secret qu'il y a une nouvelle affaire qui le concerne directement, et nulle force humaine ne sauvera plus cet homme, en qui surtout vous mettiez une si grande confiance. Il est perdu. On connaît assez le caractère du personnage pour savoir qu'il va tenter d'en entraîner d'autres dans sa chute; tardez de quelques minutes de plus qu'une heure, et vous êtes certainement écrasé sous lui comme un vermisseau. Malheureux! Je vous ai laissé ici même dans une disposition d'esprit tout autre que celle où je vous retrouve. Les conseils que je vous ai donnés étaient graves et salutaires; soyez certain que votre véritable intérêt n'est pas dans cet avoir pour la possession duquel les hommes s'agitent et s'entr'égorgent, comme si on pouvait, avec de la fortune, s'arranger bien dans cette vie de passage et ne prendre nul souci des vrais trésors qu'il faut pour la véritable vie. Croyez-moi, pensez, non à des acquisitions d'âmes mortes, qui ne vous mèneraient qu'à la mort et à la condamnation, mais à votre âme vivante que votre unique salut est de préserver de toute erreur funeste sur ces matières-là. Dieu veuille vous ramener dans la voie! je vous préviens que je pars moi-même dans une demi-heure peut-être; dépêchez-vous donc, car je ne serai pas à vingt-cinq kilomètres de la barrière, qu'il n'y aura plus ici pour vous que dangers sur dangers, malheurs sur malheurs. Souvenez-vous de cela. Adieu.... »

Et il sortit en s'éloignant à grands pas.

Tchitchikof resta pensif; il lui semblait très important de songer avant tout à ce que c'est en effet que la vie.

« Mourâzof a raison, dit-il, il faut que je prenne *un autre chemin.* »

Là-dessus il sortit de prison, la sentinelle traîna ses effets jusqu'à la porte extérieure, jusque dans la rue.

Séliphane et Pétrouchka accoururent, saisis d'une joie vertigineuse à la vue de leur maître sortant ainsi de captivité.

« Çà, mes amis, mes chers amis, leur dit Tchitchikof

d'un ton pénétré de douceur, il faut vite, vite, mettre dans la calèche les effets, les coussins, les tapis, et partir sans délai.

— Eh! partons, Pâvel Ivanovitch, dit Séliphane; la route doit être bonne; il a tombé assez de neige pour le traînage. Il est vraiment temps de sortir de cette ville-ci, elle m'a tant ennuyé que je voudrais en être bien loin.

— Conduis tout de suite la calèche et la britchka, dit Tchitchikof, au charron du faubourg, à droite de la route, pour qu'il les mette sur patins et suspende solidement les roues. Pétrouchka et toi vous déposerez tous les effets dans une chambre fermée de l'auberge qui est située à cent cinquante pas au plus de la barrière; vous m'attendrez dans cette auberge; moi j'ai à faire ici quelques visites, après quoi j'irai là-bas passer la nuit. »

Après avoir expédié ses gens, ses six chevaux, sa britchka et sa calèche, Tchitchikof, de sa personne, alla en ville. C'était par pure manière de contenance qu'il venait de parler à ses gens de prétendues visites d'adieu; ce qui s'était passé depuis quelques jours lui ôtait nécessairement toute envie de se montrer nulle part.

Il évita au contraire, avec le plus grand soin, toute espèce de rencontre, et seulement il entra en quelque sorte furtivement chez le marchand qui lui avait fourni de si beau drap flamme et fumée de Navarin; il en prit de nouveau quatre mètres pour habit, veste et.... pantalon, et se rendit de là chez le tailleur russe de Londres et Paris. En payant double prix, il décida promptement cet artisan à déployer un zèle extraordinaire; il fit travailler toute la nuit aux chandelles avec tout son monde, ciseaux, aiguilles, dents et fer à repasser; et l'habit complet fut prêt le lendemain matin, non pas avant l'aurore, mais du moins avant midi. Le charron avait été plus expéditif, de sorte que, quand le tailleur arriva à l'adresse indiquée hors barrière, il vit en entrant la calèche sur patins, déjà attelée dans la cour de l'auberge.

Tchitchikof toutefois voulut essayer l'habit en présence de l'ouvrier; cet habit se trouva tout aussi parfaitement coupé et cousu que le précédent. Mais, hélas! tandis que Paul Iva-

novitch se mirait avec satisfaction. Il remarqua une raie
blanche, lisse et nue qu'il avait sur la tête; une partie de sa
belle chevelure manquait à l'appel. Il se mordit la lèvre
inférieure et ne put s'empêcher de murmurer : « J'avais
bien besoin vraiment là-bas de me livrer à toute cette
rage ! »

Il paya le tailleur, il paya sa journée d'auberge, courut
s'arranger commodément dans la calèche, et deux minutes
après il respirait sur la route l'air vif et pur des premiers
froids. Il devait certainement s'estimer bien heureux d'avoir
ainsi réchappé à tant de danger et d'opprobre; mais son humeur était fort triste. Ce n'était plus le Tchitchikof d'autrefois; tranchons le mot, c'était comme une ruine du Tchitchikof que nous avons connu. On pouvait surtout comparer
l'état de son âme avec l'état d'un emplacement de maison là
où un bâtiment a été démoli afin d'en construire un nouveau,
quand le nouveau n'est pas encore commencé faute d'un
plan arrêté, que l'architecte ne paraît point, que les matériaux sont éparpillés, et que sur ces matériaux les maçons
désœuvrés attendent les ordres du maître.

Le vénérable Mourazof était parti de la ville longtemps
avant notre héros, dans une kibitka couverte en nattes de til,
en compagnie de son commis, du bon Patapytch.

Il y avait cinq jours que Khlobouëf de son côté était parti
à peu près dans la même direction que Mourazof, en mendiant pour l'Église, de village en village, questionné, ques-
tionnant, et déjà se complaisant dans sa rude et pieuse mission d'éclairer les ignorants sur leur devoir et leur intérêt
véritable, tout en prenant bonne note de leurs besoins et de
leurs souffrances.

Cependant le général gouverneur fit porter à la signature
de tous les fonctionnaires et employés de la ville une circulaire déclarant qu'à l'occasion de son prochain départ pour
Saint-Pétersbourg. il désirait les voir tous ensemble dans la
grande salle de son hôtel, à deux heures de l'après-midi.

En effet, à l'heure indiquée, toute la classe des fonctionnaires, depuis le gouverneur civil jusqu'aux simples conseillers titulaires, se trouva réunie chez le prince. Directeurs

de chancellerie, chefs de division, chefs de bureau, présidents de chambre, conseillers, assesseurs ou auditeurs, greffiers, sous-greffiers, caissiers, expéditeurs, ceux qui prenaient des étrennes, ceux qui n'en prenaient pas, ceux dont l'âme était tournée en crochet, ceux qui étaient moins retors, ceux qui étaient restés droits, tous attendaient avec plus ou moins d'émotion et d'inquiétude l'apparition du haut personnage qui les avait convoqués. Le prince parut; son air n'était ni serein ni sombre; son regard était ferme, ainsi que sa démarche. Tout le monde s'inclina, plusieurs de tout le buste. Le prince, après avoir rendu à l'assemblée sa politesse par un salut général plein de dignité, prit la parole et dit :

« Je pars pour Pétersbourg. Avant de me mettre en route, j'ai cru devoir vous réunir, et en voici la raison : il s'est engagé ici une affaire très scandaleuse; plusieurs des personnes présentes savent certainement de quoi il s'agit. Cette affaire, par sa complication extraordinaire, a mis la justice sur la voie de plusieurs autres non moins ignominieuses, où l'on rencontre manifestement la main et l'esprit d'hommes que, quant à moi, jusqu'à cette découverte, j'avais pris pour de fort honnêtes gens. Le but secret de leur intrigue était de mêler, de confondre ensemble dix affaires distinctes, de jeter dans ce mélange une foule d'éléments étrangers, controuvés et criants, de telle sorte qu'il devînt impossible à l'autorité de s'y reconnaître et d'être à portée d'asseoir un jugement quelconque sur rien. Je connais le grand meneur, l'homme qui s'est fait, et pour cause, centre et pivot de toute l'intrigue; je sais toute la part qu'il y a constamment prise, malgré le soin qu'il a de se tenir toujours dans l'ombre. Comme je sais aussi qu'en laissant aller les choses plus loin, l'audace des coupables, pour mieux assurer l'impunité de leurs crimes, ne reculerait pas devant l'idée d'incendier, d'affamer, d'instiguer à la révolte les populations, je suis décidé à sceller tous les dossiers qui sont entre mes mains, à mettre l'état de siège et à faire juger sommairement, militairement, par des cours spéciales. Et ne doutez pas que le czar, à qui je vais exposer l'état des choses, ne m'investisse de tous les pouvoirs nécessaires à mes vues. Vous conviendrez, messieurs, que la justice ordinaire est devenue ici non seulement impuissante, mais radicalement incompétente, les intérêts des magistrats eux-mêmes se trouvant directement ou indirectement mêlés à tout; et quand on brûle les armoires qui contiennent les livres matriculaires et les minutes des actes, quand en faisant affluer des masses de faux témoignages et de rapports mensongers, on suscitant à l'administration mille embarras inouïs, on s'efforce d'obscurcir complétement des affaires déjà bien noires par elles-mêmes, j'ai pensé qu'en ces conjonctures, l'organisation prompte d'un tribunal militaire était notre seule voie de salut; mais j'ai voulu pourtant savoir quelle est, à cet égard, votre opinion. »

Le prince s'arrêta, promena un regard interrogatif sur toute l'assemblée, comme s'il eût attendu d'une part ou d'une autre quelque objection ou quelques mots de réponse. Tous les assistants restèrent muets, les yeux fixés sur le parquet. Plusieurs étaient très pâles.

Le prince reprit :

« Dans la masse des affaires honteuses qu'on s'est efforcé d'embrouiller et de fondre dans les autres, il en est une qui est restée à mes yeux suffisamment distincte; comme je n'ai cessé de la suivre attentivement depuis son origine encore récente, je me réserve d'en achever l'instruction et l'arbitrage, et au besoin le jugement définitif, ayant dans les mains des preuves palpables....

« Je vois que je suis compris par une partie de l'assemblée. »

Un fonctionnaire avait frémi et dissimulait mal son trouble. Plusieurs des employés les plus craintifs ou les moins endurcis étaient comme frappés de stupeur.

« Je n'ai pas besoin de vous dire, messieurs, que, pour les grands fauteurs il y va de la perte de leur rang et de leurs biens; pour les autres, de la privation de leurs emplois. Malheureusement il est à craindre que, dans le nombre des victimes, bien des innocents ne soient compris. C'est ce que je déplore tout le premier; mais le mal est trop grand pour que l'arbre ne soit pas coupé à la racine, malgré la perte de quelques rameaux encore verts. La chute des uns sera-t-elle

du moins une leçon salutaire pour les autres? L'indignation
dont je suis pénétré me fait incliner au doute à cet égard
Les expulsés seront remplacés, et les employés qui, jusqu'à
ce jour, étaient demeurés à peu près ou tout à fait intègres,
dévieront du droit chemin; ceux qui auront été jugés dignes
de confiance se mettront à biaiser, à tromper, à trahir. Malgré
ces tristes pressentiments, je dois être impitoyable, ainsi
l'exigent à la fois la droiture et l'équité. On m'accusera de
cruauté, de tyrannie, mais ils me rendront au fond du cœur
plus de justice, ceux pour qui mon devoir rigoureux est de
devenir insensible comme la hache des anciens bourreaux,
aux époques où, sur la place des exécutions, elle faisait
tomber la tête des faussaires, des félons et des traîtres [1]. »

La terreur était sur tous les visages.

Le prince était calme; il n'y avait ni colère, ni émotion,
ni le moindre trouble dans l'expression de ses traits.

Un silence solennel et terrible régna dans l'assemblée. Le
général gouverneur reprit :

« Maintenant, écoutez-moi bien : le premier magistrat de
ce gouvernement, celui qui représente parmi vous la personne sacrée du souverain, celui-là même qui tient entre ses
mains le sort de plusieurs, et que nulles prières n'ont la
force de fléchir, veut bien, lui, de son propre mouvement,
vous adresser une prière. Si vous vous y rendez, cette soumission fera de moi votre avocat; c'est moi, moi-même, qui
solliciterai votre grâce, moi qui demanderai que tout soit
oublié et pardonné par la clémence et la miséricorde souve-
raines. Je vous dirai tout à l'heure ce que je me propose par
cette prière; j'ai encore à insister et à m'expliquer sur quelques faits d'une observation générale et, à ce propos, vous
verrez que je me fais peu d'illusion.

« Je sais qu'on ne peut en un jour, ni en un mois, ni en
quelques années, extirper l'esprit de fourbe et de mensonge;
terreurs, châtiments exemplaires, rigueurs extraordinaires,
rien n'y fait. Cet esprit a poussé dans la terre des racines

---

1. Allusion aux supplices sanglants qui ont cessé d'être en usage en
Russie, excepté pour des cas très rares.

trop profondes. La simonie est devenue une nécessité, une
sorte de besoin impérieux, même dans ceux qui semblaient
nés pour être et rester honnêtes gens. Je sais combien cette
contagion leur rend impossible la tâche de résister au courant. Mais nous sommes dans des conjonctures solennelles et saintes, où il s'agit d'achever ce qu'on a vu déjà
s'accomplir pendant plusieurs années d'une guerre cruelle,
lorsqu'il fallait sauver la patrie, et que chaque citoyen honorable apportait une offrande au profit de tous. Comme alors
je dois faire appel de très haut à ceux du moins qui ont
encore un vrai cœur russe dans la poitrine, et pour qui le
mot *Noblesse* est resté à peu près intelligible dans sa véritable
acception.

« Loin de m'excepter moi-même, et au risque de vous
surprendre, mais qu'importe, je vous ferai ma confession.
Peut-être de nous tous ici c'est moi qui suis le plus coupable;
peut-être, dès le commencement de mon séjour, je vous ai
accueillis avec trop de sévérité; peut-être, par une défiance
excessive, j'ai repoussé ceux d'entre vous qui voulaient sincèrement m'être utiles. Si en effet ceux-là étaient amis de la
justice et voulaient me seconder pour assurer le bien-être de
leur pays, j'avais tort de les affliger par la froideur dédai-
gneuse de mon accueil. Ils ont été forcés d'étouffer devant
moi leur légitime amour-propre et de me sacrifier leur personnalité. Si je ne leur eusse donné lieu de me croire plein
de morgue, il m'eût été plus facile de remarquer leur dévouement, leur zèle, leur amour du bien, et j'aurais pu recevoir
d'eux de bons et d'utiles conseils. Tout ce que je puis alléguer à ma décharge c'est qu'il est plus aisé au subordonné
de s'accommoder à l'humeur du chef, qu'au chef de se plier
à celle du subordonné. Tous les subalternes n'ont qu'un chef
à satisfaire, ce chef est en contact avec des centaines d'employés de tout rang, d'humeur et d'éducation très diverses.
Mais je me hâte de laisser de côté la question de savoir quels
sont, en théorie générale, ceux que l'on doit le plus accuser
du mal dangereux qui pèse sur le pays tout entier. Bornons-
nous à considérer l'état où se trouve la province que nous
habitons. Cet état ne provient point de l'invasion de vingt

peuples ennemis, mais de nous-mêmes, puisqu'il s'est formé ici en pleine paix, en dehors du gouvernement légal, par le fait de quelques hommes pervers, un gouvernement parallèle, souterrain, audacieux, hostile à toute légalité et beaucoup plus fort que l'administration régulière, un gouvernement de voleurs, qui a ses règlements et ses arrêtés, ses prix réglés, sa taxe dont il dépend de chacun d'être promptement informé.

« On conçoit que, dans de telles conditions, un homme d'État, fût-il plus sage que tous les législateurs, plus habile que tous les politiques de son pays, n'aura jamais la force, s'il ne frappe les plus grands coups, de préserver les biens et l'honneur des populations, quelque soin qu'il prenne de contenir les mauvais employés en les faisant surveiller par d'autres. Ce qu'il faudrait, c'est, quant à présent, l'impossible, ce qu'il faudrait, c'est que chacun de nous sentît que, de même qu'il s'armait, il y a une dizaine d'années, pour repousser l'invasion étrangère, il doit s'armer aujourd'hui contre l'injustice envahissante des méchants, des ennemis de la loi. C'est comme Russe, c'est comme frère que je m'adresse aujourd'hui à votre conscience, en vous supposant tous capables de vous représenter exactement ce que le devoir sacré exigeait de vous selon votre emploi, et l'usage criminel que vous avez fait de vos talents au lieu d'accomplir saintement ce devoir....

— Eh bien! messieurs, maintenant, vous plairait-il de me suivre dans la pièce voisine? »

En disant ces mots, le prince fit un signe aux valets qui se tenaient de l'un et de l'autre côté de l'une des portes du salon, et cette porte fut aussitôt ouverte à deux battants. Il passa dans la plus vaste pièce de sa chancellerie; l'assemblée entière l'y suivit; les battants se refermèrent. Cette pièce, tout entourée de tables à écrire, recevait le jour d'en haut et avait cinq issues, toutes également closes; devant chacune se tenaient à l'intérieur deux gendarmes armés et immobiles. Cette circonstance imprévue sembla ajouter à la gravité du langage que l'on venait d'entendre au salon. Une autre particularité attira en outre l'attention générale : près de chacune des larges tables étaient ordinairement placées quelques chaises; les chaises, cette fois-ci, étaient considérablement plus nombreuses, et sur les tables, devant chaque chaise, se trouvait une feuille de papier blanc, et sur la feuille une plume fraîchement taillée.

Le prince adressa à l'assemblée ces paroles :

« Messieurs, la prière que j'avais, ai-je dit, à vous adresser, la voici : veuillez vous asseoir, prendre la plume et exprimer librement sur cette feuille de papier quel est votre avis sur la communication que je viens de vous faire, et dont je suis sûr que vous n'avez pas perdu un mot.

« Vous n'avez pas besoin, pour énoncer votre sentiment sur l'état de choses que je vous ai décrit, et sur le parti qu'il vous semble que je devrais prendre, de plus de vingt minutes de temps; en tout cas, je désire tenir dans mes mains, dans une demi-heure au plus, les cent soixante-deux feuilles écrites, signées et datées de votre main. »

Après avoir dit ces derniers mots, il passa dans son cabinet. Une demi-heure après, il rentra dans la salle, fit recueillir toutes les feuilles par les vétérans chevronnés et décorés de la médaille de Saint-Georges, attachés au service de l'hôtel et des bureaux; ces feuilles furent réunies dans les mains de Fédor Ivanovitch, et le prince congédia poliment l'assemblée. Tous se retirèrent pensifs ou abattus, et rentrèrent chez eux sans même songer à se questionner, ni à s'interpeller les uns les autres.

Après le dépouillement, qui fut fait par le jeune employé sous les yeux du prince, on mit à part vingt-sept humbles demandes de démission. Une vingt-huitième était, au contraire, écrite avec un noble et profond sentiment de dignité blessée. Elle était d'un haut personnage, qui se fit aussitôt annoncer et qui fut reçu à l'instant même. L'explication et la conduite de ce démissionnaire eurent, en cette occasion, un caractère de loyauté et de retour aux meilleurs sentiments. Le prince lui promit d'apostiller la supplique que d'abord celui-ci devait adresser au souverain pour obtenir son congé; il s'engagea ensuite à présider en personne le tribunal d'arbitrage dont le personnage venait de lui demander la création immédiate, et devant lequel il voulait terminer honorablement, entre lui et les intéressés, le scandaleux procès qui s'était élevé au sujet des dispositions testamentaires de feu sa parente, la tante de Khlohouëf.

Cette affaire ainsi réglée, le prince écrivit une circulaire dont le soir même des copies furent expédiées pour les vingt-sept misérables de divers rangs, qui avaient été amenés à se reconnaître eux-mêmes coupables au premier chef. Chacun était sommé à part d'examiner s'il ne jugerait pas à propos, en sollicitant un congé qui était au fond un recours en grâce auprès du souverain, d'étayer sa demande au moins d'une sorte d'amende honorable faite au prochain, d'une bonne œuvre quelconque, par exemple d'un don d'argent aux pauvres du district qui souffraient de la disette. Puis, ils devaient déclarer en quel gouvernement de l'Est ils comptaient se retirer avec la simple qualité de bourgeois. Cette circulaire valut aux plus pauvres habitants du district affamé une somme de près de cent mille roubles qui leur fut distribuée.

Au bout de trois mois, il n'y avait plus un seul de ces vingt-sept fripons dans la ville; nous ignorons s'il en est depuis venu d'autres à leur place, mais tous durent sortir du gouvernement pour n'y plus reparaître. Quant à M. le jurisconsulte, nous ne savons s'il prit ce parti de lui-même ou d'après quelques indices qui lui avaient conseillé un séjour prolongé dans les environs du lac Baïkal, mais, cinquante jours après le départ de notre héros, l'ex-avocat consultant était installé dans une maisonnette du faubourg oriental d'Irkoustk. Là, au milieu des jardins, comme Dioclétien dans ceux de Salone après s'être retiré de l'empire, notre juriste déchu, faute d'emploi de ses talents en jurisprudence procédurière, s'occupait innocemment de la culture des légumes et de la confection de vingt espèces de conserves.

Son Excellence M. de Lénitsyne, son épouse et leur gentil enfant partent, dit-on, demain pour Nice, où ils passeront l'hiver.

Khlohouëf, dans sa tournée de pénitence, a élevé son humble mission presque à la hauteur d'une sorte d'apostolat. Il s'est trouvé dans l'esprit de cet homme si longtemps dissipé et frivole, des trésors d'éloquence vraiment évangélique, dont les effets, sur le peuple, passèrent de beaucoup ce que Mouràzof en avait espéré comme d'instinct. M. de Lénitsyne avait racheté le domaine héréditaire de Khlobouëf, qui, sa mission achevée, apprendra que cette terre lui est rendue exempte de toute hypothèque, abondamment approvisionnée d'ustensiles d'agriculture, de semences, de chevaux, de bœufs, de troupeaux, et réglé gratuitement, pour un an entier, par un agronome intègre de la connaissance de Mouràzof et de M. Constànjoglo. Et, de plus, il est servi par M. Lénitsyne à Khlobouëf une rente viagère de vingt mille roubles, réversible, après lui, à sa femme, et, à défaut de lui et de sa femme, à l'aîné de ses enfants.

Mais revenons à notre héros et voyons quelles pensées occupent son esprit après qu'il a été sauvé de la situation la plus périlleuse, précisément par ce qui semblait devoir précipiter sa perte : c'est-à-dire un déluge d'accusations d'une nature et d'une complication sans exemple et un emprisonnement arbitraire [1].

1. Nous répétons ici ce qui a été expliqué dans la note qui termine la partie de l'introduction mise en tête de ce volume : c'est qu'à partir des premières lignes du discours prononcé par le général gouverneur, il n'existe plus rien de Gogol, rien du moins qu'il ait rédigé lui-même. Le chant qu'on va lire est, en très grande partie, comme il a été dit dans la même note, emprunté au volume publié à Kief, en 1857, par M. Vastchénko Zakhartchénko, sous le titre de *Continuation et achèvement des âmes mortes*.

CHANT XX

Il y avait un mois et plus que Tchitchikof n'avait joui des sept heures de sommeil par jour qui sont indispensables à la santé de l'homme, et, dans ces derniers temps, le repos des nuits semblait l'avoir tout à fait abandonné. Le mouvement doux et moelleux du traînage lui fut très favorable, car, étendu commodément dans sa calèche, il dormit là quatorze heures tout d'une même haleine. Il se réveilla à la fin par un éternuement magistral semblable à une détonation d'espingole, et suivi d'un mouchement de la plus pure sonorité, et la commotion qui accompagna ce double éclat fut une double épreuve de plus pour les admirables ressorts de la vieille calèche. Un chien rompit sa chaîne; un coq ergoté comme un aigle, lâcha prise et donna à sa nombreuse famille l'exemple d'une fuite effarée; deux paysans coururent dans leur clos, voir qui pouvait tirer ainsi près des habitations; une femme, tremblante comme la feuille et bouche béante, laissa choir sur le seuil de l'étable une grande jatte de lait caillé; mais Séliphane et Pétrouchka, qui ne se méprirent point sur la nature innocente du phénomène, se précipitèrent tout droit à la couche de leur maître. Tchitchikof, dès qu'il put se rendre compte des choses, apprit que les chevaux avaient dû souffler et se refaire, et que les gens eux-mêmes, après avoir trôné sur le siège de la calèche près de quinze heures d'horloge, avaient profité de ce repos forcé pour se restaurer un peu dans une atmosphère d'hommes, de chou, de lait et de pain chaud.

Notre héros entra dans la chambre de l'auberge rustique et y dévora à lui tout seul tout un tiers d'un beau koulébeak [1] de six à huit livres pesant, que ces braves gens avaient préparé pour une noce de village, puis les chevaux ayant été remis à la voiture, il paya la dépense, reprit sa place et se remit en route après s'être parfaitement renseigné sur la situation du domaine d'un nommé Dobriakof, qui, cinq jours avant l'emprisonnement de Tchitchikof, avait reçu de lui en dépôt trois caisses fort lourdes, et à qui il avait promis d'aller consacrer, de bonne et franche amitié, une semaine entière de plein loisir.

Il trouva le manoir de Dobriakof et les caisses qui l'atten-

---

1. Koulébeak, pâté national russe qui contient dans ses larges flancs de pâte levée, soit simplement des choux hachés tirés du tonneau de la conserve de l'hiver, et comme assaisonnement des jaunes d'œufs durs, soit un gruau mélangé d'oignon, ou bien encore des chairs de brochet perche, de lavaret ou de saumon, qu'assaisonnent des jaunes d'œufs mêlés de visigues ou cartilages d'esturgeon.

daient, mais non Dobriakof lui-même qui était absent. L'oncle de ce gentilhomme, vieillard plus qu'octogénaire, fit parfaitement dîner Tchitchikof et son monde, livra les caisses à la réquisition de son hôte de quelques heures, et ne le laissa partir que sur sa promesse formelle de revenir très prochainement voir son neveu.

Notre héros se repentit cruellement de la précipitation avec laquelle il quitta ce toit hospitalier, quoiqu'il eût jugé peu prudent, pour le fardeau qu'il emportait, d'user plus longtemps de cette hospitalité. A peine il se fut remis en route que le jour s'obscurcit, le vent s'éleva, d'affreuses rafales de neige tourbillonnèrent; toute trace de route disparut; la tempête était d'autant plus redoutable qu'il s'y joignait un froid assez vif.

Les voyageurs, complétement égarés, errèrent ainsi avançant à l'aventure, avec des peines infinies, non sans de fort grands dangers, jusqu'au delà de minuit, quand enfin, au profond désespoir qui commençait à les saisir, succéda une faible lueur d'espérance; l'ouragan perdit de sa violence, la nuit devint moins impénétrable; ils crurent voir s'étendre devant eux une clairière entre d'épais taillis, et ils avaient heureusement vent arrière. Ils louvoyèrent dans les vallées que formaient entre elles les mille montagnes de neige élevées tour à tour et dévorées par la tempête; dans un moment de halte forcée que firent les chevaux qui étaient éreintés de fatigue. ils entendirent un aboiement de chiens; ce bruit de bon augure redonna, même aux chevaux, un peu de courage, et, cinq minutes plus tard, ils distinguèrent au loin des lumières.

C'était le repos de chasse d'un très riche seigneur qui s'y trouvait avec un nombre considérable d'amis et de voisins du premier choix. Là était réunie toute sa meute avec tous ses veneurs, un équipage vraiment royal; on était, dans la pièce principale, à la fin d'un souper copieux et splendide qui se terminait par de larges libations. Ce fut à ce moment que Pàvel Ivanovitch fut annoncé au prince Koulmine comme un voyageur égaré, demandant à son Excellence Sérénissime l'hospitalité pour la nuit. Le prince, occupé de faire promptement dresser quelques tables de jeu, ordonna que l'inconnu eût un bon feu et un bon souper d'abord, et qu'il lui fût ensuite présenté s'il n'aimait mieux aller se coucher.

Au bout d'une heure, Tchitchikof était au salon assis à côté du prince, qui venait de gagner à un jeune gentilhomme, à la suite d'une partie de jeu, son argent, les deux terres qu'il possédait, son haras et jusqu'à son équipage, ses armes et ses chiens.

Le prince voulut savoir quel était l'hôte que venait de lui envoyer la tempête; Tchitchikof posa en homme qui, las du séjour atrophiant des villes, est à la recherche d'une terre et d'une femme, voulant vivre désormais de la vie de famille et se livrer, pour le reste de ses jours, à ses goûts pour l'agriculture. Le prince lui indiqua, à trente ou quarante kilomètres plus loin, une magnifique propriété appartenant à une demoiselle très entendue dans la régie de ses domaines, et qui serait probablement charmée de faire sa connaissance, et mieux que cela, de se donner à lui avec tous ses domaines. Ensuite il engagea Tchitchikof à ponter, s'il lui plaisait de tenter la fortune, à une table de pharaon. Mais notre héros avait, pour le moment, quelques ordres à donner à ses gens. Il se fit conduire à une petite chambre qu'on lui avait assignée, et on s'excusa poliment de ce qu'il devrait, pour s'y rendre, traverser la cuisine. En rentrant dans cette chambre, suivi de Pétrouchka, il y vit ses trois caisses rangées contre la paroi, et il les regarda fixement en fronçant le sourcil; car c'était un bien lourd fardeau à transporter avec soi dans toutes ses pérégrinations. L'idée lui vint de demander à Pétrouchka s'il savait ce que c'était que cet homme au regard vif, qui se tenait assis sur un escabeau près du foyer de la cuisine.

« C'est, dit Pétrouchka, un juif qui, dit-on, est riche à millions et que le hasard amène toujours à point là où dansent les fortunes.

— Prie-le de passer ici et me laisse avec lui, mais tâche de te faire prêter une balance et des poids, et tiens-toi dans la cuisine, près de cette porte-ci. »

Le juif fut introduit, la balance fut demandée. Au bout

d'une demi-heure, les trois caisses embarrassantes avaient disparu de la chambre et peut-être de la maison. Tchitchikof, sans avoir ouvert sa cassette, rentra au salon ayant le porte-feuille garni de soixante-quinze beaux mille roubles, dont il lui prit la fantaisie de hasarder quelque chose. Il eut les meilleures chances, et, la plus belle assurément, c'est que, ayant gagné une trentaine de mille roubles, sans qu'on y fît seulement attention, il eut la joie de voir toute la société, accablée de fatigue, se disposer par groupes que précédaient des laquais armés de flambeaux, et se retirer par toutes les portes. Il était cinq heures du matin.

Tchitchikof ne dormit point. Le temps s'était tout à fait calmé, le clair de lune était superbe. Il poussa son lit vers la fenêtre de manière à barrer la porte, et ouvrit sa cassette tout près de lui sur un large tabouret. Puis à demi étendu sur sa couche, le couvre-pied blanc pittoresquement jeté sur ses épaules, il se mit à compter ses capitaux, qui s'élevaient à plus d'un million. Comme il achevait cette enivrante opé-ration, il vit, sous sa fenêtre, se dresser un homme qui parut le regarder. Il s'élança aussitôt à son vasistas qu'il ouvrit résolument, armé d'une pantoufle en guise de pistolet, et son geste effraya comiquement le croquant, dans lequel Tchit-chikof reconnut avec une très grande joie son cocher Séli-phane. Il l'appela et lui donna l'ordre formel d'atteler et d'être entièrement prêt pour le départ dès le point du jour.

Le double troïge de Tchitchikof n'aurait pas été en état de fournir dix kilomètres en traînant la calèche avec la britchka tirée en remorque; mais, comme la veine de bonheur n'était pas épuisée, il se trouva justement que plus de quinze robustes chevaux de poste qui remisaient sous un hangar, devaient, au point du jour, partir pour regagner une maison de relai située à dix-neuf kilomètres de là, justement dans la direction des domaines de l'opulente demoiselle à marier. Les chevaux de Tchitchikof furent attachés, chacun par son bridon, derrière la voiture; de sorte que le trajet ne fut qu'une promenade pour les pauvres bêtes. Après trois heures de repos à l'auberge qui se trouvait sur la limite de deux gouvernements, ils furent attelés tout de bon, se trouvèrent en état de gagner, au petit trot, le manoir où peut-être le bonheur attendait Tchitchikof.

Notre héros, avant de franchir ce petit espace d'une quinzaine de verstes, crut devoir procéder avec le soin le plus minutieux aux détails de sa toilette. En vain on lui avait dit qu'Appoline Mercourievna avait eu vingt prétendus qu'elle avait tous successivement maltraités et chassés; qu'elle était orgueilleuse, fantasque, colère et souvent cruelle; qu'elle faisait éprouver à ses deux mille cinq cents âmes un sort pire que les tourments de l'enfer, et qu'elle était secondée à souhait dans cette tâche par une femme comme elle, restée fille, et que sa redoutable activité faisait paraître cent fois plus féroce encore que sa noble maîtresse, il voulut voir et juger par lui-même; il se présenta, il fut accueilli, fit sa cour, plut à la demoiselle, devint amoureux de ses charmes un peu *forts*, se déclara, fut agréé, et on prit jour pour les noces.

Grande joie parmi les paysans de la châtelaine, qui s'imaginaient qu'un homme enfin allait bientôt devenir leur maître, et que ce maître était un ange du ciel, un sauveur que leur envoyait la Providence. O espérance! quels abîmes de misère et de douleurs ne viens-tu pas parfois embellir de quelque lueur fugitive! Les parents convoqués arrivèrent de tous côtés... L'un d'eux, hélas! était de la ville même d'où venait Tchitchikof. Il raconta en secret à sa cousine tout ce qu'il savait ou croyait savoir; c'était la veille même du jour indiqué pour la célébration de l'opulent hyménée. Appoline ayant bien entendu surtout ce point que son prétendu avait demandé au général gouverneur grâce de tous ses crimes vrais ou faux, au nom de sa femme et de ses enfants, en sut assez sur le monstre. Elle l'attendit au milieu de tous les conviés qui, n'étant prévenus de rien, n'avaient préparé que des physionomies à joyeux épanouissement, et, au moment où Tchitchikof entra au salon et où il accourut à elle pour lui baiser la main, cette même main, à l'improviste, fit pleuvoir sur ses joues vermeilles une grêle de soufflets qui les fit passer subitement du rose au ponceau. Pendant cette exécution elle vomit un torrent d'affreuses paroles, et elle ordonna

à ses valets de mener à grands coups de nerfs de bœuf ce
beau monsieur jusqu'à sa calèche qui se trouva être tout
attelée et chargée pour la route.

Notre héros, qui semblait toucher enfin le but même de
ses travaux, l'objet innocent et louable de ses expéditions :
se marier, acquérir de beaux domaines, y enrichir ses vassaux, s'y livrer aux délices de la vie champêtre au sein d'une
aimable famille née de lui, et conquérir, à force de sagesse,
d'ordre et de prudence, la considération et l'estime de tout le
monde, devait passer encore par les mains de bien des
hommes pervers. Ce fut d'abord dans celles d'un hobereau,
ennemi personnel du général Bétrichef et à qui il eut le malheur de nommer ce général. Ce gentilhomme extravagant,
forcené, arrivé, d'excès en excès, au comble de la démence,
entraîna chez lui notre héros et le contraignit de prendre
part à ces orgies suprêmes qui semblent ne pouvoir jamais
être suivies que de la ruine complète et de la mort du forcené. Celui-ci força Tchitchikof, sous peine de la vie, de
boire plus de vins spiritueux, en deux heures de temps, qu'il
n'en avait bu depuis trente années entières, et ensuite il le
fit assaillir de baisers par cinquante hommes, et, immédiatement après, par cinquante femmes de son obéissance.

Après cette épreuve, la plus terrible qu'il eut subie,
échappé aux obsessions dangereuses de ce tyranneau steppien, il alla, quelques jours après, par suite de la perte d'un
de ses chevaux, tomber chez un seigneur maquignon qui lui
fit faire de force une course en télègue avec des chevaux
fougueux, et il est presque incroyable qu'il n'ait pas perdu
la vie dans cette nouvelle épreuve. Plus tard, un très grand
seigneur, un prince anglomane, tout infatué de haras et de
sport, lui fit jouer tout un jour un rôle ridicule en le forçant
à adopter une manie chevaline à laquelle son physique le rendait impropre. Toutefois, sur l'avis qu'il reçut de ce seigneur, il se rendit dans une localité voisine pour visiter un
domaine qui était à vendre.

Dans cette maison, un frère appartenant à la carrière
diplomatique, venait d'arriver de Saint-Pétersbourg pour
partager à l'amiable, avec sa sœur, l'héritage d'un oncle

défunt. La campaguarde, fille de dix-neuf ans, en vraie steppienne pur sang, était plus terrible et plus féroce encore que
l'Appoline dont nous avons parlé. Notre héros s'enfuit de ce
manoir où les scènes violentes se succédaient entre cette
amazone toujours la cravache à la main, et son frère poussé
à bout et déjà prêt à perdre patience, ce qui pouvait amener
quelque évènement funeste dont Tchitchikof ne se souciait pas
d'être témoin. Il avait reconnu, quant à la contestation, qu'il
y avait identité parfaite dans le parti pris auquel s'étaient
arrêtés réciproquement le diplomate et sa sœur la steppienne; lui, voulait résolument, par ruse et par subtilité, se
faire la grosse part; elle, de son côté, n'était pas moins
résolue de s'imputer les deux bons tiers de l'héritage, mais
en les enlevant de haute lutte, par des éclats, des sévices et
des transports de fureur.

A la fin, après avoir vendu à vil prix une centaine d'âmes
mortes à un nommé Bosniakof et à quelques-uns des menus
employés d'une ville de dixième rang, il fut conduit, vingt
jours après, par la nécessité des affaires dans la ville de
Krasnoï, du district du même nom, du gouvernement de
Boubni. Là, il s'installe dans une auberge, y commande son
dîner, et, en attendant qu'on le lui serve chez lui, il se met
à lire la *Gazette de Moscou* que le garçon venait de lui
apporter. Il y lut en toutes lettres son nom, son signalement
détaillé et précis, et l'ordre donné aux autorités des villes de
l'arrêter et de le livrer à la justice, pour avoir acheté, engagé
et vendu un nombre considérable d'âmes mortes, et avoir
commis en différents gouvernements divers actes condamnés
par les lois. Dix minutes après cette lecture, et sans que Séliphane eût eu le temps d'atteler et de venir prendre les effets,
parut la police, précédée du Gorodnitchii ou maire de la ville,
homme d'une cinquantaine d'années, très expert en toutes
sortes d'affaires contentieuses, sans qu'aucune université lui
eût rien appris. Ce magistrat regarda Tchitchikof, son linge
très fin et sa bonne mine d'homme fait; il songea à son titre
de conseiller d'État et prit intérêt à lui; puis il regarda significativement ses subordonnés qui l'aimaient. Ceux-ci se retirèrent dans le corridor et fermèrent discrètement la porte.

« Écoutez, Pavel Ivanovitch, dit l'officier municipal, vous êtes arrêté à la diligence d'un employé nommé Bosniakof, qui est un bien mauvais drôle et qui veut de l'argent; je peux lui dépêcher quelqu'un qui, pour cinq cents roubles, l'engagera virtuellement à se désister de sa plainte; mais il vous a accusé de faire commerce d'âmes mortes des deux sexes, et d'en avoir engagé une forte partie dans des établissements de crédit.

— En tout cas, pour acheter, engager ou vendre, je n'ai fait de violence à personne.

— Très bien; à présent, si vous avez de l'argent, dites-le-moi, je suis pour vous. Pour combien avez-vous engagé des âmes mortes à la couronne?

— Pour quatre-vingt mille roubles.

— Il faut vite payer cela, et faire, dès demain, le dépôt de cette somme; vous m'entendez?

— Je le ferai. Mais j'ai encore mille âmes dont je ne tirerai plus aucun parti, étant aux arrêts...

— Laissez donc; je vous trouverai un moyen de les engager très fructueusement.

— Faites-moi cette grâce.

— (*Bas.*) Répondez-moi que vous possédez en tout cinq mille roubles en argent, et que vous n'avez rien de plus au monde. (*Haut.*) Déclarez, monsieur, de quelle somme vous êtes possesseur.

(*Haut.*) — Je possède cinq mille roubles argent qui sont tout mon avoir.

(*Haut.*) — Remettez-moi, monsieur, ces cinq mille roubles.

(*Haut.*) — Les voici.

(*Le maire, après avoir ouvert la porte.*) — C'est bien, monsieur; ne vous effrayez pas d'une misérable intrigue. (*Il compte les cinq mille roubles et en fait deux parts inégales.*) Cinq mille. Bien, je prends et garde les quatre mille cinq cent cinquante que voici, et qui serviront à payer vos dépenses personnelles et les frais courants de l'affaire; la police vous en rendra compte toutes les fois que vous le désirerez; maintenant, les quatre cent cinquante que voici dans le portefeuille, vous voyez, je les remets dans votre valise; ils seront la somme trouvée à consigner à l'inventaire. Vous me comprenez, j'espère : Son excellence M. le gouverneur militaire ordonne que vous soyez gardé, jusqu'à plus ample informé par la police, et comme la police est dans le bas de ma maison, vous vivrez, s'il vous plaît, chez moi, avec moi et comme moi. »

Ce maire était un homme presque sans fortune, mais il avait de bonnes relations avec toutes les classes de la société. Quand un homme lui faisait l'effet d'être plutôt bon que méchant et qu'il pouvait lui rendre service, il y mettait de l'empressement et beaucoup d'amour-propre; il avait surtout la passion de l'air *comme il faut*. Il eut, en cette occasion, en y employant moins de cinq cent cinquante roubles, le bonheur d'arranger à souhait toutes les affaires de son prisonnier, de lui faire, en outre, tirer un fort beau parti des mille âmes mortes qui lui étaient restées en sauvant du même coup de la perte de sa position un brave ingénieur très compromis. Puis il se réjouit de faire épouser à Tchitchikof sa fille Marie, jeune, fraîche, docile, ignorante, il est vrai, et parfaitement insignifiante; au demeurant, très bonne, très aimante, la meilleure sorte de femme qu'on pût souhaiter à notre héros, et que nous puissions souhaiter à la plupart de nos amis et connaissances.

Un bon tiers de la noblesse du district prit part à la noce, qui dura trois jours sans désemparer, et les nouveaux mariés se retirèrent dans un très beau et riche domaine qu'acheta Tchitchikof, à quarante-huit kilomètres de la ville, et où, pendant dix années de satisfactions de tout genre, de repos et de vrai bonheur, il vit naître et grandir successivement neuf de ses premiers enfants. Notre héros s'occupa à loisir d'agriculture, de jardinage et même de sylviculture; il régla avec un soin parfait ses dépenses sur ses revenus, et pour ne pas perdre un certain talent de plume qu'il possédait, il jugea à propos de recueillir ses souvenirs et les jeta sur le papier sous forme de notes d'où sont sortis, selon toute apparence et grâce à notre auteur, la presque totalité, ou, si l'on veut, les dix-neuf vingtièmes de notre épopée.

Dans la onzième année de cette période de bonheur sans nuage, tel qu'il est donné à fort peu d'honnêtes gens de le goûter, Pâvel Ivanovitch se sentit troublé; il était las de tant de repos, de tant de santé, de tant de chance, de la monotonie, de l'uniformité, du calme de cette félicité. Ses notes furent abandonnées, il ne reçut plus qu'avec distraction les caresses de sa jeune famille; il ne sortit plus guère de l'enceinte du manoir. En errant dans sa cour il rappela à Sélifane et à Pétrouchka le temps de leurs pérégrinations; il tenta de réveiller, dans ces hommes épais, le désir de quelque bonne excursion à la manière d'autrefois; mais ceux-ci, en vieillissant, s'étaient encroûtés dans la vie sédentaire; les malheureux ne le comprirent point. Il les regarda avec mépris, et s'en voulut à lui-même d'avoir adressé la parole à des brutes autrement que pour leur intimer ses ordres.

Le printemps venu, il signifia aux deux vieux serviteurs, sans vouloir entendre un seul mot d'objection, que le lendemain, 5 mai, à l'aurore, la calèche devait être attelée à la porte de l'auvent, et qu'ils eussent à se tenir prêts pour une absence de plusieurs mois; il se proposait d'aller voir peut-être le ménage de Téntétnikof et de la belle Julienne, dont il regardait le bonheur comme ayant été son ouvrage; il saurait par là si le général Bétrichef était encore de ce monde. Il se flattait d'être en tous cas le bienvenu, au moins dans une partie de sa nombreuse parenté, et les circonstances avaient pu seules l'empêcher de visiter cette honorable famille comme c'était son devoir, puisqu'il s'y était autrefois engagé.

En effet, on partit; mais à la quatorzième verste, à cinq de tout charron ou maréchal, deux jantes et le cercle de l'une des roues de la vieille calèche se rompirent. Tchitchikof passa la nuit dans une misérable auberge de village. Le lendemain, sa présence continuelle chez l'artisan n'ayant fait que retarder le travail en donnant à ce manant l'occasion de babiller, il fallut se résoudre à passer une seconde nuit dans la prétendue auberge qui était un taudis, et quand enfin, le surlendemain, les roues furent toutes en bon état, le maître se sentit incommodé. Séliphane et Pétrouchka échangèrent un coup d'œil, et, sans qu'aucune direction eût été donnée

ni ordonnée, hôtes et gens reprirent d'eux-mêmes le chemin
de la maison. Marie sut tout parce qu'elle évita avec soin
d'interroger son mari sur ce prompt retour, et de rire de son
récit lamentable, discrétion qui fut cause que Tchitchikof,
après avoir dit ce s'était passé, rit lui-même de son projet et
de sa déconvenue.

Il s'abonna alors à sept gazettes et journaux russes, et à
trois publications périodiques étrangères, deux françaises et
une allemande, bien qu'il ne sût pas cent mots français et à
peine six cents mots allemands.

La lecture ne fut pas longtemps de son goût. Il caressait
avec plaisir ses enfants, mais jamais il ne songea à les instruire ni à les reprendre; il pensait que l'éducation des
enfants est l'affaire des femmes, et il avait donné pour aide
à sa femme, pour cet objet, une vieille gouvernante suisse à
laquelle il parlait fort rarement, ne sachant trop ce qu'il pourrait avoir à lui dire.

Tchitchikof en revint malgré lui à l'idée d'un voyage, d'une
excursion quelconque, mais sans projet arrêté; c'est dans
cette situation d'esprit qu'il passa la fin de l'automne et tout
l'hiver. Mais bientôt devaient avoir lieu les élections trien-
nales des magistrats, au chef-lieu du gouvernement, ville
assez déserte, assez endormie d'ordinaire et qu'il n'avait
visitée qu'à l'époque de son mariage et à l'occasion de l'acquisition de sa terre; il n'y avait passé que six jours et continuellement dans les tribunaux. Plusieurs gentilhommes
vinrent le sonder chez lui et rechercher son vote; plusieurs
magistrats sortants, qui voulaient rester en charge, ou même
en obtenir de plus considérables, s'empressèrent de lui faire
la cour. Le temps avançait; l'occasion était magnifique de
sortir au moins pour une vingtaine de jours de l'uniformité
et de la monotonie d'un séjour prolongé à la campagne.

Il fit avec délices ses préparatifs de voyage; il inspecta lui-
même avec soin l'état de sa plus belle voiture, recommanda
à Séliphane et à Pétrouchka de ne pas s'enivrer pendant son
absence, car il prenait avec lui son valet de chambre favori
et le cocher de sa femme, homme d'une très belle carrure, parlant peu et buvant beaucoup, mais qu'on n'avait jamais vu ivre.

Voici maintenant le récit des élections tel que l'a fait, en 1857, en véritable historien, M. Vastchénko Zakhartchénko, probablement aussi d'après les notes que, de son aveu, du reste, Tchitchikof lui-même a bien voulu communiquer à son dernier biographe.

Tchitchikof, ainsi que toute la noblesse de la province, gagna le chef-lieu de gouvernement; il descendit dans une hôtellerie, il manda vite un tailleur et lui commanda un uniforme de noblesse; puis il dîna et alla faire une promenade au jardin public. Le soir, en regagnant son auberge, il passa devant le logement de Podgrouzdëf, qui était éclairé *a giorno*; il avait chez lui presque la moitié de son district. Les domestiques présentaient le thé; il y avait, dans tout l'appartement, une senteur de citron et de rhum, du maryland des cigarettes et du tabac turc fumé dans des pipes à longs tuyaux; mais, ce qui dominait tout, c'étaient les entretiens sur les élections qui allaient avoir lieu. Presque tous les convives de Podgrouzdëf étaient en joyeuse disposition d'humeur. Dans une large chaise curule placée devant la table de travail de son cabinet, siégeait Podgrouzdëf [1], homme d'un certain âge, doué d'une physionomie agréable. Aussi près de lui que possible se tenait, sur une chaise de fantaisie très légère, le juge Zajmoûrine [2].

« Je désirerais entendre de votre bouche une réponse à cette question : Condescendez-vous au désir de toute la noblesse qui vous prie de rester pour trois ans encore notre maréchal? Il est flatteur de servir avec vous, et, moi, tout valétudinaire que je suis, peut-être songerai-je alors à prolonger mes fonctions de juge encore une triennalité et même deux; mais avec vous, et si l'on veut de moi.

— Non, Procope Pétrovitch, je vous l'ai dit, je m'en tiens là, j'ai fait mon devoir et payé mon tribut; si la noblesse me réélit, tout ce que je pourrai faire, c'est de la remercier très cordialement, mais je refuserai.

1. Stépan Stépanovitch Podgrouzdëf, maréchal de la noblesse du district où était situé le domaine de Tchitchikof.

2. Procope Pétrovitch Zajmoûrine, juge électif au correctionnel.

« — Puisqu'il en est ainsi, je m'en tiens là de même. Qui donc sera, après vous, un digne représentant de notre district? Adieu, Stépan Stépanovitch; je regrette de n'avoir pu vous décider; c'est bien dur de votre part de rejeter ainsi nos prières. »

Le juge Zajmoûrine serra la main du maréchal et gagna la rue en descendant par l'escalier intérieur.

Il n'était pas sorti que Bourdâkine [1] entra dans le cabinet.

« Procope Pétrovitch sort d'ici; pour sûr il vous aura dit qu'il a du service beaucoup plus qu'assez, dit à M. Podgrouzdéf cet autre membre de la magistrature élective de la noblesse russe.

— C'est, en effet, ce qu'il disait. Qu'en pensez-vous, hein?

— Je pense qu'il ment.

— Ho!

— Et c'est peu dire, car il vise au maréchalat. Lui, maréchal! figurez-vous donc, avec ce grouin!

— Il est ambitieux, n'est-ce pas?

— On peut avoir un faible; mais Zajmoûrine, avec cette figure, songer à représenter la noblesse! Et comme juge même, qu'est-ce que c'est? Il faut dire vrai, la noblesse s'est trompée; car enfin, qu'y a-t-il de plus noble et de plus saint que de décider du sort d'autrui?... On me propose cette charge, mais vraiment je n'ose accepter... C'est que j'ai tant d'affection pour notre aristocratie, que tout gentilhomme, je le sens bien, aurait avec moi toujours raison et plein droit, les petites gens, toujours tort. Avec une méthode pareille je ne tarderais pas à tomber sous le coup d'un procès criminel; mais que faire, si je pense qu'on doit toujours être sensible à la prière d'un gentilhomme. Oui, je ferai tout pour les nobles.

— Vous *ferez*... Ainsi, vous êtes décidé?

— Eh! mais oui; je me porte candidat pour culbuter ce Zajmoûrine; je sais que, s'il voit peu de chances à être nommé maréchal, il se cramponnera à sa charge de juge. C'est un malin.

---

1. Bourdâkine, Ispravnik ou Kapitane Ispravnik, juge correctionnel chef de la police d'un district.

— Vous êtes très liés... et voyez pourtant comme vous parlez de lui.

— Liés, liés comme on peut l'être avec lui. Il voudrait me voir grain de sel et tenir une cuillerée d'eau fraîche; je n'attendrai pas mon bain.

— Ah! »

Le maréchal et l'édile passèrent au salon où les nombreux colloques avaient généralement glissé des élections à de tout autres sujets un peu risqués. Quant aux élections, chacun gardait sa pensée. On voyait au dehors accourir des équipages qui, la plupart, entraient dans la cour. On entendait le bruit du rire et des paroles des arrivants du bas de l'escalier, puis de l'antichambre. Hamâzof, les Morkatinof, Stchavârine, Sossikof et Kornikine entrèrent, saluèrent l'assemblée et allèrent presser la main de Podgrouzdèf, qui était paisiblement assis sur un divan, le cigare à la bouche. Hamâzof et les Morkatinof revenaient du dîner du gouverneur civil.

« Si j'avais su, dit Hamâzof en soufflant dans ses joues, je n'aurais apporté avec moi ni vins, ni cuisinier, ni cuisine. C'est une ville très hospitalière que celle-ci! Il n'y a que trois jours que je suis ici, et j'ai pris part à sept dîners; j'ai une peur effroyable de prendre du ventre. Pardon et grâce, Stépan Stépanytch, demain je dîne dans deux maisons, et dans cinq autres je suis invité à déjeuner; je ne sais vraiment quand je pourrai venir chez vous... Ils me feront crever.

— Voilà un monsieur qui vient aux élections pour se rassasier et s'abreuver du matin jusqu'au soir, et qui ne saurait parler que de sa grande faculté digestive, dit un petit monsieur maigre et couleur safran; tout ce qu'on apprend de lui c'est qu'il a mangé ici, qu'il va manger là; qu'ici il a bu, là il s'est grisé, plus loin il est invité dans cinq maisons; il va maintenant souper chez cet importun de comte; demain, dès dix heures du matin, il doit faire honneur au déjeuner monstre du prince. Où ce monsieur-là trouve-t-il donc de la place pour loger en lui toute cette bombance?... »

Le *plénipotentiaire* d'un électeur absent, homme dont la figure rappelait celle du lièvre, comprima bruyamment une envie de rire, et, dans sa crainte d'offenser Hamâzof ou qui que ce fût, fit, à l'instant même, une mine des plus sérieuses; il passa sur sa figure un foulard fort endommagé, fit deux ou trois sauts assez adroits pour gagner un coin de la salle, là il tourna deux ou trois fois sur ses talons en s'essuyant de nouveau la figure et le tour des oreilles, et de là il se rendit à la grande table couverte d'un drap vert bordé de franges d'or; il prit en main le *Règlement concernant les élections*, et, pour la centième fois, il se mit en devoir d'en faire lecture à demi-voix, tout en écoutant une conversation bruyante qui avait lieu dans la pièce voisine.

Podgrouzdëf sortit; il allait pour quelques minutes chez le gouverneur. Une partie de son monde resta, jugeant à propos d'attendre la rentrée de son maréchal. Hamâzof accompagna Podgrouzdëf jusqu'à la portière de sa voiture, puis il remonta au salon; d'abord il regarda tous les visages, et chuchota quelques mots à l'oreille de ses voisins, tandis qu'un des électeurs disait :

« Si Stépan Stepanovitch y consentait, nous voterions bien volontiers pour qu'il restât en charge.

— Eh bien! messieurs, vous n'êtes pas difficiles si vous vous accommodez d'un pareil maréchal! s'écria Hamâzof.

— Comment l'entendez-vous? Podgrouzdëf est un homme actif; voyez comme il tient la tutelle, commme il protège l'orphelin, comme il défend la veuve.

— Eh! c'est son premier devoir; chacun de nous en userait de même; mais vous ne faites donc pas attention à un autre devoir non moins important : quel cuisinier a-t-il? c'est honteux! il prétend que cet homme a fait son apprentissage au club anglais de Moscou; pour moi, je n'en crois rien. C'est tout bonnement un gâte-sauce. On mange, on mange de sa cuisine, on n'est jamais rassasié; on se fatigue seulement les mâchoires. Vous savez tous que penser de ses farcis qui prennent aux dents et au palais et qui me collent ensemble les parois de l'œsophage, de manière à me rendre complètement muet pendant tout le temps du repas.

— Et, Dieu merci! les voisins s'en trouvent à merveille, »
dit le petit monsieur au teint safran, qui eut par ce mot un
assez grand succès de rire.

« Les bons mots sont assez déplacés aujourd'hui; nous
sommes venus ici pour élire nos magistrats. Écoutez, je vous
déclare, moi, que Mélékichéntsof, qui arrive de l'étranger,
désire lui-même être nommé maréchal; voilà qui nous
devons élire; c'est lui qui a un cuisinier, un vrai cuisinier
français, messieurs. Celui-là ne vous fera pas de la cuisine
d'hôtellerie. Au reste, voyez, je suis prêt à donner ma
voix à Podgrouzdëf, mais à la condition qu'il change de cuisinier, et qu'il prenne un vrai cordon bleu.

— Il va bien renvoyer son cuisinier pour être réélu
maréchal! allez donc!

— Comment! il ne changera pas son cuisinier lorsque la
noblesse le désire. Si j'étais maréchal, je ferais tout au
monde pour contenter la noblesse. Et tenez, moi, pour
preuve de mon dévouement à la noblesse, je vous déclare
que je fais le sacrifice de mon cuisinier et le lui donne sans
indemnité, et cela pour tout le temps de son maréchalat.
Vous conviendrez, j'espère, que c'est là un sacrifice. Mon
cuisinier est l'âme de ma maison; je devrai, pour ne pas
mourir de faim, quitter femme, enfants, ménage, et venir
de ma personne habiter chez Podgrouzdëf. N'importe, je
suis prêt à faire cela pour le seul bonheur de vous témoigner
à tous combien je vous suis dévoué. »

En finissant cette tirade, il resta les bras grands ouverts
et le corps courbé en avant, attendant une réponse qui
n'arrivait pas.

« Nous voulons prier Stépan Stépanovitch de nous rester
encore pour trois ans.

— Même sans cuisine ni cuisinier?

— Au diable le cuisinier! J'ai mon dîner prêt chez moi.

— Eh bien! messieurs, dit Hamâzof, il n'y a qu'à élire
Mélékichéntsof.

— Non!

— Pourquoi? Songez que Podgrouzdëf nous fait manger...

— Au ballottage, nous mettrons à droite pour Podgrouzdôf, dirent trois ou quatre personnes à la fois; il est digne de sa charge et fait honneur à notre district.

— Qui ça? Podgrouzdôf, dit en entrant Mourzâkine; eh! un maréchal est toujours bon et digne. Écoutez, je ne vous cacherai pas qu'on veut m'élire juge, moi qui vous parle; vous entendez, juge. Voilà ce qu'on peut appeler une charge considérable et sacrée; je crains d'avoir à juger un noble; je l'acquitterai, parole d'honneur, je l'acquitterai; ce sera me mettre la corde au cou, mais tout noble sera acquitté. Au nom de Dieu, ne nous ballottez ni moi ni Zajmoûrine, et si Zajmoûrine ne peut se faire à l'idée de n'être pas ballotté, eh bien, mettez pour lui à gauche, à gauche, je vous en prie.

— Vous défendez bien la cause de votre ami et compagnon de service.

— C'est pour son bien, et puis sa femme m'a parlé. On dit que sa charge actuelle lui a déjà tout à fait dérangé les nerfs, et pour la femme vous concevez... Quant à moi d'abord, je vous dirai sincèrement que, s'il plaît à la noblesse de m'élire juge, bon; je n'ose pas refuser, je me soumettrai; disposez de moi enfin. »

Là-dessus ce confrère de Zajmoûrine en édilité et en candidature saluaet sortit d'un pas rapide.

Il y avait aussi réunion chez Zajmoûrine, mais de gens de bien moins haute qualité. Quelques-uns buvaient de l'eau-de-vie et grignotaient des butter-broot ou tartines fourrées. Barantsof, auditeur, jouait avec trois fondés de pouvoirs, une préférence à un quart de kopeïka, en se servant d'un très vieux jeu de cartes. Zajmoûrine, Bourdâkine et lui avaient arrêté ce logement en commun. Dans la cour de cette maison, dans une remise fort délabrée, avait été remisé l'ex-cornette de hussards prince Smyrskï, à qui Barantsof avait procuré une commission de fondé de pouvoir pour les élections, et qu'il avait amené avec lui gratis. Le prince entrait continuellement dans les chambres pour avoir occasion de se restaurer; continuellement il se querellait avec Barantsof son patron temporaire, et à chaque querelle il rentrait dans sa remise; là il restait à murmurer et maugréer jusqu'aux heures du dîner ou du souper, temps où son cœur droit éprouvait le besoin de se réconcilier avec l'auditeur.

« Tikhon Séménovitch! dit avec enthousiasme le prince à l'assesseur, c'est pour toi que je suis venu à la ville... Et il tiraillait en disant cela ses énormes moustaches grises.

— Et c'est moi qui ai eu la gloire d'amener le prince, dit d'un air sérieux Barantsof en donnant les cartes.

— Comme ami, tu auras mon suffrage, je suis venu pour toi, pour toi je mettrai ma boule à droite, dis seulement, dis ce que tu veux être.

— Passe », dit l'assesseur à ses partenaires, et il sortit.

« Le cher ami peut bien compter sur des boules noires; à gauche, à gauche, dit le prince; j'en rassemblerai une poignée et j'en fourrerai pour moi et mes voisins, il peut bien y compter. »

Barantsof rentra.

« Je veux qu'on sache bien, reprit le prince, en essayant de ne rien perdre du verre de punch qu'il tenait des deux mains, que nous sommes, Barantzof et moi, une vraie paire d'amis. »

Il but, claqua de la langue, frappa du pied et alla mettre son verre sur la fenêtre; puis il s'assit sur une pauvre chaise qu'il tourmenta indignement, ainsi que les parois intérieures de ses narines... et il sifflait un air qu'il rendait comme à dessein méconnaissable.

« Il faut le ménager un peu jusqu'après le ballottage, dit Zajmoûrine; car il peut causer plus d'un désagrément.

— Oui! on peut l'en empêcher, n'est-ce pas? un pareil homme....

— Où diantre a-t-il pris cet habit? Ce n'est pas à lui; voyez ces deux gros plis qui partent des aisselles.

— Barantsof lui a prêté cet habit pour le temps des élections.

— Parlez bas.... Hier on lui a dit un mot sur son habit : « C'est, a-t-il crié, mon habit! personne ne le portera après moi; je ne le quitte plus; hier, en me couchant, je n'ai pas permis à mes gens de me l'ôter; j'ai eu la fantaisie, moi, de dormir en habit. Quelqu'un a-t-il quelque chose à dire là-dessus? » Voilà ce qu'il leur a dit avec une grande violence.

— Qu'est-ce que vous marmottez donc là entre vous, hein? Il me semble que vous daubez sur moi. Faites-moi donner du punch et la boîte au tabac, ici, à discrétion, sinon, gare les noires..... et par file à droite en avant..... gauche!

— Finis, prince, tes plaisanteries sont d'une bêtise amère.

— Amères et bêtes, n'est-ce pas? Avec les gens d'esprit, j'ai la plaisanterie légère et douce, mais ma foi, avec vous, c'est et ça doit être amèrement bête; c'est suivant le milieu, voyez-vous. Vous aurez tous du noir et à gauche, et ma raison, c'est que, étant prince, je déteste les *démagogues* [1]. A demain le serment; il n'y a plus à reculer; je dois faire les choses selon la conscience. Tu veux servir, tu te portes candidat à une magistrature et tu appartiens à un parti, tu te mets à la tête d'une coterie..... Et pourquoi désires-tu une charge?.... pour battre monnaie. Ah! nous savons; je vais vous atteler des corneilles, moi!

— Drôle d'idée que vous avez de le piquer, messieurs, dit quelqu'un d'un coin de la chambre.

— Ah! c'est vrai, tu es là, toi, mon petit lapin. Voyons, qu'est-ce qu'il te faudrait bien à toi? Tu viens de te marier, hein; et à qui, imbé....! Tu veux être auditeur. (le prince alla chuchoter à l'oreille de son petit lapin). Tu le veux, eh bien, parle, parle donc! Tu sais que j'ai passablement de relations, je suis aristo, archi-aristo, tout nu que je puis être; j'ai mes entrées parfaitement libres chez le gouverneur et chez le maréchal du gouvernement. J'ai où trouver des appuis. Que Barantzof ou un autre me fasse cadeau d'un habit de noblesse, supposons, avec la broderie d'or pur qui convient à mon rang, quel est le général qui aura un plus grand air que moi? Barantzof fait état de moi, et nous

---

1. C'est un propos de fou, sans doute; mais il y a quinze ans, un mot pareil jeté à la face de quelqu'un ou de plusieurs hommes rassemblés n'était pas sans danger pour eux.

logeons ici ensemble, mais ce n'est pas toujours le cas; j'ai un appartement à moi, à moi seul au reste; je paye ma foi bien sept roubles pour l'occuper pendant les élections. Barantzof me nourrit; parbleu, il faut bien que cela soit; à quoi servirait le bétail? Moi, dans la route et ici, je n'ai été et ne serai pas une heure à jeun. (*Tout bas.*) Il veut, figure-toi, être auditeur ou conseiller.

— Encore candidat! Mais il y a déjà dix-huit ans qu'il ne sort pas des charges.

— Qu'il tienne sa poche bien large ouverte; je lui ferai provision de noires. Seulement, toi, ne dis rien…. tu comprends, ts, ts,…. Tiens, il faut que je t'embrasse. Sais-tu que ta femme est bien? moi, la dernière fois, je ne lui ai pas dit ce que je veux. Ouh, ouhh….. Je ne sais ce que cet animal de Barantzof nous fait manger, mais j'ai le cœur tout barbouillé. »

Là-dessus le prince sortit et traversa la cour pour gagner la porte de sa remise. Il était vraiment temps, pour le repos des autres gentilshommes, qui, au reste, se retirèrent moins d'un quart d'heure après.

Zajmoûrine se coucha, mais il laissa une chandelle allumée près du lit préparé pour Bourdàkine, son confrère et ami que vous savez, qui, au grand étonnement de Procope Pétrovitch, n'était pas encore rentré.

A deux heures après minuit on frappa à coups redoublés sur la porte cochère. Dès les premiers coups, Zajmoûrine, réveillé, s'était mis sur son séant. Les trois domestiques qu'ils avaient amenés dormaient tout habillés sur le plancher de l'antichambre. Zajmoûrine les réveilla et les envoya à la porte cochère, dont ils ouvrirent le guichet, et, une minute après, entra comme une bombe le bon Bourdàkine, pâle, défait, les cheveux ébouriffés et un seul manteau pour vêtement.

« Où étiez-vous donc? lui demanda Zajmoûrine avec intérêt et inquiétude à la fois.

— Oh! ne m'en parlez pas; je viens d'un lieu où l'on ne me rattrapera jamais. C'était la première fois de ma vie; ce sera bien la dernière. Hé! de l'eau fraîche! Je ne puis, jusqu'à ce moment, revenir de ma frayeur.

— Dites donc ce que vous avez.

— Ne me questionnez pas.

— Mais vos bottes, vos habits, votre casquette?

— Le ciel soit loué! je suis, moi, sain et sauf; au diable
mes effets. Hé! petit, vite de la glace, de la glace, et frotte-
moi tout le dos, tout le dos.

— Ça, moi je me lève et je vais faire ma déclaration à la
police d'ici.

— Non, rien! au nom de Dieu, ne bougez pas! Une
enquête encore, ça serait joli! J'ai été à une école de danse :
que ma femme sache que j'ai mis le pied dans un pareil établissement, et jamais elle ne me laissera venir aux élections.
Alors, adieu les belles espérances!

— Que diantre alliez-vous donc faire, vous, dans une école
de danse?

— Eh! l'occasion.

— Quelle occasion, voyons, contez-moi tout? » dit avec
une impatiente anxiété le futur juge en se couvrant de sa
robe de chambre et de son bonnet de velours. Et il s'assit
à côté du lit de son pauvre collègue, qu'il regardait avec
intérêt en lui pressant la main, car, après tout, comme con-
cu.r.ent, il n'était plus à craindre, cet excellent ami.

« J'étais chez le maréchal où l'on me pressait de me
porter candidat à une des charges de juge; je ne voulais pas,
je repoussais les offres; ils continuaient de m'offrir leurs
voix; moi, je sentais que j'allais faiblir. Bah! me dis-je,
j'irai chez Chramikine pour causer d'autres choses. J'arrive,
je le trouve; il me dit : « Bravo! allons à l'école de danse! »

— Et vous êtes allés?

— Et nous sommes allés. Comme il dispose de deux voix,
on n'a pas grand'chose à lui refuser en temps d'élections. Le
diable sait à quelle école il m'a mené là. Grand éclairage,
musique. Cela me rappelait ma noce. Le cœur, dès l'antichambre, me battait toutefois bien autrement. Je remarquai
deux yeux noirs.... Oh! oh! oï! ahi! ahi! ahi! doucement!
lah! lah! »

Les domestiques frottaient de glace le dos très maltraité
du candidat à la charge de juge..... Après la glace, il se fit
appliquer des serviettes chauffées; on lui passa une che-

mise blanche et fraîche, et il s'endormit. Zajmaûrine ayant parfaitement deviné de quelle école revenait son collègue, le laissa s'endormir d'un profond sommeil qui, tout bienfaisant qu'il était, faisait beaucoup péricliter sa candidature, car le malheureux en avait bien pour plusieurs jours à garder la chambre.

Pàvel Ivanovitch Tchitchikof, au rebours des autres, ne s'agita point, n'étourdit, n'importuna, ne visita personne, et se mit au lit en vrai campagnard, bien avant onze heures. Le lendemain matin, 15 septembre, il chaussa ses pantoufles, se lava à très grande eau, s'essuya la figure, le cou, la poitrine et les bras; il mit sa robe de chambre à la tatare, et, à sa grande stupéfaction, il vit, à travers la porte laissée entr'ouverte par le valet de chambre, le solide visage du tailleur qui tenait sous son bras, avec précaution, un léger fardeau enveloppé d'un grand foulard des Indes.

« C'est prêt? dit Tchitchikof.

— Parfaitement prêt, répond le tailleur en prenant son creux et retirant les épingles.

— Après cela, m'ira-t il bien?

— Il doit aller bien, » répond l'artiste.

Tchitchikof s'habilla des pieds à la tête, et à la fin se fit passer son uniforme, et, se plaçant devant une glace, il exécuta divers mouvements du corps et des bras; après quoi il dit que peut-être l'habit était un peu étroit aux aisselles.

Le tailleur prétendit que l'emmanchure ne laissait rien à désirer.

« Fort bien, dit Tchitchikof, mais vois donc, si je fais comme ça, comme ça, cela me gêne sous les bras.

— L'assemblée des électeurs n'est pas un étang dangereux, et vous n'irez pas peut-être nager là comme s'il y allait de la vie à gagner le bord; vous vous tiendrez gravement assis comme tous les nobles de votre âge.

— Sans doute, sans doute », dit Tchitchikof un peu honteux d'avoir pris devant cet homme des airs de naufragé. Mais il ne put s'empêcher de se coiffer de son chapeau à cornes, et de dire en se mirant toujours : « J'ai, ma foi, l'air d'un général, avec cet uniforme; ne trouves-tu pas, mon cher?

— Vous êtes, comme cela, un vrai général.

— Tu trouves? Et la figure, hein!

— Tout à fait la figure qui convient à un général, et même pas à un simple général.

— Comment! un simple? Est-ce qu'il y a plusieurs sortes de généraux.

— En fait de généraux, il y a les Américains, monsieur.

— Quelle folie! où as-tu pris que nous ayons des généraux américains?

— On les appelle ainsi.

— Qui est-ce qu'on appelle ainsi?

— Eh mais, la grandesse, la haute noblesse, les nobles seigneurs propriétaires de beaux domaines.

— Tu mens; allons, tu es, je le vois, un grand hâbleur.

— Je dis ce que je sais, voilà tout.

— Voilà le prix de ton travail. Est-ce que tu as coupé et cousu toi-même, ajouta-t-il en dessinant son torse devant la glace.

— Moi-même, monsieur.

— Cet argent-ci est-ce pour toi?

— Non, c'est pour le bourgeois; si vous donnez quelque chose pour moi, vous me ferez bien plaisir.

— Tiens, va avec cela prendre le thé à ma santé. » Et il lui donna un tselkove [1].

Après le départ du tailleur, il prit devant le miroir différentes poses, salua en avant, en arrière et obliquement, ceignit son épée de gentilhomme, mit ses gants, et comme il faisait très beau, il se rendit pédestrement à la maison des assemblées de la noblesse.

Il y avait une demi-heure que tintait la cloche de l'appel aux élections; les nobles arrivaient de minute en minute plus nombreux; devant la porte étaient les gendarmes mis à la disposition de la police urbaine représentée par cinq ou six agents très affairés.

L'hôtel de la noblesse était plein de bruit, d'allées et de

---

1. Tselkove, c'est le rouble argent qui vaut 3 1/2 roubles assignations, et 3 fr. 75 c. de France, à peu près.

venues, de mouvement inaccoutumé. Les gens de connaissance se rencontraient, se livraient à l'intempérance nationale du baiser et de l'embrassade, ce qui n'excluait pas la
poignée de main à l'anglaise. Tchitchikof vit, non sans surprise, dans la grande salle une foule de gens qui saluaient
non pas seulement leurs connaissances, mais les personnes
même inconnues et qu'ils voyaient pour la première fois.
Leur regard était doux et respectueux, pour ne pas dire obsé-
quieux; leur chevelure était lisse et leur menton parfaitement
rasé de frais. Ces messieurs étaient les candidats aux magistratures du gouvernement [1] qui ne sont point inférieures à
celles des présidents de chambres ou cours de justice.

Le maréchal de la noblesse du gouvernement, en uniforme de gentilhomme de la chambre de Sa Majesté Impé-
riale, fit son entrée en saluant poliment de tous les côtés;
il s'arrêta au milieu de la foule et causa amicalement avec
les nobles de sa connaissance. Les maréchaux des districts
se mirent en devoir de lui présenter les nobles de leurs districts. Le représentant de toute cette noblesse ne cessait de
saluer, et il donnait même la main à quelques-uns au moment
où ils passaient.

Tchitchikof n'avait point compté sur un honneur si
insigne, en sorte que, par la distraction que lui causa la
surprise, il pressa assez fort cette main que lui tendit sans
penser le maréchal. Son amour-propre flatté se fit voir aussitôt dans sa démarche, dans le port de sa tête et dans toute
l'économie de sa personne; il comprenait tout ce qu'il venait
de gagner aux yeux de tous ses voisins de campagne; son
district le regarda quelques minutes, et quelques-uns lui
trouvèrent une physionomie de diplomate.

« Dites-moi un peu, dit un noble à un autre, pourquoi
M. le maréchal a échangé une poignée de main avec Tchitchikof.

— Une distraction, le hasard, voilà tout.

— Non pas, non pas; après lui avoir tendu la main, il
a relevé ses gros sourcils, et j'ai remarqué qu'en regardant

1. Gouvernement comme nous disons un département.

Tchitchikof comme quelqu'un qu'on est aise de trouver à
son poste, il a fait un ah..... a..... a..... significatif.

— Bah ! c'est comme ça.

— *Comme ça n'explique rien.*

— Est-ce que je sais, moi, ce que vous me demandez là ?
Je cherche là-haut dans les tribunes.

— Vous avez là des connaissances, des parents, n'est-ce
pas, qui vous regardent ?

— De nouvelles débarquées, pour sûr, ce sont de nouvelles débarquées ! Nous n'avons jamais rien d'approchant
ici, même à l'époque de la foire..... Voyez, voyez !

— Vous devriez rougir. Le bel objet d'enthousiasme !
Sommes-nous ici pour de telles folies ? Et penser que vous
avez pour femme une beauté.....

— Qu'est-ce que ça fait ! une beauté, soit. Mais admirer
le canon n'empêche pas de voir aussi la licorne et la coule-
vrine ; je veux admirer un peu de près cette.....

— Allons, le voilà parti. Quelle idée ! Mais je ne souf-
frirai pas cela, et je vais là-haut pour le ramener ici.

— Aprepian-Maximytch ! où allez-vous donc ?

— Le gouverneur..... ohh..... chh..... ohh !.... messieurs, ohh ! »

La noblesse entoura la grande table comme d'une qua-
druple muraille de cinquante pieds d'épaisseur. Le gouverneur était un homme grand et beau ; il salua l'assemblée,
et, sans s'asseoir, il prononça comme président un discours
bref et plein de sens par lequel il annonça l'ouverture de
la session. Avant tout, il pria toute l'assistance de le suivre
à l'église, pour y prêter le serment d'agir avec impartialité
dans les suffrages et de ne porter aux magistratures que des
hommes vraiment dignes de les exercer.

C'est dans la grande rue que se trouvait l'église ; cette
partie centrale de la ville avait ce jour-là l'aspect le plus
animé ; on y voyait les uniformes des troupes de toutes
armes, les habits d'ordonnance de tous les employés civils
et des voitures de toutes les époques, remplies d'électeurs
et d'éligibles, se rendant à l'église entre les deux haies
épaisses et bariolées que formait de part et d'autre la popu-

lation, dont une partie garnissait toutes les fenêtres jusqu'aux lucarnes des greniers.

L'église était assez grande pour sa destination, même en temps extraordinaire, mais ici la foule des curieux la faisait sembler extrêmement petite.

Après la cérémonie du serment, messieurs les assermentés se dispersèrent par toute la ville, les uns pour rentrer chez eux, les autres pour courir en vingt maisons faire des visites, et la plupart s'assurer un couvert à une bonne table, sauf à le prendre d'assaut, s'il ne s'offrait pas de lui-même. Cette journée fut pour plusieurs un jour de bon espoir. Beaucoup, qui n'avaient pas déjeuné et avaient fort mal dîné, trouvèrent à l'improviste un souper copieux et splendide, et la certitude d'un excellent dîner pour les jours suivants.

Le lendemain la séance fut ouverte par la lecture d'une liste, rédigée dans l'ordre alphabétique, des nobles de tout le gouvernement qui s'étaient trouvés ou se trouvaient *sous jugement;* après la proclamation de chaque nom, il serait décidé séance tenante, par voie de scrutin, si on leur reconnaîtrait, oui ou non, le droit de prendre part aux élections.

Tchitchikof assista à cette lecture émouvante; il ne tenait plus à sa place; son impatience était si forte que, plusieurs fois, il se glissa près du secrétaire de la noblesse, et regarda par-dessus son épaule la liste qu'il lisait; et, saisissant un moment d'interruption, il demanda tout bas au secrétaire s'il arriverait bientôt à la lettre T. Le secrétaire lui répondit poliment qu'il allait à l'instant même lire les noms ayant pour initiale la lettre T. A cette nouvelle, Pàvel Ivanovitch retourna soucieux à son fauteuil et dit à son voisin, qu'une dent cariée le faisait horriblement souffrir, qu'il avait en vain espéré que le mal cesserait, qu'il voyait la nécessité de se la faire arracher, et qu'en tout cas, il ne pouvait rester au milieu de tous ces courants d'air. Il sortit. Arrivé à l'auberge, il s'étendit sur son lit en attendant qu'on lui apportât une marinade d'esturgeon qu'il avait commandée dès le matin pour quatre heures.

Une demi-heure au plus s'écoula après la sortie de Tchitchikof, lorsque la lettre T fut attaquée. On nomma d'abord un sous-lieutenant A. P. Tchouvirine, mis en jugement comme accusé de s'être emparé avec voies de fait de la vache du bourgeois Krovopatkine. Le tribunal avait acquitté Tchouvirine.

« Qu'il vote! » crièrent une foule de voix.

G. P. Tchernof, secrétaire de collège, a été accusé de faire du tort à la ferme des eaux-de-vie et d'avoir cruellement battu le préposé. Acquitté quant au premier point, il fut, sur le second, condamné à des dommages-intérêts en réparation d'honneur au profit du battu et à trois jours d'arrêts sous la tente.

« Qu'il vote! » cria-t-on, comme pour le précédent.

Ivan Borissovitch Tchirnazof, conseiller titulaire, accusé d'avoir sur les terres de la couronne.....

« De la couronne! exclure! exclure! » crièrent cent voix à la fois avec l'accent de la colère.

Ivan Stépanitch Tsélikof, assesseur de collège, mis sous jugement pour avoir, au milieu de la place, fait feu d'un fusil *chargé?*

« Tsélikof a fait feu d'un fusil *chargé?* dit vivement un gentilhomme à chevelure frisée menue; positivement chargé?

— Sans doute que son fusil était chargé.

— Si l'arme n'est pas chargée, il n'y a pas de coup de feu possible.

— Les é pe e tits i ga a a rçons brûlent qué é é elquefois u u une amorce, pour jouer. Au o o o reste, merci de l'é é é expli i i cation; je ne e e e sa a u avais pas. »

(Rire presque général.)

« Pourquoi le secrétaire n'a-t-il pas fini sa phrase! (dit d'un air tout effarouché un monsieur aux regards de plomb, la tête tondue très ras); est-ce que Tsélikof a tué quelqu'un avec son fusil *chargé?*

— On vous prie de vous taire!

— Qui donc donne et ôte la parole ici? Je demande si Tsélikof a tué ou blessé quelqu'un. »

Le bruit augmentait de minute en minute.

« Messieurs, messieurs, silence, je vous prie, dit avec douceur le maréchal du gouvernement.

— Je sais cela, moi; j'étais présent. « Il a blessé..... » répondit très gravement un gros monsieur qui avait sur la joue droite un bouquet de poils vraiment extraordinaire en force et en longueur.

« Par cette détonation..... voulut continuer le secrétaire.

— Écoutez, Pètro Fédorovitch, écoutez donc! on explique le coup de feu de Tsélikof.

— Quoi! comment! On n'entend rien du tout.

— Allons, ça va commencer, puisque tout l'orchestre accorde ses instruments.

— Secrétaire, parlez plus haut et allez votre train. Ahi, ahi, de nouveau sur mon maudit cor! qui passe donc là?... Ahi, ahi, est-il grossier celui-là! il ne demande pas pardon.

« Par cette détonation, dit le secrétaire en le prenant plus haut de toute une octave, il effraya mortellement une dame qui passait. Cette dame est la femme du commissaire de police du quartier, Schoukine; par suite de sa frayeur, cette dame, en arrivant chez elle....

— Ah! si elle en est morte, qu'importe qu'elle ait été atteinte ou non par la décharge?

— Au nom de Dieu, messieurs, écoutez, n'interrompez pas. »

« En arrivant chez elle, elle fut mise au lit et accoucha de deux enfants qui ont été reconnus être du sexe mâle....

(Grand éclat de rire.)

— Fort bien, mais la mère?

« La mère et les enfants sont dans le meilleur état de santé. » Par suite de l'enquête qui fut ordonnée, Tsélikof a été déchargé de toute responsabilité.

« Qu'il vote! s'écria-t-on de tous les côtés.

— Ce serait fort de priver celui-là de sa qualité d'électeur; il a mis la science sur la voie d'un nouveau moyen de précipiter l'action de la nature dans les cas difficiles.

— Ce que vous dites là est très vrai. A propos, et votre jument?

— Je l'ai vendue à un maquignon. Mais vous ne savez pas l'aventure?

— Non, je ne sais pas; mais permettez-moi d'ab...

— Messieurs, pour l'amour de Dieu, écoutez. Il n'y a pas moyen d'entendre un seul mot.

— Larion Kouzmitch, voyez, voyez; qui est donc celui qui, là-bas, est assis sur le tout dernier banc, là, là, dans l'encoignure; il y a au-dessus de sa tête une lampe... Ah! vous voyez à présent.... Hein! quelle figure! Voilà qui serait digne du crayon de Gavarni.

— Taisez-vous donc: on lit.... »

« Pâvel Ivanovitch Tchitchikof, conseiller d'État, accusation de faux en matière de testament.

— Ah! pour un gentilhomme, ceci est assez mal porté. Exclure! exclure!

— Hé! k k k quoi? co co co oment? de f f f faux en pierreries et di i i iamants?...

— Bien tombé.... On vous dit : pour faux en matière d'héritage.

— Ha ha! J'en en entends; divers tri i i potages.... Aux é é élections? Mais qu'é é est-ce que les tri ibunaux avaient à voir là?

— Ah çà, vous me laisserez bien prendre ma prise? Ils me serrent si fort que je ne puis pas aveindre ma tabatière. On ne vient ici qu'une fois tous les six ans, et c'est pour être mis dans un étau à chaque pas. Moi, je vais filer.

— Que ne file-t-il donc plus vite, au lieu de bavarder, ce gros-là; il prend à lui seul trois places, et près de lui ce n'est pas tenable. Il lui faut encore ses coudées franches pour priser, excusez!

— En finirez-vous, là-bas? Laissez-donc écouter!

Eh bien, qu'est-ce que vous venez faire par ici, vous autres, ouf! ouf! Oh, c'est par trop fort!

— Cht, cht, cht, cht! Silence, je vous prie.

« Accusé d'avoir perpétré un faux en matière de testament, et d'avoir acheté à différents propriétaires nobles de domaines habités, des paysans-serfs, âmes mortes avec la terre qu'ils occupaient. — Il a été, après enquête et jugement, complètement acquitté comme non coupable. »

- Quoi? quoi? Des âmes mortes?

— On l'avait accusé d'avoir *acheté* des âmes mortes, des absurdités, enfin, voilà, quoi !

— Co.... co.... o..... ô.... ment ? Il a acheté le *testament d'une femme morte ?*

— Ah, mon cher monsieur, tu es bien assommant ! que diantre, débouche donc tes oreilles ! Je te réponds pour la dernière fois : il a acheté des milliers d'âmes mortes.

— Ne dit-on pas mortes ? Ah Jésus mon Dieu ! pas moyen d'entendre ; c'est une Babel !

— Quelles histoires ! je vais sortir ; le secrétaire lit une chose ; ici on parle d'une autre.

— Mais pas du tout.... c'est bien cela ; il s'est adjugé un grand héritage et il a acheté d'anciens cimetières.

— Impossible. Vous avez compris comme cela, je le veux bien.

— Répétez l'article ! répétez, répétez ! cria une grande partie de la noble assemblée.

— Et venez près de nous, ici, ici, voilà, c'est bien, c'est le centre de la salle....

— Ce n'est pas vrai, plus à droite, à droite, voilà le vrai centre, ici donc, plus près de nous ! »

Le secrétaire se plaça au centre même ; il toussa et se mit à lire :

« Pâvel Ivanovitch Tchitchikof, conseiller d'État ; accusé de faux en matière de testament, et accusé d'avoir acheté à divers propriétaires nobles leurs *âmes mortes...* »

A ce mot il se fit dans la salle un bruit et une confusion épouvantables. La plupart des électeurs se levèrent.

« Voilà du nouveau !

— Crime sur crime !

— Quelle apparence ! Allons donc !

— C'est un faiseur d'affaires, un homme à projets, un spéculateur, voilà !

— Oh, cette idée, je vous demande ; cette idée de déterrer les morts !

— En voulait-il pas faire du charbon animalisé ?

— Est-ce que l'enquête ne dit pas ce qu'il voulait faire de ces os et de ces cadavres ?

— Je crois qu'on peut avec les tombes faire du salpêtre; après ça, les ossements donnent une cendre que l'industrie utilisera pour sûr; moi je,...

— En voilà un qui dit des horreurs. C'est un cas, un cas, un tel cas, voyez, que je ne me serais jamais figuré; non, un pareil cas jamais. Que je raconte cela à ma femme, elle dira que je mens.

— Pourquoi le dire? pourquoi se faire gronder? A quoi bon chercher les querelles? ne viennent-elles pas d'elles-mêmes sans cela? Moi, je ne dirai pas un mot à ma femme de cette abominable affaire.

— Moi, je dirai tout à la mienne; sans cela elle l'apprendrait d'un autre, et en voilà un bon sujet à querelles!

— Pour quoi faire, pour quoi faire, pourquoi achète-t-il des âmes mortes? »

Le haut-maréchal jusqu'ici avait pris patience, mais, sentant qu'il fallait en finir de cet article, il s'arma de la sonnette et tinta jusqu'à ce que le silence le plus complet se fût établi, et alors, il dit à l'assemblée :

« Messieurs, il paraît que, sur la question de savoir si le droit d'élire de ce gentilhomme est ou n'est pas reconnu par l'assemblée, il y a scission. Ne vous convient-il pas, en cette occasion, de recourir au scrutin de ballottage?

— Très bien.

— C'est le cas ou jamais.

— Le ballottage, le ballottage ! »

Les boules furent apportées, et on procéda au scrutin.

« Ah ! que je voudrais voir ce monsieur Tchitchikof, sa figure, son extérieur, ses manières.

— Pour sûr la mine d'un crochet de chicane et d'un vaurien achevé, d'un croque-mort tout au moins.

— Nullement, tout le monde disait hier que c'est un homme encore jeune, grassouillet, frais, bonne tenue et bon ton.

— On dit qu'il a servi dans les gardes impériales.

— Tchitchikof? Vraiment? Çà, dites donc, Trofime Pétrovitch, puisqu'il est de votre district, vous devez le connaître, vous?

— Non pas; dans notre district, nous n'avons personne de ce nom-là.

— Il a été agent d'affaires au contentieux, en Sibérie.

— Il faut savoir de quel district il est; à qui donc s'informer ?

— Il nous est arrivé ici droit de Kamtchadka, à cheval sur un renne.

— Finissez. Ha !

— Moi, je vous dis que le cas est fort grave.

— Tchetchelkof, Tchetchelkof ! ! Grand Dieu, voyez quels noms de gentilshommes il se rencontre maintenant dans le monde ! Nous ne sommes ici qu'un seul gouvernement, pas même une province entière, et vous voyez quels noms il nous faut apprendre à épeler. Ainsi, le commerce d'âmes mortes mène à la noblesse, bravissimo ! Elle est si grande, notre bonne mère la Russie ! naturellement elle contient toutes sortes de gens, on y exerce toutes sortes d'industries et de commerces....

— Oncle, eh ! oncle, écoutez.... On dit qu'il y a des Kalmoucks... Des Kalmoucks, hein ! Est-ce vrai qu'il y a des Kalmoucks ?

— Oui; laisse-moi tranquille. Ho ho ! Tchetchelkof, gentil garçon....

— A qui en avez-vous donc avec votre Tchetchelkof? Quel Tchetchelkof? On vous a lu vingt fois bien clairement Tchétchanine, et pas du tout Tchetchelkof; j'enrage quand j'entends défigurer les noms propres.

— Attrape !... Oh ! l'oncle, voilà comme il est; fait-il un pas, il chope, dit-il un mot, il hoque.

— Et, comme tant d'autres, il croit parler juste.

— Le vrai nom, c'est Tchitchikof; M. Tchitchikof est ici même, ici, dans cette salle. Il a bonne figure, et en général l'expression de sa physionomie est une de ces expressions qui inspirent, ou du moins, et certes, avec la juste réputation dont...

— Très bien ! très bien ! Vacili Loukitch.... Oh dame celui-là, quand il se met à deviser, et surtout à analyser, il n'y a vraiment plus qu'à se taire et à se mordre la lèvre d'en bas avec les dents d'en haut, ou au rebours.

LES AMES MORTES. — II.

21

— Admettre, admettre ! il faut admettre M. Tchitchikof !
Il a acheté, puisqu'il a *acheté*, c'est qu'il a payé. Si au lieu
d'acheter, il avait dérobé, enlevé, volé, oh ! alors, il faudrait
l'exclure de partout et lui faire son procès.

— Sans doute, et alors, nous demanderions qu'il fût
dépouillé de tout titre de noblesse.

— Oncle, dites, oncle, quand on vous aura fait *députat*,
quartier-maître civil, local, pour le logement militaire des
troupes de passage, vous me mènerez voir Leoubof, hein ?

— Il choisit bien le temps et le lieu pour parler de sa
Leoubof !

— Eh mais, oncle, dans tout notre district, il n'y en a
pas une qui vaille Leoubof, n'est-ce pas, voyons, convenez,
oncle....

— C'est vrai, bon, mais à présent tais-toi.

— Ah ! vous reconnaissez que c'est vrai ? Elle est bien
gentille, hein ?

— Oui, oui, c'est bon ; va-t-en un peu là-bas, voir si j'y
suis.

— Savez-vous, oncle, que moi, auprès d'elle, je ne suis
qu'un pauvre imbécile ?

— Un imbécile, certainement. Laisse-moi, au nom de
Dieu, laisse-moi ; tes farces commencent à m'excéder, parole
d'honneur.

— Quoi ? l'honneur ! Ah ma foi, voilà l'oncle qui radote !

— Comment, tu oses, pendard ! tu dis....

— Je dis, oncle, que vous êtes ma petite âme, mon petit
cœur, mon chouchou. Tenez, je n'y résiste plus, il faut que
je t'embrasse. »

Le gentil neveu s'élança au cou de son oncle ; celui-ci se
débattait et se fâchait tout rouge, et on faisait cercle autour
de cet épanchement de famille. Dans ce cercle pénétra un
troisième personnage, qui devint aussitôt le plus marquant.
C'était un petit vieillard tout ridé, en ancien uniforme de
marin, au collet brodé, fort avarié. Il avait tout le visage
inondé de sueur, et ses cheveux gris se collaient sur ses
tempes. Ce vieux loup de mer était livré à une très grande
agitation. Il avait déjà fouillé tous les recoins de la salle ; il

gagnait le centre, et ses yeux plongeaient dans toutes les directions. En pénétrant dans le cercle dont nous avons parlé, il dit d'un air tout préoccupé, mais sérieux :

« Messieurs, de grâce, auriez-vous l'extrême obligeance de me dire à quel prix Tchitchikof a payé l'âme morte ; je veux dire, prix moyen ?

— Sept roubles et soixante-quinze kopéïki en assignats, répondit gravement un gros monsieur qui tenait à trois doigts au-dessous de son nez, une tabatière d'argent ouverte, et prisait avec délices et méthode.

— Du sexe mâle ou de l'autre ?

— L'un dans l'autre ; mâle ou femelle. »

Le marin s'épanouit ; puis il prit un air de mystère en ajoutant :

« Est-ce qu'il n'achète que des majeurs, ou s'il prend aussi les enfants ?

— Je vous dis ce qu'il a fait ; il a acheté des âmes ; vous devez savoir ce qu'on appelle des âmes [1].

— Ah ! bien... un mot seulement ? Auriez-vous la bonté de me montrer ce M. Tchitchikof en personne, ou dites seulement où il se trouve actuellement, dans quelle partie de la salle.

— Tenez, regardez bien là, plus loin, plus loin, contre la colonne, à l'angle de la galerie, cet homme grand, très maigre, très laid, longs cheveux blanchâtres, ébouriffés, et des lunettes d'écaille. C'est une figure très facile à remarquer. »

Le marin bondit comme un chevreau ; puis il courut d'une

---

1. La question de l'ex-officier de marine n'avait rien que de fort naturel. En Russie on ne compte comme *âmes* que les hommes, ce qui n'empêche pas les seigneurs de tirer un fort bon revenu aussi des femmes de leur domaine à qui ils délivrent un permis d'aller vivre d'industrie dans les villes, moyennant redevance. On en a vu payer plus que leur père, frère ou mari, plutôt que de retourner au village. Quant aux enfants, on ne leur fait payer aucune redevance jusqu'à ce qu'ils soient adultes, mais on n'en tire pas moins d'eux une quantité de petits services dont parfois les hommes faits seraient peu capables. Seulement, les enfants ne sont rien aux yeux du fisc, n'importe leur sexe.

course si violente et si désordonnée, qu'il mit sur leur séant
par terre, deux lourds gentilshommes, renversa trois fau-
teuils, enjamba plusieurs banquettes, et arriva enfin à son
mal peigné en lunettes d'écaille. Il le saisit convulsivement
par le bras et l'entraîna dans un coin désert. Le marin parla,
fit force courbettes, et accompagna de mouvements saccadés
des bras, des sourcils et de la tête, chacune de ses paroles.
Le blondin souriait d'un air méprisant, regardait de haut,
des pieds à la tête, l'éloquent marin, allongeait la lèvre inférieure et haussait ses maigres épaules.

« Sérieusement, quoi, vous ne seriez pas Tchitchikof?

— Çà, faites moi donc le plaisir de me dire ce que vous
voulez de moi. Je n'ai point l'honneur de vous connaître....
pardon.... (L'inconnu voulait s'éloigner.)

— Non, vous ne m'échapperez pas ainsi, noble et généreux Tchitchikof, vous m'achèterez mes 140 âmes de l'un et
de l'autre sexe, mortes du choléra; vous me dédommagerez
un peu du moins de cette perte cruelle. Faites qu'un vieux
marin, ses fils et petits-fils, aient à bénir éternellement
votre nom.

— Vous plaira-t-il de me laisser en repos! Où diantre
prenez-vous toutes les choses ridicules que vous me dites là?

— Chacun cherche son avantage; c'est tout naturel. Je
respecte tellement et tiens pour si légitime le commerce que
vous avez entrepris, que je suis prêt à rabattre 25 kopeïki
du prix que vous donnez de chaque âme morte, uniquement
pour jouir du bonheur de concourir ainsi, selon mes facultés,
à la prospérité de vos opérations.

— Je vous prie encore une fois de vous taire et de ne me
pas forcer à vous dire des duretés.

— De la part d'un homme sage tel que vous, je n'ai pas
à attendre la moindre parole grossière, certainement. Faisons
notre marché ici, de vous à moi, et pour l'acte et la somme,
j'irai les prendre chez vous.

— Ah çà, vous voulez donc...?

— Ne vous inquiétez pas de cela; je n'aurai pas de peine
à trouver votre demeure, et fût-elle au fond des mers, je
trouverai. Eh bien, mon honorable Pàvel.... »

Ce petit colloque privé fut interrompu net par le silence qui tout à coup se fit dans toute la salle. Le secrétaire proclama le résultat du scrutin :

« D'après le scrutin qui vient d'avoir lieu au sujet du conseiller d'état Pâvel Ivanovitch Tchitchikof, il a été trouvé pour le maintien de son droit de vote 499 contre 87. M. Tchitchikof est admis comme membre de l'assemblée à la majorité de 412 voix. »

— Je vous félicite ! dit le marin.

— Que le diable vous confonde ! » dit le monsieur aux bestioles.

La lecture du reste de la liste fut reprise et terminée en une demi-heure. On soumit ensuite aux délibérations de l'assemblée quelques propositions. Il y en eut qui furent pour tous les districts une occasion de grand tapage, au point que du dehors on entendait distinctement les voix les plus puissantes qui s'élevaient dans l'intérieur.

« Sans doute, criait avec une certaine cantilène bizarre un grand brun, les gens bornés, ceux qui n'ont sur la nationalité que des idées mesquines et plates, ne comprenant point ce que c'est que la vraie philanthropie, idéalisent tant qu'ils peuvent la popularité vulgaire. Mais ceux qui nous comprennent avoueront que des idées individuelles d'une pareille nature présupposent une mûre et grave contemplation subjective de tous les points esthétiques de la création, points dont la connaissance peut seule donner ce que nous appelons les points de vue actuels, contemporains et non arriérés et absurdes.

— Monsieur a raison ; il y a de la logique dans ce qu'il a dit là.

— Il a ma foi parlé spirituellement comme ton dictionnaire de Tatischef.

— Au fait, qu'est-ce qu'il a dit ?

— Il a dit ! Il a donné son opinion, voilà.

— Quelle est donc son opinion ?

— Il l'a dite, son opinion ; vous n'aviez qu'à écouter.

— Il n'a rien dit du tout.

— Vous parleriez comme lui, vous, n'est-ce pas ? Allez

donc; je suis sûr que vous n'êtes pas en état de vous expliquer.

— Quand je parle, chacun du moins me comprend.

— Eh bien, Sava Pétrovitch parle pour les personnes qui,
ayant fait de grandes études, ont l'intelligence pleine des
besoins moraux et de la pensée de notre temps.

— Grand bien leur fasse !... Mais qu'avez-vous fait hier à
la préférence ? »

Ces messieurs se mirent à parler de leurs exploits de
cartes de la veille, jusqu'à ce qu'une de leurs connaissances
communes vint leur demander de quoi il s'agissait, et qui
était le membre qui donnait son opinion.

« Au bureau, là-bas? pardon, je n'y étais plus; mais non,
ce n'est pas une opinion qui était donnée; on faisait je ne
sais quelle proposition. Hé! Pâvel Dimitritch, voulez-vous
expliquer à monsieur ce que le secrétaire vient de lire; moi
je n'ai pas le temps, pardon, je rentre chez moi.

— Votre Noblesse fait horriblement de bruit, dites donc?

— Tous ont l'estomac vide; ils crient pour tromper un
moment leur appétit; mais il serait temps de lever la séance.

— Nous signerons le protocole sans bruit, sans conteste.

— D'autant mieux que ceux qui rédigent sont plus malins
que nous.

— Qui vais-je inviter à venir dîner avec moi? C'est si
ennuyeux de manger seul, dit un monsieur à nez épaté.

— Demeurez-vous loin ? dit au nez court un jeune monsieur à nez long.

— Non, tout près d'ici.

— Je vous félicite, vous en satisferez d'autant plus tôt
votre appétit.

— Quant à la satisfaction de mon appétit, je ne regarde
pas à la distance. Demeurez-vous loin ?

— Non, pas très loin, répond le jeune électeur.

— Eh bien! dit le gentilhomme au nez court, allons ensemble ou chez vous ou chez moi; cela m'est indifférent.

— Allons. Moi je suis accommodant en ces sortes de
choses.

— Ce que j'aime dans les jeunes gens, c'est ce charmant

sans façon qu'ils ont la plupart. On voit tout de suite qu'on
a affaire à un homme bien né, à un jeune homme qui a été
militaire un temps. Je ne le connais pas, il ne me connaît
pas davantage, je suppose, je lui dis : Je vais dîner ; il me
répond : Allons dîner ; et voilà que nous allons dîner de compagnie. N'est-ce pas, frère, dis ?

— Certainement. Tu comptes sur moi, je compte sur toi ;
la confiance est ce qu'il y a de plus simple et de meilleur au
monde. »

On voit que nos deux amis, dont l'un avait bien le double
d'âge de l'autre, en sont venus bien vite aux *tu* et aux *toi*.
C'était tantôt le nez court, tantôt le nez long qui semblait
mener son camarade ; ils firent ainsi à peu près le tour de la
ville. Leurs logements, paraît-il, étaient éloignés du centre,
ou ils s'étaient trompés de rue ; ils n'arrivaient toujours pas.
Le nez court dit à l'aquilin qu'il voyait être las et ennuyé :

« Conviens que tu n'avais pas l'intention de dîner chez
toi, et que tu as aujourd'hui, dès le matin, donné campo à
ton cuisinier !

— Bien touché ! ce que tu viens de dire est l'exacte
vérité ?

— Eh bien, ni moi non plus je n'ai donné aucun ordre à
mes gens, et ma cuisine est froide. Séparons-nous.

— Au revoir. Diable emporte le vieux filou.

— Adieu.... Voyez-vous ce petit gredin. »

Le jeune gentilhomme resta tout un quart d'heure indécis ;
il se disait :

« Au régiment, il y a passablement de jeunes pique-
assiettes, il doit bien y en avoir même ici. Ce vieux camard
m'a vraiment fait courir sans conscience ; il faut manger
pourtant. Bah ! je vais aller chez notre juge ; il a sûrement
dîné, lui ; c'est égal, il ne me laissera pas sortir sans me
proposer au moins du thé, sinon quelque chose de plus
solide. »

Cependant la séance de l'assemblée n'était pas encore
close ; tous ceux qui avaient su s'arranger de manière à se
lester l'estomac d'un déjeuner, sans qu'on remarquât leur
absence, tenaient bon ; à chaque proposition, beaucoup

encore criaient, déclamaient pro et contra, à tort et à travers. Quelques-unes, contre tout à-propos, s'avisaient de demander le scrutin.... mais tous finirent par sentir l'aiguillon de la faim et furent charmés d'entendre M. le gouverneur ajourner à la fin des élections les délibérations à suivre sur les sept ou huit propositions qu'il restait encore à soumettre à l'assemblée.

Au fond, la véritable résolution finale, c'est qu'on laisserait pleine liberté sur tout cela à M. le secrétaire, qui, d'avance, probablement, connaissait l'opinion de M. le maréchal du gouvernement, et qui lui-même, plus que personne, devait avoir grand besoin de se reposer après une semblable corvée.

Il y a cela de bon qu'en ces jours d'assemblées électorales, on a la faculté, sinon toujours d'obtenir des satisfactions d'amour-propre, du moins de bien faire bombance et d'avoir des distractions à ses soucis ordinaires. Il se rencontre bien peu de gentilshommes qui ne finissent par signer, sans faire aucune réserve, tout ce que le secrétaire de la noblesse leur présente, tout ce qu'il rédige et se propose de rédiger sur plusieurs feuilles de papier, ne voulant ni mettre d'entraves à sa plume agile, ni même lui gâter l'appétit par des subtilités taquines.

Notre héros se sentit, dès le soir même, infiniment mieux qu'à la séance. Il est à supposer qu'une triple portion de marinade et une bouteille de Château-la-Rose très vieux, qu'il absorba pour tromper l'ennui de quelques heures de solitude, eurent en outre un effet salutaire sur son nerf maxillaire, ce qui le dispensa de poser dans le fauteuil d'aucun dentiste. Il prit son chapeau rond et un long surtout ouaté à la Palmerston, et se mit à longer quelques rues, une jolie canne de poivrier d'Inde à la main. Toutes les maisons de la ville, tous les logements bons et mauvais, les moindres chambres, les moindres pavillons de jardins étaient occupés et encombrés; les auberges et les restaurants étincelaient de lumière; leurs portes étaient comme assaillies de voitures publiques et privées de toute capacité, de toute forme et de tout nom. Dans quelques salles détonaient intrépidement et impunément les prétendus accords d'orchestres ambulants.

artistes forains, bohême inévitable, impitoyable et recherchée.
La noblesse prodiguait son or en déjeuners et dîners excessivement dispendieux où l'on ne voulait connaître de vins,
excepté quelques clos privilégiés pour diversion, que ceux
de la Champagne, d'eau, que la fameuse eau du Zelsters
naturelle. En buvant et mangeant à outrance, en prononçant
des toasts d'une grande originalité, il partait, comme versées
de l'abondance du cœur, quantité de promesses de mettre des
boules noires à celui-ci, à celui-là et à dix autres; mais à un
tel, à tel autre et surtout, surtout à l'amphitryon du jour,
des boules blanches. Vaines paroles oubliées aussitôt que
dites! Le lendemain les boules étaient déposées selon l'en-
traînement ou le caprice du moment, selon l'influence des
relations ou selon le degré de force des partis qu'on voyait
se dessiner plus vivement à l'approche du moment décisif.

« Feu un tel, disait un monsieur à un autre, au coin d'une
rue, a donné à un tiers le suffrage qu'il m'avait promis le
matin même encore; il ne lui plaisait pas que j'eusse cette
modeste charge; Dieu l'a puni de sa fourbe; il est mort cinq
mois après sa trahison.

— Il est sûr, répond l'autre, que sans sa volonté de Dieu
il ne tombe pas un cheveu de notre tête, mais vous, quoi?
aujourd'hui vous voulez être juge.... que ferez-vous dans ces
fonctions?

— Moi, je ferai d'abord ce qu'a négligé bien à tort mon
prédécesseur; préliminairement à mon installation, je sanc-
tifierai la salle d'audience, et ce n'est qu'après avoir fait bénir
toutes les parties du local que je me montrerai, et soyez sûr
que j'en ferai à ma tête et rien qu'à ma tête.

— A votre tête.... hum! oui, si Ivan Fédorovitch le
souffre.

— Ivan Fédorovitch n'a aucune chance d'être nommé
maréchal.

— Le ciel vous entende! Mais entrons donc au café; le
serein tombe, j'ai le frisson.

— Vous êtes bien bon d'appeler cela un café; c'est une
taverne, pour ne pas dire une caverne. Il y a là P.-P., B.-B.,
M.-S., P.-M., K.-L., et vingt autres braillards qui se gorgent

de vin de Champagne, tandis que trois joueuses de harpe
très décolletées leur jouent et leur chantent Dieu sait quelles
égrillardises; et ces misérables, tous gens mariés, sont là
qui dévorent des yeux ces drôlesses.... et figurez-vous qu'ils
n'ont pas eu honte de m'inviter!

— Et vous!

— J'ai regardé pour voir ce qui se passait là, et vite j'ai
fait un plongeon. Croirez-vous que, par suite de cette orgie en
permanence, beaucoup, dès ce soir, ont dû repartir d'ici pour
leurs villages. Ils avaient apporté de quoi vivre un bon mois
et plus; en trois jours ils ont été à sec, et aujourd'hui ils
disaient que des circonstances imprévues les rappelaient vite,
vite, au manoir.

— Ah! Pâvel Ivanovitch, bonsoir, dit Bourdâkine à Tchitchikof. Vous étiez aujourd'hui à l'assemblée? continua-t-il
en regardant fixement Tchitchikof.

— Oui, j'y ai passé deux heures; j'y avais apporté un mal
de dents que les courants d'air ont augmenté au point que
j'ai dû regagner mon auberge.

— Moi, malgré un gros rhume, je suis allé aussi à
l'assemblée, mais plus tard, de sorte que je ne vous y ai pas
rencontré. Figurez-vous qu'on y a fait mention de vos affaires,
de vos procès.... des bêtises enfin.

— Qu'est-ce que c'était donc? dit Tchitchikof, feignant
d'ignorer que rien dans cette circonstance avait pu se dire à
son désavantage.

— Il a été fait mention des procès que vous avez eus, et,
quoiqu'on ait bien dit que vous avez été acquitté, on riait,
on jasait, on déblatérait. En définitive, la noblesse ne vous
veut aucun mal. Moi, pour vous soutenir, j'allais dans la
salle, d'un district à l'autre, parlant, insistant, flattant,
priant, promettant.... et j'ai, ma foi, réussi à souhait;
votre droit électoral a été reconnu par la majorité des voix.

— Eh bien, je ne me suis douté de rien de tout cela.

— Écoutez, entre nous, portez-vous hardiment candidat
à la charge de maréchal. Votre district est, en ce moment,
parfaitement disposé, croyez-moi, vous serez nommé.

— Je n'aspire point à ces fonctions, qui ne sont pas

exemptes de tracas et de…. de déplacements…. » dit-il tout
haut; mais tout bas il pensait : « Ce serait bien flatteur
pourtant. »

« Non? Eh bien, Pâvel Ivanovitch, c'est très sage; ne vous
mettez pas en avant; vous êtes et resterez un homme d'esprit
remarquable, non seulement dans votre district, mais dans
tous les trois gouvernements de la province. Voyez Zajmoûrine, que lui manque-t-il? les fièvres peut-être; car enfin il
est riche, intelligent, expert en économie rurale…. Mais,
non, le voilà qui grille d'impatience d'être maréchal; on
l'avertit qu'il n'aura que des boules noires; il n'écoute rien,
il a bon espoir; savez-vous pourquoi? Voilà son calcul, oh!
c'est un malin! Les journées de demain et d'après-demain
seront employées à la solution d'une foule de questions; le
troisième jour est un dimanche; pour ce jour-là on attend
l'arrivée de gentilshommes de trois districts. Dans ces trois
mêmes journées beaucoup ici auront dépensé tout ce qu'ils
ont apporté d'argent, aux cartes, en boissons, en ripailles et
en orgies, et alors ils se souviendront que Zajmoûrine a une
poche fortement matelassée de billets de crédit [1] : celui-ci
leur prêtera au six sur bonnes lettres de change garanties
par les plus solvables; et encore fera-t-il jurer sur l'honneur
aux emprunteurs de lui mettre des boules blanches. Çà, je
vous le demande, avec un groin comme le sien, aspirer au
maréchalat de la noblesse!

— Il me fait l'effet d'un galant homme, et je ne vois pas
pourquoi il en serait à *acheter* des voix?

— Eh bien, si Zajmoûrine est ballotté comme juge, faites-
moi le plaisir de lui flanquer une boule noire, et s'il se fait
ballotter en vue du maréchalat, moi je m'abstiendrai tout à
fait. Seulement, je vous en prie instamment, mettez, pour
tout le monde, excepté pour Mélékitchéntsof, à gauche, à
gauche, toujours à gauche. Quant à moi, le désir général
m'a obligé de me porter candidat à la charge de juge; ce sont
des fonctions graves. Juger ses semblables quand je sais qu'au

1. Les billets de crédit circulèrent dans tout le pays concurremment
avec les assignations de la banque.

jugement dernier j'aurai, moi, à rendre compte de mes arrêts, c'est terrible, et pourtant je m'y résous et je veux être un magistrat exemplaire, croyez-le bien.

— Faites cela, ce sera bien méritoire. Mais votre Mélékitchéntsof, quel homme est-ce?

— Un millionnaire! voilà, voilà qui il faut élire, voilà qui sera un maréchal accompli! savez-vous, il a promis de donner un grand dîner où il régalera tout le monde de laitage de Hollande. Aussi pour cela seul on a résolu de le porter au maréchalat du district. Je connais le fromage de Hollande et j'en suis grand amateur; ma femme l'aime beaucoup et ma fille aînée aussi, mais le laitage, le vrai lait de Hollande, ni moi, ni ma femme, ni mes enfants n'en avons jamais goûté. Eh bien Mélékitchéntsof en a apporté des Pays-Bas un tonneau, un grand tonneau, et, figurez-vous, dans sa voiture!

— C'est bien de Victor Apollonovitch que vous parlez? dit un monsieur à voix grêle qui venait de s'arrêter derrière Dourdâkine.

— Eh oui, de Mélékitchéntsof, sans doute.

— Mais qu'est-ce que c'est que ce lait dont vous parlez?

— Du lait, quoi! du lait, mais du lait de Hollande.

— Ce n'est nullement du lait; on vous a induit en erreur; ce n'est pas du lait, mais du petit lait; du petit lait non pas de Hollande, mais ce qu'on appelle le petit lait d'Amsterdam. J'en ai goûté.

— N'en croyez rien, Pàvel Ivanovitch! il ment. Eh bien, voyons, si vous en avez goûté, reprit le *capitan de police*, dites-nous quel en est le goût, et quel effet il a sur l'estomac.

— La belle question! Le petit lait qu'a apporté Victor Apollonovitch est acide et amer, salé et douceâtre en même temps.

— Je m'en étais douté, ahi! ahi! ahi! les farceurs! ils lui ont fait avaler de l'eau de mer! de l'eau, de l'eau, je vous dis; c'était saumâtre.... voilà. Il faut vous dire que Mélékitchéntsof a amené avec lui de l'Occident tout un monde d'hommes, d'oiseaux, de poissons et d'objets divers : entre autres choses, il lui a plu d'apporter, pour régaler les élèves pauvres d'un gymnase auquel il s'intéresse, de toutes petites

huîtres qu'on appelle, je crois, des moules…. Oh, que c'est
beau d'être riche! Ces coquillages, pour rester frais, ont dû
baigner dans de l'eau de mer, et c'est de cette eau que les
gens du prince, à sa demande, probablement, lui auront fait
goûter. Monsieur vient d'avaler, avec grande curiosité, une
grande jatte d'eau de mer, cuiller à cuiller. Voilà comme il
connaît le lait de Hollande. Allez donc, mon cher.

— Allez donc vous-même. Est-ce que la douane laisserait
passer de l'eau de mer!

— Et pourquoi pas : c'est pour mon usage; le médecin
m'a prescrit l'eau de mer pour boisson; je ne peux pas boire
autre chose…. La douane laisse passer, elle doit laisser
passer.

— C'est peut-être comme vous le dites, soit. Mais, parlons
affaires sérieuses; avez-vous su qu'ils veulent, à l'assemblée,
me ballotter comme assesseur du tribunal de district. Voilà
qui m'est désagréable, oh! mais désagréable! Je les ai priés,
suppliés, non; ils ne m'écoutent pas. Ils me feront nommer,
les malheureux! Qu'au moins vous…. » poursuivait le
buveur d'eau de mer, qui tout à coup tira le capiton de
police un peu à l'écart pour lui dire : « Et qui est ce monsieur qui est là avec vous?

— C'est Pâvel Ivanovitch Tchitchikof; il dispose de deux
voix et en tient deux autres encore en réserve.

— Veuillez permettre, monsieur, dit à Tchitchikof, d'un
ton mielleux, le candidat à la charge d'assesseur, que je me
recommande à vous; je suis le secrétaire de gouvernement
Tchêrine [1] : mes terres sont de votre district; je suis voisin
de M. Bourdâkine. » Et il marchait à côté de Tchitchikof.

« Très flatté, monsieur…. répondit Tchitchikof, tout en
continuant de marcher devant lui.

— Je n'ai pas eu, jusqu'à ce jour, la hardiesse de me présenter à vous, excusez-moi de vous accoster ainsi avec une
prière : quand on me ballottera, je m'appelle Tchêrine ; quand
on me ballottera, mettez à gauche, je vous en prie, à gauche.
Sans doute, je serais tout à fait, en toute occasion, aux

---

1. Secrétaire de gouvernement, rang civil infime.

ordres de la noblesse, je n'aurais d'autre ambition que de
complaire à tout gentilhomme des nôtres, mais, c'est égal,
vous m'obligerez, et beaucoup, si vous mettez à gauche.

— Si les autres qui vous connaissent vous jugent digne
de la place d'assesseur, je ne voterai pas pour vous autrement
que la noblesse du district; je mettrai à droite si l'on met à
droite.

— Comme il vous plaira; mais recevez l'hommage de mon
respectueux dévouement. »

Après avoir dit ces mots, le solliciteur courut solliciter ailleurs; Tchitchikof regarda à droite, à gauche, il ne le vit plus.

« Qu'est-ce que c'est que ce Tchêrine, votre voisin de
terre?

— Un passé-maître.... à la préférence.... Oh! là, il ne
craint aucun grec, quel qu'il puisse être.

— Alors, il est un peu....

— Je vous garantis qu'il est très fort... Mettez-lui une
boule noire, bien noire, et à Kostliâkine aussi une noire.

— Quel est ce Kostliâkine?

— Un propriétaire, rien de plus. Je voulais marier à sa
fille un frère de ma femme, un joli garçon qui venait d'être
promu lieutenant, et à qui déjà on promettait une compagnie.
Kostliâkine a eu l'effronterie de répondre à la demande du
jeune homme : « Commence par avoir la compagnie, et alors,
viens me faire ta proposition. » Conçoit-on un animal pareil,
qui refuse de s'allier avec moi! A Wyrkine aussi mettez à
gauche. Quant à Erebnikof, prenez garde, c'est un furet,
défiez-vous, mettez, mettez à gauche. A Krâpline, il faudrait
bien aussi une bonne boule noire; au reste pour lui, faites
comme vous voudrez. Attendez, j'ai encore deux amis : Ivan
Telkine et Pierre Telkine, deux cousins à l'un desquels je
vous conseille beaucoup de mettre à gauche.

— Comment saurai-je auquel il faut être contraire?

— Je vous ferai signe, je lèverai l'épaule droite, voyez,
comme ça; vous alors, faites hm..., hm.... et mettez à
gauche.

— Pourquoi pas à droite? Vous levez l'épaule droite, c'est
donc à droite qu'il faut mettre.

— Eh non, je lève l'épaule droite justement pour qu'on ne devine pas que nous nous entendons.

— J'aurai bien du mal; vous m'avez nommé coup sur coup sept ou huit personnes. Non, vrai, je crains de ne pouvoir vous être agréable.

— Est-ce que vous voudriez me rendre service?

— Je le désire beaucoup.

— Eh bien, écoutez, chaque fois que vous recevrez vos boules de la main du maréchal, remettez-les-moi, je les déposerai d'après votre désir, ainsi que l'exigent le serment, la conscience et l'honneur. Vous voulez mettre à gauche, fermez un œil ou froncez le sourcil, mais de l'œil droit, entendons-nous bien, et le tour sera fait.

— Bien, nous verrons.

— Bonne nuit, Pâvel Ivanovitch.

— Adieu. »

« Qu'est-ce qu'ils ont donc tous? pensait Tchitchikof en rentrant dans sa chambre d'auberge, pourquoi est-ce qu'ils s'agitent ainsi? A chaque pas vous ne voyez que mensonge, fraude et hypocrisie. Les élections, comme privilège donné à la noblesse, sont utiles à beaucoup d'égards, mais on voit dans la pratique, dans l'exercice de ce droit chez nous une foule de circonstances qui mettent à nu un peu trop de perfidie et de malignité. Je n'ambitionne aucune charge, certainement, aucune; je ne suis venu que pour me distraire de mes occupations de propriétaire, et je ne trouve ici que des objets attristants. Au lieu de rester ici plus longtemps, je ferais beaucoup mieux d'aller m'occuper un peu plus du bien-être de mes paysans, de l'éducation de ma jeune famille et de tant de choses qui peuvent m'être positivement utiles et servir aux miens après moi. Il faut enfin être sincère, c'est toujours cette maudite ambition, ou plutôt cette mesquine vanité qui m'oppresse le cœur après s'y être insinuée comme un serpent; il est trop vrai, je voudrais être nommé maréchal de la noblesse de notre district. Il se trouve que c'est justement le but des désirs de tous les nobles, et que de là naissent tous ces partis, toutes ces intrigues. A chaque minute, quoi que je dise et fasse, il semble que quelqu'un me pousse

et me crie aux oreilles : « Pose ta candidature, essaye, essaye,
peut-être réussiras-tu? » Il y a tel malheureux qui a sapé
lui-même toute sa fortune afin de réunir chez lui la noblesse;
il se ruine, lui et tous les siens, par des dépenses extrava-
gantes, il ne se rebute pas, et toujours il veut être nommé
maréchal, malgré les affronts et les déconvenues. Il y a cette
année bien des aspirants pour si peu de charges à répartir.
Ne devrais-je pas remettre ma candidature aux élections suivantes? Mais non; trois ans, ce sont trois siècles! Serai-je
valide, serai-je même vivant, dans trois ans? Je voudrais
pouvoir servir comme maréchal, huit, neuf mois, un an au
plus, puis je donnerais péremptoirement ma démission; de
cette manière, ce serait bien; oh, que j'aurais de plaisir à
signer, de mon écriture si nette et si ferme, sur des lettres
de noblesse ou sur une circulaire adressée à tous mes nobles
électeurs! »

Tchitchikof se préoccupa tellement de cette dernière idée
que, sans penser, il mit devant lui une feuille de papier,
saisit une plume et écrivit d'un jet, d'un trait magistral inin-
terrompu : « Le maréchal de la noblesse, Tchitchikof. » Après
quoi il regarda autour de lui, puis il tordit en spirale le
papier, le brûla à la lumière de sa chandelle et pensa, en
ôtant ses habits : « Misérable créature que l'homme! Après
tant de tempêtes, je suis entré dans un havre de salut, mais
mon cœur et mon imagination m'y ont suivi, et, faute d'agi-
tations réelles venant du dehors, je me crée, par la fantaisie,
des sujets d'irritation et de fausses espérances qui ne me per-
mettent point de goûter les douceurs du repos. »

Il s'écoula trois jours, et les bruyantes élections des districts
furent ouvertes. Ce jour-là, dès le lever du soleil, les rues
furent sillonnées par les allées et venues de toutes sortes
d'équipages, remplis, la plupart outre mesure, de membres
de la noblesse du pays, en grand habit d'ordonnance. Ils
allaient, quelques-uns modestement à pied, les uns chez les
autres, et, quand ils se rencontraient entre gens à peu près
sûrs les uns des autres, ils descendaient de voiture ou s'arrêtaient et s'embrassaient; on en voyait se saluer de distances
fabuleuses. Les plus flatteuses espérances se dessinaient sur

ces figures posées dans de hauts faux-cols blancs, très em-
pesés.

Ce mouvement éveilla Tchitchikof longtemps avant l'heure
ordinaire de son lever; il courut à sa fenêtre et s'amusa à
regarder une énorme britchka qui, attelée de deux chevaux
à longs poils mal étrillés, traînait avec peine cinq gros gentilshommes en grand costume.

« Des généraux, ma foi, tous généraux aujourd'hui?...
C'est une véritable invasion de généraux, » dit-il; puis s'étant
lui-même paré de son grand habit de gala, il étudia deux ou
trois poses nobles devant sa glace, et les bras croisés sur la
poitrine, la tête haute mais légèrement inclinée de côté, il dit
avec une grande assurance et assez haut : « Les autres, je ne
sais; qu'on nous voie et qu'on juge. Il y a sans doute, dans
cette foule bigarrée, des gens d'esprit civilisés, riches, beaux
de leur personne, mais moi.... moi seul peut-être, je réalise
ici l'idée du *général....* *américain.* » Et des larmes de ten-
dresse égoïste et de vague inquiétude baignèrent les joues
vermeilles de notre héros; il se dit alors : « Seigneur Dieu,
que se passe-t-il donc en moi? et pourquoi ces larmes? C'est
ma maudite ambition qui pleure, sachant ne pouvoir être sa-
tisfaite. Cette ambition, c'est un ver, né avec mon cœur, qui
se sature de mon sang, vit de moi, en moi, et ne mourra
qu'avec moi; la maudire, c'est me maudire moi-même. »

Tchitchikof monta en voiture et se rendit à l'assemblée.
Dans le trajet, il fut regardé, car il n'était pas de ceux qui
n'ont jamais une pensée sur le front; il fut remarqué par le
populaire surtout parce qu'il distançait, non pas seulement
les piétons, mais toutes les autres voitures. La moitié de la
rue et les trois quarts de la grande place étaient encombrées
d'équipages.

Les gendarmes avaient une peine infinie à calmer l'exaltation des automédons, tatars ou mongols, qui, du haut de leur
siège, mènent encore, comme cochers du moins, le patriciat
russe, où il figure tant de leurs anciens princes, — et do-
minent de tout leur corps le reste de la population : le vulgus,
le pêle-mêle des nobles, des artisans, des commis, des bourgeois et des rustres.

« Hé, toi, là, le gros barbu! à gauche, à gauche, et ne quitte plus la file. Eh bien? est-ce que tu ne m'entends pas? disait un de ces dompteurs du désordre, de ces Saint-Georges en uniforme bleu de ciel, vulgairement appelés gendarmes ou dragons bleus.

— Nous savons ce que nous savons, répliquait le fils de Mamaï interpellé [1]; nous avons mené à Moscou et à Pétersbourg, et tu ne nous feras pas grand'peur, camarade.

— Allons, allons, pas de raisonnement, à moins que tu n'aies le goût des coups de plat de sabre.

— Essaye voir! Mon maître, qui est là-dedans, est déjà aux trois quarts élu maréchal, et toi, menant éperonné, tu viens devant nous trancher du grand maître de police. Toi, quel oiseau es-tu? Nous autres, nous avons notre couvert mis chez le gouverneur; mon maître lui dira.... Finis, écoute, laisse-moi; finiras-tu, enragé? Je vais quitter le siège et chevaux et voitures; comment oses-tu frapper.... (se retournant vers son maître) Monsieur! Hé! monsieur?... Là, c'est bon, je ferai ce que tu voudras : par où veux-tu que je rentre à présent dans la file? Finiras-tu de me tarabuster? Vois comme tu as arrangé mon tchekmenn qui est à mon maître.... Hum! on bat, on maltraite les gens! »

Plusieurs gendarmes eurent de petits apartés de ce genre sur plusieurs points; les autres établissaient, maintenaient et dirigeaient la file jusqu'aux auvents, d'où jusqu'au lieu marqué pour le stationnement général. Ce corps d'élite est vraiment admirable dans ces opérations et dans ces collisions, où l'orgueil des maîtres s'empare des domestiques; prompts à le centupler pour s'en faire honneur les uns aux yeux des autres. Dominer à tous les degrés, c'est la passion universelle.

A peine Podgrouzdëf fut-il dans la salle, que le ballottage commença. Les premiers mots qu'il prononça ayant été pour proclamer son désistement définitif de la charge et de toute candidature, on ballotta tour à tour trois candidats qui s'étaient en quelque sorte présentés eux-mêmes et qui furent

---

1. Fils de Mamaï, Tatar ou Mongol.

écartés par les boules noires. Une foule compacte s'avança pour faire ballotter Mélékitchéntsof, mais l'immense majorité, mécontente, remarqua que, pour le district qu'avait représenté Podgrouzdef, il n'y avait pas à opposer à Mélékitchéntsof, un seul gentilhomme qui eût pour lui quelques chances.

Tchitchikof se tenait modestement adossé à une colonne, et le ver rongeur de l'ambition lui faisait de cruelles morsures. Tout restait suspendu depuis quelques minutes faute de ce concurrent à opposer au riche candidat. Déjà, Mélékitchéntsof jetait de tous côtés des regards protecteurs et triomphants à ses suffragants, et une tendre œillade au siège curule du maréchalat. Notre héros pensait : « Oh ! mille fois mieux eussé-je fait de reprendre le cours interrompu depuis dix ans de mes visites à la parenté de Bétrichef, que de venir ici, me soumettre à cette torture. J'ai beaucoup souffert dans ma vie, mais j'ai pourtant joui de quelques jours heureux. Ceci est ma plus rude épreuve. Ne ferais-je pas bien d'aller poser moi-même carrément ma candidature ?... Grand Dieu ! quoi, pas une bouche ne viendra s'ouvrir devant moi et me dire seulement : « Ne vous plairait-il pas !... » Qu'on me parle après cela de mon grand air de général d'Amérique ; je me suis laissé prendre à une raillerie de tailleur ! Voyez si un seul viendra. O âmes mortes ! âmes mortes ! vous m'avez enrichi sans m'élever, et c'est vous à présent qui achevez de m'abaisser et de me perdre ! »

Tchitchikof délirait ; il était vraiment au désespoir, quand tout à coup trois gentilshommes de son district allèrent à lui et lui proposèrent de se porter candidat. Notre héros ne put d'abord répondre, tant il était saisi ; puis il hésitait, et ce n'est qu'au bout de quelques minutes qu'il put dire, avec quelque résolution, ces honnêtes et pathétiques paroles :

« La providence divine en m'envoyant par votre organe un honneur inattendu, semble vouloir me rendre facile l'oubli de toutes les injustices que j'ai souffertes dans le pèlerinage de la vie. Messieurs, vous ne pouvez ignorer que mon existence a trop longtemps ressemblé par là à la situation d'un vaisseau battu par les tempêtes ; vous voulez me mettre au gouvernail du vaisseau de vos intérêts, vous faites peut-être trop de cas du peu de sagesse que peut m'avoir donnée l'expérience; je vois ici une occasion de dévouement, je ne balance plus, ordonnez de moi. »

Là-dessus il versa quelques larmes, et pétrit des deux mains son chapeau à cornes; puis, évidemment très agité, il passa dans un salon attenant à la grande salle.

Il fut aussitôt procédé au ballottage des candidats, et cette opération dura peu de temps.

Aussitôt le ballottage terminé, il s'éleva de toutes les parties de la salle un grand cri général qui laissait distinctement entendre ces mots :

« Nous vous félicitons !!! »

« C'en est fait, pensa Tchitchikof en essuyant son front tout moite de l'effet du saisissement; les honneurs sont venus à moi, et mon cœur est soulagé d'un poids immense. »

Et sa démarche, quand il rentra dans la salle, montrait quel vif sentiment il avait en ce moment de sa dignité personnelle.

« Messieurs, dit-il à toute cette foule qui le regardait passer, je vous remercie cordialement d'une élection qui ne peut que me flatter à tous les points de vue. Mais j'ai plusieurs raisons pour vous prier, pour vous adjurer de m'exempter de cette noble charge, au moins pour trois ans, afin que je puisse jeter de plus profondes racines dans une contrée dont le suffrage me sera toujours si précieux. »

Pâvel Ivanovitch, après avoir parlé ainsi, inclina légèrement la tête vers l'épaule gauche, rapprocha ses deux mains de sa poitrine, et il attendit l'effet.

Un prince Chighirine, homme de très haute taille, connu pour ses grands coups d'assommoir, et qui se trouvait à dix pas de Tchitchikof, dit alors d'une fort belle voix de baryton :

« M. Tchitchikof a tort de s'inquiéter ainsi; messieurs, ayez donc la charité d'expliquer à M. Tchitchikof qu'il est élu troisième ou quatrième candidat, et qu'il est, non pas seulement pour trois ans, mais pour quinze ou dix-huit peut-être, dispensé de la charge dont il s'agit. »

Le prince Chighirine n'était pas un concurrent, il ne pouvait pas, il ne voulait pas être maréchal; mais il ne pouvait souffrir qu'on voulût l'être sans être prince ou, au moins, triple millionnaire.

Mélékitchéntsof chercha vainement et fit chercher Tchitchikof, qu'il voulait engager à dîner, et *régaler d'un plat de laites de harengs de Hollande qu'on ne pouvait trouver qu'à sa table.* Tchitchikof avait disparu de la salle; trois heures après, il prenait le thé dans une maison de relais, à vingt et une verstes de la ville, et il écoutait l'ouverture de Lodoïska exécutée par une tabatière à musique, laquelle faisait *depuis vingt-cinq ans* les délices de l'inspecteur de cette station de poste. Notre héros envia beaucoup cette modération d'un homme simple et bon, qui, pour se rendre heureux, n'avait qu'à fouiller dans sa poche et pousser un tout petit bouton de cuivre.

« Et moi, pensa-t-il, que me manque-t-il pour être heureux? Rien de ce qu'un homme peut raisonnablement désirer. Maudite vanité, que veux-tu donc de moi? Mais la leçon que je viens de recevoir doit à la fin m'apprendre à contenir l'élan de mes aspirations ambitieuses. »

Tel est l'ordre de pensées dans lequel il était en se remettant en route et en rentrant au sein de sa nombreuse famille. Il était marié depuis douze ans, et avait onze enfants, qui, heureusement pour eux, ont toujours été les enfants les plus heureux et les plus libres du monde, et nous n'en dirons pas autant des quatorze cents familles de serfs dont il était maître et seigneur, et pour qui on ne peut affirmer qu'il ait toujours eu des entrailles de père. Les seuls envers qui il ait été constamment porté à l'indulgence passive, ce furent Séliphane et Pétrouchka. Ils moururent peu de temps après la grande déconvenue des élections de la noblesse, peut-être par suite du chagrin profond que leur causa la préférence, plus apparente que réelle, accordée par Tchitchikof au cocher et au valet de chambre qui avaient suivi leur maître à la ville.

Il avait, comme seigneur, certains principes dont il ne se départait point; méprisant les délations et les délateurs, il ne punissait jamais que les fautes dont lui-même était témoin ou dont il avait personnellement à souffrir; mais alors il punissait rigoureusement sans beaucoup délibérer sur le degré de gravité du délit. Un fourbe, un voleur, un ivrogne, un libertin n'avaient qu'à éviter de jamais se trouver sur sa route pour être à ses yeux parfaitement innocents, quelque détestable que pût être leur réputation; mais qu'un de ses paysans lui ait fait un mensonge, qu'un autre ait passé près de lui sortant de son bois une charge de brou-tilles sur le dos; qu'un troisième, en lui répondant, ait fait devant lui un hoquet alcoolique, qu'il en ait aperçu un quatrième courtisant d'une manière lascive quelque villa-geoise, peut-être sa fiancée, mais n'importe, tous quatre étaient impitoyablement condamnés à passer par les verges.

Il laissa à fort peu de paysans les moyens de parvenir à l'aisance. Cependant quelques-uns, malgré les mille obstacles inhérents à leur condition de serfs, devinrent positivement riches et sollicitèrent de lui leur manumission moyennant finance. Il refusa constamment sans donner la raison de son refus et il ne consentit même jamais à ce que leurs filles épousassent des affranchis.

Avoir des sujets, les maintenir fermement sous sa domi-nation, augmenter le plus possible le budget des recettes de son gouvernement propre et privé, telle était désormais sa seule ambition.

Les points de vue d'équité, d'amélioration sociale, de mo-rale universelle, de propagation des lumières, d'émancipation intellectuelle, le touchaient infiniment peu. Ils ne faisaient même que l'attrister comme étant, si ces billevesées venaient à prendre faveur dans le public, d'un assez mauvais présage pour sa postérité qu'il croyait bien avoir créée à son image et ressemblance.

Il était abonné à quelques journaux, gazettes et publica-tions illustrées, parce que toutes ces feuilles se rencontraient dans les salons de réception de ses voisins, mais il ne chercha jamais à se rendre compte par elles, des besoins, de l'esprit général, du courant des idées, des aspirations de la nouvelle époque.

De tout le contenu habituel du *Journal des Débats*, par exemple, il ne souffrait qu'on parlât en sa présence que de la rubrique : *Cour d'assises*, et à tout coup il disait : « A quoi bon des tribunaux ouverts au public? Pourquoi donner ce nom de public au populaire? Et à quoi bon publier encore dans les gazettes toutes ces horreurs qu'on entend dans les tribunaux? » Et plus souvent encore, il s'écriait : « Vous voyez, vous voyez quelles abominations il se passe journellement dans les pays de l'Occident! et il y a des fous qui voudraient européaniser la Russie! quand, au contraire, c'est bien à l'Europe pour son salut, de se russifier comme elle pourra, sinon je lui prédis qu'elle périra prochainement dans l'impénitence finale. »

Le devoir le plus considérable qu'il remplit à l'égard de ses cinq fils aînés, ce fut d'aller successivement les accompagner à Moscou et à Saint-Pétersbourg, pour installer les uns dans le service public : armée, finances, justice, marine, intérieur; les autres, plus jeunes, dans différentes maisons d'éducation. Cela fait, il recevait et décachetait leurs lettres, en parcourait le commencement et la fin, les jetait ensuite sur la table, et laissait à sa femme le soin d'y répondre. Il revoyait ses fils, tour à tour, avec quelque plaisir, quand ils venaient en congé, et il les renvoyait avant l'échéance du congé beaucoup plus pourvus d'argent que de bénédictions senties. De leur part, ceux-ci retournaient sans regret, l'un à son régiment, l'autre près du général dont il était aide de camp, le troisième à sa chancellerie, le quatrième à son vaisseau, les autres à leurs écoles. Quant à ses filles, il ne comprenait pas qu'il leur eût fallu autre chose que des rubans et des leçons de danse d'abord, et dans la suite autre chose qu'une dot et un trousseau.

Le district eut du malheur dans la personne de ses maréchaux; dans moins de deux années, il en perdit trois : Mélékitchéntsof mourut d'indigestion; le comte Noûline d'une chute de cheval, et Kostliâkine, d'une rougeole rentrée, d'autres disent du choléra; de sorte que Tchitchikof dut être au comble de ses vœux. Il se vit appelé aux honneurs de l'intérim du maréchalat, et il fut considéré comme un digne représentant de la noblesse locale, excepté par les hobereaux impatients de toute supériorité, et qu'à l'exemple du prince Chighirine, leur chef de file, on n'a jamais pu trouver contents de rien ni de personne.

Un intérim, c'est ce qu'il voulait ; moins d'un an après, il fut confirmé pour trois ans, et il *se laissa faire*. Les plus assidus à sa table et à ses fêtes, nous ne les désignerons pas, on les devine. Les mécontents ? — Justement, et Chighirine en tête, toujours.

Le riche Mélékitchéntsof, en mourant, avait institué Tchitchikof son exécuteur testamentaire et co-tuteur de ses deux fils mineurs.

Tout cela lui pesa fort peu et lui valut de grands avantages, grâce à sa manière large de comprendre et d'exercer ses devoirs ; il y avait chez lui excessivement peu du *citoyen*, et, en revanche, beaucoup du grand seigneur, fils de ses œuvres, du grand seigneur de province de l'ancien modèle, s'entend.

Sa femme prit une habitude qu'il ne remarqua point, et qui passait généralement pour un tic : elle soupirait sans fin ni cesse ; chaque soupir précédé d'un léger bâillement était suivi d'un sourire de contenance, et chaque sourire, de grandes ombres fugitives qui passaient sur son front comme des nuages d'automne. Dans le secret de son cœur, elle gémissait de toutes ces nouveautés successives qui la condamnaient au personnage de grande dame, et la forçaient de déléguer à des suivantes la tenue du compte de ménage, la surveillance de l'office, des buffets et des caves, et le soin de confectionner *manu propria* toutes sortes de ratafias et conserves, dont il se faisait désormais une consommation inouïe dans la maison.

De son côté, notre héros ayant le cœur bien autrement haut que sa fortune, n'était nullement satisfait. Avec ses cheveux d'un blanc d'albâtre, son maintien droit et calme, ses joues fleuries, son nez aristocratiquement fin et transparent, et son regard fluide, avec la manière noble et généreuse dont il faisait les honneurs de chez lui, les jours de gala et de grandes fêtes, il pensait que la noblesse du pays ne lui

rendait pas justice exactement dans la proportion de ses
mérites, et qu'aux élections qui eurent lieu onze mois après
son exaltation, on aurait dû, au lieu de le confirmer pour la
triennalité suivante, maréchal de son district, l'élire maréchal
de gouvernement. Cette promotion méritée n'aurait pas eu
pour effet unique de l'amener triomphant au chef-lieu, mais
de lui ouvrir à Pétersbourg les portes du palais des Tsars,
et d'attacher peut-être à son uniforme de maréchal, certaine
clef d'or qui rend accessibles les charges de maître et de
grand maître des cérémonies....

Tchitchikof cependant garda sa pensée et, trop fier pour
bouder comme un sot, il se recueillit comme un sage. Seulement ses regards se portaient sans cesse sur les murs, les
parquets et les plafonds des principales pièces de son manoir,
et il trouvait tout cela bien nu, bien mesquin, bien pauvre,
comparé aux merveilles qu'il avait entrevues au Kremle de
Moscou et au palais d'hiver de la nouvelle capitale.

Avec tant de grandes qualités, notre héros assurément
nous dispense de rien dissimuler; il avait l'âme élevée et
l'esprit vif, pénétrant et juste; mais son cœur, souvent si fort,
n'était pas exempt de quelques faiblesses. Il craignait tout
contact avec les étrangers, à cause premièrement de leur
manie de juger un pays qui ne veut pas leur être connu;
deuxièmement de leur détestable amour des nouveautés, sous
le nom de *progrès;* troisièmement de leur stupide principe
d'égalité de tous les *citoyens* devant la loi.

Ce seul mot de citoyens, appliqué à la roture, à des paysans
et même à la classe des artisans et des marchands, lui paraissait d'une absurdité révoltante. La loi, selon lui, est une
machine dressée et maniée par les nobles, et qui fonctionne
pour les nobles, ayant à leur tête le tsar qui, à son éternel
honneur, est le premier gentilhomme de l'empire; l'*égalité*
n'est qu'un vieux fantôme évoqué par les mal intentionnés
du fond des ruines des fabuleuses républiques de Pskof et de
Novgorod, à l'instigation des philosophes d'Allemagne qui
déjà ont asphyxié la Pologne dans les vapeurs de leur sagesse
politique.

Aussi Tchitchikof avait-il à l'égard des étrangers d'Europe

des sentiments et des procédés tout à fait chinois; il manquait consciencieusement à tous ses engagements envers l'Anglais, le Français, le Suisse, l'Allemand et l'Italien, uniquement pour bien faire sentir à ces gens-là, qu'un traité, un engagement formel pris à leur égard, n'était pas un contrat qui pût lier le Russe. S'il cédait enfin, ce n'était que sur les instances de ses pairs de noblesse, et encore s'acquittait-il à sa manière, et en faisant bien sentir qu'il agissait par respect de lui-même et non en vertu du prétendu engagement qui n'était et ne pouvait être qu'une fiction. S'il recherchait leur savon de Paris, leur eau de Cologne, leur toile de Hollande, leurs couteaux et rasoirs de Sheffield, leurs truffes du Périgord, leurs pâtés de Strasbourg, leurs vins de Champagne, leurs draps de Sedan et leurs tapis d'Aubusson, il aimait bien mieux tenir ces objets des Juifs de Pologne que des Français, des Italiens, des Anglais et des Allemands. Il aurait volontiers employé des Juifs de Russie-Blanche pour enseigner à ses fils les langues et les littératures de ces quatre nationalités. Il aurait aimé un opéra italien tout composé de chanteurs d'Ukraine, un théâtre français, d'acteurs natifs de Simbirsek et de Tobolsk; un théâtre allemand de Kalmouks et de Kirghiz-Kaïssaks.

Un des traits les plus caractéristiques de la haute personnalité de notre héros était le patriotisme, le patriotisme grand-russien le plus exclusif. Il admettait parfaitement l'imitation comme simple marque de l'aptitude universelle de la nature moscovite; il n'admettait pas l'immixtion du génie étranger, il repoussait jusqu'à l'ombre d'une association, affiliation quelconque. Introduire un Français, un Anglais, un Suisse, un Belge dans les conseils du gouvernement, eût été à ses yeux la même énormité que d'appeler un renard, un loup, une hyène, un requin à la direction d'une volière, d'une bergerie, d'une ménagerie ou d'un grand lac national, tel que le Ladoga, ou l'Onéga, ou l'Iemen. Un Juif, à la bonne heure, car avec celui-là, s'il ne marchait pas droit, on n'hésiterait pas à le diriger sans bruit vers ces vastes contrées orientales de l'empire où le besoin de bras se fait de plus en plus sentir pour l'exploitation des mines que recèle la grande chaine de la frontière chinoise, là où l'Occident n'a absolument rien à voir.

Politique, diplomatie, administration intérieure, justice, hommes, choses, défauts, préjugés, vices, abus nombreux, variés, universels, il acceptait, il protégeait, il adorait tout, tout ce qui était en Russie, tout ce qui était russe, parce que c'était russe, parce que cela existait au profit de la noblesse dans son pays, parce que, à travers tout cela, le Russe *habile*, en dirigeant bien la barque de ses convoitises, pouvait, même sans talents particuliers, sans génie, sans services illustres, arriver à la noblesse, à la fortune, aux honneurs, et rêver même les plus grandes dignités; et que les vices, les torts, les crimes, les anomalies et les fréquentes contradictions d'un état de choses où tout le monde croit au mal et personne à la loi, avaient à ses yeux leurs bons côtés pour les ambitieux, et, en tout cas, le droit de prescription. Que trente millions de familles, serfs et bourgeois, restassent immolées aux jouissances douteuses, à l'existence de luxe barbare et de fantaisies insensées souvent sauvages, de trois cent mille satrapes, appuyés sur un million de hobereaux corrompus et flanqués de trois ou quatre mille nababs juifs, grecs ou mongols, il n'y voyait pas d'inconvénient pour la patrie.

Tels étaient les textes les plus ordinaires de sa conversation les jours d'expansion, au dessert de ses banquets les plus splendides; et il est à remarquer que, chez lui, tous les jours qui séparaient ces heures de vie à la Potëmkin étaient des jours de mort, c'est-à-dire d'affaissement, voués à un silence de trappiste et à la plus stricte économie.

Tchitchikof, au bon temps de ses expéditions, avait rêvé fortune, jolie femme, élégante retraite, somptueux équipage, nombreuse progéniture, défrichements, bon aménagement des bois, prospérité agricole, bonheur de ses vassaux; tout, sauf le bonheur des vassaux, sauf ce dernier point qui, au fait, n'avait été mis en compte que comme les pièces de dessert toujours intactes des dîners de Vauxhall sur les grandes lignes de chemin de fer. Tout lui avait réussi à souhait et avait même de beaucoup dépassé son attente; mais si on lui eût demandé jusqu'à quel point sa femme et ses cinq fils aînés partageaient l'ordre habituel des pensées de sa vieillesse, il eût été, nous en convenons, fort embarrassé de le dire, car, s'il avait quelques moments d'épanchement avec la noblesse convoquée à ses festins et à ses fêtes, il n'en avait jamais dans le cercle de son heureuse famille : « Ma famille, aurait-il pu dire, *doit* m'aimer et m'honorer parce que je suis son chef, comme j'aime ma patrie, comme j'aime et honore le tsar, parce qu'il est mon chef et mon maître. L'empereur et moi, nous ne nous demandons pas plus compte de nos opinions que de notre affection mutuelle, nous ne nous connaissons même pas. Il en est de même de mes fils à moi : ils ont l'honneur d'être mes fils ; je ne les laisse manquer de rien, comme c'est mon devoir de père et de gentilhomme ; après cela, quelle nécessité que nous nous connaissions ? »

Il y a gros à parier qu'à l'heure qu'il est, Tchitchikof n'est plus de ce bas monde ; nous supposons qu'il aura suivi, matériellement parlant, dans la tombe, son illustre poète, son Homère, le bon et pieux Nicolas Gogol. Nous pourrions consulter, sur ce point historique, son ingénieux secrétaire, M. Vastchénko Zakhartchénko ; mais, à quoi bon ? Qui sait ce que sont devenus à la fin de leur vie, Ninus, Romulus, Bélisaire, la mère du pieux Enée et le prince André Kourbski, prince d'Iaroslaf, du sang de Rurik ?

Cependant notre devoir d'impartial historien exige que nous rapportions, sur ce triste sujet, ce qui nous en est revenu, sans pourtant rien garantir et sans y attacher plus d'importance que ne méritent les conjectures d'un public idolâtre, qui s'en fait aujourd'hui un objet de distraction.

Plusieurs soutiennent qu'il vit encore, et que, toute octogénaire et caduque que soit cette noble personnification de la vieille Russie, elle semble se porter encore à merveille. Ils racontent à mots couverts, à l'oreille de qui veut l'entendre, que Tchitchikof est, dans sa province, le chef secret, l'âme vivante de la vénérable faction qu'on appelle le parti des *immobiles*, qui plaident gravement, mais à outrance, dans leurs conciliabules, pour que l'on n'aille pas, sous le spécieux prétexte de réparation à faire à une classe tenue pendant plusieurs siècles en interdit, et de progrès éclectique en civilisation humanitaire, sociale et chrétienne, démolir imprudemment toutes les parties à la fois de l'édifice d'un gouvernement national, lequel peut avoir ses défauts, mais qui a pour lui la sanction du temps. Selon ce parti, il ne faut faire, ni laisser faire aucune de ces révolutions maudites qui violentent le passé, bouleversent l'avenir et le livrent aux aventures.

Tchitchikof, il faut lui rendre cette justice, comme fils, comme neveu, comme écolier, comme paroissien, comme scribe, comme employé, comme greffier, comme douanier, comme associé des fils d'Israël, comme intendant de seigneur, comme gentilhomme voyageur, comme spéculateur, comme prisonnier en deux circonstances, comme amoureux — s'il l'a jamais été, même en imagination; — comme administré et justiciable, comme propriétaire terrien et possesseur de serfs, comme électeur de magistrats, comme éligible raillé, comme élu par nécessité, n'a jamais proféré un mot de récrimination contre aucun homme ni contre aucune partie de l'ordre légal ou extra-légal établi dans son pays.

Douanes, finances, église, organisation de l'armée, de la marine, de la justice, des prisons, traitement des fonctionnaires et commis, instruction publique, police, servage des masses, simonie générale, il n'a jamais rien contrôlé; il a tout accepté, tout approuvé par son silence et par sa soumission. Et pourtant, le lecteur l'a vu, notre héros a horriblement souffert jusqu'à l'ère de son mariage; ce qui ne l'a pas empêché de devenir maître d'une fortune considérable, homme d'ordre et maréchal de la noblesse de son district, et de jouir, dans sa verte vieillesse, de l'estime et de la considération générales.

Tourner tous les obstacles et se servir en tout temps et partout du mal même pour son plus grand bien, là, croyons-nous, est le secret de toute sa politique particulière, qui aura le mérite, aux yeux de bien des gens, d'être éminemment pratique.

Hélas! les générations se suivent comme les jours, et, comme les jours, ne se ressemblent pas. Toute la jeune famille de Tchitchikof, surtout depuis l'époque injustement oubliée de l'oukaz relatif aux *laboureurs libres contrac-*

fants, est très notoirement acquise à toutes les grandes réformes, si libéralement préparées par un gouvernement tutélaire et vraiment paternel; et leur mère, dans le secret de l'intimité, reconnaît volontiers avec ses enfants, cette simple vérité morale, que de monstrueux abus, pour être anciens et tenaces, n'en sont pas plus respectables.

Si l'on veut bien nous pardonner notre partialité pour l'idée réformatrice qui brille aux yeux de la génération moderne, nous proclamerons, en retour, que Tchitchikof était un des héros les plus parfaits, un prototype de la génération qui a fait son temps, et semble devoir disparaître prochainement. Nous irons jusqu'à soutenir que notre héros n'est point mort, qu'il n'est pas possible qu'il meure ainsi sans faire amende honorable, qu'il n'est pas, d'ailleurs, de ces hommes qui meurent tout entiers et qui tombent tout d'une pièce dans les abîmes de l'oubli. Nous proclamerons qu'il est, qu'il doit être immortel; eh! sans cela, à quoi servirait donc la poésie? à quoi servirait l'histoire? Nous dirons qu'il est devenu l'objet d'un culte mystérieux, et qu'il a un autel dans le cœur de tout Russe partisan plus ou moins avoué de la Russie liberticide d'Ioann le Terrible, du destructeur de Pskof et de Novgorod la Grande. Nous dirons tout cela, mais nous ne permettrons pas à notre admiration pour les exploits du père de nous aveugler sur les vertus si différentes des fils, qui comprennent et proclament à l'envi que le bien général doit faire taire tous les intérêts privés, et que le bonheur, que l'honneur d'un peuple entier, ne peut être le fruit que du sacrifice.

Le Russe, non seulement est foncièrement chrétien catholique, mais il a même tous les instincts du génie de l'initiation. Quelle apparence donc qu'il s'accommodât plus longtemps d'un esclavage mal déguisé au centre de son pays et d'un système semi-païen qui est la seule cause de son malaise physique et moral, d'un système qui est un obstacle à la marche féconde de l'humanité en progrès!

FIN

TABLE DES MATIÈRES

DES DIX DERNIERS CHANTS

CHANT XI

DÉPART POUR DE NOUVELLES EXPÉDITIONS

CHANT XIV

LACUNE ET HYPOTHÈSE.

Ce chant manque en entier dans les manuscrits connus de l'auteur,
quoiqu'on puisse inférer de quelques indications écrites au crayon en
rapide sommaire que Gogol se proposait de raconter ici comme quoi
Ténétnikof le boudeur, à la pressante sollicitation du héros de cette
odyssée steppienne, vient faire une grande visite de cérémonie au
général Bétrichef; comme quoi, dans l'une des visites qui s'ensui-
rent, il s'enhardit à demander au général la main de Mlle Oulinnka.
Le général, suivant quelques notes, se réserve un mois de réflexion;
mais il ne tarde pas à se montrer tout à fait favorable à cette
alliance. Bétrichef, ayant enfin donné de très bonne grâce son consentement, envoie Tchitchikof annoncer de sa part cette résolution
à quelques membres de sa famille, et entre autres au colonel
Kochkaréf, personnage frappé d'une idée fixe persistante qui le fait
passer pour fou.

CHANT XV

DEUX ORIGINAUX, CHACUN DANS SON GENRE.

CHANT XVI

LE FOU ET LE SAGE DANS LES STEPPES.

CHANT XVII

KHLOBOUËF. — LUXE ET INDIGENCE. — TCHITCHIKOF EN VEINE D'ACQUISITIONS TERRITORIALES.

CHANT XVIII

DEUX TESTAMENTS. — UNE FOIRE. — UN AVOCAT. — UN SAINT HOMME.

CHANT XIX

ARRESTATION ET DÉLIVRANCE.

CHANT XX

COULOMMIERS

Imprimerie Paul BRODARD.

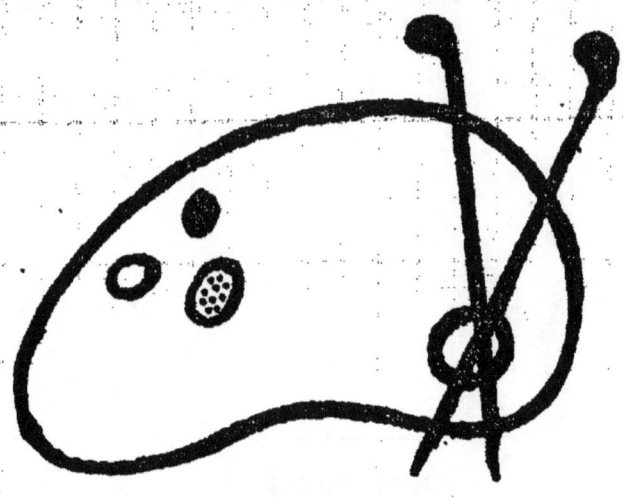

Original en couleur

NF Z 43-120-8